중국위진남북조우언

中國魏晉南北朝寓言

최봉원 역주

明文堂

서문

우언(寓言)이란 줄거리를 갖춘 간략한 고사에 우의(寓意)를 기탁하는 방법으로 모종의 도리를 표현하여 권계(勸誡)·풍유(諷諭)·교훈(敎訓) 작용을 하는 일종의 문학 형식이다. 우리나라에서는 우화(寓話)라는 말로 더 익숙하다.

중국의 우언은 이천 사오백 년 전 선진(先秦)의 여러 전적(典籍)에서 처음으로 출현했다. 고대 그리스에서 기원전 6세기경 아동의 학습에 제공되는 우언집─《이솝(Aesop)우언》이 출현한 것을 보면 중국 우언의 출현은 이와 비슷하거나 약간 뒤의 일이다. 그리고 중국의 우언은 《이솝우언》이나 인도의 《백유경(百喩經)》과 같은 전집(專集) 형태가 아니고 여러 전적의 문장 속에 산견되는 형태로 출현했는데, 이는 당시의 혼란한 시대상황과 밀접한 관계가 있다.

중국은 주(周)나라 말기에 이르러 중앙정권이 날로 쇠약해지면서 제후들이 자기의 역량을 강화하기 위해 내정과 외교 방면에서 자기를 보필할 인재가 필요했고, 이를 틈타 제자백가와 책사(策士)들이 우후죽순처럼 출현하여 기발한 설법(說法)으로 제후들에게 유세하거나 정치 주장을 펴나갔다. 이때 그들은 자기의 설리(說理)나 주장을 관철하기 위해 우언을 적절히 활용했는데, 그 이유는 우언이 성현(聖賢)의 말이나 역사 사실 또는 민간고사를 원용함으로써 상대방에게 신뢰를 주어 강력한 설득력을 지니고 있기 때문이었다. 이 시기에 《관자(管子)》《안자춘추(晏子春秋)》《좌전(左傳)》《묵자(墨子)》《열자(列子)》《맹자(孟子)》《장자(莊子)》《윤문자(尹文子)》《여씨춘추(呂氏春秋)》《한비자(韓非子)》《전국책(戰國策)》 등 선진 제자의 전적에서 대량의 우언이 출현했는데, 이 시기는 그야말로 중국 우언의 효시(嚆矢)인 동시에 우언의 전성기라고 할 수 있다.

양한(兩漢) 우언은 내용면에서는 선진 우언과 분위기를 달리하지만, 제재와 기법은 대체로 선진 우언을 많이 답습했다. 한(漢)이 진(秦)을 멸하고 다시 중국을 통일한 후 사회가 어느 정도 안정 상태로 접어들자, 한무제(漢武帝)는 제자백가를 배척하고 오직 유가(儒家)를 존숭하는 문화정책을 채택하였다. 그리하여 이후 한대는 바야흐로 유가독존(儒家獨尊)의 시대가 전개되었다. 통일과 함께 선진 시기의 제자백가들처럼 열렬한 정치 주장을 전개할 수 있는 환경과 분위기가 소멸됨에 따라, 문인 학자들의 사상도 새로운 출로를 모색하기보다는 오히려 현실에 안주하며 현상 유지에 신경을 썼다. 따라서 문인들은 봉건사회의 안정과 발전의 필요에 호응하여 봉건통치자의 인재 임용 · 부국강병(富國强兵) 및 나라의 태평과 생활 안정에 대한 권고, 정의(正義)와 선행(善行)을 존중하고 진리를 추구하는 등 당시의 사회 풍조를 반영함으로써, 내용면에서 철리(哲理)보다는 권계(勸誡) 성격이 짙은 우언이 많이 출현했다. 유향(劉向)의 《설원(說苑)》과 《신서(新序)》에는 특히 그러한 성격의 우언이 많다. 또 양한 우언은 체제와 제재에 있어서 선진 우언을 많이 답습했는데, 예를 들어 《회남자(淮南子)》는 체제상에서 《장자(莊子)》를 많이 답습했고, 《신서(新序)》와 《설원(說苑)》은 체제뿐만 아니라 제재(題材)에 있어서도 선진의 《한비자(韓非子)》 · 《여씨춘추(呂氏春秋)》를 많이 답습했다.

위진남북조(魏晉南北朝) 시기는 한(漢)나라 말기부터 수(隋)나라가 전국을 통일할 때까지 수백 년에 걸쳐 춘추전국시대를 연상할 만큼 정치 · 사회적으로 매우 혼란한 국면이 조성되었다. 유학(儒學)을 숭상하던 한왕조(漢王朝)의 해체에 따라 사상을 지배해온 유학이 독존의 지위를 상실하고 노장(老莊)사상과 불교가 매우 성행했다. 문학 방면에서도 일대 변화가 일어나 문학이 역사 · 철학과 분리되어 순수 문학으로 독립했다. 따라서 문인들의 저술 양상도 변화를 가져왔고, 한대(漢代)까지 여러 전적의 서술 내용 중에 부분적으로 산견되던 우언이 한 토막의 짧은 형식으로 독립하여 출현하기도 했다. 특히 《소림(笑林)》의 출현은 중국 최초의 소화전집(笑話專集)으로, 이후 풍자(諷刺) · 해학(諧謔)우언의 발전에 중요한 역할을 했다.

《소림》 외에 《부자(苻子)》《유자(劉子)》《금루자(金樓子)》《세설신어(世說新語)》《수신기(搜神記)》 등에 비교적 우언이 많은데, 내용은 한대를 답습한 권계 성격의 우언과 소화(笑話)를 통한 풍자 성격의 우언을 포함하고 있다. 이밖에 위진남북조는 불경 번역의 성행으로 인해 불경 우언이 많이 출현했지만, 이는 외국에서 유입된 우언이지 중국의 자생적 우언이 아니다.

당송(唐宋)은 문학이 가장 번영했던 시기이다. 이 시기는 일부 문인 학자들이 의식적으로 우언을 창작하여, 복잡한 정치 투쟁에서 부패한 세력에 대해 폭로하고 타락한 세상 물정과 인간성을 조소하고 풍자하는 우언을 많이 창작했다. 또한 우언의 체재 형식에서도 현격한 변화가 일어나 한유(韓愈)의 《모영전(毛穎傳)》이나 유종원(柳宗元)의 《삼계(三戒)》와 같이 비록 전(傳)이나 계(戒) 등의 문체 형식을 빌리기는 했지만, 단독 편명(篇名)으로 우언 작품을 창작하고 편폭도 이전에 비해 상당히 길어졌다. 이밖에도 소식(蘇軾)의 《애자잡설(艾子雜說)》은 여러 편의 우언을 수록하여 맹아(萌芽) 단계이기는 하지만 중국우언사에서 최초의 우언 전집으로 평가되고 있다. 유종원(柳宗元)의 《유하동집(柳河東集)》, 피일휴(皮日休)의 《피자문수(皮子文藪)》, 육구몽(陸龜蒙)의 《입택총서(笠澤叢書)》, 나은(羅隱)의 《나소간집(羅昭諫集)》, 소식(蘇軾)의 《소식문집(蘇軾文集)》《애자잡설(艾子雜說)》, 악가(岳珂)의 《정사(桯史)》 등에 인구에 회자되는 우수한 우언 작품을 많이 수록하고 있다.

명청(明淸) 시기는 봉건전제 통치가 사람들의 사상과 언론에 대해 보다 엄격한 통제를 가함으로써, 문인들이 감히 어두운 현실에 대해 직설적으로 비난하지 못하고 필화(筆禍)를 피해 가급적 우언의 형식을 이용하여 심각한 사상을 에둘러 표현하는 이른바 해학(諧謔) 우언이 출현했다. 그러나 많은 우언 작품은 그 사상 내용 여하에 관계없이 항상 냉혹한 조소(嘲笑)와 신랄한 풍자를 내포한 소화(笑話) 형태로 출현하여 진리를 표현하고자 했다. 유기(劉基)의 《욱리자(郁離子)》, 송렴(宋濂)의 《연서(燕書)》《용문자응도기(龍門子凝道記)》, 유원경(劉元卿)의 《현혁편(賢奕編)》, 강영과(江盈科)의 《설도해사(雪濤諧史)》, 조남성(趙南星)의 《소찬(笑贊)》, 풍몽룡(馮夢龍)의 《소부(笑府)》 등에 이러한 부류의 우수한 우언 작품이 많다.

이상에서 언급한 것처럼 중국의 우언은 선진(先秦)시대의 역사 산문과 제자 산문에 등장한 이래, 부단히 명맥을 이어가면서 후세의 역사 · 철학 · 정치 · 문학 등 모든 분야의 문장에 널리 활용되고, 각종 문장의 서술 기법에 지대한 영향을 주었다. 뿐만 아니라 수많은 전고(典故)와 고사성어(故事成語)를 탄생시키는 등 중국인의 언어생활에도 적잖은 영향을 주었다.

우언은 이처럼 그 나름의 일정한 형식과 체제를 갖추고 오랜 전통을 이어가며 점차 문학형식으로 발전을 거듭하여, 오늘날에는 「우언문학」이 문학의 한 장르로서 확고한 자리매김을 하고 있다. 그리하여 중국과 대만을 비롯한 중화문화권의 학계에서는 이미 오래전부터 연구자의 관심을 불러일으켜 우언문학에 대한 연구가 활발히 진행되어 왔고, 출간된 우언선집도 수십 종에 달하고 있다.

우리나라는 지리적으로 중국과 이웃해 있어 중국 문화의 영향을 많이 받아 왔기 때문에 중국의 우언은 자연히 우리나라에 전래되어 우리의 문학과 언어생활에 많은 영향을 주었다. 따라서 우언은 학문적으로 중요한 연구 대상인 동시에, 또한 짤막한 내용이 매우 흥미롭고 우리에게 교훈을 줄 수 있다는 점에서도 일반 독자들의 읽을거리로 충분한 가치를 지니고 있다. 그러나 그간 우리 국내에서는 학계의 일부 연구 영역에서 다루어졌을 뿐 일반 독자들이 직접 우언을 접하기가 쉽지 않았다. 그래서 필자는 우언 연구가들에게 번역된 자료를 제공하는 동시에 일반 독자들에게 중국의 우언을 소개한다는 취지에서 「중국 우언 역주」를 계획하고, 이를 위해 중국·대만·홍콩 등지에서 출간된 여러 우언선집(寓言選集)과 관련 자료들을 수집 정리한 후, 이들 작품을 「선진(先秦) 우언」「양한(兩漢) 우언」「위진남북조(魏晉南北朝) 우언」「당송(唐宋) 우언」「명청(明清) 우언」의 다섯 부분으로 분류하여 역주 작업을 진행하였다.

역주 방법에 있어서는 한문(漢文) 학습과 우언 연구를 병행할 수 있도록 매 작품마다 '원문 및 주석' '번역문' '해설'의 세 부분으로 나누어 상세히 설명하였고, 우리말 번역은 기본적으로 직역을 원칙으로 하되 원문의 구조상 직역이 매끄럽지 못할 경우 약간의 의역과 동시에 의미 보충을 하여 읽기에 편하도록 하였으며, 주석(注釋)은 인명·지명이나 전고(典故) 등에 대한 풀이 외에도 한문 학습에 필요한 일반 단어에 이르기까지 상세하게 정리하였다.

본서의 집필에 많은 노력과 심혈을 기울였음에도 불구하고 필자의 천학비재(淺學菲才)로 인해 오류가 적지 않을까 우려된다. 이점 독자들의 부단한 관심과 아낌없는 질정(叱正)을 바란다.

2017. 5.

최봉원

일러두기

- 본서에 수록된 우언의 문선(文選)은 근래 중국과 대만 및 홍콩 등지에서 출판된 9종의 우언선집(《중국역대우언선(中國歷代寓言選)》·《중국역대우언분류대관(中國歷代寓言分類大觀)》·《중국우언전집(中國寓言全集)》·《중국고대우언정품상석(中國古代寓言精品賞析)》·《역대우언선(歷代寓言選)》·《역대우언대관(歷代寓言大觀)》·《신역역대우언선(新譯歷代寓言選)》·《중국철리우언대전(中國哲理寓言大全)》·《중국우언독본(中國寓言讀本)》: 이상 본서 참고문헌 참조)에 수록된 작품을 대상으로 선정하였다.
- 본서에 수록된 우언의 원문은 본서 참고문헌의 「원문교감」 항목에 열거한 판본을 중심으로 교감하였다. 다만 원문을 제외한 문장의 단락 · 구두점의 위치 · 문장부호의 표기 등은 상황에 따라 저본 외에 여러 출판사의 역주본들을 참고하여 필자 나름대로 가장 문의(文意)에 적합하다고 판단되는 방향으로 정리하였으며, 간혹 저본과 기타 판본 간에 나타나는 이자(異字)에 대해서는 각주에 설명을 첨가하였다.
- 본서에 수록된 우언 작품의 제목은 대부분 여러 우언선집에서 사용한 제목 가운데 필자 임의대로 하나를 선택했고, 간혹 필자가 교정하여 붙인 경우도 있다.
- 본서의 구성은 《소림(笑林)》《열이전(列異傳)》《조자건집(曹子建集)》《완적집(阮籍集)》… 등 원전 작자의 시대별로 구분하여 소개하고, 매 작품을 '원문 및 주석' '번역문' '해설' 의 세 부분으로 나누어 다음과 같은 원

칙을 적용하였다.

1. 공통부분

1) 본서의 '번역문', '해설' 부분의 우리말 설명에는 한자 표기가 필요할 경우 우리말 뒤의 ( ) 속에 한자를 표기하였다.

예 한단순(邯鄲淳 : 130 - 221)은 영천(穎川)[지금의 하남성 등봉현(登封縣) 동쪽] 사람으로 한말(漢末) 삼국시대 위(魏)나라의의 산문작가이다.

2) 인용문 또는 드러낼 필요가 있는 문구에 대해서는「 」를 사용하여 표시하였다.

예 1) 정백이 물었다.

「누구요?」

도깨비가 대답했다.

「도깨비요.」

예 2)「착벽투광(鑿壁偸光)」은「천벽인광(穿壁引光)」이라는 말로도 표현하는데, 이 성어(成語)는 바로 광형(匡衡)의 고사에서 비롯된 것이다.

3) 서명(書名)과 작품은《 》로 표시하였다.

예 이 시기의 대표적인 저술로는 조비(曹丕)의《전론(典論) · 논문(論文)》, 육기(陸機)의《문부(文賦)》, 갈홍(葛洪)의《포박자(抱朴子)》, 유협(劉勰)의《문심조룡(文心雕龍)》, 종영(鍾嶸)의《시품(詩品)》등이 있다.

4) 옛 지명 또는 용어 등에 간단한 해석이 필요할 경우 [ ] 안에 처리하였다.

예 간보(干寶 : ? - 336)는 동진(東晉)의 문학가로 자는 영승(令升)이며 신채(新蔡)[지금의 하남성 경내] 사람이다.

5) 본서에 나오는 인명 · 지명 · 작품명 등은 모두 우리말 발음으로 표기하고 ( ) 속에 한자를 넣되, 같은 단어가 자주 나올 경우 처음에만 한자를 표기하고 나머지는 주로 우리말 발음으로 표기하였다.

예 최열(崔烈)이 상당(上黨) 사람 포견(鮑堅)을 불러 벼슬을 주고 자기의 부하로 삼고자 하여 (포견이 최열을) 알현하려는데, ……

6) 중국의 현행 성(省) 이름은 모두 우리말 발음으로 표기하였다.

甘肅省→감숙성 江西省→강서성 江蘇省→강소성 廣東省→광동성
廣西省→광서성 貴州省→귀주성 吉林省→길림성 福建省→복건성
四川省→사천성 山東省→산동성 山西省→산서성 陝西省→섬서성
新疆省→신강성 安徽省→안휘성 寧夏省→영하성 遼寧省→요녕성
雲南省→운남성 浙江省→절강성 青海省→청해성 河南省→하남성
河北省→하북성 湖南省→호남성 湖北省→호북성 黑龍江省→흑룡강성

2. '원문 및 주석' 부분

1) 원문에 한하여 인명·지명 등 고유명사는 밑줄 '_'로 표시하였다.

예 蘇章字孺文, 扶風平陵人也。…順帝時, 遷冀州刺史。故人爲淸河太守, 章行部案其姦臧。

2) 주석은 각주 형식을 채택하고, 먼저 원문에서 한 문구를 따다가 번역을 한 후, 주석이 필요한 부분을【 】와 〖 〗로 묶어 설명하였으며, 한자(漢字)는 ( )속에 한글 독음을 달았다.

예 羊子曰:「久行懷思, 無它異也。」→ 양자(羊子)가 말했다:「오래도록 집을 떠나 그리웠을 뿐, 다른 일은 아무것도 없소.」

【久行懷思(구행회사)】: 오래도록 집을 떠나 그리워하다. 〖懷思〗: 그리워하다, 생각나다.

3) 인명이나 관직 명칭, 주(州)·군(郡)·현(縣) 등의 행정 단위 및 일반 지명, 산이나 강 등의 자연 지명은 명칭 앞에 식별이 용이하지 않을 경우에 한해 [국명] [인명] [지명] 등을 별도로 표기하여 알기 쉽게 하였다.

예【魯(노)】: [국명] 지금의 산동성 일대에 있던 주대(周代)의 제후국.

【弈秋(혁추)】: [인명] 옛날 바둑의 고수 이름.

【太原(태원)】: [지명] 지금의 산서성 태원시(太原市).

4) 보충설명이 필요하다고 여겨지는 경우에는 '※' 표를 사용하여 설명을 추가했다.

예 【被髮(피발)】: 머리를 풀어 헤치다, 산발하다. ※ 옛날 풍속에 성년이 되면 결발(結髮)을 하고, 아이들은 산발을 했다.

3. '번역문' 부분

1) 본서의 우리말 번역은 직역을 원칙으로 하되, 직역으로 인해 문맥이 매끄럽지 못할 경우 본래의 뜻을 훼손하지 않는 범위 안에서 약간의 의역을 했다.

2) 원문에 문자의 생략 또는 의미의 함축으로 인해 보충설명이 필요할 경우 ( ) 안에 넣어 문맥을 원활하도록 하였다.

예 旣畢, 令間諜問曰:「魏王何如?」→ 접견을 마치고 나서, (조조가) 첩자를 시켜 (흉노의) 사절에게 「위왕은 어떤가?」 물어보도록 했다.

4. '해설' 부분

'해설' 부분에서는 먼저 작품의 요지를 개괄하고 나서 말미에 우의(寓意)를 설명하였다. 다만 말미의 우의를 설명하는 부분에서는 기본적으로 기존 여러 우언선집의 해설 부분을 참고한 후 필자의 관점에 따라 첨삭하여 간략하게 기술하였다.

차례

《소림(笑林)》 우언

《유명록(幽明錄)》 우언

《세설신어(世說新語)》 우언

《위서(魏書)》 우언

《유자(劉子)》 우언

《안씨가훈(顏氏家訓)》 우언

《소림笑林》 우언

한단순(邯鄲淳 : 130-221)은 영천(潁川)[지금의 하남성 등봉현(登封縣) 동쪽] 사람으로, 한말(漢末) 삼국시대 위(魏)나라의의 산문작가이다. 일명 축(竺)이라고도 하며, 자는 자숙(子叔)·우숙(于叔)·자숙(子俶)·자숙(子淑) 등 여러 가지로 전한다. 지행(志行)이 청결하고 재학(才學)이 뛰어나 널리 이름이 알려졌는데 조비(曹丕)가 즉위하자 한단순을 박사로 삼고 급사중(給事中)에 임명했다. 《수서(隋書)·경적지(經籍志)》에 《한단순집(邯鄲淳集)》 2권이 기록되어 있으나 원서는 이미 실전되었고, 오늘날 엄가균(嚴可均)이 수집 정리한 《전상고삼대진한삼국육조문(全上古三代秦漢三國六朝文)》에 5편이 수록되어 있다.

《소림(笑林)》은 한단순이 지은 소화류(笑話類)의 지인소설집(志人小說集)으로 본래 3권이라 했으나 원서는 이미 실전되었고, 청(淸) 마국한(馬國翰)의 《옥함산방집일서(玉函山房輯佚書)》에 1권, 노신(魯迅)이 《태평광기(太平廣記)》《태평어람(太平御覽)》《예문류취(藝文類聚)》《순보하감주집(荀譜下紺珠集)》《북당서초(北堂書草)》 등으로부터 일부 일문을 수집하여 정리한 《고소설구침(古小說鉤沉)》에 29편이 수록되어 있다.

001 절간입성(截竿入城)

《笑林》

원문 및 주석

截竿入城[1]

魯有執長竿入城門者, 初豎執之, 不可入; 橫執之, 亦不可入, 計無所出。[2] 俄有老父至曰:「吾非聖人, 但見事多矣。何不以鋸中截而入?」遂依而截之。[3]

1 截竿入城 → 장대를 잘라 성(城)에 들어가다
【截(절)】: 자르다.
【竿(간)】: 장대.

2 魯有執長竿入城門者, 初豎執之, 不可入; 橫執之, 亦不可入, 計無所出。→ 노(魯)나라에 긴 장대를 가지고 성문에 들어가려는 사람이 있었는데, 처음에 똑바로 세워 잡으니, 들어갈 수가 없고; 옆으로 뉘어 잡으니, 역시 들어갈 수가 없어, 계책이 떠오르지 않았다.
【魯(노)】: [국명] 지금의 산동성 일대에 있던 주대(周代)의 제후국.
【豎執(수집)】: 똑바로 세워 잡다.
【之(지)】: [대명사] 그것, 즉「긴 장대」.
【橫執(횡집)】: 옆으로 뉘어 잡다.
【計無所出(계무소출)】: 계책이 떠오르지 않다, 방법을 생각해내지 못하다.

3 俄有老父至曰:「吾非聖人, 但見事多矣。何不以鋸中截而入?」遂依而截之。→ 잠시 후 어떤 노인이 와서 말했다:「나는 성인은 아니오. 그러나 보아온 일이 많소. 왜 톱으로 중간을 잘라가지고 들어가지 않소?」
【俄(아)】: 잠시 후.
【老父(노부)】: 남자 노인.
【但(단)】: 다만.
【何(하)】: 왜, 어째서.

번역문

장대를 잘라 성(城)에 들어가다

노(魯)나라에 긴 장대를 가지고 성문에 들어가려는 사람이 있었는데, 처음에 똑바로 세워 잡으니 들어갈 수가 없고, 옆으로 뉘어 잡으니 역시 들어갈 수가 없어 계책이 떠오르지 않았다. 잠시 후 어떤 노인이 와서 말했다.

「나는 성인은 아니오. 그러나 보아온 일이 많소. 왜 톱으로 중간을 잘라 가지고 들어가지 않소?」

해설

긴 장대를 똑바로 세워 잡거나 옆으로 뉘어 잡고 성문에 들어가려면 당연히 들어가지 못한다. 그러나 노인의 말대로 장대의 중간을 잘라 버리면 들어갈 수는 있지만, 이 순간부터 긴 장대는 실용가치를 상실한다.

이 우언은 융통성 없는 노(魯)나라 사람의 우둔함을 풍자한 동시에 총명한 척 남의 스승이 되기를 좋아하면서 일을 그르치는 노인의 교활함을 풍자한 것이다.

【以(이)】: …으로, …을 가지고, …을 사용하여.
【鋸(거)】: 톱.
【中截(중절)】: 중간을 자르다.
【遂(수)】: 그리하여.
【依(의)】: …에 따라, …대로.

002 교주고슬(膠柱鼓瑟)

《笑林》

원문 및 주석

膠柱鼓瑟[1]

齊人就趙人學瑟, 因之先調膠柱而歸, 三年不成一曲。[2] 齊人怪之, 有從趙來者, 問其意乃知向人之愚。[3]

1 膠柱鼓瑟 → 기러기발을 아교로 붙여 놓고 비파를 타다
【膠(교)】: [동사] 아교로 붙이다.
【柱(주)】: 기러기발. ※거문고 · 비파 · 가야금 등 현악기 줄의 소리를 조율하는 기구로, 줄의 밑에 괴고 이것을 위아래로 움직여 줄의 소리를 고른다. 기러기의 발 모양과 비슷하게 만들었다 하여 붙여진 이름이다.
【鼓(고)】: (현악기를) 타다, 연주하다.
【瑟(슬)】: 비파. 거문고와 비슷한 옛날의 현악기.

2 齊人就趙人學瑟, 因之先調膠柱而歸, 三年不成一曲。→ 제(齊)나라 사람이 조(趙)나라 사람에게 비파를 배우는데, 조나라 사람이 타던 대로 미리 조율(調律)하여 기러기발을 아교로 붙여 고정시켜 가지고 집으로 돌아왔다. (그 결과) 삼 년이 지나도록 곡조 하나를 연주해내지 못했다.
【齊(제)】: [국명] 지금의 산동성 북부와 하북성 남부에 걸쳐 있던 주대(周代)의 제후국.
【就(취)】: 따르다, 좇다.
【趙(조)】: [국명] 지금의 산서성 북부와 중부 및 하북성 서부와 남부 지역에 있던 주대(周代)의 제후국. 본래 진(晋)나라에 속했으나 B.C. 375년 조씨(趙氏) · 한씨(韓氏) · 위씨(魏氏)가 진(晋)의 영토를 삼분하여 각기 조(趙) · 한(韓) · 위(魏) 세 나라로 독립했다.
【因(인)】: 그대로 좇다, 답습하다, 근거하다.
【之(지)】: [대명사] 그, 즉 「조나라 사람」.
【先調(선조)】: 미리 조정하다, 미리 조율(調律)하다.

3 齊人怪之, 有從趙來者, 問其意乃知向人之愚。→ (다른) 제나라 사람이 이를 이상히 여기다

번역문

기러기발을 아교로 붙여 놓고 비파를 타다

제(齊)나라 사람이 조(趙)나라 사람에게 비파를 배우는데, 조나라 사람이 타던 대로 미리 조율(調律)하여 기러기발을 아교로 붙여 고정시켜 가지고 집으로 돌아왔다. (그 결과) 삼 년이 지나도록 곡조 하나를 연주해 내지 못했다. (다른) 제나라 사람이 이를 이상히 여기다가, 조나라에서 온 사람에게 그 연유를 물어, 비로소 (비파를 배우는) 제나라 사람이 어리석다는 것을 알았다.

해설

제(齊)나라 사람은 곡조에 따라 기러기발을 이동하며 소리를 조율해야 한다는 것을 모르고, 조(趙)나라 사람이 단 한 번 조율한 자리에 아교로 기러기발을 붙여 고정시켜 놓고 연주를 했다. 연주가 제대로 될 수 없는 것은 당연한 이치이다.

「교주고슬(膠柱鼓瑟)」은 현악기에서 현의 소리를 조율하는 기러기발을 붙여 고정시켜 놓고 비파를 탄다는 말로, 고지식하여 조금도 융통성이 없음을 비유한 말이다. 《사기(史記) · 염파인상여렬전(廉頗藺相如列傳)》에 보

....

가, 조나라에서 온 사람에게, 그 연유를 물어, 비로소 (비파를 배우는) 제나라 사람이 어리석다는 것을 알았다.
【怪(괴)】: 이상히 여기다.
【之(지)】: [대명사] 이것, 그것, 즉 「삼 년이 지나도록 곡조 하나를 연주해 내지 못한 것」.
【從(종)】: [개사] …로부터, …에서.
【意(의)】: 연유, 까닭.
【乃(내)】: 비로소. ※판본에 따라서는 「乃」를 「方(방)」이라 했다.
【向人(향인)】: 종전 사람. 즉 「비파를 배운 제나라 사람」. 〖向〗: 嚮(향), 종전, 이전.

인다.

이 우언은 현실 환경에 따라 변화해야 한다는 것을 모르고 오직 하나만을 사수하며 변통할 줄 모르는 어리석은 행위를 풍자한 것이다.

003 수엽은신(樹葉隱身)
《笑林》

원문 및 주석

樹葉隱身[1]

楚人居貧, 讀《淮南方》「得螳螂伺蟬自鄣葉可以隱形」, 遂於樹下仰取葉。[2] 螳蜋執葉伺蟬, 以摘之, 葉落樹下。[3] 樹下先有落葉, 不

....

1 樹葉隱身 → 나뭇잎으로 몸을 숨기다
【隱(은)】: 숨기다.

2 楚人居貧, 讀《淮南方》「得螳螂伺蟬自鄣葉可以隱形」, 遂於樹下仰取葉。→ 초(楚)나라의 어느 가난한 사람이, 《회남방(淮南方)》에서 「사마귀가 매미를 엿볼 때 자신을 가리는 잎을 얻으면 몸을 은폐할 수 있다」라고 한 말을 읽었다. 그리하여 그는 나무 밑에서 위를 쳐다보며 그런 잎을 찾고 있었다.
【楚(초)】: [국명] 지금의 호남성 · 호북성과 강서성 · 절강성 및 하남성 남부에 걸쳐 있던 주대(周代)의 제후국.
【居貧(거빈)】: 집이 가난하다, 가난하게 살다. ※판본에 따라서는 「居貧」을 「貧居」라 했다.
【《淮南方(회남방)》】: [책이름] 방술에 관한 책으로 보이며, 서한(西漢) 회남왕(淮南王) 유안(劉安)이 신선술을 좋아했던 것으로 미루어 이 책이 혹시 그와 관련이 있을지도 모르나, 현재 일실되어 전하지 않는다.
【螳螂(당랑)】: [곤충] 사마귀.
【伺(사)】: 엿보다, 노리다.
【自鄣葉(자장엽)】: 자신을 가리는 잎. 【鄣】: 障(장), 가리다, 막다.
【隱形(은형)】: 몸을 은폐하다, 몸을 숨기다.
【遂(수)】: 이에, 그리하여, 그래서.
【仰(앙)】: 위를 올려보다.

3 螳蜋執葉伺蟬, 以摘之, 葉落樹下。→ (마침) 사마귀가 잎을 잡고 매미를 엿보는 것을 발견

能復分別, 埽取數斗歸。[4] 一一以葉自鄣, 問其妻曰 :「汝見我不?」[5] 妻始時恆答言 :「見。」經日乃厭倦不堪, 紿云 :「不見。」嘿然大喜。[6] 齎葉入市, 對面取人物, 吏遂縛詣縣。[7] 縣受辭, 自說本末。官大笑, 放而不治。[8]

하고, 곧 그 잎을 따버렸으나, 잎이 나무 아래 바닥으로 떨어졌다.
【執(집)】: 잡다, 가지다.
【之(지)】: [대명사] 그것, 즉 「사마귀가 잡고 있는 잎」.
【摘(적)】: 따다, 채취하다.

4 樹下先有落葉, 不能復分別, 埽取數斗歸。→ 나무 아래에 먼저 떨어진 낙엽이 있어, 다시 분별을 할 수 없자, 여러 말[斗]의 잎을 함께 쓸어 담아 가지고 집으로 돌아왔다.
【復(부)】: 재차, 다시.
【埽取(소취)】: 쓸어 담다. 〖埽〗: 掃(소), 쓸다. ※ 판본에 따라서는 「埽」를 「掃」라 했다.

5 一一以葉自鄣, 問其妻曰 :「汝見我不?」→ 그리고 이파리를 하나씩 들어 자기 몸을 가리며, 아내에게 물었다 :「나 보여 안 보여?」
【汝(여)】: 너, 당신.

6 妻始時恆答言 :「見。」經日乃厭倦不堪, 紿云 :「不見。」嘿然大喜。→ 아내가 처음 얼마 동안은 항상 :「보여요.」라고 대답했으나, 하루 종일 그렇게 하다 보니 마침내 싫증이 나서 견딜 수가 없었다. 그리하여 거짓으로 :「안 보여요.」라고 말하니, 그는 아무 말 없이 속으로 매우 좋아했다.
【始時(시시)】: 처음 얼마동안.
【恆(항)】: 항상.
【經日(경일)】: 하루 종일, 온종일.
【乃(내)】: 마침내.
【厭倦(염권)】: 싫증나다, 짜증나다.
【不堪(불감)】: 견딜 수 없다, 참을 수 없다.
【紿(태)】: 속이다, 기만하다, 거짓말하다.
【嘿然(묵연)】: 묵묵히 말이 없는 모양.

7 齎葉入市, 對面取人物, 吏遂縛詣縣。→ (그는) 그 잎을 가지고 시장에 들어가, 사람들이 보는 앞에서 남의 물건을 훔쳤다. 관리가 바로 그를 포박하여 현(縣)으로 압송해 갔다.
【齎(재)】: 가지다, 지참하다.
【對面(대면)】: 면전에서, 사람이 보는 앞에서.
【遂(수)】: 그리하여, 바로, 곧.
【縛(박)】: 묶다, 결박하다, 포박하다.
【詣(예)】: 가다, 이르다.

8 縣受辭, 自說本末。官大笑, 放而不治。→ 현에서 송사(訟事)를 수리하자, 그가 스스로 자초

번역문

나뭇잎으로 몸을 숨기다

초(楚)나라의 어느 가난한 사람이 《회남방(淮南方)》에서 「사마귀가 매미를 엿볼 때 자신을 가린 잎을 얻으면 몸을 은폐할 수 있다.」라고 한 말을 읽었다. 그리하여 그는 나무 밑에서 위를 쳐다보며 그런 잎을 찾고 있었다. (마침) 사마귀가 잎을 잡고 매미를 엿보는 것을 발견하고 곧 그 잎을 따버렸으나 잎이 나무 아래 바닥으로 떨어졌다. 나무 아래에 먼저 떨어진 낙엽이 많이 있어 다시 분별을 할 수 없자 여러 말[斗]의 잎을 함께 쓸어 담아 가지고 집으로 돌아왔다. 그리고 이파리를 하나씩 들어 자기 몸을 가리며 아내에게 물었다.

「나 보여 안 보여?」

아내가 처음 얼마 동안은 항상 「보여요.」라고 대답했으나, 하루 종일 그렇게 하다 보니 마침내 싫증이 나서 견딜 수가 없었다. 그리하여 거짓으로 「안 보여요.」라고 말하니, 그는 말없이 속으로 매우 좋아했다. 그는 그 잎을 가지고 시장에 들어가, 사람들 앞에서 남의 물건을 훔쳤다. 관리가 바로 그를 포박하여 현(縣)으로 압송해 갔다. 현에서 송사를 수리하자, 그가 스스로 자초지종을 이야기했다. 현의 관리는 박장대소하며, 그를 풀어주고 처벌하지 않았다.

지종을 이야기했다. 현의 관리가 박장대소하며, 그를 풀어주고 처벌하지 않았다.

【受辭(수사)】: 송사(訟事)를 접수하다, 소송을 받아들이다.

【本末(본말)】: 자초지종.

【放(방)】: 놓아주다, 풀어주다.

【不治(불치)】: 다스리지 않다, 즉 「처벌하지 않다」의 뜻.

해설

작은 사마귀가 나뭇잎으로 몸을 숨기는 것을 사람에게 적용할 수 있다고 여긴 어느 초(楚)나라 사람의 어처구니없는 행동에 대해, 관리조차도 박장대소하며 처벌할 생각을 그만두고 방면했다.

이 우언은 어떤 문제를 객관적인 관점에 따라 파악하지 못하고 맹목적으로 방술(方術)을 신봉하는 어리석은 사람의 허황된 행동을 풍자한 것이다.

004 인운역운(人云亦云)

《笑林》

원문 및 주석

人云亦云[1]

漢司徒崔烈辟上黨鮑堅爲掾, 將謁見, 自慮不過, 問先到者儀, 適有荅曰:「隨典儀口倡。」[2] 旣謁, 讚曰:「可拜。」堅亦曰:「可拜。」

....

1 人云亦云 → 남이 말하는 대로 따라 말하다
【人(인)】: 남, 다른 사람.
【云(운)】: 말하다.

2 漢司徒崔烈辟上黨鮑堅爲掾, 將謁見, 自慮不過, 問先到者儀, 適有荅曰:「隨典儀口倡。」→ 한(漢)나라 사도(司徒) 최열(崔烈)이 상당(上黨) 사람 포견(鮑堅)을 불러 벼슬을 주고 자기의 부하로 삼고자 하여, (포견이 최열을) 알현하려는데, 자신이 어떻게 해야 할지 몰라 걱정되어, 먼저 온 사람에게 의식 절차를 물었다. 마침 다른 사람이 대답했다:「전의(典儀)가 말하는 대로 따라 하시오.」
【漢(한)】: [국명] 유방(劉邦)이 세운 나라.
【司徒(사도)】: [관직] 한대(漢代) 최고 관직인 삼공(三公)의 하나. 서한 때는 대사마(大司馬)·대사도(大司徒)·대사공(大司空)을 가리키고, 동한 때는 태위(太尉)·사도(司徒)·사공(司空)을 가리킨다.
【崔烈(최열)】: [인명].
【辟(벽)】: 징초하다, 불러서 벼슬을 주다.
【上黨(상당)】: [지명] 지금의 산서성 장치현(長治縣) 경내.
【鮑堅(포견)】: [인명].
【掾(연)】: 속관, 부하, 보좌관.
【將(장)】: (장차) …하려고 하다.
【謁見(알현)】: 뵙다, 알현하다.

讚者曰 :「就位。」堅亦曰 :「就位。」因復著履上座。[3] 將離席, 不知履所在, 讚者曰 :「履著脚。」堅亦曰 :「履著脚也。」[4]

번역문

남이 말하는 대로 따라 말하다

한(漢)나라 사도(司徒) 최열(崔烈)이 상당(上黨) 사람 포견(鮑堅)을 불러 벼슬을 주고 자기의 부하로 삼고자 하여 (포견이 최열을) 알현하려는데, 자신이 어떻게 해야 할지 몰라 걱정되어 먼저 온 사람에게 의식 절차를 물었다. 마침 다른 사람이 대답했다.

【自慮不過(자로불과)】: 자신이 어떻게 해야 할지 몰라 걱정하다.
【先到者(선도자)】: 먼저 온 사람.
【儀(의)】: 의식, 예식.
【適(적)】: 마침.
【荅(답)】: 答(답), 대답하다.
【隨(수)】: …을 따라, …을 좇아.
【典儀(전의)】: 의식 절차를 담당하는 관리.
【口倡(구창)】: 복창하다, 따라 말하다.

3 旣謁, 讚曰 :「可拜。」堅亦曰 :「可拜。」讚者曰 :「就位。」堅亦曰 :「就位。」因復著履上座。→ 알현하고 나서, 전의(典儀)가 :「절하시오.」라고 말하자, 포견도 :「절하시오.」라고 따라 말했다. 이어서 전의가 :「자리로 가시오.」라고 말하자, 포견도 :「자리로 가시오.」라고 했다. 그리하여 (포견은) 다시 신발을 신고 자리에 가서 앉았다.
【旣(기)】: …하고 나서, …한 후.
【讚(찬)】: 돕다, 보좌하다. 여기서는「보좌하는 사람」, 즉「전의(典儀)」를 가리킨다.
【就位(취위)】: 자리로 가다.
【因(인)】: 그리하여
【復(부)】: 다시.
【著履(착리)】: 신발을 신다. 〖著〗: 신다. 〖履〗: 신발.
【上座(상좌)】: 자리에 앉다.

4 將離席, 不知履所在, 讚者曰 :「履著脚。」堅亦曰 :「履著脚也。」→ 자리를 떠나려 할 때, (포견은) 자기 신발이 어디에 있는지 몰랐다. (이에) 전의가 :「신발은 발에 신고 있소.」라고 말하자, 포견도 :「신발은 발에 신고 있소.」라고 했다.

「전의(典儀)가 말하는 대로 따라 하시오.」

알현하고 나서 전의가 「절하시오.」라고 말하자, 포견도 「절하시오.」라고 따라 말했다. (이어서) 전의가 「자리로 가시오.」라고 말하자, 포견도 「자리로 가시오.」라고 했다. 그리하여 (포견은) 다시 신발을 신고 자리에 가서 앉았다. 자리를 떠나려 할 때, (포견은) 자기 신발이 어디에 있는지 몰랐다. (이에) 전의가 「신발은 발에 신고 있소.」라고 말하자, 포견도 「신발은 발에 신고 있소.」라고 했다.

해설

포견(鮑堅)은 자기를 기용한 상급자를 알현하는 예의 절차를 몰라, 전의(典儀)가 하는 대로 따라 하라는 남의 말을 듣고 그대로 실행하다가 희극적인 황당한 장면을 연출했다.

이 우언은 스스로 노력하여 난관을 극복하려는 의지 없이, 모든 일을 남에게 의존하여 쉽게 해결하기를 바라는 나태하고 무능한 사람의 몰염치한 행위를 조소한 것이다.

005 연자초주(掾者抄奏)

《笑林》

원문 및 주석

掾者抄奏[1]

桓帝時, 有人辟公府掾者, 倩人作奏記文;[2] 人不能爲作, 因語曰 :「梁國葛龔先善爲記文, 自可寫用, 不煩更作。」[3] 遂從人言寫記文,

1 掾者抄奏 → 보좌관이 상주문(上奏文)을 베끼다
【掾者(연자)】: 상관의 직무를 보필하는 관리. 보좌관, 속관.
【抄(초)】: 베끼다.
【奏(주)】: 상주문(上奏文), 신하가 임금에게 올리는 글.

2 桓帝時, 有人辟公府掾者, 倩人作奏記文; → 환제(桓帝) 때, 어떤 사람이 공부(公府)의 보좌역으로 임용되어, 다른 사람에게 대신 상주문을 작성해 달라고 부탁했다.
【桓帝(환제)】: 동한(東漢)의 황제. 이름은 유지(劉志).
【辟(벽)】: 징초(徵招)하다, 불러서 벼슬을 주다.
【公府(공부)】: 삼공(三公)이 집무하는 관청. ※동한(東漢) 때는 태위(太尉)·사도(司徒)·사공(司空)을 삼공이라 했다.
【倩(천)】: 부탁하다, 의뢰하다.
【作(작)】: 짓다, 작성하다.
【奏記文(주기문)】: 상주문(上奏文), 임금에게 올리는 글.

3 人不能爲作, 因語曰 :「梁國葛龔先善爲記文, 自可寫用, 不煩更作。」 → 그 사람은 작성할 줄을 몰랐다. 그리하여 이렇게 일러 말했다 :「양(梁)나라의 갈공(葛龔)이 기문(記文)을 잘 쓰는데, 그의 글을 베껴서 사용할 수 있으니, 번거롭게 다시 작성할 필요가 없습니다.」
【因(인)】: 이로 인해, 그리하여, 그래서.
【語(어)】: 알려주다, 일러주다.
【梁國(양국)】: 지금의 하남성 상구현(上邱縣) 영릉현(寧陵縣)과 산동성 조현(曹縣) 성무현(成

不去葛龔名姓。府君大驚, 不荅而罷。[4] 故時人語曰 :「作奏雖工, 宜去葛龔。」[5]

번역문

보좌관이 상주문(上奏文)을 베끼다

환제(桓帝) 때 어떤 사람이 공부(公府)의 보좌역으로 임용되어 다른 사람에게 대신 상주문(上奏文)을 작성해 달라고 부탁했다. 그 사람은 작성할 줄을 몰랐다. 그래서 이렇게 일러 말했다.

「양(梁)나라의 갈공(葛龔)이 기문(記文)을 잘 쓰는데, 그의 글을 베껴서 사용할 수 있으니 번거롭게 다시 작성할 필요가 없습니다.」

……………

武縣) 일대에 있던 동한(東漢)의 군국(郡國).

【葛龔(갈공)】: [인명] 영릉(寧陵) 사람으로, 동한 화제(和帝) 상주문을 잘 쓰기로 이름이 났다.

【善爲(선위)】: …을 잘 하다, …에 능하다. 여기서는 「잘 쓰다」의 뜻.

【自可(자가)】: 본래 …할 수 있다.

【寫用(사용)】: 베껴서 사용하다.

【不煩(불번)】: 번거롭게 …하지 않아도 된다, 번거롭게 …할 필요가 없다.

4 遂從人言寫記文, 不去葛龔名姓。府君大驚, 不荅而罷。→ 그리하여 그 사람의 권고에 따라 상주문을 베껴 썼는데, 갈공의 이름과 성을 제거하지 않았다. 부군(府君)이 보고 깜짝 놀라, 아무런 대꾸도 없이 그를 파면해 버렸다.

【遂(수)】: 이에, 그리하여.

【從(종)】: 따르다, 좇다.

【去(거)】: 없애다, 제거하다.

【府君(부군)】: 관청의 우두머리.

【罷(파)】: 파면하다, 해고하다. ※판본에 따라서는 「罷歸(파귀)」라 했다.

5 故時人語曰 :「作奏雖工, 宜去葛龔。」→ 그래서 당시 사람들이 말했다 :「상주문의 작성이 비록 깔끔하다 해도, 갈공의 이름은 마땅히 제거했어야지.」

【故(고)】: 그래서.

【工(공)】: 깔끔하다, 공교하다.

【宜(의)】: 마땅히, 당연히.

그리하여 그 사람의 권고에 따라 상주문을 베껴 썼는데, 갈공의 이름과 성을 제거하지 않았다. 부군(府君)이 보고 깜짝 놀라 아무런 대꾸도 없이 그를 파면해 버렸다. 그래서 당시 사람들이 말했다.

「상주문의 작성이 비록 깔끔하다 해도, 갈공의 이름은 마땅히 제거했어야지.」

해설

무슨 일을 하려면 반드시 자신이 실력을 갖추어야지, 노력의 대가를 치르지 않고 잔꾀를 부려 남의 성과를 표절하려 한다면 언젠가는 들통이 나고 만다. 공부(公府)의 보좌역이 갈공(葛龔)의 기문(記文)을 베껴 쓰고 원작자의 성명을 지우지 못한 것도 결국 무지(無知)의 소치에서 기인한 것이다.

이 우언은 사리사욕에 눈이 어두워 탐욕을 부리다가 망신을 당한 어리석은 사람의 무모한 행위를 풍자한 것이다.

006 명문인찬화(命門人鑽火)

《笑林》

원문 및 주석

命門人鑽火[1]

某甲夜暴疾, 命門人鑽火。其夜陰瞑, 不得火, 催之急。[2] 門人忿然曰:「君責人亦大無道理! 今闇如漆, 何以不把火照我? 我當得覓鑽火具, 然後易得耳。」[3] 孔文舉聞之曰:「責人當以其方也。」[4]

....

1 命門人鑽火 → 하인에게 나무 막대를 문질러 불을 피우라고 명하다
【門人(문인)】: 하인.
【鑽火(찬화)】: 나무 막대를 문질러 불을 피우다.

2 某甲夜暴疾, 命門人鑽火。其夜陰瞑, 不得火, 催之急。→ 갑(甲)이라는 사람이 밤중에 급병(急病)이 나서, 하인에게 나무 막대를 문질러 불을 피우라고 명했다. 그날 밤 매우 캄캄한데, 불을 밝히지 못하자, 하인을 급하게 재촉했다.
【某甲(모갑)】: 갑이라는 사람. ※판본에 따라서는 「某甲」을 「魏人(위인)」이라 했다.
【暴疾(폭질)】: 급병에 걸리다, 급병이 나다.
【其夜(기야)】: 그날 밤. ※판본에 따라서는 「其夜」를 「是夕(시석)」이라 했다.
【陰瞑(음명)】: 캄캄하다.
【催之急(최지급)】: 하인을 급하게 재촉하다. 〖催〗: 독촉하다, 재촉하다. 〖之〗: [대명사] 그, 「하인」. ※판본에 따라서는 「催之急」을 「督迫頗急(독박파급)」이라 했다.

3 門人忿然曰:「君責人亦大無道理! 今闇如漆, 何以不把火照我? 我當得覓鑽火具, 然後易得耳。」→ 하인이 화를 내며 말했다:「주인님은 사람을 꾸짖는 것이 너무 도리에 맞지 않습니다. 지금 칠흑같이 어두운데, 어째서 불을 들고 나를 비춰주지 않습니까? 마땅히 내가 (먼저) 불 피우는 도구를 찾아야, 그 다음에 불을 쉽게 피울 수 있지요.」
【忿然(분연)】: 화를 내는 모양.

번역문

하인에게 나무 막대를 문질러 불을 피우라고 명하다

갑(甲)이라는 사람이 밤중에 급병(急病)이 나서, 하인에게 나무 막대를 문질러 불을 피우라고 명했다. 그날 밤 매우 캄캄한데 불을 밝히지 못하자 하인을 급하게 재촉했다.

하인이 화를 내며 말했다.

「주인님은 사람을 꾸짖는 것이 너무 도리에 맞지 않습니다. 지금 칠흑 같이 어두운데 어째서 불을 들고 나를 비춰주지 않습니까? 마땅히 내가 (먼저) 불 피우는 도구를 찾아야, 그 다음에 불을 쉽게 피울 수 있지요.」

공문거(孔文擧)가 이 말을 듣고 말했다.

「사람을 꾸짖으려면 마땅히 도리에 부합해야 한다.」

해설

갑(甲)이라는 사람은 급병으로 상황이 급박하자 하인에게 무리한 명령

【君(군)】: 상대방에 대한 존칭.
【責(책)】: 꾸짖다, 나무라다.
【闇(암)】: 어둡다, 캄캄하다.
【如漆(여칠)】: 칠흑 같다.
【何以(하이)】: 어찌.
【把(파)】: 잡다, 들다.
【覓(멱)】: 찾다.
【鑽火具(찬화구)】: 불 피우는 도구.

4 孔文擧聞之曰:「責人當以其方也。」→ 공문거(孔文擧)가 이 말을 듣고 말했다:「사람을 꾸짖으려면 마땅히 도리에 부합해야 한다.」
【孔文擧(공문거)】: [인명] 공융(孔融). 자는 文擧. 동한 노국(魯國)[지금의 산동성 곡부(曲阜) 일대] 사람으로 공자(孔子)의 25세손이며, 건안칠자(建安七子)의 한 사람.
【當以其方(당이기방)】: 마땅히 도리에 부합해야 하다. 〖方〗: 도리, 이치, 사리.

을 내렸다. 하인의 입장에서 당장 해결할 수 없는 일을 무리하게 재촉하며 꾸짖자 하인이 주인에게 반발했다.

이 우언은 본문 말미에서 공문거(孔文擧)가 한 말처럼, 설사 주종(主從)의 관계라 해도 하인을 부릴 경우 합당한 이유가 있어야 한다는 도리를 설명한 것이다.

※ 참고 : 이 고사는 은운(殷芸)의 《은운소설(殷芸小說)》에도 보이는데, 《소림》과 비교할 때 기본 줄거리는 같으나 약간의 문자 출입이 있다.

007 장란장사(腸爛將死)

《笑林》

원문 및 주석

腸爛將死[1]

趙伯公肥大，夏日醉臥。[2] 孫兒緣其肚上戲，因以李子內其臍中，累七八枚；旣醉，了不覺；數日後，乃知痛。[3] 李大爛，汁出，以爲臍

1 腸爛將死 → 창자가 문드러져 죽으려 하다
【爛(란)】: 문드러지다, 부식되다.
【將(장)】: (곧) …하려 하다, (장차) …할 것이다.

2 趙伯公肥大, 夏日醉臥。→ 몸집이 크고 뚱뚱한 조백공(趙伯公)이, 어느 여름날 술이 취해 누워 자고 있었다.
【趙伯公(조백공)】: [인명].
【醉臥(취와)】: 술이 취해 누워 자다.

3 孫兒緣其肚上戲, 因以李子內其臍中, 累七八枚; 旣醉, 了不覺; 數日後, 乃知痛。→ 어린 손자가 그의 배 위에 기어 올라가 장난을 치며, 이때를 틈타 자두를 그의 배꼽 속에 쑤셔 넣었다. 모두 일곱 여덟 개는 되었다. (조백공은) 이미 취한 상태라, (당시에는) 전혀 느끼지 못하고 있다가; 며칠 후에, 비로소 통증을 감지했다.
【緣(연)】: 기어오르다.
【戲(희)】: 장난치다.
【因(인)】: 틈타다.
【李子(이자)】: 오얏, 자두.
【內(납)】: [동사] 納(납), 쑤셔 넣다.
【臍(제)】: 배꼽.
【累(누)】: 도합, 모두.
【枚(매)】: [양사] 매, 장, 개.

穴, 懼死, 乃命妻子處分家事, 乃泣謂家人曰 : 「我腸爛將死。」[4] 明日, 李核出, 乃知孫兒所內李子也。[5]

번역문

창자가 문드러져 죽으려 하다

몸집이 크고 뚱뚱한 조백공(趙伯公)이 어느 여름날 술이 취해 누워 자고 있었다. 어린 손자가 그의 배 위에 기어 올라가 장난을 치며, 이때를 틈타 자두를 그의 배꼽 속에 쑤셔 넣었다. 모두 일곱 여덟 개는 되었다. (조백공은) 이미 취한 상태라 (당시에는) 전혀 느끼지 못하고 있다가 며칠 후에 비로소 통증을 감지했다. (이때) 자두가 매우 부식(腐蝕)되어 즙이 흘러나왔다. (조백공은) 배꼽에 구멍이 뚫린 것이라 여겨 죽을까 두려워하며, 곧 처자식들에게 가사를 처리하도록 명하고, 또 울면서 가족들에게 말했다.

【旣(기)】 : 이미.
【了不覺(요불각)】 : 전혀 느끼지 못하다. 〖了〗 : 전혀, 조금도, 완전히.
【乃(내)】 : 비로소.

4 李大爛, 汁出, 以爲臍穴, 懼死, 乃命妻子處分家事, 乃泣謂家人曰 : 「我腸爛將死。」 → (이때) 자두가 매우 부식(腐蝕)되어, 즙이 흘러나왔다. (조백공은) 배꼽에 구멍이 뚫린 것이라 여겨, 죽을까 두려워하며, 곧 처자식들에게 가사(家事)를 처리하도록 명하고, 또 울면서 가족들에게 말했다 : 「내 창자가 썩어 문드러져서 곧 죽을 것이다.」
【大爛(대란)】 : 심하게 문드러지다, 매우 부식(腐蝕)되다.
【以爲(이위)】 : …라고 여기다, …라고 생각하다.
【懼(구)】 : 두려워하다.
【乃(내)】 : 앞의 「乃」는 「곧, 바로」의 뜻이고, 뒤의 「乃」는 「또, 그리고」의 뜻.
【處分(처분)】 : 처리하다.

5 明日, 李核出, 乃知孫兒所內李子也。 → 이튿날, 자두 씨가 (배꼽에서) 빠져나오자, 비로소 손자가 자두를 쑤셔 넣은 것을 알았다.
【明日(명일)】 : 이튿날, 다음날.
【核(핵)】 : 씨.
【乃(내)】 : 비로소.

「내 창자가 썩어 문드러져서 곧 죽을 것이다.」

이튿날, 자두 씨가 (배꼽에서) 빠져나오자, 비로소 손자가 자두를 쑤셔 넣은 것을 알았다.

해설

조백공(趙伯公)이 술에 취해 자고 있을 때, 어린 손자가 조백공의 배꼽 속에 자두를 쑤셔 넣었다. 며칠 후 자두가 썩어 즙이 흘러나오자, 조백공은 자기 창자가 문드러진 것으로 착각하여 곧 죽을 거라고 여기며 몹시 두려워했다.

이 우언은 상황을 자세히 살펴보지 않고 우왕좌왕하며 당황해 하는 조백공의 태도를 통해, 어떤 의외의 일을 만났을 때 먼저 심사숙고(深思熟考)하지 않고 표면적인 현상을 근거로 섣불리 결론을 내리는 경솔한 행위를 경계한 것이다.

008 한세노인(漢世老人)

《笑林》

원문 및 주석

漢世老人[1]

漢世有人年老無子, 家富, 性儉嗇, 惡衣蔬食;[2] 侵晨而起, 侵夜而息; 營理産業, 聚斂無厭, 而不敢自用。[3] 或人從之求丐者, 不得已而入內取錢十, 自堂而出, 隨步輒減, 比至于外, 纔餘半在, 閉目以授乞者。[4] 尋復囑云 :「我傾家贍君, 愼勿他說, 復相效而來!」[5] 老人俄

1 漢世老人 → 한(漢)나라 때의 어느 노인
【漢世(한세)】: 한(漢)나라 때. 【漢】: 유방(劉邦)이 세운 나라.

2 漢世有人年老無子, 家富, 性儉嗇, 惡衣蔬食; → 한(漢)나라 때 어떤 노인이 자식은 없고, 집이 부유했는데, 성품이 인색하여, 항상 너절한 옷차림에 거친 음식을 먹고;
【儉嗇(검색)】: 인색하다.
【惡衣蔬食(악의소식)】: 너절한 옷차림을 하고 거친 음식을 먹다.

3 侵晨而起, 侵夜而息; 營理産業, 聚斂無厭, 而不敢自用。→ 새벽에 일어나, 야밤이 되어서야 휴식을 취하며; 산업을 경영하여, 재물을 긁어모으는데 만족할 줄 모르고, 감히 스스로 쓰지를 못했다.
【侵晨(침신)】: 새벽.
【侵夜(침야)】: 야밤.
【營理(영리)】: 관리하다, 경영하다.
【聚斂(취렴)】: (돈 · 재물 따위를) 긁어모으다.
【無厭(무염)】: 만족할 줄 모르다.

4 或人從之求丐者, 不得已而入內取錢十, 自堂而出, 隨步輒減, 比至于外, 纔餘半在, 閉目以授乞者。→ (한번은) 어떤 사람이 그에게 도와달라고 애걸을 하자, 부득이 안으로 들어가 동

死, 田宅沒官, 貨財充于內帑矣。[6]

번역문

한(漢)나라 때의 어느 노인

한(漢)나라 때 어떤 노인이 자식은 없고 집이 부유했는데, 성품이 인색하여 항상 너절한 옷차림에 거친 음식을 먹고 새벽에 일어나 야밤이 되어서야 휴식을 취하며, 산업을 경영하여 재물을 긁어모으는데 만족할 줄 모

……………

전 열 개를 취해, 거실에서 나오면서, 걸음을 뗄 때마다 곧 하나씩 줄여서, 밖에 이르렀을 때는, 겨우 절반이 남았는데, 지그시 눈을 감고 애걸한 사람에게 주었다.
【或人(혹인)】: 어떤 사람.
【從之(종지)】: 그에게. 〖之〗: [대명사] 그, 즉 「부자 노인」.
【丐(개)】: (도와달라고) 구걸하다, 애걸하다.
【隨步(수보)】: 걸음을 뗄 때마다.
【輒(첩)】: 곧, 바로, 즉시.
【比(비)】: 及(급), …에 이르러.
【纔(재)】: 겨우.
【餘半在(여반재)】: 절반이 남다.
【授(수)】: 주다.

5 尋復囑云: 「我傾家贍君, 愼勿他說, 復相效而來!」 → 그리고 뒤이어 다시 그에게 당부했다: 「내가 가산을 기울여 당신을 돕는 것이니, 절대로 다른 사람에게 말해 가지고, (그들이) 또 따라하지 않게 하시오!」
【尋(심)】: 뒤이어, 잠시 후.
【囑(촉)】: 당부하다.
【傾家(경가)】: 가산을 기울이다.
【贍(섬)】: 돕다, 구휼하다.
【愼(신)】: 절대로.
【相效(상효)】: 모방하다, 따라하다.

6 老人俄死, 田宅沒官, 貨財充于內帑矣。 → 얼마 후 노인이 죽자, 전답과 집은 관에 몰수되고, 재물은 내탕고(內帑庫)에 충당되었다.
【俄(아)】: 얼마 후.
【沒官(몰관)】: 관에 몰수되다.
【內帑(내탕)】: 내탕고(內帑庫). 왕실의 재물을 넣어두던 창고.

르고 감히 스스로 쓰지를 못했다. (한번은) 어떤 사람이 그에게 도와달라고 애걸을 하자, 부득이 안으로 들어가 동전 열 개를 취해 거실에서 나오면서 걸음을 뗄 때마다 곧 하나씩 줄여서, 밖에 이르렀을 때는 겨우 절반이 남았는데, 지그시 눈을 감고 애걸한 사람에게 주었다. 그리고 뒤이어 다시 그에게 당부했다.

「내가 가산을 기울여 당신을 돕는 것이니, 절대로 다른 사람에게 말해 가지고 (그들이) 또 따라하지 않게 하시오!」

얼마 후 노인이 죽자, 전답과 집은 관에 몰수되고 재물은 내탕고(內帑庫)에 충당되었다.

해설

한(漢)나라의 부자 노인은 지나치게 인색하여, 자기가 지니고 있다가 죽는 한이 있어도 절대로 남에게 베풀려고 하지 않는다.

이 우언은 오직 모을 줄만 알고 베풀 줄 모르는 수전노의 인색한 형상을 풍자한 것이다.

009 한인자책(漢人煮簀)

《笑林》

원문 및 주석

漢人煮簀[1]

漢人有適吳, 吳人設筍。問是何物, 語曰:「竹也。」[2] 歸煮其床簀而不熟, 乃謂其妻曰:「吳人轣轆, 欺我如此!」[3]

1 漢人煮簀 → 한중(漢中) 사람이 대자리를 삶다
【漢(한)】: [지명] 한중(漢中). 옛날 한중군(漢中郡) 지역.
【煮(자)】: 삶다.
【簀(책)】: 대자리.

2 漢人有適吳, 吳人設筍。問是何物, 語曰:「竹也。」→ 어느 한중(漢中) 사람이 오군(吳郡)에 갔는데, 오군 사람이 죽순을 차려 접대했다. 이것이 무엇이냐고 물으니, (오군 사람이) 대답했다:「대나무입니다.」
【適(적)】: 가다.
【吳(오)】: [지명] 옛 오군(吳郡) 지역.
【設(설)】: (상을) 차리다.
【筍(순)】: 笋(순), 죽순. ※판본에 따라서는「筍(순)」을「笋」이라 했다.
【是(시)】: 이것.
【何物(하물)】: 무엇, 무슨 물건.

3 歸煮其床簀而不熟, 乃謂其妻曰:「吳人轣轆, 欺我如此!」→ 한중 사람이 집에 돌아와 자기 침상의 대자리를 삶자 익지를 않았다. 그리하여 자기 처에게 말했다:「오군 사람 정말 교활하군. 이렇게 나를 속이다니!」
【熟(숙)】: 익다.
【乃(내)】: 이에, 그리하여.
【轣轆(역록)】: 수레의 궤도(軌道). ※軌道는 궤도(詭道 : 교활하다)와 음이 같기 때문에「轣

번역문

한중(漢中) 사람이 대자리를 삶다

어느 한중(漢中) 사람이 오군(吳郡)에 갔는데 오군 사람이 죽순을 차려 접대했다. 이것이 무엇이냐고 물으니 (오군 사람이) 대답했다.

「대나무입니다.」

한중 사람이 집에 돌아와 자기 침상의 대자리를 삶자 익지를 않았다. 그리하여 자기 처에게 말했다.

「오군 사람 정말 교활하군. 이렇게 나를 속이다니!」

해설

죽순과 대자리는 비록 근원이 같다 해도 엄연히 다른 물건이다. 그러나 한중(漢中) 사람은 이를 동일한 것으로 간주하여 오군(吳郡) 사람을 교활하다고 매도했다.

이 우언은 하나만 알고 파생의 원리를 모르는 무지몽매하고 융통성 없는 사람을 풍자한 것이다.

················

轆」을 「교활하다」라는 의미로 사용했다.
【欺(기)】: 속이다.

010 의치타배(醫治駝背)

《笑林》

원문 및 주석

醫治駝背[1]

平原人有善治傴者, 自云:「不善, 人百一人耳。」[2] 有人曲度八尺, 直度六尺, 乃厚貨求治。曰:「君且臥。」欲上背踏之。[3] 傴者曰:「將

1 醫治駝背 → 꼽추를 치료하다
【醫治(의치)】: 치료하다.
【駝背(타배)】: 구루, 꼽추, 곱사등이.

2 平原人有善治傴者, 自云:「不善, 人百一人耳。」→ 평원(平原) 사람으로 꼽추를 잘 치료하는 자가 있었는데, 자기 스스로 말하길:「치료가 안 되는 경우는, 백 사람 중 한 사람뿐.」이라고 했다.
【平原(평원)】: [지명] 지금의 산동성 제남(濟南)과 그 서부 일대.
【善治(선치)】: 치료를 잘하다.
【傴(구)】: 구루, 꼽추, 곱사등이.
【不善(불선)】: 치료가 안 되는 경우, 완치가 안 되는 경우.
【人百一人(인백일인)】: 백 사람 중 한 사람.
【耳(이)】: …뿐.

3 有人曲度八尺, 直度六尺, 乃厚貨求治。曰:「君且臥。」欲上背踏之。→ 어떤 사람이 굽은 상태의 신장은 8척이고, 직립(直立)한 상태의 신장은 6척이었다. 그리하여 많은 재화를 내고 치료를 청했다. 꼽추를 치료하는 사람이 그에게 말했다:「당신 잠시 누워보시오.」(그러고 나서) 등에 올라가 밟으려 했다.
【曲度(곡도)】: 굽은 상태로 길이를 잰 값. 즉「굽은 상태의 신장」.
【直度(직도)】: 수직의 상태로 길이를 잰 값. 즉「직립(直立)한 상태의 신장」.
【乃(내)】: 이에, 그리하여.

殺我?」曰:「趣令君直, 焉知死事!」[4]

번역문

꼽추를 치료하다

평원(平原) 사람으로 꼽추를 잘 치료하는 자가 있었는데, 자기 스스로 말하길 「치료가 안 되는 경우는 백 사람 중 한 사람뿐」이라고 했다. 어떤 사람이 굽은 상태의 신장은 8척이고, 직립(直立)한 상태의 신장은 6척이었다. 그리하여 많은 재화를 내고 치료를 청했다. 꼽추를 치료하는 사람이 그에게 말했다.

「당신 잠시 누워보시오.」

(그러고 나서) 등에 올라가 밟으려 했다.

꼽추가 말했다.

「나를 죽일 작정이요?」

【厚貨(후화)】: 많은 재화.
【求治(구치)】: 치료를 청하다.
【且(차)】: 잠시.
【君(군)】: 그대, 당신, 귀하.
【臥(와)】: 눕다. ※ 원문에는 본래 없는 글자이나 명(明) 강녕과(江寧科)의 《설도소설(雪濤小說)·타의(駝醫)》를 근거로 보충했다.
【欲(욕)】: …하려 하다, …하고자 하다.
【踏(답)】: 밟다.

4 傴者曰:「將殺我?」曰:「趣令君直, 焉知死事!」→ 꼽추가 말했다:「나를 죽일 작정이요?」 꼽추를 치료하는 사람이 말했다:「속히 당신의 등을 곧게 펴주면 되지, 어찌 당신이 죽고 사는 것을 알겠소?」
【將(장)】: (장차) …하려고 하다.
【趣(촉)】: 促(촉), 빨리, 속히.
【令(령)】: …을 …하게 하다.
【焉知(언지)】: 어찌 …을 알겠는가? 【焉】: 어찌.

꼽추를 치료하는 사람이 말했다.

「속히 당신의 등을 곧게 펴주면 되지 어찌 당신이 죽고 사는 것을 알겠소?」

해설

의술의 기본은 환자를 치료하여 건강을 회복시키는 일이다. 그러나 꼽추를 잘 치료한다는 이 사람은 의술의 기본조차 이해하지 못하고, 사람이 죽든 말든 발로 등을 밟아 펴기만 하면 된다는 황당한 생각을 하고 있다.

이 우언은 돌팔이 의사가 잘못하여 사람을 죽이는 사례를 통해, 현실 생활 속에서 본말이 전도되고 형식적인 성과만을 중시하는 그릇된 사고방식을 풍자한 것이다.

011 모갑명곡(某甲命曲)

《笑林》

원문 및 주석

某甲命曲[1]

某甲爲霸府佐, 爲人都不解。每至集會, 有聲樂之事, 己輒豫焉;[2] 而恥不解, 妓人奏曲, 讚之, 己亦學人仰讚和。同時人士令己作主人, 幷使喚妓客。[3] 妓客未集, 召妓具問曲吹, 一一疏, 著手巾箱下,

1 某甲命曲 → 갑(甲)이라는 사람이 곡목(曲目)을 지정하여 연주하게 하다
【某甲(모갑)】: 갑(甲)이라는 사람, 즉「어떤 사람」의 뜻.
【命曲(명곡)】: 곡목(曲目)을 지정하여 연주하게 하다.

2 某甲爲霸府佐, 爲人都不解。每至集會, 有聲樂之事, 己輒豫焉; → 갑(甲)이라는 사람이 막부의 보좌관이 되었는데, 사람 됨됨이가 무식하여 아는 것이 없었다. 그리고 매번 집회에 나와, 음악 연주 행사가 있을 때는, 항상 자기 스스로 참여했다.
【霸府(패부)】: 남북조 시대 번왕(藩王) 또는 대신의 막부.
【佐(좌)】: 보좌역, 보좌관.
【都不解(도불해)】: 아무것도 모르다, 무식하여 아는 것이 없다.
【聲樂之事(성악지사)】: 음악 연주 행사.
【輒(첩)】: 언제나, 항상, 늘.
【豫(예)】: 참여하다, 참석하다.

3 而恥不解, 妓人奏曲, 讚之, 己亦學人仰讚和。同時人士令己作主人, 幷使喚妓客。→ 그러나 자신이 (음악에 대해) 이해하지 못하는 것을 다른 사람이 알까봐 두려워서, 기녀가 연주를 하면, 이를 칭찬하고, 자기도 다른 사람이 우러러 칭찬하는 것을 따라 흉내 내며 장단을 맞추었다. 그의 동료들은 그에게 주인 역할을 하게 하고, 또 그로 하여금 기녀와 손님을 부르도록 했다.
【恥不解(치불해)】: 부끄러워하다. 여기서는「음악에 대해 알지 못하는 것을 다른 사람이 알

先有藥方;[4] 客既集, 因問命曲, 先取所疏者, 誤得藥方, 便言是疏, 方有附子三分、當歸四分。[5] 己云 :「且作附子當歸以送客。」合座絶倒。[6]

까봐 두려워하다」의 뜻.
【妓人(기인)】: 기녀.
【讚(찬)】: 칭찬하다.
【仰(앙)】: 앙모하다.
【和(화)】: 장단을 맞추다, 부화하다.
【同時人士(동시인사)】: 동료.
【令(령)】: …로 하여금 …하게 하다, …에게 …하도록 시키다.
【幷(병)】: 또, 아울러.
【使(사)】: …로 하여금 …하게 하다.
【喚(환)】: 부르다.

4 妓客未集, 召妓具問曲吹, 一一疏, 著手巾箱下, 先有藥方; → 그는 기녀와 손님들이 아직 다 모이기 전에, 기녀를 면전에 불러 곡명(曲名)을 상세히 물어, 하나하나 기록한 후, 그 쪽지를 수건상자에 넣어 두었다. (수건상자 안에는) 본래 처방전 하나가 들어 있었다.
【集(집)】: 모이다.
【召(소)】: 초치하다, 불러오다.
【具問(구문)】: 상세하게 묻다.
【曲吹(곡취)】: 곡명, 가곡의 명칭.
【疏(소)】: 상세히 기록하다.
【著(착)】: 두다, 넣다.
【先(선)】: 먼저. 여기서는 「본래, 이미」의 뜻.
【藥方(약방)】: 약방문, 처방전.

5 客既集, 因問命曲, 先取所疏者, 誤得藥方, 便言是疏, 方有附子三分、當歸四分。→ 그는 손님이 다 모인 후, (기녀에게) 곡목을 지정하여 연주하게 할 생각으로, 먼저 상자에 넣어둔 쪽지를 꺼냈다. 그런데 잘못 집어 처방전을 꺼내고, 그것을 자기가 기록해 넣어둔 쪽지라고 생각했다. 처방전에는 부자(附子) 세 푼 · 당귀(當歸) 네 푼이라 적혀 있었다.
【既集(기집)】: 모인 후, 모이고 나서. 【既】: …한 후, …하고 나서.
【因(인)】: 이로 인해.
【疏者(소자)】: 기록한 쪽지.
【誤得(오득)】: 잘못 꺼내다.
【便言是疏(편언시소)】: 자기가 기록해 넣어둔 쪽지라고 여기다.
【方(방)】: 처방전.
【附子(부자)】: [한약재] 부자. 한방에서 약재로 쓰는 바꽃의 어린 뿌리.
【當歸(당귀)】: [한약재] 당귀. 한방에서 약재로 쓰는 신감채의 뿌리.

6 己云 :「且作附子當歸以送客。」合座絶倒。→ 그가 (쪽지를 보고 나서) 말했다 :「부자와 당귀

번역문

갑(甲)이라는 사람이 곡목(曲目)을 지정하여 연주하게 하다

갑(甲)이라는 사람이 막부의 보좌관이 되었는데 사람 됨됨이가 무식하여 아는 것이 없었다. 그리고 매번 집회에 나와 음악 연주 행사가 있을 때는 항상 자기 스스로 참여했다. 그러나 자신이 (음악에 대해) 이해하지 못하는 것을 다른 사람이 알까봐 두려워서, 기녀가 연주를 하면 이를 칭찬하고 자기도 다른 사람이 우러러 칭찬하는 것을 따라 흉내 내며 장단을 맞추었다. 그의 동료들은 그에게 주인 역할을 하게 하고 또 그로 하여금 기녀와 손님을 부르도록 했다.

그는 기녀와 손님들이 아직 다 모이기 전에 기녀를 면전에 불러 곡명(曲名)을 상세히 물어 하나하나 기록한 후 그 쪽지를 수건상자에 넣어 두었다. (수건상자 안에는) 본래 처방전 하나가 들어 있었다. 그는 손님이 다 모인 후 (기녀에게) 곡목을 지정하여 연주하게 할 생각으로, 먼저 상자에 넣어 둔 쪽지를 꺼냈다. 그런데 잘못 집어 처방전을 꺼내고 그것을 자기가 기록해 넣어둔 쪽지라고 생각했다. 처방전에는 부자(附子) 세 푼 · 당귀(當歸) 네 푼이라 적혀 있었다. 그가 (쪽지를 보고 나서) 말했다.

「부자와 당귀를 연주하여 손님들을 전송하고자 합니다.」

이에 전 좌석의 손님들은 포복절도하며 웃었다.

....

를 연주하여 손님들을 전송하고자 합니다.」 이에 전 좌석의 손님들은 포복절도하며 웃었다.

【且(차)】: 將(장), (장차) …하려 하다.

【作(작)】: 연주하다.

【合座(합좌)】: 전 좌석. 〖合〗: 온, 전체, 전부.

【絶倒(절도)】: 포복절도하다.

해설

아무것도 아는 것이 없는 갑(甲)이라는 보좌관은 음악에 대해서도 전혀 문외한이면서 자신의 무지를 감추기 위해 자기 나름의 온갖 비상한 방법을 동원하여 추태를 부리다가 마침내 마각이 드러나 사람들을 포복절도하게 만들었다.

이 우언은 학문적 지식이나 교양이 없으면서도 고상하고 잘난 체하며 나서기를 좋아하는 비양심적인 사이비 군자를 풍자한 것이다.

012 염부족(鹽不足)

《笑林》

원문 및 주석

鹽不足[1]

人有和羹者, 以杓嘗之, 少鹽, 便益之。後復嘗之向杓中者, 故云鹽不足。[2] 如此數益升許鹽, 故不鹹, 因以爲怪。[3]

1 鹽不足 → 소금이 부족하다

2 人有和羹者, 以杓嘗之, 少鹽, 便益之。後復嘗之向杓中者, 故云鹽不足。→ 어떤 사람이 국물에 간을 맞추는데, 국자로 국물을 떠서 맛을 보았다. 소금이 부족하여, 곧 소금을 더 넣었다. 그리고 다시 방금 국자에 남아 있는 국물을 맛보고, 여전히 소금이 부족하다고 말했다.
【和(화)】: 간을 맞추다, 맛을 내다. ※판본에 따라서는 「和」를 「所(소)」 또는 「斫(작)」이라 했다.
【羹(갱)】: 국, 국물.
【杓(작)】: 국자, 구기. ※국, 술 등을 푸는 자루가 달린 용기.
【嘗(상)】: 맛을 보다.
【便(편)】: 곧.
【益(익)】: 더하다, 보태다.
【向(향)】: 이전, 방금.
【故(고)】: 여전히.
【云(운)】: 말하다.

3 如此數益升許鹽, 故不鹹, 因以爲怪。→ 이와 같이 수차례 반복하면서 한 됫박 가량의 소금을 더 넣었다, 그래도 여전히 짜지 않자 이를 매우 이상하게 생각했다.
【如此(여차)】: 이와 같이.
【數(수)】: [동사용법] 수차례 반복하다.
【升許(승허)】: 한 됫박 가량. 【許】: 가량, 정도, 쯤.

번역문

소금이 부족하다

어떤 사람이 국물에 간을 맞추는데 국자로 국물을 떠서 맛을 보았다. 소금이 부족하여 곧 소금을 더 넣었다. 그리고 다시 방금 국자에 남아 있는 국물을 맛보고 여전히 소금이 부족하다고 말했다. 이와 같이 수차례 반복하면서 한 됫박 가량의 소금을 더 넣었다. 그래도 여전히 짜지 않자 이를 매우 이상하게 생각했다.

해설

국자로 국물을 떠서 간을 보아 싱거우면 소금을 넣고 다시 새로운 국물을 떠서 맛을 보아야 하지만, 그 우매한 사람은 처음 떠 놓은 국자의 국물로 계속 맛을 보며 소금이 부족하다고 했다.

이 우언은 잘못된 사고방식이 필연적으로 잘못된 결과를 빚어낸다는 것을 인식하지 못하고 자기 생각을 고집하다가 피해를 당하는 사람의 어리석은 행위를 풍자한 것이다.

【鹹(함)】: 짜다.
【因(인)】: 그리하여, 이로 인해.
【以爲(이위)】: …라고 여기다, …라고 생각하다.
【怪(괴)】: 이상하다, 괴이하다.

013 함육저구(銜肉著口)

《笑林》

원문 및 주석

銜肉著口[1]

甲賣肉, 過入都厠, 掛肉著外。[2] 乙偷之, 未得去, 甲出覓肉, 因詐便口銜肉云:「掛著外門, 何得不失? 若如我銜肉著口, 豈有失理?」[3]

1 銜肉著口 → 고기를 입에 물다
【銜(함)】: (입에) 물다.
【著(착)】: [개사] 于(우), 於(어), …에.

2 甲賣肉, 過入都厠, 掛肉著外。→ 고기를 파는 갑(甲)이, 도성(都城)의 화장실을 지나다가 (용변을 보기 위해) 안으로 들어가면서, 고기를 문밖에 걸어 놓았다.
【過(과)】: 지나다, 경과하다.
【都(도)】: 도성, 성내.
【厠(측)】: 화장실, 뒷간.
【掛(괘)】: 걸다, 걸어 놓다.

3 乙偷之, 未得去, 甲出覓肉, 因詐便口銜肉云:「掛著外門, 何得不失? 若如我銜肉著口, 豈有失理?」→ 을(乙)이 그것을 훔쳐, 미처 떠나기 전에, 갑이 밖으로 나와 고기를 찾았다. 그리하여 (을이) 곧 입으로 고기를 물고 말했다:「밖에 걸어 두면, 어찌 잃어버리지 않을 수 있겠소? 만일 나처럼 고기를 입에 물고 있다면, 어찌 잃어버릴 까닭이 있겠소?」
【偷(투)】: 훔치다.
【之(지)】: [대명사] 그것, 즉「고기」.
【去(거)】: 떠나다.
【覓(멱)】: 찾다.
【因(인)】: 이에, 그리하여.

번역문

고기를 입에 물다

고기를 파는 갑(甲)이 도성(都城)의 화장실을 지나다가 (용변을 보기 위해) 안으로 들어가면서 고기를 문밖에 걸어 놓았다. 을(乙)이 그것을 훔쳐 미처 떠나기 전에, 갑이 밖으로 나와 고기를 찾았다. 그리하여 (을이) 곧 입으로 고기를 물고 말했다.

「밖에 걸어 두면, 어찌 잃어버리지 않을 수 있겠소? 만일 나처럼 고기를 입에 물고 있다면, 어찌 잃어버릴 까닭이 있겠소?」

해설

남의 고기를 훔친 자가 훔친 사실이 발각되자, 오히려 교묘한 거짓말로 고기 주인을 훈계하고 있다.

이 우언은 훔친 자의 교묘한 사술(詐術)을 풍자함과 동시에, 모든 일은 현상을 통해 침착하게 생각하고 분석하여 본질을 파악해야 남의 속임수에 넘어가지 않는다는 교훈을 제시한 것이다.

【詐(사)】: 간사하다.
【便(편)】: 곧, 바로.
【何得(하득)】: 어찌 …할 수 있는가?
【若(약)】: 만일, 만약.
【如(여)】: …처럼, …와 같이.
【豈(기)】: 어찌.
【理(리)】: 이유, 까닭, 이치.

014 갑견읍재(甲見邑宰)

《笑林》

원문 및 주석

甲見邑宰[1]

有甲欲謁見邑宰, 問左右曰:「令何所好?」或語曰 :「好《公羊傳》。」[2] 後入見, 令問:「君讀何書?」荅曰:「惟業《公羊傳》。」[3] 試問

1 甲見邑宰 → 갑(甲)이 현령(縣令)을 알현하다
【邑宰(읍재)】: 현령(縣令).

2 有甲欲謁見邑宰, 問左右曰:「令何所好?」或語曰:「好《公羊傳》。」→ 갑(甲)이라는 사람이 현령(縣令)을 알현하고자, 현령의 측근에게 물었다:「현령께서는 무엇을 좋아합니까?」어떤 사람이 그에게 알려주었다:「《공양전(公羊傳)》을 좋아합니다.」
【有甲(유갑)】: 갑(甲)이라는 사람. ※부정칭 대명사, 즉 정해지지 아니한 사람이나 물건, 방향, 장소 따위를 가리키는 대명사.
【欲(욕)】: …하고자 하다, …을 바라다.
【謁見(알현)】: 알현하다, 배알하다.
【左右(좌우)】: 측근. 곁에서 가까이 모시는 사람.
【令(령)】: 현령(縣令).
【好(호)】: [동사] 좋아하다.
【《公羊傳(공양전)》】: [서명] 제(齊)나라 공양고(公羊高)가 쓴 《춘추(春秋)》의 해석서로 원명은 《춘추공양전(春秋公羊傳)》. 노(魯)나라의 좌구명(左丘明)이 쓴 《춘추좌씨전(春秋左氏傳)》, 노나라의 곡량적(穀梁赤)이 쓴 《춘추곡량전(春秋穀梁傳)》과 더불어 춘추삼전(春秋三傳)의 하나이다.

3 後入見, 令問:「君讀何書?」荅曰:「惟業《公羊傳》。」→ 후에 현령을 알현하자, 현령이 물었다:「그대는 무슨 책을 읽었는가?」(갑이) 대답했다:「오직 《공양전》만 읽었습니다.」
【入見(입현)】: 들어가 뵙다, 알현하다.

:「誰殺陳他者?」甲良久對曰:「平生實不殺陳他。」[4] 令察謬誤, 因復戲之曰:「君不殺陳他, 請是誰殺?」於是大怖, 徒跣走出。[5] 人問其故, 乃大語曰:「見明府, 便以死事見訪, 後直不敢復來, 遇赦當出耳。」[6]

....

【君(군)】: 그대, 당신.
【荅(답)】: 答(답), 대답하다.
【惟(유)】: 오직, 다만. ※판본에 따라서는「惟」를「唯(유)」라 했다.
【業(업)】: 공부하다, 학습하다.

4 試問:「誰殺陳他者?」甲良久對曰:「平生實不殺陳他。」→ 현령이 시험 삼아 물었다:「누가 진타(陳他)를 죽였는가?」갑이 한참 있다가 대답했다:「(저는) 정말로 평생 진타를 죽인 적이 없습니다.」
【陳他(진타)】: [인명] 陳佗(진타). 진문공(陳文公)의 아들이자 진환공(陳桓公)의 아우. 《공양전》의 기록에 의하면 B.C. 707년 정월 환공이 죽자 진타가 환공의 태자 면(免)을 죽이고 스스로 왕위에 올랐으나, 이듬해(B.C. 707년) 8월 채(蔡)나라 사람에게 피살되었다. ※판본에 따라서는「他」를「佗(타)」라 했다.
【良久(양구)】: 한참 동안.
【實(실)】: 실제로, 정말로.

5 令察謬誤, 因復戲之曰:「君不殺陳他, 請是誰殺?」於是大怖, 徒跣走出。→ 현령은 그가 본래 《공양전》을 읽지 않았다는 것을 알았다. 그래서 다시 그를 희롱하여 말했다:「그대가 진타를 죽이지 않았다면, 묻건대 누가 죽인 것인가?」이에 그가 너무 놀라, 신발도 신지 않고 맨발로 뛰쳐나왔다.
【察(찰)】: 알아차리다.
【謬誤(유오)】: 오류, 잘못. 여기서는「본래 《공양전》을 읽지 않았다는 것」을 가리킨다.
【因(인)】: 이에, 그리하여, 그래서.
【戲(희)】: 희롱하다.
【之(지)】: [대명사] 그, 즉「갑」.
【請(청)】: 請問(청문), 묻건대.
【於是(어시)】: 이에, 그리하여.
【徒跣(도선)】: 맨발.

6 人問其故, 乃大語曰:「見明府, 便以死事見訪, 後直不敢復來, 遇赦當出耳。」→ 다른 사람이 그 이유를 묻자, 그제야 비로소 큰 소리로 말했다:「현령을 알현하니, 바로 살인 사건을 가지고 (나를) 심문했소. 이후에는 정말 감히 다시 오지 못하겠고, 사건이 해결된 후에나 다시 올 것이오.」
【故(고)】: 이유, 까닭.
【乃(내)】: 비로소.

번역문

갑(甲)이 현령(縣令)을 알현하다

갑(甲)이라는 사람이 현령(縣令)을 알현하고자 현령의 측근에게 물었다.

「현령께서는 무엇을 좋아합니까?」

어떤 사람이 그에게 알려주었다.

「《공양전(公羊傳)》을 좋아합니다.」

후에 현령을 알현하자 현령이 물었다.

「그대는 무슨 책을 읽었는가?」

(갑이) 대답했다.

「오직 《공양전》만 읽었습니다.」

현령이 시험 삼아 물었다.

「누가 진타(陳他)를 죽였는가?」

갑이 한참 있다가 대답했다.

「(저는) 정말로 평생 진타를 죽인 적이 없습니다.」

현령은 그가 본래 《공양전》을 읽지 않았다는 것을 알았다. 그래서 다시 그를 희롱하여 말했다.

「그대가 진타를 죽이지 않았다면, 묻건대 누가 죽인 것인가?」

이에 그가 너무 놀라 신발도 신지 않고 맨발로 뛰쳐나왔다. 다른 사람이 그 이유를 묻자 그제야 비로소 큰 소리로 말했다.

....

【大語(대어)】: 큰 소리로 말하다.

【明府(명부)】: 명부군(明府君). ※ 옛날 태수(太守)·목(牧)·현령 등을 일컫는 「明府君」의 약칭. 여기서는 「현령」을 가리킨다.

【以死事見訪(이사사견방)】: 살인 사건을 가지고 심문하다.

【直(직)】: 실로, 정말로.

【遇赦(우사)】: 사면이 되다. 즉 「사건이 해결되다」의 뜻.

「현령을 알현하니 바로 살인 사건을 가지고 (나를) 심문했소. 이후에는 정말 감히 다시 오지 못하겠고, 사건이 해결된 후에나 다시 올 것이오.」

해설

현령(縣令)을 알현하기 위해 미리 현령의 취향을 탐문한 갑(甲)이란 사람은 현령이 《공양전(公羊傳)》을 즐겨 읽는다는 것을 알아낸 후, 무슨 책을 읽었느냐는 현령의 질문에 《공양전》만 읽는다고 했다. 이에 현령이 진타(陳他)를 살해한 자가 누구냐고 묻자, 근본적으로 《공양전》을 읽은 적이 없어 내용을 전혀 모르는 갑은, 현령이 지금 현에서 발생한 살인사건을 자기에게 추궁하는 것으로 여기고, 그만 혼비백산하여 맨발로 뛰쳐나와 달아나는 진풍경을 연출했다.

이 우언은 성실하지 못한 사람이 양심을 저버리고 명리를 추구하려다가 마각이 드러나 망신을 당한 파렴치한 사람의 어리석은 행위를 풍자한 것이다.

015 답상설비(踏床嚙鼻)

《笑林》

원문 및 주석

踏床嚙鼻[1]

甲與乙鬪爭, 甲嚙下乙鼻。官吏欲斷之, 甲稱乙自嚙落。[2] 吏曰 : 「夫人鼻高耳, 口低豈能就嚙之乎?」 甲曰 : 「他踏床子就嚙之。」[3]

....

1 踏床嚙鼻 → 침대를 밟고 올라서서 코를 물다
【踏(답)】: 밟다.
【嚙(설)】: 물다.

2 甲與乙鬪爭, 甲嚙下乙鼻。官吏欲斷之, 甲稱乙自嚙落。→ 갑과 을이 싸우는데, 갑이 을의 코를 물어뜯었다. 관리가 이를 판결하려 하자, 갑은 을이 스스로 코를 물어 떨어뜨린 것이라고 말했다.
【欲(욕)】: …하고자 하다, …하려고 하다.
【斷(단)】: 판단하다, 결정하다. 여기서는 「판결하다」의 뜻.
【稱(칭)】: 말하다, 진술하다.

3 吏曰 : 「夫人鼻高耳, 口低豈能就嚙之乎?」 甲曰 : 「他踏床子就嚙之。」 → 관리가 물었다 : 「무릇 사람의 (얼굴에서) 코는 위쪽에 높게 있는데, 아래쪽에 낮게 있는 입이 어떻게 코를 물 수 있는가?」 갑이 말했다 : 「그가 침대를 밟고 올라가 물었습니다.」
【豈(기)】: 어찌 …하겠는가?, 어떻게 …하겠는가?
【耳(이)】: [어조사].

번역문

침대를 밟고 올라서서 코를 물다

갑과 을이 싸우는데, 갑이 을의 코를 물어뜯었다. 관리가 이를 판결하려 하자, 갑은 을이 스스로 코를 물어 떨어뜨린 것이라고 말했다.

관리가 물었다.

「무릇 사람의 (얼굴에서) 코는 위쪽에 높게 있는데, 아래쪽에 낮게 있는 입이 어떻게 코를 물 수 있는가?」

갑이 말했다.

「그가 침대를 밟고 올라가 물었습니다.」

해설

사람의 얼굴에서 아래쪽에 위치한 입이 어떻게 위쪽에 위치한 코를 물었느냐는 질문에, 침대를 밟고 올라가 물었다고 답했다는 것은 실로 개가 웃을 일이다.

이 우언은 이치에 닿지 않는 이유를 내세우며 억지를 쓰는 방법으로 자기의 잘못을 덮으려 하는 파렴치한 사람을 풍자한 것이다.

《열이전列異傳》 우언

열이전(列異傳)의 작자에 관해서는 《수서(隋書)·경적지(經籍志)》에 위문제(魏文帝)라 했고, 《구당서(舊唐書)·경적지(經籍志)》와 《신당서(新唐書)·예문지(藝文志)》에는 장화(張華)라 하여 확실한 정설이 없다. 원서는 송(宋) 이전에 이미 망실되어 전하지 않고, 노신(魯迅)의 《고소설구침(古小說鉤沉)》에 일문 50편을 모아 수록했으나 노신 역시 작자를 언급하지 않았다.

《열이전》은 고대의 지괴소설집(志怪小說集)으로 내용은 귀신·도깨비나 기괴(奇怪)한 일들을 서술했는데, 비교적 잘 알려진 고사로는 「간장막야(干將莫邪)」「종정백매귀(宗定伯賣鬼)」「신선마고(神仙麻姑)」「한빙부부(韓凭夫婦)」 등이 있다.

016 종정백매귀(宗定伯賣鬼)

《列異傳》

원문 및 주석

宗定伯賣鬼[1]

南陽宗定伯, 年少時, 夜行逢鬼。問曰 :「誰?」鬼曰 :「鬼也。」[2] 鬼曰 :「卿復誰?」定伯欺之, 言 :「我亦鬼也。」[3] 鬼問 :「欲至何所?」答曰 :「欲至宛市。」[4] 鬼言 :「我亦欲至宛市。」[5] 共行數里, 鬼言 :「步

1 宗定伯賣鬼 → 종정백(宗定伯)이 도깨비를 팔다
【宗定伯(종정백)】: [인명].

2 南陽宗定伯, 年少時, 夜行逢鬼。問曰 :「誰?」鬼曰 :「鬼也。」→ 남양(南陽)의 종정백(宗定伯)이, 젊었을 때, 밤길을 가다가 도깨비를 만났다. 정백이 물었다 :「누구요?」도깨비가 대답했다 :「도깨비요.」
【南陽(남양)】: [지명] 지금의 하남성 서남부와 호북성 북부 일대에 있던 군(郡) 이름.
【逢(봉)】: 만나다.

3 鬼曰 :「卿復誰?」定伯欺之, 言 :「我亦鬼也。」→ 도깨비가 물었다 :「당신은 또 누구요?」정백이 도깨비를 속이고, 말했다 :「나도 도깨비요.」
【卿(경)】: [상대방에 대한 존칭] 당신.
【復(부)】: 又(우), 또.
【欺(기)】: 속이다, 기만하다.
【之(지)】: [대명사] 그, 즉「도깨비」.

4 鬼問 :「欲至何所?」答曰 :「欲至宛市。」→ 도깨비가 물었다 :「어디를 가려고 하오?」정백이 대답했다 :「완시(宛市)에 가려고 하오.」
【欲(욕)】: …하고자 하다, …하려고 하다.
【至(지)】: …에 이르다. 즉「…에 가다」의 뜻.

行太亟, 可共迭相擔也。」定伯曰 :「大善!」鬼便先擔定伯數里。[6] 鬼言 :「卿太重, 將非鬼也。」定伯言 :「我新死, 故重耳。」[7] 定伯因復擔鬼, 鬼略無重。如是再三。[8] 定伯復言 :「我新死, 不知鬼悉何所畏忌?」鬼曰 :「唯不喜人唾。」[9] 於是共道遇水, 定伯因命鬼先渡, 聽

【何所(하소)】: 어디.
【宛市(완시)】: [지명] 지금의 하남성 남양시(南陽市).

5 鬼言 :「我亦欲至宛市。」→ 도깨비가 말했다 :「나도 완시에 가려고 하오.」

6 共行數里, 鬼言 :「步行太亟, 可共迭相擔也。」定伯曰 :「大善!」鬼便先擔定伯數里。→ 함께 몇 리를 가다가, 도깨비가 말했다 :「걸어서 가기에 너무 피곤하니, 서로 번갈아 업고 가면 될 것 같소.」정백이 말했다 :「아주 좋소.」도깨비가 곧 먼저 정백을 업고 몇 리를 걸었다.
【共(공)】: 함께.
【步行(보행)】: 걸음.
【亟(극)】: 피로하다, 피곤하다. ※「亟」을「급하다, 빠르다」라고 풀이한 경우도 있다.
【迭相(질상)】: 교대로, 번갈아.
【擔(담)】: 짊어지다, 메다.
【大善(대선)】: 매우 좋다.

7 鬼言 :「卿太重, 將非鬼也。」定伯言 :「我新死, 故重耳。」→ 도깨비가 말했다 :「당신 너무 무거운걸 보니, 틀림없이 도깨비가 아니오.」정백이 말했다 :「나는 방금 죽었기 때문에, 그래서 무거운 것이오.」
【將(장)】: 틀림없이, 반드시.
【新死(신사)】: 방금 죽다.
【故(고)】: 그래서.
【耳(이)】: [어조사].

8 定伯因復擔鬼, 鬼略無重。如是再三。→ 그리하여 정백이 다시 도깨비를 업으니, 도깨비는 거의 무게가 나가지 않았다. 이와 같이 (번갈아 업기를) 여러 차례 했다.
【因(인)】: 그리하여.
【略(략)】: 거의.
【如是(여시)】: 이와 같이. ※판본에 따라서는「如是」를「如其(여기)」라 했다.
【再三(재삼)】: 여러 차례.

9 定伯復言 :「我新死, 不知鬼悉何所畏忌?」鬼曰 :「唯不喜人唾。」→ 정백이 다시 말했다 :「나는 방금 죽어서, 도깨비들이 모두 무엇을 두려워하고 꺼려하는지 모르오.」도깨비가 말했다 :「오직 사람의 침을 좋아하지 않소.」
【悉(실)】: 모두.
【畏忌(외기)】: 두려워하고 꺼리다.

之, 了無聲。定伯自渡, 漕漼作聲。[10] 鬼復言 :「何以作聲?」定伯曰 :「新死不習渡水耳, 勿怪!」[11] 行欲至宛市, 定伯便擔鬼至頭上, 急持之。[12] 鬼大呼, 聲咋咋, 索下。[13] 不復聽之, 徑至宛市中, 著地化爲一羊, 便賣之。[14] 恐其便化, 乃唾之。[15] 得錢千五百, 乃去。[16]

....

【唯(유)】: 오직, 다만.
【唾(타)】: [명사] 침, 타액.

10 於是共道遇水, 定伯因命鬼先渡, 聽之, 了無聲。定伯自渡, 漕漼作聲。→ 이때 함께 길을 가다가 강을 만났다. 정백이 곧 도깨비에게 먼저 건너가도록 하고, 들어보니, 물소리가 전혀 나지 않았다. 그러나 정백 자신이 건너가자, 철퍼덕철퍼덕 소리를 냈다.
【於是(어시)】: 이때.
【因(인)】: 곧.
【命(명)】: 명하다. 여기서는「…하도록 하다」의 뜻.
【渡(도)】: (강을) 건너다.
【了(료)】: 전혀.
【漕漼(조최)】: [의성어 : 물을 건널 때 나는 소리] 철퍽, 철퍼덕.
【作聲(작성)】: 소리를 내다.

11 鬼復言 :「何以作聲?」定伯曰 :「新死不習渡水耳, 勿怪!」→ 도깨비가 물었다 :「왜 소리를 내시오?」정백이 대답했다 :「방금 죽어서 강을 건너는 데 익숙하지 않을 뿐이니, 탓하지 마시오.」
【何以(하이)】: 왜, 어찌, 어째서.
【不習(불습)】: 익숙하지 않다.
【耳(이)】: …뿐이다.
【勿(물)】: …하지 말라.
【怪(괴)】: 탓하다, 나무라다.

12 行欲至宛市, 定伯便擔鬼至頭上, 急持之。→ 곧 완시에 도착하려 할 때, 정백이 얼른 도깨비를 업어 머리 위까지 들어 올려, 단단히 붙잡았다.
【行(행)】: 곧, 바로.
【便(편)】: 얼른, 곧, 즉시.
【急持(급지)】: 꽉 잡다, 단단히 붙잡다. 〖持〗: 잡다.
【之(지)】: [대명사] 그것, 즉「도깨비」.

13 鬼大呼, 聲咋咋, 索下。→ 도깨비가 큰 소리를 지르고, 꽥꽥거리며, 내려 달라고 했다.
【大呼(대호)】: 크게 소리를 지르다.
【咋咋(책책)】: [의성어] 꽥꽥거리다.
【索下(색하)】: 내려달라고 하다. 〖索〗: 요구하다.

14 不復聽之, 徑至宛市中, 著地化爲一羊, 便賣之。→ (정백이) 더는 요구를 들어주지 않고, 곧

번역문

종정백(宗定伯)이 도깨비를 팔다

남양(南陽)의 종정백(宗定伯)이 젊었을 때 밤길을 가다가 도깨비를 만났다.

정백이 물었다.

「누구요?」

도깨비가 대답했다.

「도깨비요.」

도깨비가 물었다.

「당신은 또 누구요?」

정백이 도깨비를 속이고 말했다.

「나도 도깨비요.」

도깨비가 물었다.

「어디를 가려고 하오?」

정백이 대답했다.

장 완시에 와서, 땅에 내려놓자 한 마리의 양으로 변해, 바로 그것을 팔아버렸다.

【不復(불부)】: 더는 …하지 않다, 다시 …하지 않다.

【聽(청)】: (남의 의견, 요구 등을) 듣다, 따르다, 들어주다.

【徑(경)】: 직접, 곧장.

【著地(착지)】: 땅에 내려놓다.

【化爲(화위)】: 변해서 …가 되다, …로 변하다.

15 恐其便化, 乃唾之。→ 그리고 그것이 다시 변할까 두려워, 곧 그 양에게 침을 뱉어버렸다.

【乃(내)】: 곧, 바로.

【唾(타)】: [동사] 침을 뱉다.

16 得錢千五百, 乃去。→ (정백은) 천오백 전(錢)을 벌어가지고, 곧 집으로 돌아갔다.

【乃(내)】: 곧, 바로.

「완시(宛市)에 가려고 하오.」

도깨비가 말했다.

「나도 완시에 가려고 하오.」

함께 몇 리를 가다가 도깨비가 말했다.

「걸어서 가기에 너무 피곤하니, 서로 번갈아 업고 가면 될 것 같소.」

정백이 말했다.

「아주 좋소.」

도깨비가 곧 먼저 정백을 업고 몇 리를 걸었다.

도깨비가 말했다.

「당신 너무 무거운걸 보니 틀림없이 도깨비가 아니오.」

정백이 말했다.

「나는 방금 죽었기 때문에 그래서 무거운 것이오.」

그리하여 정백이 다시 도깨비를 업으니 도깨비는 거의 무게가 나가지 않았다. 이와 같이 (번갈아 업기를) 여러 차례 했다.

정백이 다시 말했다.

「나는 방금 죽어서 도깨비들이 모두 무엇을 두려워하고 꺼려하는지 모르오.」

도깨비가 말했다.

「오직 사람의 침을 좋아하지 않소.」

이때 함께 길을 가다가 강을 만났다. 정백이 곧 도깨비에게 먼저 건너가도록 하고 들어보니 물소리가 전혀 나지 않았다. 그러나 정백 자신이 건너가자 철퍼덕철퍼덕 소리를 냈다.

도깨비가 물었다.

「왜 소리를 내시오?」

정백이 대답했다.

「방금 죽어서 강을 건너는 데 익숙하지 않을 뿐이니 탓하지 마시오.」

곧 완시에 도착하려 할 때, 정백이 얼른 도깨비를 업어 머리 위까지 들어 올려 단단히 붙잡았다. 도깨비가 큰 소리를 지르고 꽥꽥거리며 내려 달라고 했다. (정백이) 더는 요구를 들어주지 않고 곧장 완시에 와서 땅에 내려놓자 한 마리의 양으로 변해, 바로 그것을 팔아버렸다. 그리고 그것이 다시 변할까 두려워, 곧 그 양에게 침을 뱉었다. (정백은) 천오백 전(錢)을 벌어가지고 곧 집으로 돌아갔다.

해설

사람이 일생을 살아가면서 순풍에 돛을 달 듯 풍파 없이 지난다는 것은 불가능한 일이며, 살아가는 과정 속에는 많은 고난과 좌절이 있을 수 있다. 세상에 귀신 도깨비라는 것은 없다. 있다면 우리가 예기치 않게 겪을 수 있는 고난과 좌절 같은 것을 바로 귀신 도깨비라고 말할 수 있을 것이다.

종정백(宗定伯)은 도깨비를 만나 전혀 동요하지 않고 두려움 없이 침착하고 지혜롭게 대처하여 위기를 극복하고, 심지어 돈까지 버는 행운을 얻었다.

이 우언은 우리 속담에 「호랑이에 물려가도 정신만 차리면 산다」라는 말처럼, 설사 난관에 봉착한다 해도 슬기롭게 대처하면 극복하지 못할 일이 없다는 교훈을 제시한 것이다.

《만기론萬機論》 우언

장제(蔣濟 : ? - ?)는 삼국(三國)시대 위(魏)나라 사람으로, 자는 자통(子通)이다. 명제(明帝) 때 중호군(中護軍)을 지내다가 제왕(齊王)이 즉위한 후 태위(太尉)로 자리를 옮기고, 후에 도향후(都鄕侯)에 봉해졌다. 조정에서 벼슬하는 동안 직간(直諫)을 잘하기로 이름이 났다.

그의 저서로는 《만기론(萬機論)》이 있는데, 내용은 주로 예복(禮服)을 강습하고 인물을 논평하고 군사(軍事)를 담론한 것이다. 원서는 이미 실전되었고, 청(淸) 마국한(馬國翰)의 《옥함산방집일서(玉函山房輯佚書)》에 일문(佚文) 일부가 전한다.

017 이인평왕(二人評王)

《萬機論》

원문 및 주석

二人評王[1]

昔吳有二人, 其評王者。一人曰:「好。」一人曰:「醜。」久之不決。[2] 二人各曰:「爾可來入吾目中, 則好醜分矣。」[3] 王有定形, 二人察之有得失, 非苟相反, 眼睛異耳。[4]

1 二人評王 → 두 사람이 왕(王)을 평하다

2 昔吳有二人, 其評王者。一人曰:「好。」一人曰:「醜。」久之不決。→ 예전에 오(吳)나라의 두 사람이, 왕(王)을 평했다. 한 사람은 말하길:「잘 생겼다」고 하고, 다른 한 사람은 말하길:「못생겼다」고 했다. (그리하여) 오랫동안 결정을 내리지 못했다.
【吳(오)】: [국명] 지금의 강소성 일대에 있던 춘추시대의 제후국.
【好(호)】: 좋다. 여기서는「잘생기다」의 뜻.
【醜(추)】: 못생기다.

3 二人各曰:「爾可來入吾目中, 則好醜分矣。」→ 두 사람이 각기 말했다:「당신이 나의 눈에 들어와서 보면, 잘생기고 못생긴 것을 구분할 수 있소.」
【爾(이)】: 너, 당신.

4 王有定形, 二人察之有得失, 非苟相反, 眼睛異耳。→ 왕의 용모가 변하지 않았는데, 두 사람의 관찰이 서로 차이가 있는 것은, 터무니 없이 상반된 주장을 하는 것이 아니라, 보는 눈이 서로 다를 뿐이다.
【定形(정형)】: 형태가 고정되다, 즉「용모가 변하지 않다」의 뜻.
【察(찰)】: 관찰하다, 살피다.
【得失(득실)】: 득실. 여기서는「분별, 차이」의 뜻.
【非苟相反(비구상반)】: 터무니 없이 상반된 주장을 하는 것이 아니다. 【苟】: 터무니 없이, 함부로.

번역문

두 사람이 왕(王)을 평하다

예전에 오(吳)나라의 두 사람이 왕(王)을 평했다. 한 사람은 말하길 「잘생겼다」고 하고, 다른 한 사람은 말하길 「못생겼다」고 했다. (그리하여) 오랫동안 결정을 내리지 못했다. 두 사람이 각기 말했다.

「당신이 나의 눈에 들어와서 보면 잘생기고 못생긴 것을 구분할 수 있소.」

왕의 용모가 변하지 않았는데 두 사람의 관찰이 서로 차이가 있는 것은, 터무니 없이 상반된 주장을 하는 것이 아니라 보는 눈이 서로 다를 뿐이다.

해설

모든 가치의 기준은 경우에 따라 선악(善惡)이나 고하(高下)를 구분하기 어렵고, 또 강제로 한결 같기를 요구할 수도 없다. 설사 두 사람이 서로 상대방의 눈으로 들어가서 관찰할 수 있다 해도, 그것은 이미 자기의 안광이 아니다.

이 우언은 개개인의 관점이 같을 수도 있지만 다를 수도 있기 때문에, 모두가 일률적인 통일을 강요하기보다는 서로의 다름을 인정하고 존중하여 불필요한 분쟁을 피해야 한다는 이치를 설명한 것이다.

※ 참고 : 본서 《유자(劉子)》 우언에 「이인평옥(二人評玉)」 고사가 있는데, 《만기론(萬機論)》 우언의 「이인평왕(二人評王)」 고사와 비교할 때 「王」을 「玉(옥)」이라 하고 약간의 문자출입이 있는 것 외에는 내용이 일치한다.

【眼睛(안정)】: 안광, 보는 눈.
【耳(이)】: …뿐이다.

《완적집阮籍集》 우언

완적(阮籍 : 210~263)은 삼국시대 위(魏)나라의 문인으로, 자는 사종(嗣宗)이며 죽림칠현(竹林七賢)의 한 사람이다. 그는 4살 때 부친을 잃어 고생하며 독학으로 공부를 했다. 정치적으로 사마씨(司馬氏) 집단에 대해 불만을 품고 있었으나 명철보신(明哲保身)의 방법으로 사마씨 휘하에서 산기상시(散騎常侍)와 보병교위(步兵校尉)를 지냈다. 완적은 오언시(五言詩)에 능하여 영회시(詠懷詩) 82수와 같은 걸출한 작품을 남겼고, 산문의 창작에도 뛰어나 우수한 작품을 많이 남겼는데, 그중 《대인선생전(大人先生傳)》은 대표적인 작품으로 사상이 예리하고 깊은 우의(寓意)를 담고 있다.

완적의 저술로는 본래 문집이 있었으나 이미 오래전에 실전되었고, 다만 명(明) 장부(張溥)가 명대(明代)의 여러 집본(輯本) 중에 산견되는 그의 작품들을 수집 정리하여 《완보병집(阮步兵集)》이란 제목으로 《한위육조백삼명가집(漢魏六朝百三名家集)》에 수록했다. 현재 상해(上海) 고적출판사(古籍出版社)에서 출간한 《완적집(阮籍集)》과 대북(臺北) 삼민서국(三民書局)에서 출간한 《신역완적시문집(譯阮籍詩文集)》이 있다.

018 슬처곤중(虱處褌中)

《阮籍集·大人先生傳》

원문 및 주석

虱處褌中[1]

汝獨不見夫虱之處於褌之中乎? 逃乎深縫, 匿乎壞絮, 自以爲吉宅也。[2] 行不敢離縫際, 動不敢出褌襠, 自以爲得繩墨也。[3] 饑則齧

1 虱處褌中 → 바지 속에 사는 이
【虱(슬)】: [흡혈기생충] 이.
【處(처)】: 살다.
【褌(곤)】: 바지.

2 汝獨不見夫虱之處於褌之中乎? 逃乎深縫, 匿乎壞絮, 自以爲吉宅也。→ 당신은 그래 이가 바지 속에 살고 있다는 것을 보지 못했단 말인가? 바지의 깊은 솔기에 도피하여 낡은 풀솜에 숨어 살며, 스스로 좋은 집이라고 여긴다.
【汝(여)】: 너, 당신.
【獨(독)…乎(호)?】: 그래 …란 말인가?
【夫(부)】: [어조사].
【處(처)】: 살다, 거주하다.
【逃乎(도호)…】: …에 도피하다. 〖乎〗: [개사] 於(어), …에.
【縫(봉)】: (바지의) 솔기.
【匿(닉)】: 숨다, 은닉하다.
【壞絮(괴서)】: 낡은 풀솜.
【以爲(이위)】: …라고 여기다, …라고 생각하다.
【吉宅(길택)】: 좋은 집, 훌륭한 거처.

3 行不敢離縫際, 動不敢出褌襠, 自以爲得繩墨也。→ 나다녀도 감히 바지 솔기의 언저리를 떠나지 못하고, 거동을 해도 감히 바짓가랑이의 속 바대를 벗어나지 못하면서, 스스로 규칙을 지킨다고 여긴다.

人, 自以爲無窮食也。[4] 然炎丘火流, 焦邑滅都, 群虱死於褌中而不能出。[5] 汝君子之處區內, 亦何異夫虱之處褌中乎?[6]

번역문

바지 속에 사는 이

당신은 그래 이가 바지 속에 살고 있다는 것을 보지 못했단 말인가? 바지의 깊은 솔기에 도피하여 낡은 풀솜에 숨어 살며 스스로 좋은 집이라고 여긴다. 나다녀도 감히 바지 솔기의 언저리를 떠나지 못하고 거동을 해도 감히 바짓가랑이의 속 바대를 벗어나지 못하면서 스스로 규칙을 지킨다고 여긴다. 배가 고프면 사람을 물며, 스스로 먹을 것이 무궁무진하다고 여긴

【行(행)】: 걸어 다니다, 나다니다.
【離(리)】: 떠나다.
【際(제)】: 가, 가장자리, 변두리.
【褌襠(곤당)】: 바짓가랑이의 속 바대.
【繩墨(승묵)】: 준칙, 규칙.

4 饑則齧人, 自以爲無窮食也。→ 배가 고프면 사람을 물며, 스스로 먹을거리가 무궁무진하다고 여긴다.
【饑(기)】: 배가 고프다, 굶주리다.
【齧(설)】: 물다, 깨물다.
【食(식)】: 먹을거리.

5 然炎丘火流, 焦邑滅都, 群虱死於褌中而不能出。→ 그러나 화산의 화염이 흘러들어, 고을을 태우고 도성(都城)을 괴멸하면, 이들은 바지 속에서 죽고 탈출하지 못한다.
【然(연)】: 그러나.
【炎丘(염구)】: 화산.
【火流(화류)】: 화염이 흐르다. ※「용암이 흘러나오다」라고 풀이한 경우도 있다.
【焦邑滅都(초읍멸도)】: 고을을 태우고 도성(都城)을 궤멸하다.

6 汝君子之處區內, 亦何異夫虱之處褌中乎? → 너희들 같은 군자가 인간 세상에 사는 것 또한 이가 바지 속에서 사는 것과 무엇이 다르겠는가?
【區內(구내)】: 역내. 여기서는「세상, 인간 사회」를 가리킨다.
【何異(하이)】: 무엇이 다른가?

다. 그러나 화산의 화염이 흘러들어 고을을 태우고 도성(都城)를 괴멸하면, 이들은 바지 속에서 죽고 탈출하지 못한다. 너희들 같은 군자가 인간 세상에 사는 것 또한 이가 바지 속에서 사는 것과 무엇이 다르겠는가?

해설

작자 완적(阮籍)은 집권층인 사마씨(司馬氏) 집단에 대해 불만을 품고 있었다. 이른바 당시의 군자라 하는 사람들은 사마씨에 빌붙어 거짓 예의도덕으로 재부(財富)와 작위를 얻은 후, 풍수가 길하다는 터를 사서 집을 짓고 안주하며 자기가 얻은 영록(榮祿)을 영원히 보존하려는 생각을 하고 있었다. 그러나 동요가 끊이지 않는 위진(魏晉)시기의 불안정한 상황에서 볼 때, 그들의 이러한 생활은 마치 이가 바지의 솔기에 숨어 살며 스스로 풍수 좋은 집에 산다고 여기는 것과 같다. 따라서 바지 속의 이들처럼 어느 순간 궤멸되는 운명을 맞을 수 있다.

이 우언은 작자가 자신의 화신(化身)이라고 할 수 있는 대인선생(大人先生)의 입을 빌려, 사이비 군자들의 위선적 행위를 바지 속의 솔기에 숨어 사는 이에 비유하여 풍자한 것이다.

019 홍곡상수비(鴻鵠相隨飛)

《阮籍集 · 詠懷八十二首》

원문 및 주석

鴻鵠相隨飛[1]

鴻鵠相隨飛, 飛飛適荒裔。[2] 雙翮臨長風, 須臾萬里逝。[3] 朝餐琅玕實, 夕宿丹山際。[4] 抗身靑雲中, 網羅孰能制?[5] 豈與鄕曲士, 攜手共

---

1 鴻鵠相隨飛 → 백조가 무리를 지어 날다
【鴻鵠(홍곡)】: [새 이름] 백조, 고니.
【相隨(상수)】: 따르다. 여기서는 「무리를 짓다」의 뜻.

2 鴻鵠相隨飛, 飛飛適荒裔。→ 백조가 무리를 지어 날아, 머나먼 변방을 향해 간다.
【適(적)】: 가다.
【荒裔(황예)】: 멀리 떨어진 변방, 외진 곳.

3 雙翮臨長風, 須臾萬里逝。→ 양 날개가 큰 바람을 만나면, 잠깐 사이에 만 리를 날아간다.
【翮(핵)】: 깃촉. 즉 「날개」를 가리킨다.
【臨(임)】: 맞다, 만나다.
【長風(장풍)】: 큰 바람.
【須臾(수유)】: 잠시, 잠깐.
【逝(서)】: 가다.

4 朝餐琅玕實, 夕宿丹山際。→ 아침에는 낭간(琅玕)의 열매를 먹고, 저녁에는 단혈산(丹穴山)에서 잠을 잔다.
【餐(찬)】: (음식을) 먹다.
【琅玕(낭간)】: 전설에 나오는 선수(仙樹), 신선 나무 이름. 열매가 마치 구슬처럼 생겼다고 한다.
【宿(숙)】: 잠자다.
【丹山(단산)】: 단사(丹砂)가 나온다고 전하는 산. 단혈산(丹穴山).

言誓?[6]

번역문

백조가 무리를 지어 날다

백조가 무리를 지어 머나먼 변방을 향해 날아간다.

양 날개가 큰 바람을 만나면 잠깐 사이에 만 리를 날아간다.

아침에는 낭간(琅玕)의 열매를 먹고 저녁에는 단혈산(丹穴山)에서 잠을 잔다.

몸이 푸르른 구름 속을 날고 있으니 어찌 그물로 잡을 수 있겠는가?

어찌 속물들과 손을 맞잡고 함께 맹서를 다짐하겠는가?

해설

작자는 높이 구름 위를 날아 그물을 멀리 벗어난 고니의 형상을 통해, 현실의 속박을 벗어나 심신의 자유를 추구하려는 강렬한 소망을 토로하면

【際(제)】: 속, 가운데. ※「처소(處所)」라고 풀이하기도 한다.

5 抗身青雲中, 網羅孰能制? → 몸을 푸르른 구름 속을 날고 있으니, 어찌 그물로 잡을 수 있겠는가?

【抗身青雲中(항신청운중)】: 몸을 푸르른 구름 속에 두다. 즉「몸이 푸르른 구름 속을 날다.」의 뜻. 〖抗身〗: 置身(치신), …에 몸을 두다.

【網羅(망라)】: 網羅(망라), 그물.

【制(제)】: 제지하다, 속박하다.

6 豈與鄉曲士, 攜手共言誓? → 어찌 속물들과, 손을 맞잡고 함께 맹서를 다짐하겠는가?

【豈(기)】: 어찌.

【鄉曲士(향곡사)】: 속물, 속된 사람.

【攜手(휴수)】: 손을 잡다.

【共(공)】: 함께.

【言誓(언서)】: 맹서를 다짐하다.

서 세상의 속물(俗物)들에 대해 경멸의 시선을 보내고 있다.

이 우언은 고니의 형상을 빌려, 평범한 무리들과 교제하지 않는 지조 높은 군자의 고결한 성품을 비유한 것이다.

《삼국지三國志》 우언

진수(陳壽 : 233-297)는 서진(西晉)의 저명한 사학가이자 문학가로, 자는 승조(承祚)이며 파서(巴西) 안한(安漢)[지금의 사천성 남충(南充)] 사람이다. 어려서부터 배우기를 좋아하여 촉(蜀)의 유학자 초주(譙周)에게 학문을 배우고, 관각령사(觀閣令史)·산기황문시랑(散騎黃門侍郞)을 지냈다. 촉이 멸망한 후 진(晉)에 들어와서는 사공(司空) 장화(張華)의 눈에 들어 효렴(孝廉)에 천거되고, 저작랑(著作郞)·치서시어사(治書侍御史) 등의 벼슬을 지냈다. 저서로 《삼국지(三國志)》《고국지(古國志)》《석휘(釋諱)》《광국론(廣國論)》 등이 있다.

《삼국지(三國志)》는 기전체(紀傳體)의 역사책으로, 삼국시대 위서(魏書) 30권·촉서(蜀書) 15권·오서(吳書) 20권으로 구성되어 있으며 중국의 정사(正史)인 이십오사(二十五史) 중 하나이다.

《삼국지》는 《사기(史記)》《한서(漢書)》 등 이전의 사서(史書)와 달리 「기(紀)」와 「전(傳)」만 있고 「표(表)」와 「지(志)」가 빠져 있는데, 학자들은 이를 진수가 집필할 당시 자료가 부족했던 때문으로 보고 있다. 그 후 남북조시대에 이르러 남조(南朝) 송(宋) 배송지(裴松之)가 《삼국지》에 주(注)를 달면서 오류의 수정·평론·결손 부분 보충 등에 중점을 두고 200종 이상의 서적을 인용하여 많은 사료를 보완했다. 그 서적들이 이미 대부분 망실되어 전하지 않지만 「배송지주」에 많이 보존되어 있어 《삼국지》 못지않게 중요한 사료적 가치를 지니고 있다.

020 대선칭상(大船稱象)

《三國志 · 魏書 · 鄧哀王冲》

원문 및 주석

大船稱象[1]

鄧哀王沖字倉舒。少聰察岐嶷，生五六歲，智意所及，有若成人之智。[2] 時孫權曾致巨象，太祖欲知其斤重，訪之羣下，咸莫能出其理。[3] 沖曰：「置象大船之上，而刻其水痕所至，稱物以載之，則校可

1 大船稱象 → 큰 배로 코끼리의 무게를 달다
【稱(칭)】: [동사] 저울질하다, 무게를 달다.

2 鄧哀王沖字倉舒。少聰察岐嶷，生五六歲，智意所及，有若成人之智。→ 등애왕(鄧哀王) 조충(曹冲)은 자가 창서(倉舒)이다. 어려서 총명하고 재지(才智)가 남보다 뛰어나서, 대여섯 살 때, 지력(智力)의 수준이, 마치 성인의 지력과 같았다.
【鄧哀王沖(등애왕충)】: 조충(曹冲). 이름은 충(冲), 자는 창서(倉舒)이다. 위(魏)나라 패국(沛國) 초현(譙縣) 출신으로 조조(曹操)와 환(環)부인 사이에서 태어났다. 어려서부터 통찰력이 뛰어나고 재지(才智)가 남보다 탁월하여 조조의 많은 사랑을 받았으나 13세의 어린 나이로 병사하고 말았다. 죽은 후 등애왕(鄧哀王)에 추봉(追封)되었다.
【聰察(총찰)】: 슬기롭고 영리하여 사물을 잘 꿰뚫어 보다. 즉 「통찰력이 남보다 탁월하다」의 뜻.
【岐嶷(기의)】: 산이 높고 빼어난 모양. 즉, 재지(才智)가 남보다 탁월한 것을 형용한 말.
【智意所及(지의소급)】: 지력(智力)이 미치는 바. 즉 「지력의 수준」. 〖智意〗: 지력, 사물을 헤아리는 능력.
【有若(유약)】: 유여(有如), 마치 …와 같다, …와 비슷하다.

3 時孫權曾致巨象，太祖欲知其斤重，訪之羣下，咸莫能出其理。→ 당시 오(吳)나라 손권(孫權)이 일찍이 큰 코끼리를 선물했는데, 조조(曹操)가 그 무게를 알아보고자 하여, 여러 신하들

知矣。」太祖大悅, 卽施行焉。[4]

번역문

큰 배로 코끼리의 무게를 달다

등애왕(鄧哀王) 조충(曹沖)은 자가 창서(倉舒)이다. 어려서 총명하고 재지(才智)가 남보다 뛰어나서 대여섯 살 때, 지력(智力)의 수준이 마치 성인의 지력과 같았다. 당시 오(吳)나라 손권(孫權)이 일찍이 큰 코끼리를 선물했는데, 조조(曹操)가 그 무게를 알아보고자 하여 여러 신하들에게 의견을 구

에게 의견을 구했으나, 모두 그에 대한 방법을 강구해 내지 못했다.
【孫權(손권)】: [인명] 삼국시대 오(吳)나라를 세운 사람. 촉(蜀)나라를 세운 유비(劉備)와 동맹하여 적벽(赤壁)에서 조조를 대파한 후 강남지역을 확보하고 천하를 삼분하였다.
【曾(증)】: 일찍이.
【致(치)】: 선물하다, 증여하다.
【太祖(태조)】: 여기서는 「조조」를 가리킨다.
【欲(욕)】: …하고자 하다, …을 원하다.
【斤重(근중)】: 무게.
【訪(방)】: 널리 의견을 구하다, 문의하다, 탐문하다.
【咸(함)】: 모두.
【莫能(막능)】: …하지 못하다, …할 수가 없다.
【出(출)】: 강구해 내다, 내놓다.
【理(리)】: 방법.

4 沖曰: 「置象大船之上, 而刻其水痕所至, 稱物以載之, 則校可知矣。」太祖大悅, 卽施行焉。→ (이때) 조충이 말했다: 「코끼리를 큰 배 위에 놓고, 물의 흔적이 도달한 곳을 새긴 다음에, 다시 다른 물건을 저울로 달아 그것을 배에 실어, 서로 비교하면 알 수 있습니다.」 태조가 매우 기뻐하며 즉시 실행에 옮겼다.
【置(치)】: 놓다, 두다.
【刻(각)】: (칼 따위로) 새기다.
【水痕所至(수흔소지)】: 물의 흔적이 도달한 곳.
【載(재)】: 싣다, 적재하다.
【校(교)】: 서로 비교하다.
【悅(열)】: 기뻐하다.
【施行(시행)】: 시행하다, 실행에 옮기다.

했으나, 모두 그에 대한 방법을 강구해 내지 못했다.

(이때) 조충이 말했다.

「코끼리를 큰 배 위에 놓고 물의 흔적이 도달한 곳을 새긴 다음에, 다시 다른 물건을 저울로 달아 그것을 배에 실어 서로 비교하면 알 수 있습니다.」

태조가 매우 기뻐하며 즉시 실행에 옮겼다.

해설

코끼리의 무게를 알아보는 방법에 대해 여러 신하들이 답하지 못하고 있을 때, 대여섯 살 밖에 되지 않은 어린아이가 기발한 방법을 제시함으로써 모두가 그의 지력에 감탄하고 찬사를 보냈다.

이 우언은 어린 시절 범상을 초월한 등애왕(鄧哀王) 조충(曹冲)의 지력을 찬양하는 한편, 왕이 궁금해 하는 일에 대해 과감하게 의견을 제시하지 못하고, 혹여 실수하여 창피를 당하지 않을까 우려하며 안일무사의 입장을 취한 신하들의 소극적인 자세를 은유적으로 비난하고 풍자한 것이다.

021 여어득수(如魚得水)

《三國志 · 蜀書 · 諸葛亮傳》

원문 및 주석

如魚得水[1]

時先主屯新野, 徐庶見先主, 先主器之, 謂先主曰 :「諸葛孔明者, 臥龍也, 將軍豈願見之乎?」[2] 先主曰 :「君與俱來。」 庶曰 :「此人可

1 如魚得水 → 마치 물고기가 물을 만난 듯하다
【如(여)】: 마치 …같다.

2 時先主屯新野, 徐庶見先主, 先主器之, 謂先主曰 :「諸葛孔明者, 臥龍也, 將軍豈願見之乎?」 → 당시 유비(劉備)는 신야(新野)에 진을 치고 있었는데, 서서(徐庶)가 유비를 알현하니, 유비는 그를 매우 신임했다. 서서가 유비에게 말했다 :「제갈공명(諸葛孔明)은, 누워 있는 용입니다. 장군께서는 그를 만나보길 원하십니까?」
【時(시)】: 당시, 그때.
【先主(선주)】: 돌아가신 군주. 여기서는 「유비」를 가리킨다.
【屯(둔)】: 진을 치다, 주둔하다.
【新野(신야)】: [지명] 지금의 하남성 신야현(新野縣) 남쪽.
【徐庶(서서)】: [인명] 유비의 모사(謀士). 후에 조조가 그의 어머니를 인질로 삼아 서서를 귀화하도록 한 후 우중랑장(右中郎將)에 임명했다.
【器(기)】: 매우 신임하다.
【諸葛孔明(제갈공명)】: [인명] 제갈량(諸葛亮). 낭야(琅琊) 양도(陽都)[지금의 산동성 도성현(都城縣)] 사람으로 성은 제갈(諸葛), 이름은 량(亮), 자는 공명(孔明)이며, 삼국시대의 탁월한 정치가이다. 유비(劉備)의 삼고초려(三顧草廬)에 감동되어 유비를 도와 촉한(蜀漢)을 세우고 유비의 책사로서 평생을 함께했다.
【臥龍(와룡)】: 누워 있는 용. 즉, 장차 큰일을 할 초야(草野)에 묻혀 있는 위인(偉人)을 비유적으로 이르는 말.

就見，不可屈致也。將軍宜枉駕顧之。」[3] 由是先主遂詣亮，凡三往，乃見。[4] …於是與亮情好日密。[5] 關羽、張飛等不悅，先主解之曰：「孤之有孔明，猶魚之有水也。願諸君勿復言。」羽、飛乃止。[6]

....

【豈(기)】: [상의(商議) · 추측 등의 어기를 나타내 부사].

3 先主曰:「君與俱來。」庶曰:「此人可就見, 不可屈致也。將軍宜枉駕顧之。」→ 유비가 말했다:「그대가 그와 함께 오시오.」 서서가 말했다:「이 사람은 가서 만날 수는 있어도, 몸을 굽혀 오게 할 수는 없습니다. 장군께서 마땅히 친히 왕림하시어 그를 방문하셔야 합니다.」

【君(군)】: 그대, 당신.

【俱(구)】: 함께.

【就見(취견)】: 가서 만나다.

【屈致(굴치)】: 몸을 굽혀 오게 하다.

【宜(의)】: 마땅히.

【枉駕(왕가)】: 직접 왕림하다.

【顧(고)】: 방문하다.

【之(지)】: [대명사] 그, 즉 「제갈공명」.

4 由是先主遂詣亮, 凡三往, 乃見。→ 이로 인해 유비가 곧 제갈량을 예방했는데, 모두 세 번을 찾아가고 나서야, 겨우 만났다.

【由是(유시)】: 因此(인차), 그래서, 이로 인해, 이로 말미암아.

【遂(수)】: 바로, 즉시.

【詣(예)】: 예방(禮訪)하다.

【亮(량)】: 제갈량. 주 **2**【諸葛孔明】 참조.

【凡(범)】: 모두, 도합.

【乃(내)】: 비로소, 겨우.

5 於是與亮情好日密。→ 그리하여 제갈량과 교분이 날로 친밀해졌다.

【於是(어시)】: 이에, 그리하여.

【情好日密(정호일밀)】: 교분이 날로 친밀해지다.

6 關羽、張飛等不悅, 先主解之曰:「孤之有孔明, 猶魚之有水也。願諸君勿復言。」羽、飛乃止。→ 이에 관우(關羽) · 장비(張飛) 등이 기뻐하지 않는 내색을 보이자, 유비가 그들에게 해명하여 말했다:「내가 공명을 얻은 것은, 마치 물고기가 물을 만난 것과 같소. 여러분들은 (이에 대해) 다시 이러쿵저러쿵 이야기하지 말기 바라오.」 그러자 관우와 장비가 비로소 (불평을) 멈추었다.

【關羽(관우)】: [인명] 촉(蜀)나라의 장수. 하동(河東) 해량(解良) 사람으로, 자는 운장(雲長). 장비(張飛)와 더불어 유비를 도와 많은 전공을 세웠으나, 형주(荊州)의 싸움에서 오(吳)나라의 장수 여몽(如蒙)에게 피살되었다.

【張飛(장비)】: [인명] 촉나라의 장수. 유주(幽州) 탁군(涿郡) 사람으로 자는 익덕(益德). 관우

번역문

마치 물고기가 물을 만난 듯하다

당시 유비(劉備)는 신야(新野)에 진을 치고 있었는데, 서서(徐庶)가 유비를 알현하니 유비는 그를 매우 신임했다.

서서가 유비에게 말했다.

「제갈공명(諸葛孔明)은 누워 있는 용입니다. 장군께서는 그를 만나보길 원하십니까?」

유비가 말했다.

「그대가 그와 함께 오시오.」

서서가 말했다.

「이 사람은 가서 만날 수는 있어도 몸을 굽혀 오게 할 수는 없습니다. 장군께서 마땅히 친히 왕림하시어 그를 방문하셔야 합니다.」

이로 인해 유비가 곧 제갈량을 예방했는데, 모두 세 번을 찾아가고 나서야 겨우 만났다. 그리하여 제갈량과 교분이 날로 친밀해졌다. 이에 관우(關羽)·장비(張飛) 등이 기뻐하지 않는 내색을 보이자 유비가 그들에게 해명하여 말했다.

(關羽)와 더불어 유비를 도와 많은 전공을 세웠다. 관우가 형주(荊州)에서 오(吳)나라 장수 여몽(如蒙)에게 죽음을 당하여 유비가 관우의 복수를 위해 장비에게 오나라 동정(東征)을 명했는데, 준비를 하던 중 술에 취해 잠을 자다가 자신의 부하에게 암살되었다.

【悅(열)】: 기뻐하다, 즐거워하다.
【解(해)】: 해명하다.
【孤(고)】: 나. ※ 옛날 왕후(王侯)가 자신을 낮추어 부른 호칭.
【猶(유)】: 마치 …같다.
【勿(물)】: …하지 말라, …해서는 안 된다.
【復(부)】: 또, 다시.
【乃(내)】: 비로소.

「내가 공명을 얻은 것은 마치 물고기가 물을 만난 것과 같소. 여러분들은 (이에 대해) 다시 이러쿵저러쿵 이야기하지 말기 바라오.」

그러자 관우와 장비가 비로소 (불평을) 멈추었다.

해설

유비(劉備)의 삼고초려(三顧草廬)는, 마치 목이 말라 갈증을 느끼듯 현인을 갈구하며 이를 위해 진심어린 충고를 잘 받아들이고 인재를 기용하면 절대로 의심을 하지 않는 유비의 정치적 미덕을 보여준 것인데 반해, 유비의 처사에 대해 불쾌한 내색을 보이며 달갑지 않게 여긴 관우(關羽)와 장비(張飛)는 오히려 유비와 대조적으로 편협한 도량을 보여준 것이다.

속담에 「사람을 얻는 자는 흥하고, 사람을 잃는 자는 망한다.」라는 말이 있다. 유비가 능히 천하삼분(天下三分)의 국면을 오래도록 지탱할 수 있었던 것은 마치 물고기가 물을 얻듯이 제갈량(諸葛亮)이란 인재를 얻어 보필을 받을 수 있었기 때문이다. 수어지교(水魚之交)라는 성어는 바로 이 고사에서 나온 것이다.

이 우언은 유비의 삼고초려를 통해, 인재의 기용이 국가에 대해 얼마나 중요한가를 강조한 것이다.

022 서시단안(鼠矢斷案)

《三國志 · 吳書 · 孫亮傳 · 裴松之注》

원문 및 주석

鼠矢斷案[1]

亮後出西苑, 方食生梅, 使黃門至中藏取蜜漬梅, 蜜中有鼠矢, 召問藏吏, 藏吏叩頭。[2] 亮問吏曰 :「黃門從汝求蜜邪?」吏曰 :「向

1 鼠矢斷案 → 쥐똥을 보고 사건을 판단하다
【矢(시)】: 屎(시), 똥.
【斷案(단안)】: 사건을 판단하다.

2 亮後出西苑, 方食生梅, 使黃門至中藏取蜜漬梅, 蜜中有鼠矢, 召問藏吏, 藏吏叩頭。→ 손량(孫亮)이 후에 서원(西苑)으로 나와, 생매실을 먹으려고, 환관에게 중장부(中藏府)에 가서 매실을 담글 벌꿀을 가져오도록 했는데, 꿀 속에 쥐똥이 들어 있었다. (손량이 중장부의) 장리(藏吏)를 불러와 물으니, 장리가 머리를 조아렸다.
【亮(량)】: [인명] 손량(孫亮). 삼국시대 오(吳)나라를 세운 손권(孫權)의 어린 아들로 자는 자명(子明)이다. 손권이 죽은 후 즉위하여 회계왕(會稽王)이라 했다.
【西苑(서원)】: 옛날 동물을 기르거나 식물을 심어 가꾸던 제왕(帝王)의 화원을 「苑」이라 하는데, 서쪽에 있기 때문에 「西苑」이라 했다.
【方(방)】: 곧 …하려고 하다, 막 …하려 하다.
【食(식)】: [동사] 먹다.
【使(사)】: …로 하여금 …하게 하다, …에게 …하도록 시키다.
【黃門(황문)】: 내시, 환관.
【中藏(중장)】: 중장부(中藏府). 궁중의 창고 이름.
【漬(지)】: 담그다, 적시다.
【召問(소문)】: 불러서 묻다.
【藏吏(장리)】: 중장부의 관리.
【叩頭(고두)】: 머리를 조아리다.

求, 實不敢與。」[3] 黃門不服, 侍中刁玄、張邠啓 :「黃門、藏吏辭語不同, 請付獄推盡。」[4] 亮曰 :「此易知耳。」令破鼠矢, 矢裏燥。[5] 亮大笑謂玄、邠曰 :「若矢先在蜜中, 中外當俱濕, 今外濕裏燥, 必是黃門所爲。」[6] 黃門首服, 左右莫不驚悚。[7]

....

3 亮問吏曰 :「黃門從汝求蜜邪?」吏曰 :「向求, 實不敢與。」→ 손량이 장리에게 물었다 :「환관이 당신에게 벌꿀을 달라고 했는가?」관리가 대답했다 :「방금 전에 달라고 했는데, 실은 감히 주지 못했습니다.」

【從(종)】: …에게, …한테.
【汝(여)】: 너, 당신.
【求(구)】: 요구하다, 달라고 하다.
【向(향)】: 이전, 종전.
【實(실)】: 사실, 실은, 기실.
【與(여)】: 주다.

4 黃門不服, 侍中刁玄、張邠啓 :「黃門、藏吏辭語不同, 請付獄推盡。」→ 환관이 (장리의 말에) 승복하지 않자, 시중(侍中) 조현(刁玄)과 장빈(張邠)이 (손량에게) 아뢰었다 :「환관과 장리의 말이 서로 다르니, 청컨대 형옥에 넘겨 자세히 심문하시기 바랍니다.」

【不服(불복)】: 승복하지 않다, 인정하지 않다.
【侍中(시중)】: [관직] 황제의 곁에서 시중을 들고, 궁중을 출입하며 황제와 외부의 소통을 전담하던 관리.
【刁玄(조현)】: [인명].
【張邠(장빈)】: [인명].
【啓(계)】: 아뢰다, 품고(稟告)하다, 여쭈다.
【付獄(부옥)】: 형옥(刑獄)에 넘기다. 【付】: 넘겨주다, 인도(引渡)하다.
【推盡(추진)】: 자세히 심문하다.

5 亮曰 :「此易知耳。」令破鼠矢, 矢裏燥。→ 손량이 말했다 :「이 일은 쉽게 알아낼 수 있다.」그리고 명을 내려 쥐똥을 쪼개보니, 쥐똥 속이 말라 있었다.

【易知(이지)】: 쉽게 알다, 알기 쉽다.
【令(령)】: 명령을 내리다.
【破(파)】: 쪼개다, 가르다.
【裏(리)】: 속, 안.
【燥(조)】: 마르다, 건조하다.

6 亮大笑謂玄、邠曰 :「若矢先在蜜中, 中外當俱濕, 今外濕裏燥, 必是黃門所爲。」→ 손량이 크게 웃으며 조현과 장빈에게 말했다 :「만일 쥐똥이 원래 꿀 속에 들어 있었다면, 속과 겉이 마땅히 모두 축축해야 하는데, 지금 겉은 축축하고 속은 말라 있으니, 이는 필시 환관이 한 짓이다.」

번역문

쥐똥을 보고 사건을 판단하다

손량(孫亮)이 후에 서원(西苑)으로 나와 생매실을 먹으려고 환관에게 중장부(中藏府)에 가서 매실을 담글 벌꿀을 가져오도록 했는데, 꿀 속에 쥐똥이 들어 있었다. (손량이 중장부의) 장리(藏吏)를 불러와 물으니 장리가 머리를 조아렸다.

손량이 장리에게 물었다.

「환관이 당신에게 벌꿀을 달라고 했는가?」

관리가 대답했다.

「방금 전에 달라고 했는데 실은 감히 주지 못했습니다.」

환관이 (장리의 말에) 승복하지 않자 시중(侍中) 조현(刁玄)과 장빈(張邠)이 (손량에게) 아뢰었다.

「환관과 장리의 말이 서로 다르니 청컨대 형옥에 넘겨 자세히 심문하시기 바랍니다.」

....

【若(약)】: 만일, 만약.
【先(선)】: 원래, 먼저, 이미.
【中外(중외)】: 속과 겉.
【當(당)】: 마땅히.
【俱(구)】: 모두, 다.
【濕(습)】: 축축하다, 습하다.
【必是(필시)】: 반드시 …이다.
【所爲(소위)】: 한 짓, 행위.

7 黃門首服, 左右莫不驚悚。→ 환관이 순순히 죄를 인정하자, 측근 시종들 모두 깜짝 놀라며 두려워하지 않는 사람이 없었다.
【首服(수복)】: 복죄(服罪)하다, 순순히 죄를 인정하다.
【左右(좌우)】: 측근, 주변 사람. 여기서는 「측근 시종들」을 가리킨다.
【莫不(막불)】: …하지 않는 사람이 없다, 모두 …하다.
【驚悚(경송)】: 놀라며 두려워하다.

손량이 말했다.

「이 일은 쉽게 알아낼 수 있다.」

그리고 명을 내려 쥐똥을 쪼개보니 쥐똥 속이 말라 있었다. 손량이 크게 웃으며 조현과 장빈에게 말했다.

「만일 쥐똥이 원래 꿀 속에 들어 있었다면 속과 겉이 마땅히 모두 축축해야 하는데, 지금 겉은 축축하고 속은 말라 있으니 이는 필시 환관이 한 짓이다.」

환관이 순순히 죄를 인정하자 측근 시종들 모두 깜짝 놀라며 두려워하지 않는 사람이 없었다.

해설

벌꿀 속에 쥐똥이 들어간 원인을 규명하는 자리에서 서로 발뺌하는 환관과 중장부(中藏府)의 관리에 대해, 형옥에 넘겨 심문할 것을 청하는 신하들의 건의를 배제하고 자신이 직접 나서 사건을 해결한 손량(孫良)의 지혜는 가히 범상을 초월하는 세심함을 보여준다.

이 우언은 우리의 생활 속에서 간과하기 쉬운 작은 문제라도 소홀히 지나치지 말고 세심하게 관찰하면 그 안에 바로 중대한 문제를 해결할 수 있는 열쇠가 존재한다는 이치를 설명한 것이다.

《서경잡기西京雜記》 우언

갈홍(葛洪 : 284-364)은 동진(東晉)의 문인이자 도가(道家) 이론가로, 자는 치천(稚川)이며 스스로 호를 포박자(抱朴子)라 했다. 어려서부터 배우기를 좋아했으나 집이 가난하여 인품을 팔아 지필(紙筆)을 바꾸어 쓰고, 밤이 되어야 비로소 공부를 하며 학문을 익혀 마침내 유학(儒學)으로 이름을 얻었다. 태안(太安) 연간에 복파장군(伏波將軍)을 지냈고, 함화(咸和) 초기에 자의참군(咨議參軍)을 지냈다. 간보(干寶)와 절친하여 간보가 산기상시(散騎常侍)에 추천했으나 고사하고 광주(廣州)의 나부산(羅浮山)에 들어가 단약(丹藥)을 제조하며 살았다. 저서로 《포박자(抱朴子)》《신선전(神仙傳)》《서경잡기(西京雜記)》 등이 있다.

《서경잡기》는 옛 일사(軼事)를 기록한 소설집이다. 작자에 관해서는 《구당서(舊唐書)·경적지(經籍志)》와 《신당서(新唐書)·예문지(藝文志)》에 갈홍이라 하고, 《오조소설(五朝小說)》과 《한위총서(漢魏叢書)》에서는 유흠(劉歆)이라 하여 이설이 분분했으나, 후세 학자들은 갈홍 자신이 《서경잡기서(西京雜記序)》에서, 자기 집안에 소장하고 있던 「유흠이 한사(漢史)를 편찬하기 위해 수집한 자료」를 바탕으로 2만여 자를 완성하여 서명(書名)을 붙였다고 밝힌 기록을 근거로 갈홍을 작자로 보고 있다.

023 착벽투광(鑿壁偸光)

《西京雜記·卷二》

원문 및 주석

鑿壁偸光[1]

匡衡字稚圭, 勤學而無燭, 鄰舍有燭而不逮, 衡乃穿壁引其光, 以書暎光而讀之。[2] 邑人大姓文不識, 家富多書, 乃與其傭作, 而不求償。[3] 主人怪, 問衡, 衡曰 :「願得主人書遍讀之。」主人感嘆, 資給

---

1 鑿壁偸光 → 벽을 뚫어 불빛을 훔치다
【鑿(착)】: 뚫다.
【偸(투)】: 훔치다.

2 匡衡字稚圭, 勤學而無燭, 鄰舍有燭而不逮, 衡乃穿壁引其光, 以書暎光而讀之。→ 광형(匡衡)은 자가 치규(稚圭)이다. (그는) 부지런히 공부하며 학문에 힘썼으나 (밤이 되면) 집에 촛불이 없었다. 이웃집에 촛불이 있어도 (자기에게) 미치지 못했다. 이에 광형은 (자기 집의) 벽을 뚫어 그 불빛을 끌어다가, 책에 불빛을 비추어 읽었다.
【匡衡(광형)】: [인명] 서한(西漢)의 경학가(經學家). 동해승(東海承)[지금의 산동성 창산현(蒼山縣)] 사람으로, 원제(元帝) 때 승상을 지내고, 악안후(樂安侯)에 추봉되었다.
【勤學(근학)】: 부지런히 공부하며 학문에 힘쓰다.
【鄰舍(인사)】: 이웃.
【逮(체)】: 及(급), 미치다, 이르다.
【乃(내)】: 이에, 그리하여.
【穿(천)】: 뚫다, 구멍을 내다.
【引(인)】: 끌어오다.
【暎光(영광)】: 불빛을 비추다. 【暎】: [映(영)의 속자] 비추다.

3 邑人大姓文不識, 家富多書, 乃與其傭作, 而不求償。→ 같은 마을 사람으로 대부호가 있었

以書, 遂成大學。[4]

번역문

벽을 뚫어 불빛을 훔치다

광형(匡衡)은 자가 치규(稚圭)이다. (그는) 부지런히 공부하며 학문에 힘썼으나 (밤이 되면) 집에 촛불이 없었다. 이웃집에 촛불이 있어도 (자기에게) 미치지 못했다. 이에 광형은 (자기 집의) 벽을 뚫어 그 불빛을 끌어다가 책에 불빛을 비추어 읽었다. 같은 마을 사람으로 대부호가 있었는데 글은 몰라도 집이 부유하고 책이 많았다. 그리하여 (광형이) 그 집에 가서 고용살이를 하며 품삯을 요구하지 않았다. 주인이 이상히 여겨 광형에게 물으니 광형이 대답했다.

「주인님의 책을 얻어 모두 한 번 읽고 싶습니다.」

는데 글은 몰라도, 집이 부유하고 책이 많았다. 그리하여 (광형이) 그 집에 가서 고용살이를 하며, 품삯을 요구하지 않았다.

【邑人(읍인)】: 마을 사람. 여기서는 「같은 마을 사람, 동향 사람」을 가리킨다.

【大姓(대성)】: 대갓집, 대부호.

【文不識(문불식)】: 글을 알지 못하다.

【乃(내)】: 이에, 그리하여.

【傭作(용작)】: 고용되어 일을 하다, 고용살이를 하다.

【求償(구상)】: 품삯을 요구하다. 〖償〗: [명사용법] 보상, 보수. 여기서는 「임금, 노임, 품삯」을 가리킨다.

4 主人怪, 問衡, 衡曰 : 「願得主人書遍讀之。」 主人感嘆, 資給以書, 遂成大學。→ 주인이 이상히 여겨, 광형에게 물으니, 광형이 대답했다 : 「주인님의 책을 얻어 모두 한 번 읽고 싶습니다.」 이에 주인이 감탄하여, 책을 모두 빌려주어, 마침내 대학자가 되었다.

【怪(괴)】: 이상하게 여기다.

【遍(편)】: 두루, 모두.

【資給(자급)】: 공급해주다. 여기서는 「빌려주다」의 뜻.

【遂(수)】: 마침내.

【大學(대학)】: 대학자.

이에 주인이 감탄하여 책을 모두 빌려주어 마침내 대학자가 되었다.

해설

「착벽투광(鑿壁偸光)」은 「천벽인광(穿壁引光)」이라는 말로도 표현하는데, 이 성어(成語)는 바로 광형(匡衡)의 고사에서 비롯된 것이다. 광형은 훗날 대성하여 나라의 승상(丞相)을 지내고 악안후(樂安侯)에 추봉되었으니 가히 귀감이 될 만한 인물이다.

이 우언은 광형의 모범된 사례를 통해, 젊어서 배우기를 게을리 하지 않고 각고 노력하면 반드시 훗날을 기약할 수 있다는 교훈을 제시한 것이다.

#《수신기 搜神記》우언

간보(干寶 : ?-336)는 동진(東晉)의 문학가로, 자는 영승(令升)이며 신채(新蔡)[지금의 하남성 경내] 사람이다. 동진의 초창기 아직 사관(史官)이 배치되지 않았을 때, 당시 정치적으로 영향력이 있던 왕도(王導)가 간보를 저작랑(著作郞)으로 추천하여 국사(國史)를 관할하게 했는데, 이때《진기(晉紀)》23권을 지어 훌륭한 사관이라 칭찬을 받았다. 그러나 집이 가난하여 벼슬길로 나아가 산음령(山陰令) · 시안태수(始安太守) · 사도우장사(司徒右長史) · 산기상시(散騎常侍) 등을 지냈다.

간보의 저술로는《춘추좌씨전의(春秋左氏傳義)》《주역주(周易注)》《주관주(周官注)》및《수신기(搜神記)》등이《수서(隋書) · 경적지(經籍志)》에 기록되어 있으나 현재 전하는 것은《수신기》뿐이다.

《수신기》는 육조지괴소설(六朝志怪小說)의 대표적인 작품으로, 내용은 옛 전적(典籍)과 민간 전설에서 채집한 기괴한 이야기들이 대부분이다. 간보는《수신기》를 지은 배경에 대해, 자기 부친의 비(婢)가 죽었다가 재생하고 또 형이 기절했다가 소생하여 천신(天神)을 보았다고 말한 것에 감화되어 신도(神道)가 거짓이 아님을 밝히기 위해《수신기》를 지었다고 했다. 묘사가 치밀하고 상상과 허구의 표현 기법이 뛰어나 지괴소설로서의 확고한 지위를 차지하고 있다.

024 초산노군(焦山老君)

《搜神記・卷一》

원문 및 주석

焦山老君[1]

有人入焦山七年, 老君與之木鑽, 使穿一盤石, 石厚五尺。曰 : 「此石穿, 當得道。」[2] 積四十年, 石穿, 遂得神仙丹訣。[3]

1 焦山老君 → 초산(焦山)의 태상노군(太上老君)
【焦山(초산)】: [산 이름] 강소성 진강시(鎭江市) 동쪽 장강(長江)의 수중에 고립되어 있는 산으로 금산(金山)과 마주하고 있다. 전하는 바에 의하면, 동한(東漢)의 처사 초선(焦先)이 이곳에 은거하여 붙여진 이름이라고 한다.
【老君(노군)】: 태상노군(太上老君). 도가(道家)의 노자(老子)에 대한 존칭.

2 有人入焦山七年, 老君與之木鑽, 使穿一盤石, 石厚五尺。曰 : 「此石穿, 當得道。」 → 어떤 사람이 초산(焦山)에 들어가 칠 년을 수련하자, 태상노군(太上老君)이 그에게 나무 송곳을 주며, 반석 하나를 뚫게 했다. 반석의 두께가 무려 다섯 자에 달했다. 태상노군이 말했다 : 「이 돌이 뚫리면, 곧 도(道)를 터득하게 될 것이다.」
【與(여)】: 주다.
【木鑽(목찬)】: 나무 송곳.
【使(사)】: …하게 하다.
【穿(천)】: 뚫다, 구멍을 내다.
【盤石(반석)】: 磐石(반석), 두껍고 큰 돌.
【厚(후)】: 두께.
【尺(척)】: [길이의 단위] 자. 30.3cm.
【當(당)】: 장차 …할 것이다, 곧 …할 것이다.
【得道(득도)】: 도를 터득하다.

3 積四十年, 石穿, 遂得神仙丹訣。 → 사십 년 동안 뚫기를 계속하자, 마침내 돌이 뚫렸다. 그

번역문

초산(焦山)의 태상노군(太上老君)

어떤 사람이 초산(焦山)에 들어가 칠 년을 수련하자 태상노군(太上老君)이 그에게 나무 송곳을 주며 반석(磐石) 하나를 뚫게 했다. 반석의 두께가 무려 다섯 자에 달했다.

태상노군이 말했다.

「이 돌이 뚫리면 곧 도(道)를 터득하게 될 것이다.」

사십 년 동안 뚫기를 계속하자 마침내 돌이 뚫렸다. 그리하여 그는 단약(丹藥)을 제조하여 신선이 되는 비결을 얻었다.

해설

나무 송곳을 가지고 다섯 자 두께의 반석을 뚫는다는 것은 실로 상상하기조차 어려운 일이다. 그러나 사십 년 동안 꾸준히 각고 노력한 끝에 마침내 단약(丹藥)을 제조하여 신선이 되는 비결을 터득했다. 실제로 우리의 현실 사회에서 이른바 득도(得道)하여 신선이 될 수 있다고 믿는 사람은 없을 것이다. 그러나 중요한 것은 어떤 일이든 중도에 포기하지 않고 꾸준히 지속할 때 결실을 거둘 수 있다는 것이다.

이 우언은 「유지자사경성(有志者事竟成 : 뜻이 있으면 일이 결국 이루어진다)」의 도리를 설명한 것이다.

리하여 그는 단약(丹藥)을 제조하여 신선이 되는 비결을 얻었다.
【積(적)】: 쌓다, 축적하다. 여기서는 「뚫기를 계속하다」의 뜻.
【遂(수)】: 마침내.
【神仙丹訣(신선단결)】: 도가(道家)에서 단약(丹藥)을 제조하여 신선이 되는 비결.

025 상중생리(桑中生李)

《搜神記 · 卷五》

원문 및 주석

桑中生李[1]

南頓張助於田中種禾, 見李核, 欲持去。[2] 顧見空桑中有土, 因植種, 以餘漿漑灌。[3] 後人見桑中反復生李, 轉相告語。[4] 有病目痛者,

1 桑中生李 → 뽕나무에서 자두나무가 자라다
【桑(상)】: 뽕나무.
【生(생)】: 생장하다, 나서 자라다.
【李(리)】: 자두나무.

2 南頓張助於田中種禾, 見李核, 欲持去。 → 남돈(南頓) 사람 장조(張助)가 밭에서 작물을 심다가, 자두 씨를 발견하고, 그것을 가지고 가려 했다.
【南頓(남돈)】: [지명] 지금의 하남성 항성현(項城縣) 북쪽.
【張助(장조)】: [인명].
【種(종)】: 심다.
【核(핵)】: 씨.
【欲(욕)】: …하고자 하다, …하려고 하다.
【持去(지거)】: 가지고 가다.

3 顧見空桑中有土, 因植種, 以餘漿漑灌。 → 뒤를 돌아보니 뽕나무에 난 구멍 속에 흙이 들어 있었다. 그리하여 거기에 (자두 씨를) 심고, 먹다 남은 미음을 부어주었다.
【顧見(고견)】: 뒤를 돌아보다.
【空桑(공상)】: 뽕나무에 난 구멍.
【因(인)】: 그리하여, 그래서, 곧.
【植種(식종)】: 심다.
【餘漿(여장)】: 먹다 남은 미음. ※혹자는 「마시고 남은 찻물」이라 풀이했다.

息陰下, 言 : 「李君令我目愈, 謝以一豚。」[5] 目痛小疾, 亦行自愈。衆犬吠聲, 盲者得視, 遠近翕赫。[6] 其下車騎常數千百, 酒肉滂沱。[7] 間一歲餘, 張助遠出來還, 見之驚云 : 「此有何神? 乃我所種耳。」因

【漑灌(개관)】: 부어 넣다.

4 後人見桑中反復生李, 轉相告語。→ 후에 어떤 사람이 뽕나무 구멍에서 오히려 또 자두나무가 자라는 것을 보고, 서로 말을 전했다.
【反(반)】: 오히려, 반대로.
【復(부)】: 또, 다시.
【轉相告語(전상고어)】: 서로 말을 전하다.

5 有病目痛者, 息陰下, 言 : 「李君令我目愈, 謝以一豚。」→ 어느 목통(目痛)을 앓는 사람이, (자두나무) 그늘 아래에서 쉬며, 말했다 : 이(李 : 자두) 선생이 나의 눈을 낫게 해 준다면, 돼지 한 마리로 사례하겠소.」.
【病目痛(병목통)】: 목통(目痛)을 앓다. 〖目痛〗: 눈이 아픈 증상. 〖病〗: [동사] 앓다, 병나다.
【息(식)】: 쉬다, 휴식하다.
【陰(음)】: 나무 그늘.
【李君(이군)】: 이(李)선생. ※자두나무를 의인화하여 높임말. 〖君〗: [타인에 대한 존칭] 선생, 귀하.
【令(령)】: …하게 하다.
【愈(유)】: 병이 낫다, 치유되다.
【謝(사)】: 사례하다.
【豚(돈)】: 돼지.

6 目痛小疾, 亦行自愈。衆犬吠聲, 盲者得視, 遠近翕赫。→ 목통은 작은 질병이라, 얼마 안 가서 자연히 나아버렸다. (그런데) 한 마리의 개가 짖으면 다른 여러 마리의 개들이 덩달아 짖듯이, 맹인이 시력을 얻었다는 말이 전파되어, 도처에서 사람들이 몰려들었다.
【亦行自愈(역행자유)】: 곧 자연히 치유되다. 〖亦〗: 곧, 바로, 얼마 안 가서.
【衆犬吠聲(중견폐성)】: 여러 마리의 개가 짖는 소리. 즉, 한 마리의 개가 짖으면 여러 마리의 개가 덩달아 짖는 것을 말한다.
【盲者得視(맹자득시)】: 맹인이 시력을 얻다.
【遠近(원근)】: 멀고 가까운 곳. 여기서는 「도처, 사방」의 뜻.
【翕赫(흡혁)】: 끌어 모으다, 규합하다. 여기서는 「몰려들다」의 뜻.

7 其下車騎常數千百, 酒肉滂沱。→ (그리하여) 자두나무 아래에는 항상 거마 수천수백 대가 머물고, (제사에 쓰이는) 술과 고기가 산더미처럼 쌓여 있었다.
【其(기)】: [대명사] 그, 즉 「자두나무」.
【車騎(거기)】: 거마.
【滂沱(방타)】: 큰 비가 억수로 내리는 모양. 여기서는 「제사 음식이 매우 많은 것」을 형용한 말이다.

就斫之。[8]

번역문

뽕나무에서 자두나무가 자라다

남돈(南頓) 사람 장조(張助)가 밭에서 작물을 심다가 자두 씨를 발견하고 그것을 가지고 가려 했다. 뒤를 돌아보니 뽕나무에 난 구멍 속에 흙이 들어 있었다. 그리하여 거기에 자두 씨를 심고 먹다 남은 미음을 부어주었다. 후에 어떤 사람이 뽕나무 구멍에서 오히려 또 자두나무가 자라는 것을 보고 서로 말을 전했다. 어느 목통(目痛)을 앓는 사람이 (자두나무) 그늘 아래에서 쉬며 말했다.

「이(李 : 자두) 선생이 나의 눈을 낫게 해 준다면, 돼지 한 마리로 사례하겠소.」

목통은 작은 질병이라 얼마 안 가서 자연히 나아버렸다. (그런데) 한 마리의 개가 짖으면 다른 여러 마리의 개들이 덩달아 짖듯이, 맹인이 시력을 얻었다는 말이 전파되어 도처에서 사람들이 몰려들었다. 그리하여 자두나무 아래에는 항상 거마 수천수백 대가 머물고, (제사에 쓰이는) 술과 고기

---

8 間一歲餘, 張助遠出來還, 見之驚云 :「此有何神? 乃我所種耳。」因就斫之。→ 일 년여를 지나, 장조가 먼 길을 떠났다가 돌아와, 이러한 광경을 보고 깜짝 놀라 말했다 :「여기에 무슨 신이 있다는 거야? 단지 내가 심은 자두나무 일뿐인데.」 그리하여 곧 그것을 베어버렸다.
【間(간)】: 사이를 두다, 간격을 두다. 즉「…을 지나서」의 뜻.
【遠出來還(원출래환)】: 먼 길을 떠났다가 돌아오다.
【乃(내)】: 단지, 다만.
【耳(이)】: …뿐.
【因(인)】: 그리하여
【就(취)】: 곧, 바로, 즉시.
【斫(작)】: 베다, 자르다.
【之(지)】: [대명사] 그것, 즉「자두나무」.

가 산더미처럼 쌓여 있었다. 일 년여를 지나 장조가 먼 길을 떠났다가 돌아와 이러한 광경을 보고 깜짝 놀라 말했다.

「여기에 무슨 신이 있다는 거야? 단지 내가 심은 자두나무일 뿐인데.」

그리하여 곧 그것을 베어버렸다.

해설

말은 전달하는 과정에서 침소봉대(針小棒大)되는 경우가 매우 많다. 눈병을 앓는 사람이 설사 자두나무 아래에서 병을 낫게 해 달라는 말을 했다 해도, 눈병이 나은 것은 작은 질환이라 자연히 치유된 것이지 결코 자두나무 신(神)의 영험에 의해 치유된 것이 아니다. 그러나 그것이 전달과정에서 맹인의 시력 회복으로 와전되면서 자두나무가 신격화되고 세상 사람들을 현혹시켜 미신의 세계로 빠져들게 했다.

이 우언은 하찮은 도청도설(道聽途說)을 맹종하며 부화뇌동(附和雷同)할 경우, 미신을 양생하는 토양 역할을 하여 올바른 사고를 그르치고 건전한 사회에 악영향을 줄 수 있다는 미신의 폐단을 지적한 것이다.

026 초미금(焦尾琴)

《搜神記·卷十三》

원문 및 주석

焦尾琴[1]

漢靈帝時, 陳留蔡邕, 以數上書陳奏, 忤上旨意, 又內寵惡之, 慮不免, 乃亡命江海, 遠跡吳會。[2] 至吳, 吳人有燒桐以爨者, 邕聞火烈

1 焦尾琴 → 꼬리가 그을린 거문고
【焦(초)】: 그을리다.

2 漢靈帝時, 陳留蔡邕, 以數上書陳奏, 忤上旨意, 又內寵惡之, 慮不免, 乃亡命江海, 遠跡吳會。
→ 한(漢)나라 영제(靈帝) 때, 진류(陳留) 사람 채옹(蔡邕)은, 여러 차례 글을 올려 (자기의 정치 주장을) 진술하여 임금의 뜻을 거스르고, 또 환관들이 그를 미워했기 때문에, 죄를 면치 못할 것을 몹시 우려했다. 그리하여 강과 바다를 떠돌며 망명생활을 했는데, 그 족적이 멀리 오군(吳郡)과 회계군(會稽郡)까지 이르렀다.
【漢(한)】: 유방(劉邦)이 세운 나라.
【靈帝(영제)】: 동한(東漢) 말의 군주. 22년간(168-189) 재위했다.
【陳留(진류)】: [지명] 동한의 군(郡) 이름.
【蔡邕(채옹)】: [인명] 동한의 문인. 지극한 효자였으며 거문고를 잘 탔다.
【以(이)】: 因(인), …로 인해, …때문에.
【數(수)】: 수차, 여러 차례.
【陳奏(진주)】: 진술하다.
【忤上旨意(오상지의)】: 임금의 뜻을 거스르다. 〖忤〗: 거스르다, 어기다, 위배하다.
【內寵(내총)】: 내시, 환관 등 임금의 총애를 얻어 권력을 가진 자.
【惡(오)】: 미워하다, 싫어하다.
【之(지)】: [대명사] 그, 그 사람, 즉「채옹」.
【慮(려)】: 우려하다, 염려하다.

聲, 曰:「此良材也。」[3] 因請之, 削以爲琴, 果有美音。而其尾焦, 因命「焦尾琴。」[4]

번역문

꼬리가 그을린 거문고

한(漢)나라 영제(靈帝) 때, 진류(陳留) 사람 채옹(蔡邕)은 여러 차례 글을 올려 (자기의 정치 주장을) 진술하여 임금의 뜻을 거스르고 또 환관들이 그를 미워했기 때문에, 죄를 면치 못할 것을 몹시 우려했다. 그리하여 강과 바다를 떠돌며 망명생활을 했는데, 그 족적이 멀리 오군(吳郡)과 회계군(會

【乃(내)】: 이에, 그리하여.
【遠跡(원적)】: 족적이 멀리 …까지 이르다.
【吳會(오회)】: [군(郡) 이름] 본래 오군(吳郡)과 회계군(會稽郡) 두 군이나, 여기서는 두 군의 관할지역을 합쳐 부른 것으로, 지금의 강소성 태호(太湖) 유역과 절강성 전당강(錢塘江) 동쪽에서 복건성에 이르는 지역을 말한다.

3 至吳, 吳人有燒桐以爨者, 邕聞火烈聲, 曰:「此良材也。」→ (채옹이) 오군에 갔는데, 어떤 오군 사람이 오동나무를 때서 밥을 짓고 있었다. 채옹이 불이 세차게 타는 소리를 듣고, 말했다:「이것은 좋은 목재로다!」
【燒(소)】: 불을 때다.
【桐(동)】: 오동나무.
【爨(찬)】: 밥을 짓다.
【火烈聲(화열성)】: 불이 세차게 타는 소리.
【良材(양재)】: 좋은 목재.

4 因請之, 削以爲琴, 果有美音。而其尾焦, 因命「焦尾琴。」→ 그리하여 타던 오동나무를 자기에게 달라고 청해 얻어다가, 그것을 깎아 거문고를 만드니, 과연 아름다운 소리가 났다. 그러나 꼬리가 그을렸기 때문에, 이로 인해 그 이름을「초미금(焦尾琴)」이라 명명(命名)했다.
【因(인)】: 이에, 그리하여, 이로 인해.
【請(청)】: 청하다. 여기서는「자기에게 달라고 청하다」의 뜻.
【之(지)】: [대명사] 그것, 즉「불에 타던 오동나무」.
【削(삭)】: 깎다.
【爲琴(위금)】: 거문고를 만들다.

稽郡)까지 이르렀다. (채옹이) 오군에 갔는데, 어떤 오군 사람이 오동나무를 때서 밥을 짓고 있었다. 채옹이 불이 세차게 타는 소리를 듣고 말했다.

「이것은 좋은 목재로다!」

그리하여 타던 오동나무를 자기에게 달라고 청해 얻어다가, 그것을 깎아 거문고를 만드니 과연 아름다운 소리가 났다. 그러나 꼬리가 그을렸기 때문에, 이로 인해 그 이름을 「초미금(焦尾琴)」이라 명명(命名)했다.

해설

모든 사물은 각기 나름대로의 용도가 있다. 양질의 오동나무를 가지고 불을 때서 밥을 짓는다면 좋은 목재를 망쳐버리는 것이다. 오동나무를 밥을 짓는 데 사용하는 것보다는 거문고를 만드는 데 사용하는 것이 훨씬 가치가 있다. 같은 이치로, 사람을 부당하게 기용하면 이 역시 인재를 망쳐버리는 것이다.

이 우언은 임금이 인재를 식별하는 능력이 있어야 널리 인재를 찾아 나라를 다스리는 일에 도움을 줄 수 있다는 도리를 강조한 것이다.

027 이기참사(李寄斬蛇)

《搜神記 · 卷十九》

원문 및 주석

李寄斬蛇[1]

東越閩中, 有庸嶺, 高數十里。其西北隰中有大蛇, 長七八丈, 大十餘圍, 土俗常懼。[2] 東冶都尉及屬城長吏, 多有死者, 祭以牛羊, 故

1 李寄斬蛇 → 이기(李寄)가 뱀을 베어 죽이다
【李寄(이기)】: [인명].
【斬(참)】: 베다, 죽이다.

2 東越閩中, 有庸嶺, 高數十里。其西北隰中有大蛇, 長七八丈, 大十餘圍, 土俗常懼。→ 동월국(東越國)의 민중군(閩中郡)에 있는 용령(庸嶺)이라는 고개는 높이가 수십 리에 달한다. 그 서북쪽 습지에 큰 뱀이 살고 있는데, 길이가 칠팔 장(丈)에, 굵기가 십여 아름이나 되어, 당지 사람들이 항상 두려워했다.
【東越(동월)】: [국명] 월왕(越王) 구천(句踐) 이후에 지금의 절강성 동남부와 복건성 일대에 있던 서한(西漢) 시대의 작은 나라. 도읍은 동야(東冶)[지금의 복건성 복주(福州)].
【閩中(민중)】: [지명] 동월의 군(郡) 이름.
【庸嶺(용령)】: [고개 이름] 일명 오령(烏嶺)이라고도 하며, 지금의 복건성 소무현(邵武縣) 서북쪽에 있다.
【隰(습)】: 습지, 저습한 곳.
【丈(장)】: [길이 단위] 10척(尺 : 자). 3.33미터.
【大十餘圍(대십여위)】: 굵기가 십여 아름이 되다. 〖大〗: 크기. 여기서는 「굵기」를 가리킨다. 〖圍〗: 아름.
【土俗(토속)】: 토속. 여기서는 「당지 사람들」을 가리킨다.
【常(상)】: 항상, 늘.
【懼(구)】: 두려워하다.

不得禍。[3] 或與人夢, 或下諭巫祝, 欲得啗童女年十二三者。[4] 都尉令長並共患之, 然氣厲不息, 共請求人家生婢子, 兼有罪家女養之。[5] 至八月朝祭, 送蛇穴口, 蛇出吞嚙之。累年如此, 已用九女。[6] 爾時

---

3 東冶都尉及屬城長吏, 多有死者, 祭以牛羊, 故不得禍。→ 동야(東冶)의 도위(都尉)와 그 예하 현(縣)의 고위 관리들 중에는 물려 죽은 사람들이 많아, (이에 사람들은) 소나 양으로 제사를 지냈다. 그래서 (한동안) 화를 당하지 않았다.

【東冶(동야)】: [지명] 동월(東越)의 도읍. ※「東冶」는 원문에 「東治(동치)」라 했으나 여기서는 「중화서국(中華書局) 1979년판 왕소영교주본(王紹楹校注本)」을 근거로 고쳤다.

【都尉(도위)】: 군(郡)의 군사(軍事) 우두머리.

【屬城長吏(속성장리)】: 예하 현(縣)의 고위 관리.

【不得禍(부득화)】: 화를 당하지 않다, 화를 입지 않다.

4 或與人夢, 或下諭巫祝, 欲得啗童女年十二三者。→ (그런데 후에) 뱀이 어느 때는 사람에게 현몽(現夢)하고, 어느 때는 박수무당에게 분부하여, 나이가 열두 세 살 되는 여자아이를 먹고자 했다.

【下諭(하유)】: 분부하다.

【巫祝(무축)】: 박수무당.

【欲(욕)】: …하고자 하다, …하려고 하다.

【啗(담)】: 먹다. ※판본에 따라서는 「啗」을 「啖(담)」이라 했다.

5 都尉令長並共患之, 然氣厲不息, 共請求人家生婢子, 兼有罪家女養之。→ 도위와 현령(縣令) 모두 그것을 매우 걱정했다. 그러나 뱀으로 인한 재해가 수그러들지 않아, (부득이) 함께 어느 집의 노예가 낳은 여자아이와 범죄자의 딸을 물색하여 데려다 길렀다.

【令長(영장)】: 현령(縣令).

【並共(병공)】: 모두 함께.

【患(환)】: 골치 아파하다, 걱정하다.

【氣厲(기려)】: 뱀으로 인한 재해.

【不息(불식)】: 멈추지 않다.

【共(공)】: 함께.

【請求(청구)】: 요구하다, 요청하다.

【婢子(비자)】: 노비의 자녀.

【…兼(겸)】: …와(과), … 및.

【有罪家女(유죄가녀)】: 죄를 지은 집의 딸.

6 至八月朝祭, 送蛇穴口, 蛇出吞嚙之。累年如此, 已用九女。→ 그리하여 팔월 초하루 제사 때, (여자아이를) 뱀의 굴 입구에 보내주면, 뱀이 나와서 아이를 물어 삼켜버린다. 여러 해를 이와 같이 하여, 이미 아홉 명의 여자아이가 희생되었다.

【八月朝(팔월조)】: 팔월 초하루.

【吞嚙(탄요)】: 물어 삼키다.

預復募索, 未得其女。將樂縣李誕家有六女無男。[7] 其小女名寄, 應募欲行, 父母不聽。[8] 寄曰 :「父母無相, 惟生六女, 無有一男, 雖有如無。[9] 女無緹縈濟父母之功, 旣不能供養, 徒費衣食, 生無所益, 不如早死。[10] 賣寄之身, 可得少錢, 以供父母, 豈不善耶?」[11] 父母慈憐,

【累年(누년)】: 여러 해.

【已(이)】: 이미.

【用(용)】: 쓰다, 사용하다. 여기서는 「바치다, 희생하다」의 뜻.

7 爾時預復募索, 未得其女。將樂縣李誕家有六女無男。→ 당시에도 그들은 또 미리 모집도 하고 직접 찾아 나서기도 했지만, 그러한 여자아이를 찾지 못하고 있었다. 장락현(將樂縣) 이탄(李誕)의 집은 딸이 여섯이고 아들이 없었다.

【爾時(이시)】: 그때, 그 당시.

【預(예)】: 미리, 앞당겨.

【復(부)】: 또, 다시.

【募索(모색)】: 모집하고 찾다.

【將樂縣(장락현)】: [지명] 삼국시대 오(吳)나라의 현(縣) 이름. 지금의 복건성 건안도(建安道).

【李誕(이탄)】: [인명] 이기의 아버지.

8 其小女名寄, 應募欲行, 父母不聽。→ 그중 이름을 기(寄)라고 하는 막내딸이, 모집에 응하여 가려고 하니, 부모가 허락을 하지 않았다.

【小女(소녀)】: 작은딸, 여기서는 「막내딸」을 가리킨다.

【欲(욕)】: …하고자 하다, …하려고 하다.

【不聽(불청)】: 허락하지 않다.

9 寄曰 :「父母無相, 惟生六女, 無有一男, 雖有如無。→ 기가 말했다 :「부모님은 복상(福相)이 없어, 오직 딸만 여섯을 낳고, 아들 하나가 없으니, 비록 자식이 있다 해도 없는 것이나 다름없습니다.

【無相(무상)】: 복상(福相), 복스럽게 생긴 얼굴.

【惟(유)】: 오직.

【雖有如無(수유여무)】: 비록 있다 해도 없는 것과 같다. 즉 「자식이 있다 해도 아들이 없으니 자식이 없는 것이나 다름없다」의 뜻.

10 女無緹縈濟父母之功, 旣不能供養, 徒費衣食, 生無所益, 不如早死。→ 저는 제영(緹縈)처럼 부모를 구한 공로도 없고, 이미 부모를 공양할 수도 없는데, 헛되이 의복과 음식을 낭비하고 있습니다. 살아서 이로울 것이 없으니, 일찍 죽는 것이 낫습니다.

【女(녀)】: 딸. 여기서는 「저」라는 뜻.

【緹縈濟父母之功(제영제부모지공)】: 제영이 부모를 구한 공로. ※ 한(漢)나라 문제(文帝) 때 태창령(太倉令)을 지내던 제영의 아버지는 아들이 없고 딸만 다섯을 두었다. 아버지가 죄

終不聽去。寄自潛行，不可禁止。[12] 寄乃告請好劍及咋蛇犬。至八月朝，便詣廟中坐，懷劍將犬。[13] 先將數石米餈，用蜜麨灌之，以置穴口。[14] 蛇便出，頭大如囷，目如二尺鏡。聞餈香氣，先啗食之。[15] 寄便

를 지어 사형을 선고받자 제영이 아버지를 따라 장안(長安)에 가서 자신이 관비(官婢)가 되고 대신 아버지의 죄를 용서해 달라고 임금께 상소를 올렸다. 이에 임금이 제영의 효심을 갸륵하게 여겨 아버지의 죄를 용서해 주었다.

【徒費(도비)】: 헛되이 낭비하다. 〖徒〗: 헛되이, 불필요하게.

【不如(불여)】: …만 못하다, …하는 것이 낫다.

11 賣寄之身，可得少錢，以供父母，豈不善耶?」 → 저의 몸을 팔면, 약간의 돈을 얻을 수 있어, 이것으로 부모님을 공양할 수 있으니, 어찌 좋지 않겠습니까?」

【寄(기)】: 이기가 자신의 이름을 「나, 저」라는 뜻으로 사용한 것이다.

【供(공)】: 공양하다.

【豈(기)】: 어찌.

12 父母慈憐，終不聽去。寄自潛行，不可禁止。→ 부모는 자식을 사랑하고 가엽게 생각하여, 끝내 허락을 하지 않았다. (그러나) 이기가 스스로 몰래 가는 바람에, 막을 수가 없었다.

【慈憐(자련)】: 사랑하고 불쌍히 여기다.

【終(종)】: 끝내.

【潛行(잠행)】: 몰래 가다.

13 寄乃告請好劍及咋蛇犬。至八月朝，便詣廟中坐，懷劍將犬。→ 그리하여 이기는 관부(官府)에 알리고 좋은 검(劍)과 뱀을 무는 개를 요구했다. 팔월 초하루가 되자, 곧 사당으로 가서 자리에 앉아, 검을 품에 지니고 개를 데리고 있었다.

【乃(내)】: 그리하여.

【告(고)】: 알리다. 여기서는 「관부(官府)에 알리다」의 뜻

【咋蛇犬(색사견)】: 뱀을 무는 개. 〖咋〗: 물다, 깨물다.

【便(편)】: 곧, 바로.

【詣(예)】: 가다, 이르다, 도착하다.

【懷(회)】: 품다, 품에 지니다.

【將(장)】: 데리다, 거느리다.

14 先將數石米餈，用蜜麨灌之，以置穴口。→ 먼저 몇 섬의 쌀로 만든 인절미를, 꿀과 미숫가루를 가지고 버무려서, 뱀의 동굴 입구에 놓았다.

【將(장)】: …을.

【石(석)】: [부피 단위] 섬, 석.

【餈(자)】: 인절미.

【用(용)】: …을 가지고, …을 사용하여.

【麨(초)】: 미숫가루.

【灌(관)】: 부어넣다. 여기서는 「버무리다」의 뜻.

放犬, 犬就嚙咋, 寄從後斫得數創。瘡痛急, 蛇因踊出, 至庭而死。[16] 寄入視穴, 得其九女髑髏, 悉擧出, 咤言曰 : 「汝曹怯弱, 爲蛇所食, 甚可哀愍。」 於是寄女緩步而歸。[17] 越王聞之, 聘寄女爲后, 拜其父爲將樂令, 母及姊皆有賞賜。[18] 自是東冶無復妖邪之物, 其歌謠至

【置(치)】: 두다, 놓다.

15 蛇便出, 頭大如囷, 目如二尺鏡。聞餈香氣, 先啗食之。→ 뱀이 바로 동굴에서 나왔는데, 머리는 크기가 마치 곳집 같고, 눈은 마치 두 자 넓이의 거울과도 같았다. 인절미의 향긋한 냄새를 맡더니, 먼저 그것을 먹었다.

【便(편)】: 곧, 바로.

【大如(대여)…】: 크기가 마치 …같다.

【囷(균)】: 곳집, 곡식 창고.

【聞(문)】: (냄새를) 맡다.

【啗食(담식)】: 먹다. ※판본에 따라서는 「啗」을 「啖(담)」이라 했다. 뜻은 같다.

16 寄便放犬, 犬就嚙咋, 寄從後斫得數創。瘡痛急, 蛇因踊出, 至庭而死。→ 이기가 즉시 개를 풀어 놓으니, 개가 바로 (뱀을) 물고, 이기는 뒤에서 (검으로) 몇 번을 내리찍었다. (뱀은) 상처의 통증이 심해, 곧장 뛰쳐나와, 정원에 이르러 죽어버렸다.

【就(취)】: 즉시, 바로.

【嚙咋(요색)】: 물다, 깨물다.

【斫(작)】: 베다, 찍다.

【數創(수창)】: 몇 번, 여러 번. ※판본에 따라서는 「創」을 「劍(검)」이라 했다.

【瘡(창)】: 상처.

【痛急(통급)】: 통증이 심하다.

【因(인)】: 곧.

【踊出(용출)】: 뛰쳐나오다.

17 寄入視穴, 得其九女髑髏, 悉擧出, 咤言曰 : 「汝曹怯弱, 爲蛇所食, 甚可哀愍。」 於是寄女緩步而歸。→ 이기는 뱀 굴로 들어가 자세히 살펴, 아홉 여자아이의 두개골을 발견하고, 그것을 모두 들고 나와, 슬퍼하며 말했다 : 「당신들은 겁이 많고 나약하여, 뱀에게 잡혀 먹혔으니, 너무 불쌍하다.」 그리하여 이기는 천천히 걸어서 집으로 돌아왔다.

【得(득)】: 발견하다.

【髑髏(촉루)】: 해골, 두개골.

【悉(실)】: 모두, 다.

【擧出(거출)】: 들고 나오다.

【咤(타)】: 슬퍼하다, 애통해하다.

【汝曹(여조)】: 너희들.

【怯弱(겁약)】: 담이 작고 연약하다, 겁이 많고 나약하다..

今存焉。[19]

번역문

이기(李寄)가 뱀을 베어 죽이다

동월국(東越國)의 민중군(閩中郡)에 있는 용령(庸嶺)이라는 고개는 높이가 수십 리에 달한다. 그 서북쪽 습지에 큰 뱀이 살고 있는데 길이가 칠팔 장(丈)에 굵기가 십여 아름이나 되어 당지 사람들이 항상 두려워했다. 동야(東冶)의 도위(都尉)와 그 예하 현(縣)의 고위 관리들 중에는 물려 죽은 사람들이 많아, (이에 사람들은) 소나 양으로 제사를 지냈다. 그래서 (한동안) 화를 당하지 않았다.

(그런데 후에) 뱀이 어느 때는 사람에게 현몽(現夢)하고 어느 때는 박수

【爲(위)…所(소)…】: [피동형] …에게 …하다, …에 의해 …되다.
【哀愍(애민)】: 불쌍하다, 가엾다.
【於是(어시)】: 그리하여.
【緩步(완보)】: 천천히 걷다.

18 越王聞之, 聘寄女爲后, 拜其父爲將樂令, 母及姊皆有賞賜。→ 동월왕(東越王)은 이 이야기를 듣고, 이기를 초빙하여 왕후로 삼는 한편, 이기의 아버지를 장락현의 현령으로 임명하고, 어머니와 언니들 모두에게 후한 상을 하사했다.
【聘(빙)】: 초빙하다.
【寄女(기녀)】: 이기 처녀. 『女』: 처녀, 아가씨.
【后(후)】: 왕후.
【拜(배)】: (관직에) 임명되다.
【賜(사)】: 주다, 하사하다.

19 自是東冶無復妖邪之物, 其歌謠至今存焉。→ 이로부터 동야에는 요사한 괴물이 다시 출현하지 않았고, 이기를 찬송하는 노래가 지금까지 남아 전해지고 있다.
【自是(자시)】: 이로부터.
【復(부)】: 또, 다시.
【其歌謠(기가요)】: 그 노래. 즉 「이기를 찬송하는 노래」.
【存(존)】: 남다, 남아 전해지다.

무당에게 분부하여 나이가 열두 세 살 되는 여자아이를 먹고자 했다. 도위와 현령(縣令) 모두 그것을 매우 걱정했다. 그러나 뱀으로 인한 재해가 수그러들지 않아 (부득이) 함께 어느 집의 노예가 낳은 여자아이와 범죄자의 딸을 물색하여 데려다 길렀다. 그리하여 팔월 초하루 제사 때 (여자아이를) 뱀의 굴 입구에 보내주면 뱀이 나와서 아이를 물어 삼켜버린다. 여러 해를 이와 같이 하여 이미 아홉 명의 여자아이가 희생되었다. 당시에도 그들은 또 미리 모집도 하고 직접 찾아 나서기도 했지만 그러한 여자 아이를 찾지 못하고 있었다.

장락현(將樂縣) 이탄(李誕)의 집은 딸이 여섯이고 아들이 없었다. 그중 이름을 기(寄)라고 하는 막내딸이 모집에 응하여 가려고 하니 부모가 허락을 하지 않았다.

기가 말했다.

「부모님은 복상(福相)이 없어 오직 딸만 여섯을 낳고 아들 하나가 없으니, 비록 자식이 있다 해도 없는 것이나 다름없습니다. 저는 제영(緹縈)처럼 부모를 구한 공로도 없고, 이미 부모를 공양할 수도 없는데, 헛되이 의복과 음식을 낭비하고 있습니다. 살아서 이로울 것이 없으니 일찍 죽는 것이 낫습니다. 저의 몸을 팔면 약간의 돈을 얻을 수 있어, 이것으로 부모님을 공양할 수 있으니 어찌 좋지 않겠습니까?」

부모는 자식을 사랑하고 가엽게 생각하여 끝내 허락을 하지 않았다. (그러나) 이기가 스스로 몰래 가는 바람에 막을 수가 없었다. 그리하여 이기는 관부(官府)에 알리고 좋은 검(劍)과 뱀을 무는 개를 요구했다. 팔월 초하루가 되자 곧 사당으로 가서 자리에 앉아 검을 품에 지니고 개를 데리고 있었다. 먼저 몇 섬의 쌀로 만든 인절미를 꿀과 미숫가루를 가지고 버무려서 뱀의 동굴 입구에 놓았다. 뱀이 바로 동굴에서 나왔는데, 머리는 크기가 마치 곳집 같고, 눈은 마치 두 자 넓이의 거울과도 같았다. 인절미의 향긋한 냄새를 맡더니 먼저 그것을 먹었다. 이기가 즉시 개를 풀어 놓으니 개가 바로 (뱀을) 물고, 이기는 뒤에서 (검으로) 몇 번을 내리찍었다. 뱀은 상처의 통증이 심해 곧장 뛰쳐나와 정원에 이르러 죽어버렸다. 이기는 뱀 굴로 들어가 자세히 살펴 아홉 여자아이의 두개골을 발견하고, 그것을 모두 들고 나와 슬퍼하며 말했다.

「당신들은 겁이 많고 나약하여 뱀에게 잡혀 먹혔으니 너무 불쌍하다.」

그리하여 이기는 천천히 걸어서 집으로 돌아왔다. 동월왕(東越王)은 이 이야기를 듣고, 이기를 초빙하여 왕후로 삼는 한편, 이기의 아버지를 장락현의 현령으로 임명하고, 어머니와 언니들 모두에게 후한 상을 하사했다. 이로부터 동야에는 요사한 괴물이 다시 출현하지 않았고, 이기를 찬송하는 노래가 지금까지 남아 전해지고 있다.

해설

동월국(東越國)은 뱀의 재앙으로 인해 나라가 편안할 날이 없었다. 동야(東冶)의 도위(都尉)를 포함하여 관리들조차 뱀에 물려 죽은 사람이 많았고, 심지어 뱀의 요구에 따라 매년 여자아이를 바쳐 이미 아홉 명이 희생되었다. 그리고 이러한 상황이 앞으로 언제까지 이어질지 조차 알 수 없고, 또 이렇다 할 대책도 없었다. 이러한 암담한 상황에서 이기(李寄)가 일개 나약한 여자의 몸으로 과감히 나서 뱀을 처치하고 나라의 안녕을 되찾았다.

그러면 나약한 여자의 몸으로 해결할 수 있었던 일을, 어째서 나라의 많은 관리들이 속수무책으로 피해를 당하고만 있었는가? 이는 이기가 뱀 굴에서 아홉 아이의 두개골을 들고 나오며 한 말에 해답이 있다. 즉, 「겁이 많고 나약하여 뱀에게 잡혀 먹었다」라는 것이다. 사람들이 공포에 시달리다보면 지혜를 발휘하지 못하고 심리적으로 위축되어 노예처럼 복종하게 된다. 따라서 그러한 공포감에서 탈출하려면 과감한 용기가 있어야 하고, 용기가 있어야 지혜를 발휘하여 위기를 극복하고 재앙을 면할 수 있는 것이다.

이 우언은 동야의 도위와 관리들, 그리고 죽은 아홉 아이들과 이기의 대비를 통해, 자신의 희생을 무릅쓰고 용기와 기지를 발휘하여 백성을 위해 해를 제거한 이기의 의협정신(義俠精神)을 높이 찬양한 것이다.

028 현학헌주(玄鶴獻珠)

《搜神記·卷二十》

원문 및 주석

玄鶴獻珠[1]

噲參, 養母至孝。曾有玄鶴, 爲弋人所射, 窮而歸參。參收養, 療治其瘡, 愈而放之。[2] 後鶴夜到門外, 參執燭視之, 見鶴雌雄雙至, 各

---

1 玄鶴獻珠 → 현학(玄鶴)이 구슬을 바치다
【玄鶴(현학)】: 검은 빛깔의 학.
【獻(헌)】: 바치다, 헌상하다.

2 噲參, 養母至孝。曾有玄鶴, 爲弋人所射, 窮而歸參。參收養, 療治其瘡, 愈而放之。→ 쾌삼(噲參)은, 어머니를 봉양하며 극진히 효도했다. 이전에 검은 빛깔의 학이, 활잡이가 쏜 화살에 맞아, 상처를 입고 곤궁에 처해 쾌삼에게 의탁했다. 쾌삼이 이를 거두어 보살피며, 상처를 치료하여, 완치되자 놓아 주었다.
【噲參(쾌삼)】: [인명].
【曾(증)】: 일찍이, 이전에.
【爲(위)…所(소)…】: [피동형] …에게 …당하다, …의해 …이 되다.
【弋人(익인)】: 활잡이.
【窮(궁)】: 곤궁에 처하다.
【歸(귀)】: 돌아가다. 여기서는 「(몸을) 의탁하다」의 뜻.
【收養(수양)】: 거두어 보살피다.
【療治(요치)】: 치료하다.
【瘡(창)】: 상처.
【愈(유)】: 낫다, 완치되다.
【放(방)】: 놓아주다.

銜明珠, 以報參焉。[3]

번역문

현학(玄鶴)이 구슬을 바치다

쾌삼(噲參)은 어머니를 봉양하며 극진히 효도했다. 이전에 검은 빛깔의 학이, 활잡이가 쏜 화살에 맞아 상처를 입고 곤궁에 처해 쾌삼에게 의탁했다. 쾌삼이 이를 거두어 보살피며 상처를 치료하여 완치되자 놓아 주었다. 훗날 학이 밤중에 쾌삼의 집 문밖에 찾아와서 쾌삼이 촛불을 들고 나가 살펴보니, 암수 두 마리의 학이 와 있는 것이 보였다. (암수 학들은) 각기 명주(明珠)를 입에 물고 와서 쾌삼에게 보답했다.

해설

「현학헌주(玄鶴獻珠)」는 우리나라 전래 동화에 나오는 「은혜 갚은 까치」라는 고사를 연상하게 한다. 「은혜 갚은 까치」는 구렁이에게 잡혀 먹힐 위기에 처한 새끼를 선비가 구해준 후 선비가 위기에 처하자 까치가 은혜에 보답하는 구조이고, 「현학헌주(玄鶴獻珠)」는 활잡이가 쏜 화살에 상처를 입은 현학이 자기를 구해준 쾌삼(噲參)에게 보답하는 구조이다. 다만 차이가 있다면 가해자가 하나는 동물이고, 하나는 사람이라는 것이 다를 뿐이다.

3 後鶴夜到門外, 參執燭視之, 見鶴雌雄雙至, 各銜明珠, 以報參焉。→ 훗날 학이 밤중에 쾌삼의 집 문밖에 찾아와, 쾌삼이 촛불을 들고 나가 살펴보니, 암수 두 마리의 학이 와 있는 것이 보였다. (암수 학들은) 각기 명주(明珠)를 입에 물고 와서, 쾌삼에게 보답했다.
【執(집)】: 들다, 잡다.
【銜(함)】: 입에 물다.
【明珠(명주)】: 광택이 나는 아름다운 구슬.
【報(보)】: 보답하다.

이 우언은 인간과 동물의 관계에서 동물조차 반드시 은혜에 보답할 줄 안다는 것을 통해 인간의 배은망덕(背恩忘德) 행위를 경계한 것이다.

《부자(苻子)》 우언

부랑(苻朗 : ? - 389)은 약양(略陽) 임위(臨渭)[지금의 감숙성 진안(秦安) 동남쪽] 사람으로 자는 원달(元達)이며, 진대(晉代) 오호십육국(五胡十六國) 중의 하나인 전진(前秦)의 작가이자, 전진의 군주인 부견(苻堅)의 조카이기도 하다. 그는 영리(榮利)를 탐하지 않고 독서를 좋아하여 손에서 책을 놓지 않았다. 부견의 휘하에서 진동장군(鎭東將軍) 청주자사(靑州刺史)를 지내다가 동진(東晉) 효무제(孝武帝) 태원(太元) 9년(384) 동진에 투항하여 원외산기시랑(員外散騎侍郎)을 지냈다.

저서로 《부자(苻子)》가 있는데, 원문은 이미 망실되어 전하지 않고 일부 잔문이 송(宋) 이방(李昉)의 《태평어람(太平御覽)》과 청(淸)의 마국한(馬國翰)의 《옥함산방집일서(玉函山房輯佚書)》에 전한다.

029 여호모피(與狐謀皮)

《苻子》

원문 및 주석

與狐謀皮[1]

周人有愛裘而好珍羞, 欲爲千金之裘而與狐謀其皮, 欲具少牢之珍而與羊謀其羞。[2] 言未卒, 狐相率逃於重邱之下, 羊相呼藏於深林

1 與狐謀皮 → 여우의 가죽을 벗기려고 여우와 상의하다
【與(여)】: …과(와).
【謀(모)】: 상의하다.

2 周人有愛裘而好珍羞, 欲爲千金之裘而與狐謀其皮, 欲具少牢之珍而與羊謀其羞。→ 주(周)나라 사람으로 가죽옷을 즐겨 입고 진귀한 음식을 좋아하는 사람이 있었는데, 아주 값진 가죽옷을 만들고자 여우와 더불어 여우의 가죽을 벗기는 일에 대해 상의하고, 제사에 소뢰(小牢)의 진미를 갖추고자 양과 더불어 양을 잡아 음식 만드는 일에 대해 상의를 했다.
【周(주)】: [국명] 기원전 11세기 은(殷)나라를 이어 무왕(武王)이 세운 나라. 무왕의 성은 희(姬), 이름은 발(發).
【裘(구)】: 가죽옷, 갖옷.
【好(호)】: [동사] 좋아하다.
【珍羞(진수)】: 진귀한 음식. 【羞】: 饈(수), 음식, 식품.
【欲(욕)】: …하고자 하다, …하려고 하다.
【爲(위)】: 만들다.
【千金之裘(천금지구)】: 매우 값진 가죽옷.
【具(구)】: 구비하다, 갖추다.
【牢(뢰)】: 제물, 제사에 올리는 음식물. 돼지와 양 두 가지를 「소뢰(小牢)」라 하고, 소와 양과 돼지 세 가지를 「대뢰(大牢)」라고 한다.

之中。[3] 故周人十年不制一裘，五年不具一牢。何者？周人之謀失之矣。[4]

번역문

여우의 가죽을 벗기려고 여우와 상의하다

주(周)나라 사람으로 가죽옷을 즐겨 입고 진귀한 음식을 좋아하는 사람이 있었는데, 아주 값진 가죽옷을 만들고자 여우와 더불어 여우의 가죽을 벗기는 일에 대해 상의하고, 제사에 소뢰(小牢)의 진미를 갖추고자 양과 더불어 양을 잡아 음식 만드는 일에 대해 상의를 했다. 말을 끝내기도 전에 여우들은 줄줄이 첩첩산중으로 달아나고, 양들은 서로 부르며 깊은 산림 속으로 숨어 버렸다. 그래서 주나라 사람은 십 년이 되도록 가죽옷 한 벌을 만들지 못하고, 오 년이 되도록 제사에 한 번도 소뢰를 갖추지 못했다. 어째서 그런가? 주나라 사람의 계략이 잘못된 것이다.

3 言未卒，狐相率逃於重邱之下，羊相呼藏於深林之中。→ 말을 끝내기도 전에, 여우들은 줄줄이 첩첩산중으로 달아나고, 양들은 서로 부르며 깊은 산림 속으로 숨어 버렸다.
【卒(졸)】: 끝나다, 마치다.
【相率(상솔)】: 줄줄이, 잇따라, 연이어.
【逃於(도어)…】: …으로 달아나다. 〖於〗: [개사] …으로.
【重邱(중구)】: 겹겹의 산, 첩첩산중.
【相呼(상호)】: 서로 부르다.
【藏(장)】: 숨다, 몸을 감추다.

4 故周人十年不制一裘，五年不具一牢。何者？周人之謀失之矣。→ 그래서 주나라 사람은 십 년이 되도록 가죽옷 한 벌을 만들지 못하고, 오 년이 되도록 제사에 한 번도 소뢰를 갖추지 못했다. 어째서 그런가? 주나라 사람의 계략이 잘못된 것이다.
【故(고)】: 그래서.
【制(제)】: 제작하다, 만들다.
【謀(모)】: 계략, 계책.
【失(실)】: 잘못되다.

해설

여우의 가죽이 필요하다 하여 여우를 찾아가 요구하고, 양의 고기가 필요하다 하여 양을 찾아가 요구한다면, 세상 천지에 성공할 일이 어디 있겠는가? 이 고사는 자라가 용왕의 병을 치료하기 위해 토끼의 간을 구하러 육지에 나가 토끼를 꾀어 용궁에 데려왔다가, 이 사실을 알게 된 토끼가 평상시 간을 빼놓고 다닌다는 말로 잔꾀를 부려 간신히 위기에서 탈출했다는 우리의 고전소설 《별주부전(鼈主簿傳)》의 한 대목을 연상하게 한다.

이 우언은 상대방과 이해관계가 상충되는 문제를 가지고 상의할 경우 근본적으로 일이 성사될 수 없다는 것을 빗대어 풍자한 것이다.

030 화도매마(畫圖買馬)

《荀子》

원문 및 주석

畫圖買馬[1]

齊景公好馬, 命畫工圖而訪之。殫百乘之價, 朞年而不得。像過實也。[2] 今使愛賢之君, 考古藉以求其人, 雖期百年, 不可得也。[3]

1 畫圖買馬 → 말을 그려 가지고 그림과 똑같은 말을 사려 하다
【圖(도)】: [명사] 그림. 여기서는 「말 그림」을 가리킨다.

2 齊景公好馬, 命畫工圖而訪之。殫百乘之價, 朞年而不得。像過實也。→ 제(齊)나라 경공(景公)이 말을 좋아하여, 화공(畫工)에게 말 그림을 그리도록 명하고 (그 그림을 가지고) 말을 찾아 나섰다. (그러나) 수레 백 대의 값을 다 쓰고, 일 년이 지나도록 (그림과 같은 말을) 찾지 못했다. (왜냐하면) 그린 말의 모양이 실제를 벗어났기 때문이다.
【齊景公(제경공)】: 춘추시대 제(齊)나라의 군주로 58년간(B.C. 547-B.C. 490) 재위했다. 〖齊〗: 지금의 산동성 북부와 하북성 남부에 걸쳐 있던 주대(周代)의 제후국.
【好(호)】: [동사] 좋아하다.
【圖(도)】: [동사] 그리다.
【訪(방)】: 조사하다, 탐방하다, 찾아 나서다.
【殫(탄)】: 다 쓰다.
【百乘之價(백승지가)】: 수레 백 대의 값. 〖乘〗: [양사] 옛날 네 필의 말이 끄는 수레.
【朞年(기년)】: 일 년.
【像過實(상과실)】: 그린 말의 모양이 실제를 벗어나다.

3 今使愛賢之君, 考古藉以求其人, 雖期百年, 不可得也。→ 지금 만일 현인을 좋아하는 군주가, 옛 서적을 살펴 그러한 사람을 구하려 한다면, 설사 백 년을 기다린다 해도, 얻을 수 없을 것이다.

번역문

말을 그려 가지고 그림과 똑같은 말을 사려 하다

제(齊)나라 경공(景公)이 말을 좋아하여 화공(畫工)에게 말 그림을 그리도록 명하고 (그 그림을 가지고) 말을 찾아나섰다. 그러나 수레 백 대의 값을 다 쓰고 일 년이 지나도록 (그림과 같은 말을) 찾지 못했다. (왜냐하면) 그린 말의 모양이 실제를 벗어났기 때문이다. 지금 만일 현인을 좋아하는 군주가 옛 서적을 살펴 그러한 사람을 구하려 한다면, 설사 백 년을 기다린다 해도 얻을 수 없을 것이다.

해설

한 나라의 군주는 현명하고 능력 있는 사람을 선발하여 임용해야 하는 열의가 있어야 하고, 동시에 인재를 발굴할 줄 아는 능력도 겸비해야 한다. 만일 실제와 동떨어진 선발 기준을 확정해 놓고, 몇 권의 옛 서적에 의존하여 옛 사람들의 기준에 따라 구하려 한다면 결코 진정한 인재를 구하지 못할 것이다.

이 우언은 실제와 동떨어진 이상(理想)에 억지로 현실을 꿰맞추려 한다면 반드시 실패한다는 이치를 설명한 것이다.

【使(사)】: 만일, 만약.
【考(고)】: 고찰하다, 살피다.
【雖(수)】: 설사, 비록.
【期(기)】: 기대하다, 기다리다.

031 금시조지사(金翅鳥之死)

《苻子》

원문 및 주석

金翅鳥之死[1]

齊景公謂晏子曰:「寡人旣得寶千乘, 聚萬駟矣! 方欲珍懸黎, 會金玉, 其得之耶, 奚若?」[2] 晏嬰曰:「臣聞琬玉之外有鳥焉, 曰金翅,

1 金翅鳥之死 → 금시조(金翅鳥)의 죽음

【金翅鳥(금시조)】: [불교] 가루라(迦樓羅). 불법수호팔부중(佛法守護八部衆)의 다섯째로 묘시조(妙翅鳥)라고도 한다. 불경에 나오는 상상의 큰 새로 수미산(須彌山)의 사해(四海)에 살며, 모양은 매와 비슷한 머리에 여의주(如意珠)가 박혀 있고, 금빛 날개에 몸은 사람을 닮았으며, 불을 뿜는 입으로 용을 잡아먹는다고 한다.

2 齊景公謂晏子曰:「寡人旣得寶千乘, 聚萬駟矣! 方欲珍懸黎, 會金玉, 其得之耶, 奚若?」→ 제(齊)나라 경공(景公)이 안자(晏子)에게 말했다:「과인은 이미 천 대의 수레에 실을 만큼 많은 보물을 얻고, 만 대의 수레를 모았소. 이제 곧 현려(懸黎)를 보물로 삼고, 금과 옥을 더 모으려 하는데, 가능하겠소?」

【齊景公(제경공)】: 춘추시대 제(齊)나라의 군주로 58년간(B.C. 547-B.C. 490) 재위했다. 〖齊〗: 지금의 산동성 북부와 하북성 남부에 걸쳐 있던 주대(周代)의 제후국.

【晏子(안자)】: [인명] 안영(晏嬰). 시호는 평(平), 자는 중(仲)이며 역사에서는 안평중(晏平仲)이라 칭한다. 제(齊)나라의 대부로 영공(靈公)·장공(莊公)·경공(景公) 삼대에 걸쳐 벼슬을 했으며, 유능하고 근면 검소한 인품으로 세상에 널리 알려졌는데, 후인들이 그의 행적과 간언(諫言)을 모아《안자춘추(晏子春秋)》를 펴냈다.

【寡人(과인)】: 임금이 과덕지인(寡德之人)이란 의미로 자신을 낮추어 부르는 말.

【旣得寶千乘(기득보천승)】: 이미 천 대의 수레에 실을 만큼의 보물을 얻다. 〖乘〗: [양사] 대, 량.

【聚萬駟(취만사)】: 만 대의 수레를 모으다. 〖聚〗: 모으다. 〖駟〗: 네 마리의 말이 끄는 수레.

民謂爲羽豪。[3] 其爲鳥也, 非龍肺不食, 非鳳血不飮。其食也, 常飢而不飽; 其飮也, 常渴而弗充。[4] 生未幾何, 夭其天年而死。金玉之非珍, 乃爲君之患矣!」[5]

【方(방)】: 이제 곧, 바야흐로.
【欲(욕)】: …하고자 하다, …하려고 하다.
【珍(진)】: [동사] 보물로 삼다.
【懸黎(현려)】: 미옥(美玉) 이름.
【會(회)】: 모으다.
【奚若(해약)】: 어떤가? 즉 「가능하겠는가?」의 뜻.

3 晏嬰曰: 「臣聞琬玉之外有鳥焉, 曰金翅, 民謂爲羽豪。→ 안영(晏嬰)이 말했다: 「제가 듣기로 완옥(琬玉)의 교외에 금시조(金翅鳥)라는 새가 있는데, 백성들은 그것을 우호(羽豪)라고 부릅니다.
【晏嬰(안영)】: 주 2【晏子(안자)】 참조.
【臣(신)】: 신, 저. ※ 임금에 대한 신하나 백성의 자칭.
【琬玉(완옥)】: [지명] 전설에 나오는 지명.
【謂爲(위위)…】: …라고 부르다.

4 其爲鳥也, 非龍肺不食, 非鳳血不飮。其食也, 常飢而不飽; 其飮也, 常渴而弗充。→ 그 새의 습성은, 용의 허파가 아니면 먹지 않고, 봉황의 피가 아니면 마시지 않습니다. 그 새가 먹는 양은, 항상 굶주려 배가 부르지 않고, 그 새가 마시는 양은, 항상 갈증을 느껴 충분하지 않습니다.
【爲鳥(위조)】: 새의 습성.
【非(비)…不(불)…】: …이(가) 아니면 …하지 않다.
【飢(기)】: 굶주리다.
【渴(갈)】: 목이 마르다.
【弗(불)】: 不(불).

5 生未幾何, 夭其天年而死。金玉之非珍, 乃爲君之患矣!」→ (그리하여) 태어난 후 얼마 못가, 타고난 수명을 다 채우지 못하고 죽어버립니다. 금과 옥은 진귀한 보물이 아니라, 바로 임금님의 재앙입니다.」
【未幾何(미기하)】: 얼마 못가서, 얼마 되지 않아.
【夭(요)】: 요절하다, 일찍 죽다. 여기서는 「다 살지 못하다, 다 채우지 못하다」의 뜻.
【天年(천년)】: 타고난 수명.
【乃(내)】: 바로 …이다.
【患(환)】: 재난, 재해, 재앙.

번역문

금시조(金翅鳥)의 죽음

제(齊)나라 경공(景公)이 안자(晏子)에게 말했다.

「과인은 이미 천 대의 수레에 실을 만큼 많은 보물을 얻고 만 대의 수레를 모았소. 이제 곧 현려(懸黎)를 보물로 삼고 금과 옥을 더 모으려 하는데, 가능하겠소?」

안영(晏嬰)이 말했다.

「제가 듣기로, 완옥(琬玉)의 교외에 금시조(金翅鳥)라는 새가 있는데, 백성들은 그것을 우호(羽豪)라고 부릅니다. 그 새의 습성은 용의 허파가 아니면 먹지 않고, 봉황의 피가 아니면 마시지 않습니다. 그 새가 먹는 양은 항상 굶주려 배가 부르지 않고, 그 새가 마시는 양은 항상 갈증을 느껴 충분하지 않습니다. (그리하여) 태어난 후 얼마 못가 타고난 수명을 다 채우지 못하고 죽어버립니다. 금과 옥은 진귀한 보물이 아니라 바로 임금님의 재앙입니다.」

해설

용의 허파와 봉황의 피가 아무리 맛있다 해도 용과 봉황은 가장 구하기 어려운 희귀한 동물이다. 반드시 그것에 의존하여 살아야 한다면 굶주리고 목이 말라 요절할 것은 불을 보듯 뻔한 일이다. 한 나라의 군주로서 오로지 진귀한 보물을 모으는 일에 관심을 쏟는다면 자신은 물론 나라마저 멸망하고 말 것이다.

이 우언은 지나친 욕구가 자멸을 초래한다는 사실을 통해 군주의 탐욕을 경계한 것이다.

032 군슬상살(群蝨相殺)

《苻子》

원문 및 주석

群蝨相殺[1]

齊魯爭汶陽之田, 魯侯有憂色。[2] 魯有隱者周豐往觀, 曰:「臣嘗晝寢, 愀然聞羣蝨之鬪乎衣中, 甘臣膏腴之肌, 珍臣項膂之膚, 相與樹黨爭之, 日夜不息, 相殺者大半。[3] 蝨父止之曰:『我與爾所慮不

1 群蝨相殺 → 여러 마리의 이가 서로 물어 죽이다
【蝨(슬)】: [흡혈 기생충] 이.
【相殺(상살)】: 서로 물어 죽이다.

2 齊魯爭汶陽之田, 魯侯有憂色。→ 제(齊)나라와 노(魯)나라가 문양(汶陽)의 전답을 놓고 서로 다투게 되자, 노나라의 군주가 우려하는 기색을 보였다.
【齊(제)】: [국명] 지금의 산동성 북부와 하북성 남부에 걸쳐 있던 주대(周代)의 제후국.
【魯(노)】: [국명] 지금의 산동성에 일대에 있던 주대(周代)의 제후국.
【汶陽(문양)】: [지명] 노나라에 속한 지명으로, 지금의 산동성 영양현(寧陽縣) 북쪽.
【魯侯(노후)】: 노나라의 군주.
【憂色(우색)】: 우려하는 기색.

3 魯有隱者周豐往觀, 曰:「臣嘗晝寢, 愀然聞羣蝨之鬪乎衣中, 甘臣膏腴之肌, 珍臣項膂之膚, 相與樹黨爭之, 日夜不息, 相殺者大半。→ 노나라의 은사 주풍(周豐)이 가서 (군주의 안색을) 살펴보고, 말했다:「제가 일찍이 낮잠을 자다가, 여러 마리의 이들이 저의 옷 속에서 싸우는 소리를 듣고 걱정을 했습니다. 이들은 저의 기름진 살을 맛있는 음식으로 여기고, 저의 목과 등의 피부를 진미로 여겨, 서로 패거리를 끌어다가 당파를 만들며, 밤이나 낮이나 싸움을 멈추지 않았습니다. 그리하여 서로 죽인 이의 수가 전체의 절반을 넘었습니다.
【隱者(은자)】: 은사.

過容口, 奚用竊爭、交戰爲哉?』羣蝨止。[4] 今君以七百里地爲君之城, 亦以足矣![5] 而以汶陽數步之田惑君之心, 曾不如一蝨之知, 竊謂君羞之。」魯侯曰:「善!」[6]

【周豐(주풍)】: [인명].
【往觀(왕관)】: 가서 관찰하다, 가서 살펴보다.
【嘗(상)】: 일찍이.
【晝寢(주침)】: 낮잠을 자다.
【愀然(초연)】: 걱정하는 모양.
【乎(호)】: [개사] 於(어), …에서.
【甘(감)】: [동사용법] 달게 여기다, 맛있다고 여기다.
【膏腴(고유)】: 기름지다.
【肌(기)】: 살, 근육.
【珍(진)】: [동사] 진미로 여기다.
【項膂(항려)】: 목과 등.
【相與(상여)】: 서로.
【樹黨(수당)】: 패거리를 끌어다가 당파를 만들다.
【息(식)】: 멈추다.
【大半(대반)】: 절반을 넘다.

4 蝨父止之曰:『我與爾所慮不過容口, 奚用竊爭、交戰爲哉?』羣蝨止。→ 늙은 이 한 마리가 그들을 제지하며:『나와 너희들이 우려하는 것은 다만 먹고 살 자리를 용인(容認)하는 것에 불과한데, 어찌 몰래 다투고 싸움을 벌일 필요가 있겠는가?』라고 말했습니다. (그리하여) 여러 이들이 비로소 싸움을 멈추었습니다.
【蝨父(슬부)】: 늙은 이.
【止(지)】: 제지하다.
【爾(이)】: 너, 너희들.
【慮(려)】: 염려하다, 우려하다.
【容口(용구)】: 먹고 살 자리를 용인(容認)하다.
【奚用(해용)…爲(위)】: [고정 격식] 어찌 …할 필요가 있는가? 【奚】: 어찌, 왜.
【竊爭(절쟁)】: 몰래 다투다.

5 今君以七百里地爲君之城, 亦以足矣! → 지금 임금님께서는 칠백 리의 땅을 임금님의 영토로 삼고 있으니, 이 또한 이미 충분합니다.
【以(이)…爲(위)…】: [고정 격식] …을 …으로 삼다.
【城(성)】: 성. 여기서는 「국토, 영토」를 가리킨다.
【亦以足(역이족)】: 또한 이미 충분하다. 【以】: 已(이), 이미.

6 而以汶陽數步之田惑君之心, 曾不如一蝨之知, 竊謂君羞之。」魯侯曰:「善!」→ 그런데 몇 걸음 안 되는 문양의 전답으로 인해 임금님의 심기를 미혹시킨다면, 그것은 오히려 한 마리

번역문

여러 마리의 이가 서로 물어 죽이다

제(齊)나라와 노(魯)나라가 문양(汶陽)의 전답을 놓고 서로 다투게 되자, 노나라의 군주가 우려하는 기색을 보였다. 노나라의 은사 주풍(周豐)이 가서 (군주의 안색을) 살펴보고 말했다.

「제가 일찍이 낮잠을 자다가 여러 마리의 이들이 저의 옷 속에서 싸우는 소리를 듣고 걱정을 했습니다. 이들은 저의 기름진 살을 맛있는 음식으로 여기고 저의 목과 등의 피부를 진미로 여겨, 서로 패거리를 끌어다가 당파를 만들며 밤이나 낮이나 싸움을 멈추지 않았습니다. 그리하여 서로 죽인 이의 수가 전체의 절반을 넘었습니다. 늙은 이 한 마리가 그들을 제지하며 『나와 너희들이 우려하는 것은 다만 먹고 살 자리를 용인(容認)하는 것에 불과한데, 어찌 몰래 다투고 싸움을 벌일 필요가 있겠는가?』라고 말했습니다. (그리하여) 여러 이들이 비로소 싸움을 멈추었습니다. 지금 임금님께서는 칠백 리의 땅을 임금님의 영토로 삼고 있으니, 이 또한 이미 충분합니다. 그런데 몇 걸음 안 되는 문양의 전답으로 인해 임금님의 심기를 미혹시킨다면, 그것은 오히려 한 마리 이의 지혜보다 못한 것입니다. 그래서 저는 임금님께서 그것을 부끄러워할 것이라고 생각합니다.」

....

이의 지혜보다 못한 것입니다. 그래서 저는 임금님께서 그것을 부끄러워할 것이라고 생각합니다.」 노나라 군주가 말했다 : 「좋소.」
【以(이)】 : …으로 인해.
【數步之田(수보지전)】 : 몇 걸음 안 되는 전답.
【惑(혹)】 : 미혹시키다.
【曾不如(증불여)…】 : 오히려 …보다 못하다.
【知(지)】 : 智(지), 지혜.
【竊(절)】 : 저(의 견해).
【謂(위)】 : …라고 생각하다.

노나라 군주가 말했다.

「좋소.」

해설

춘추전국시대는 제후들 간에 서로 토지와 인구를 쟁탈하기 위해 부단히 전쟁을 벌려 백성들이 많은 고통을 당해야 했다. 당시 강한 제(齊)나라가 약한 노(魯)나라의 문양(汶陽) 땅을 빼앗으려 하여 노나라 군주가 고민에 빠지자, 노나라의 은사 주풍(周豐)이 양국의 투쟁을 이들의 싸움에 빗대어 조롱하고 자기의 임금을 이의 지혜보다 못하다고 조소했다.

이 우언은 작자가 주풍의 비유를 통해, 어떤 경우를 불문하고 침략적 전쟁은 거대한 희생을 가져와 백성들에게 크나큰 고통을 안겨준다는 점에서, 자신의 탐욕을 채우기 위해 백성들의 고통을 염두에 두지 않는 통치자의 만행을 풍자한 것이다.

033 오여마의(鼇與螞蟻)

《苻子》

원문 및 주석

鼇與螞蟻[1]

東海有鼇焉, 冠蓬萊而浮游於滄海。[2] 騰躍而上, 則干雲, 沒而下, 潛於重泉。[3] 有紅蟻者, 聞而悅之, 與羣蟻相要乎海畔, 欲觀鼇焉。月餘日, 鼇潛未出。[4] 羣蟻將反, 遇長風激浪, 崇濤萬仞, 海水沸, 地

1 鼇與螞蟻 → 큰 자라와 개미

【鼇(오)】: 鰲(오), 큰 자라. ※ 전설에 나오는 동물로 바다에서 큰 산을 짊어지고 있으며, 모양은 마치 거북 또는 자라처럼 생겼다.

【螞蟻(마의)】: 개미.

2 東海有鼇焉, 冠蓬萊而浮游於滄海。→ 동해(東海)에 큰 자라가 있는데, 봉래산(蓬萊山)을 머리에 이고 망망대해를 떠다닌다.

【冠(관)】: [동사용법] 모자를 쓰다. 여기서는 「산을 머리에 이다」의 뜻.

【蓬萊(봉래)】: 봉래산. ※ 전설에 나오는 동해의 선산(仙山)으로, 산에는 신선과 불사약(不死藥)이 있다.

【浮游(부유)】: (물위에서) 떠다니다.

【滄海(창해)】: 망망대해, 넓고 푸른 바다.

3 騰躍而上, 則干雲, 沒而下, 潛於重泉。→ 뛰어서 위로 올랐다 하면, 구름 위로 솟구치고, 물속으로 들어가 아래로 향했다 하면, 깊은 바닷속에 잠겨버린다.

【騰躍(등약)】: 뛰어 오르다.

【干雲(간운)】: 구름 위로 솟구치다. 〖干〗: 돌파하다, 솟구치다.

【潛(잠)】: 잠기다.

【重泉(중천)】: 깊은 물. 여기서는 「깊은 바닷속」을 가리킨다.

4 有紅蟻者, 聞而悅之, 與羣蟻相要乎海畔, 欲觀鼇焉。月餘日, 鼇潛未出。→ 어느 붉은 개미가,

雷震。羣蟻曰：「此將鼇之作也。」[5] 數日，風止雷默，海中隱如岳，其高槩天，或游而西。[6] 羣蟻曰：「彼之冠山，何異我之戴粒？逍遙封壤之巔，歸伏乎窟穴也。[7] 此乃物我之適，自已而然，我何用數百里勞

....

이 말을 듣고 매우 기뻐하며, 여러 개미들을 해변에 불러 모아, 함께 큰 자라를 구경하고자 했다. (그러나) 한 달여가 지나도, 큰 자라가 물속에 잠긴 채 나오지 않았다.
【悅(열)】: 기뻐하다, 즐거워하다.
【相要(요)】: 相邀(상요), 초대하다, 불러 모으다. 〖要〗: 邀(요).
【乎(호)】: [개사] 於(어), …에, …으로.
【海畔(해반)】: 해변.
【欲(욕)】: …하고자 하다, …하려고 하다.

5 羣蟻將反, 遇長風激浪, 崇濤萬仞, 海水沸, 地雷震。羣蟻曰 :「此將鼇之作也。」→ 개미들이 막 돌아가려는데, 갑자기 광풍과 격랑을 만나, 높은 파도가 만 길을 치솟았다. 바닷물이 세차게 일고, 땅은 우레가 치듯 진동했다. 개미들이 말했다 :「이것은 곧 큰 자라가 출현하려는 것이다.」
【將(장)】: 곧 …하려 하다.
【反(반)】: 返(반), 돌아가다.
【遇(우)】: 만나다.
【長風(장풍)】: 광풍.
【崇濤(숭도)】: 높은 파도.
【萬仞(만인)】: 만 길. 〖仞〗: [길이 단위] 8척(尺)을 1인(仞)이라 했다.
【沸(비)】: 비등하다, 세차게 일어나다.
【震(진)】: 진동하다.
【作(작)】: 출현하다.

6 數日, 風止雷默, 海中隱如岳, 其高槩天, 或游而西。→ 며칠이 지나, 바람이 멎고 우레가 잠잠해지자, 바다에 어렴풋이 산과 같은 것이 보였는데, 그 높이가 하늘에 닿았다. 아마도 서쪽으로 이동하는 듯했다.
【止(지)】: 멎다, 멈추다.
【默(묵)】: 평정되다, 잠잠해지다.
【隱(은)】: 어렴풋하다, 희미하다.
【槩天(개천)】: 하늘과 나란하다. 즉 「높이가 하늘에 닿다」의 뜻.
【或(혹)】: 아마도.
【游(유)】: 이동하다, 움직이다.

7 羣蟻曰 :「彼之冠山, 何異我之戴粒? 逍遙封壤之巔, 歸伏乎窟穴也。→ 개미들이 말했다 :「큰 자라가 산을 머리에 이고 있는 것이, 우리가 쌀알을 머리에 이고 있는 것과 무엇이 다른가? (우리는) 개밋둑 위에서 유유자적하다가, 개미굴로 돌아와 (안전하게) 잠복한다.
【彼(피)】: 저것, 즉 「큰 자라」.

形而觀之乎?」[8]

번역문

큰 자라와 개미

동해(東海)에 큰 자라가 있는데 봉래산(蓬萊山)을 머리에 이고 망망대해를 떠다닌다. 뛰어서 위로 올랐다 하면 구름 위로 솟구치고, 물속으로 들어가 아래로 향했다 하면 깊은 바닷속에 잠겨버린다. 어느 붉은 개미가 이 말을 듣고 매우 기뻐하며 여러 개미들을 해변에 불러 모아 함께 큰 자라를 구경하고자 했다. (그러나) 한 달여가 지나도 큰 자라가 물속에 잠긴 채 나오

【冠(관)】: 모자를 쓰다. 여기서는 「머리에 이다」의 뜻.
【何異(하이)】: 뭐가 다른가?, 무엇이 다른가?, 다를 게 뭐있나?
【戴(대)】: (머리에) 이다.
【粒(립)】: 쌀알.
【逍遙(소요)】: 자유롭게 거닐다.
【封壤(봉양)】: 개밋둑.
【巓(전)】: 산꼭대기, 산의 정상.
【歸伏(귀복)】: 돌아가 숨다. 〖伏〗: 숨다, 잠복하다.
【乎(호)】: [개사] 於(어), …에, …로.
【窟穴(굴혈)】: 굴, 구멍. 여기서는 「개미굴」을 가리킨다.

8 此乃物我之適, 自已而然, 我何用數百里勞形而觀之乎?」→ 이것은 바로 큰 자라와 우리 개미들이 각기 자신에게 적합한 자리를 얻은 것이다. 본래 그런 것인데, 우리가 어찌 수백 리 먼 길을 가서 몸을 고달프게 그것을 구경할 필요가 있겠는가?」
【乃(내)】: 바로 …이다.
【物我之適(물아지적)】: 외물과 자신이 각자 적합한 자리를 얻다. 즉 「큰 자라와 우리 개미들이 각기 자신에게 적합한 자리를 얻다」의 뜻. 〖物〗: 외물(外物). 여기서는 「큰 자라」를 가리킨다. 〖我〗: 나, 우리들. 여기서는 「개미 자신들」을 가리킨다. 〖適〗: 적합하다, 적절하다. 여기서는 「적합한 자리를 얻다」의 뜻.
【自已而然(자이이연)】: 본래 그렇다.
【何用(하용)】: 어찌 …할 필요가 있는가?
【勞形(노형)】: 몸을 고달프게 하다, 육체를 피로하게 하다.

지 않았다. 개미들이 막 돌아가려는데 갑자기 광풍과 격랑을 만나 높은 파도가 만 길을 치솟았다. 바닷물이 세차게 일고 땅은 우레가 치듯 진동했다.

개미들이 말했다.

「이것은 곧 큰 자라가 출현하려는 것이다.」

며칠이 지나 바람이 멎고 우레가 잠잠해지자 바다에 어렴풋이 산과 같은 것이 보였는데, 그 높이가 하늘에 닿았다. 아마도 서쪽으로 이동하는 듯했다.

개미들이 말했다.

「큰 자라가 산을 머리에 이고 있는 것이 우리가 쌀알을 (머리에) 이고 있는 것과 무엇이 다른가? (우리는) 개밋둑 위에서 유유자적하다가 개미굴로 돌아와 (안전하게) 잠복한다. 이것은 바로 큰 자라와 우리 개미들이 각기 자신에게 적합한 자리를 얻은 것이다. 본래 그런 것인데, 우리가 어찌 수백 리 먼 길을 가서 몸을 고달프게 그것을 구경할 필요가 있겠는가?」

해설

「오여마의(鼇與螞蟻)」는 선진(先秦) 《장자(莊子) · 소요유(逍遙遊)》의 「곤붕여척안(鯤鵬與斥鴳)」 고사와 매우 흡사한 것으로 보아 장자의 사상을 본받은 것으로 여겨진다. 봉래산(蓬萊山)을 머리에 이고 망망대해를 떠다니는 큰 자라와 작은 개미를 비교하면 하늘과 땅 차이지만, 개미는 세상 물정을 모르고 「큰 자라와 개미들이 각기 자기들이 있을 자리에 있는 것이기 때문에 근본적으로 서로 다를 게 없다.」고 여긴다.

이 우언은 원대한 포부를 지니지 못하고 오로지 자기가 처한 말단의 현실에 만족하며 지피지기(知彼知己)를 모르는 어리석은 사람을 풍자한 것이다.

034 정인도서(鄭人逃暑)

《苻子》

원문 및 주석

鄭人逃暑[1]

鄭人有逃暑於孤林之下者, 日流影移, 而徙衽以從陰。[2] 及至暮, 反席於樹下。及月流影移, 復徙衽以從陰, 而患露之濡於身。[3] 其陰

---

1 鄭人逃暑 → 정(鄭)나라 사람이 더위를 피하다
【鄭(정)】: [국명] 지금의 하남성 신정현(新鄭縣) 일대에 있던 주대(周代)의 제후국.
【逃暑(도서)】: 더위를 피하다.

2 鄭人有逃暑於孤林之下者, 日流影移, 而徙衽以從陰。→ 어느 정(鄭)나라 사람이 한 그루뿐인 나무 아래에서 더위를 피하고 있었다. 해가 운행하는 대로 나무 그림자가 따라 이동하자, (그 사람도) 자리를 옮겨가며 그늘을 좇아갔다.
【孤林(고림)】: 주변에 다른 나무가 없이 한 그루만 있는 나무.
【日流影移(일류영이)】: 해가 운행하는 대로 그림자가 따라 이동하다. ※ 원문에는 「其儀自移(기의자이)」라 했으나, 여기서는 《태평어람(太平御覽) 499 · 인사부(人事部)》를 근거로 고쳤다.
【徙衽(사임)】: 자리를 옮기다. 〖徙〗: 옮기다. 〖衽〗: 누운 자리.
【從陰(종음)】: 그늘을 좇다.

3 及至暮, 反席於樹下。及月流影移, 復徙衽以從陰, 而患露之濡於身。→ 저녁때가 되자, 자리를 나무 아래로 도로 옮겨왔다. 달이 운행하는 대로 나무 그림자가 따라 이동하자, 다시 자리를 옮겨 그늘을 좇아가며, 몸에 이슬이 젖을까 걱정했다.
【及至(급지)】: …에 이르다.
【反(반)】: 返(반), 돌아오다. 즉 「도로 옮겨오다」의 뜻.
【復(부)】: 또, 다시.
【患(환)】: 걱정하다, 근심하다.
【濡(유)】: 젖다, 적시다.

逾去, 而其身逾溼。是巧於用晝而拙於用夕矣。[4]

번역문

정(鄭)나라 사람이 더위를 피하다

어느 정(鄭)나라 사람이 한 그루뿐인 나무 아래에서 더위를 피하고 있었다. 해가 운행하는 대로 나무 그림자가 따라 이동하자, (그 사람도) 자리를 옮겨가며 그늘을 쫓아갔다. 저녁때가 되자 자리를 나무 아래로 도로 옮겨왔다. 달이 운행하는 대로 나무 그림자가 따라 이동하자, 다시 자리를 옮겨 그늘을 쫓아가며 몸에 이슬이 젖을까 걱정했다. (그러나) 나무 그늘이 멀어지면 멀어질수록 자기의 몸은 더욱 축축해졌다. 이는 낮을 이용하는 데는 능숙하지만 저녁을 이용하는 데는 서툰 것이다.

해설

정(鄭)나라 사람은 한낮 태양이 작열할 때 태양의 위치에 따라 나무 그늘의 위치가 바뀌어 그늘을 쫓아 자리를 옮기던 방식을, 밤의 달빛 아래에서도 그대로 적용하며 밤이슬을 피하고자 했다. 낮에 나무 그늘에서 더위

---

4 其陰逾去, 而其身逾溼。是巧於用晝而拙於用夕矣。→ (그러나) 나무 그늘이 멀어지면 멀어질수록, 자기의 몸은 더욱 축축해졌다. 이는 낮을 이용하는 데는 능숙하지만 저녁을 이용하는 데는 서툰 것이다.
【逾(유)…逾(유)…】: [고정 격식] …하면 할수록 더욱 …하다.
【去(거)】: 떨어지다. 즉「멀어지다」의 뜻.
【溼(습)】: 濕(습), 축축하다.
【是(시)】: [대명사] 이, 이것.
【巧(교)】: 교묘하다, 능숙하다.
【於(어)】: [개사] …에, …에 대해.
【拙(졸)】: 졸렬하다, 서투르다.

를 피하는 것과 저녁에 나무 아래에서 밤이슬을 피하는 것을 같은 원리로 생각한 것이다.

이 우언은 하나만 알고 둘을 몰라 상황의 변화를 인식하지 못함으로써 새로운 환경에 대응할 줄 모르는 융통성 없는 사람을 풍자한 것이다.

035 만금지환(萬金之患)

《荀子》

원문 및 주석

萬金之患[1]

夏王使羿射於方尺之皮, 徑寸之的, 乃命羿曰:「子射之, 中則賞子以萬金之費, 不中則削子以千邑之地。」[2] 羿容無定色, 氣戰於胸

1 萬金之患 → 만금(萬金)의 재앙
【患(환)】: 우환, 재앙, 재난.

2 夏王使羿射於方尺之皮, 徑寸之的, 乃命羿曰:「子射之, 中則賞子以萬金之費, 不中則削子以千邑之地。」→ 하(夏)나라 왕이 후예(后羿)로 하여금 1평방척(尺)의 과녁에 직경이 1촌(寸)인 과녁의 중심을 쏘도록 하고, 곧 후예에게 명을 내렸다:「그대가 그것을 쏘아, 맞히면 그대에게 만금(萬金)의 재물을 상으로 주고, 맞히지 못하면 그대의 봉토 천 읍(邑)을 삭감할 것이다.」
【夏(하)】: [국명] 우(禹)가 치수(治水)의 공이 있어 우(虞)의 순(舜)으로부터 선양(禪讓)받아 세운 나라.
【使(사)】: …로 하여금 …하게 하다, …에게 …하도록 시키다.
【羿(예)】: 후예(后羿). 하(夏)나라의 유명한 활잡이.
【方尺之皮(방척지피)】: 1평방척의 과녁. 〖皮〗: 가죽. 여기서는「과녁」을 가리킨다.
【徑寸之的(경촌지적)】: 직경이 1촌(寸)인 과녁의 중심. 〖徑〗: 지름, 직경. 〖寸〗: [길이 단위] 촌, 치. 〖的〗: 과녁의 중심.
【乃(내)】: 곧, 바로.
【子(자)】: 그대, 당신.
【中(중)】: 맞히다, 적중하다.
【賞(상)】: [동사] 상으로 주다.
【萬金之費(만금지비)】: 만금의 재물.
【削(삭)】: 삭감하다.
【千邑之地(천읍지지)】: 천 읍(邑)의 땅. 여기서는「봉토 천 읍」을 가리킨다.

中。乃援弓而射之，不中；更射之，又不中。[3] 夏王謂傅彌仁曰：「斯羿也，發無不中，而與之賞罰則不中的者，何也?」[4] 傅彌仁曰：「若羿也，喜懼爲之災，萬金爲之患矣。[5] 人能遺其喜懼，去其萬金，則天下之人皆不愧於羿矣。」[6]

······················

3 羿容無定色，氣戰於胸中。乃援弓而射之，不中；更射之，又不中。→ 후예는 낯빛이 안정되지 못하고, 숨이 몹시 가빠졌다. 그리하여 활을 당겨 쏘았으나 맞히지 못하고; 다시 쏘았으나, 또 맞히지 못했다.

【容無定色(용무정색)】: 얼굴에 안정된 기색이 없다, 낯빛이 안정되지 못하다, 안색이 불안하다.

【氣戰於胸中(기전어흉중)】: 숨이 가슴에서 싸우다. 즉 「숨이 몹시 가빠지다」의 뜻.

【乃(내)】: 이에, 그리하여.

【援(원)】: 끌어당기다.

【更(갱)】: 다시.

4 夏王謂傅彌仁曰：「斯羿也，發無不中，而與之賞罰則不中的者，何也?」→ 하나라 왕이 부미인(傅彌仁)에게 물었다:「후예 이 사람은, 쏘아 맞히지 못한 적이 없는데, 그에게 상과 벌을 준다고 하자 맞히지 못했다. 무슨 까닭인가?」

【傅彌仁(부미인)】: [인명]. 「傅」를 보부(保傅), 「彌仁」을 보부의 이름이라고 풀이한 경우도 있다. ※ 옛날에 태자나 귀족 자제 또는 성년이 되지 않은 제왕을 보육하고 가르치는 일을 담당했던 남녀 관리를 통칭하여 「保傅」라 했다.

【斯(사)】: 此(차), 이.

【發(발)】: 쏘다, 발사하다.

【與(여)】: 주다.

【之(지)】: [대명사] 그, 즉 「부미인」.

【何(하)】: 왜, 어째서, 무엇 때문.

5 傅彌仁曰：「若羿也，喜懼爲之災，萬金爲之患矣。→ 부미인이 대답했다:「후예와 같은 사람으로 말하면, 기쁨이나 두려움은 그에게 재해가 되고, 만금의 재물은 그에게 재앙이 됩니다.

【若(약)】: …와 같다.

【喜懼(희구)】: 기쁨과 두려움.

【爲之(위지)】: 그에게. 〖爲〗: …에게, …에 대해. 〖之〗: [대명사] 그, 즉 「후예」.

【災(재)】: [동사용법] 재해가 되다.

【患(환)】: [동사용법] 우환이 되다.

6 人能遺其喜懼，去其萬金，則天下之人皆不愧於羿矣。」→ (만일) 사람들이 능히 기뻐하고 두려워하는 마음을 버리고, 만금(萬金)의 욕심을 제거할 수 있다면, 천하의 사람들 모두 후예에게 부끄럽지 않은 궁수(弓手)가 될 것입니다.」

번역문

만금(萬金)의 재앙

하(夏)나라 왕이 후예(后羿)로 하여금 1평방척(尺)의 과녁에 직경이 1촌(寸)인 과녁의 중심을 쏘도록 하고, 곧 후예에게 명을 내렸다.

「그대가 그것을 쏘아 맞히면 그대에게 만금(萬金)의 재물을 상으로 주고, 맞히지 못하면 그대의 봉토 천 읍(邑)을 삭감할 것이다.」

후예는 낯빛이 안정되지 못하고 숨이 몹시 가빠졌다. 그리하여 활을 당겨 쏘았으나 맞히지 못하고, 다시 쏘았으나 또 맞히지 못했다.

하나라 왕이 부미인(傅彌仁)에게 물었다.

「후예 이 사람은 쏘아 맞히지 못한 적이 없는데, 그에게 상과 벌을 준다고 하자 맞히지 못했다. 무슨 까닭인가?」

부미인이 대답했다.

「후예와 같은 사람으로 말하면 기쁨이나 두려움은 그에게 재해가 되고, 만금의 재물은 그에게 재앙이 됩니다. (만일) 사람들이 능히 기뻐하고 두려워하는 마음을 버리고 만금(萬金)의 욕심을 제거할 수 있다면, 천하의 사람들 모두 후예에게 부끄럽지 않은 궁수(弓手)가 될 것입니다.」

해설

후예(后羿)는 천하에서 이름난 궁수(弓手)로서 쏘아 맞히지 못한 적이 없

【遺(유)】: 버리다.
【去(거)】: 제거하다, 없애다.
【不愧於羿(불괴어예)】: 후예에게 부끄럽지 않다. 즉 「후예에게 부끄럽지 않은 궁수(弓手)가 될 것이다」의 뜻. 【愧】: 부끄럽다, 부끄러워하다.
【於(어)】: [개사] …에, …에게, …에 대해.

었으나, 왕이 「만금(萬金)의 포상과 천 읍(千邑)의 삭감」을 조건으로 내걸자 그만 한 발도 맞히지 못했다. 후예가 실패한 까닭은 그의 활 쏘는 기술에 문제가 있었던 것이 아니라 그의 심리 상태로 기인한 것이다. 이러한 경우는 우리의 일상생활에서도 자주 볼 수 있다. 예를 들어, 올림픽에 참가한 운동선수가 평소 연습할 때는 성적이 매우 좋다가도 막상 시합에 임하면 심적인 부담으로 인해 저조한 성적을 내는 경우가 흔히 있다. 만일 평상심(平常心)을 유지할 수 있다면 설사 어떤 상벌 조건이 아니라 어떤 상황에 임해서도 결코 심적인 영향을 받지 않을 것이다. 이때 비로소 자신의 진정한 실력이 나오는 것이다.

이 우언은 일상생활에서 상벌(賞罰)이 사람에게 미치는 영향이 심각하다는 것과 아울러, 의외의 상황에 동요하지 않고 평상심을 유지할 수 있는 정신수양의 중요성을 강조한 것이다.

※ 참고 : 이 고사는 《옥함산방집일서(玉函山房輯佚書)》에 없고, 《태평어람(太平御覽)》 745 · 공예부(工藝部) · 사중(射中)에 보인다.

《수신후기(搜神後記)》 우언

도연명(陶淵明 : 365-427)은 심양(潯陽) 시상(柴桑)[지금의 강서성 구강(九江)] 사람으로 이름은 잠(潛), 자는 연명(淵明) 또는 원량(元亮)이며 동진(東晉)의 저명한 전원시인이다. 그는 《오류선생전(五柳先生傳)》을 지어 자신에 비유하고, 또 자신의 호를 「오류선생」이라 했는데, 이는 자기 집 옆에 버드나무 다섯 그루가 있었기 때문이었다. 어려서부터 독서를 좋아하고 천성이 자유를 사랑하며 남에게 굽히기를 싫어했다. 그러나 어려서 아버지를 여의고 집안이 가난하여 농사만으로 생계가 어려워지자, 어쩔 수 없이 벼슬길에 나가 강주제주(江州祭酒) · 진군참군(鎭軍參軍) 등 낮은 벼슬을 지냈지만, 관리 사회의 혼탁함을 보고 매번 부임한지 얼마 되지 않아 그만두고 나왔다. 나이 41세가 되어서도 주변의 권유로 팽택현(彭澤縣)의 현령에 부임했으나 역시 윗사람에게 허리를 굽히기 싫어하여 80여 일 만에 사직하고 돌아왔다. 그 후 농사를 짓고 전원생활을 즐기다가 62세의 나이로 생을 마쳤다.

도연명의 작품은 시(詩) 100여 편(篇)과 사부(辭賦) 및 산문 10여 편이 있는데, 양(梁)나라 소명태자(昭明太子)가 수집 정리하여 편찬한 《도연명집(陶淵明集)》에 실려 있다.

《수신후기》는 《수신기》와 비슷한 내용의 기이한 이야기들로, 《수서(隋書) · 경적지(經籍志)》와 《통지(通志) · 예문략(藝文略)》 등에 도잠(陶潛)이 지었다고 기록하고 있으나, 노신(魯迅)은 《중국소설사략(中國小說史略)》에서 「도잠은 마음이 넓고 호탕하여 결코 귀신에 관한 것에 집착하지 않아 아마도 후인의 위탁(僞托)일 것이다.」라고 했다.

036 정령위학도(丁令威學道)

《搜神後記 · 卷一》

원문 및 주석

丁令威學道[1]

丁令威, 本遼東人, 學道于靈虛山。後化鶴歸遼, 集城門華表柱。[2] 時有少年擧弓欲射之, 鶴乃飛, 徘徊空中而言曰 : 「有鳥有鳥丁令威, 去家千年今始歸。[3] 城郭如故人民非, 何不學仙, 冢壘壘?」 遂高

....

1 丁令威學道 → 정령위(丁令威)가 도술(道術)을 배우다
【丁令威(정령위)】: [인명].
【道(도)】: 도술(道術).

2 丁令威, 本遼東人, 學道于靈虛山。後化鶴歸遼, 集城門華表柱。→ 정령위(丁令威)는 본래 요동(遼東) 사람으로, 영허산(靈虛山)에서 도술을 배웠다. 후에 학이 되어 요동으로 돌아가, 성문 밖의 화표주(華表柱)에 서식했다.
【遼東(요동)】: [지명] 전국시대 연(燕)나라의 군(郡). 지금의 요녕성 요양시(遼陽市).
【靈虛山(영허산)】: [산 이름] 영허산(靈墟山)이라고도 하며, 지금의 안휘성 당도(當涂)에 있다.
【化鶴(화학)】: 학이 되다, 학으로 변하다.
【集(집)】: 서식하다.
【華表柱(화표주)】: 옛날 궁전이나 성벽 혹은 능묘 앞에 세운 석주(石柱). 석주에는 흔히 무늬를 새겼다.

3 時有少年擧弓欲射之, 鶴乃飛, 徘徊空中而言曰 : 「有鳥有鳥丁令威, 去家千年今始歸。→ 그때 어느 소년이, 활을 들고 쏘려 하자, 학이 곧 날아가, 공중을 배회하며 말했다 : 「정령위라는 새가, 집을 떠난 지 천 년 만에 지금 비로소 돌아왔다.
【時(시)】: 그때.

上冲天。[4] 今遼東諸丁, 云其先世有升仙者, 但不知名字耳。[5]

번역문

정령위(丁令威)가 도술(道術)을 배우다

정령위(丁令威)는 본래 요동(遼東) 사람으로 영허산(靈虛山)에서 도술을 배웠다. 후에 학(鶴)이 되어 요동으로 돌아가 성문 밖의 화표주(華表柱)에 서식했다. 그때 어느 소년이 활을 들고 쏘려 하자, 학이 곧 날아가 공중을 배회하며 말했다.

「정령위라는 새가 집을 떠난 지 천 년 만에 지금 비로소 돌아왔다. 성곽

【擧弓(거궁)】: 활을 들다.
【欲(욕)】: …하고자 하다, …하려고 하다.
【乃(내)】: 곧, 바로.
【去(거)】: 떠나다.
【始(시)】: 비로소.

4 城郭如故人民非, 何不學仙, 冢壘壘?」遂高上冲天。→ 성곽은 옛날 그대로인데 사람들은 옛 사람이 아니다. 어찌 신선이 되는 법을 배우지 못하고, 무덤만 빼곡히 들어서 있는가?」 말을 마치자 곧 높이 날아 하늘로 올라갔다.
【如故(여고)】: 옛날과 같다, 옛날 그대로다.
【冢(총)】: 무덤.
【壘壘(누루)】: 무덤이 빼곡히 들어서 있는 모양.
【遂(수)】: 곧, 즉시.
【冲天(충천)】: 하늘로 치솟다, 하늘로 올라가다.

5 今遼東諸丁, 云其先世有升仙者, 但不知名字耳。→ 오늘날 요동의 정씨(丁氏) 집안사람들은, 자기들의 조상 중에 득도(得道)하여 신선이 된 사람이 있으나, 다만 이름이 무엇인지 알지 못할 뿐이라고 말한다.
【諸丁(제정)】: 정씨 집안사람들.
【云(운)】: 말하다, 이야기하다.
【先世(선세)】: 조상, 선조.
【升仙(승선)】: 득도(得道)하여 신선이 되다.
【但(단)】: 다만.
【耳(이)】: …뿐이다.

은 옛날 그대로인데 사람들은 옛사람이 아니다. 어찌 신선이 되는 법을 배우지 못하고 무덤만 빼곡히 들어서 있는가?」

말을 마치자 곧 높이 날아 하늘로 올라갔다. 오늘날 요동의 정씨(丁氏) 집안사람들은 자기들의 조상 중에 득도(得道)하여 신선이 된 사람이 있으나, 다만 이름이 무엇인지 알지 못할 뿐이라고 말한다.

해설

학(鶴)은 도가(道家)에서 신선(神仙)의 상징으로 선학(仙鶴)이라 불린다. 정령위(丁令威)라는 사람이 도술을 배워 학이 된 후 천 년 만에 고향으로 돌아온 이야기는, 마치 갈홍(葛洪) 《신선전(神仙傳)》의 주인공 소선공(蘇仙公)이 도술을 배워 학으로 변했다는 이야기와 매우 흡사하다.

이 우언은 인간이 득도(得道)하면 속세를 떠나서 선계(仙界)에 살며 장생불사(長生不死)할 수 있다는 도가(道家)의 신선사상(神仙思想)을 선양한 것이다.

037 음조수회(陰曹受賄)

《搜神後記 · 卷四》

원문 및 주석

陰曹受賄[1]

襄陽李除, 中時氣死。其父守尸, 至於三更, 崛然起坐, 搏婦臂上金釧。甚遽。[2] 婦因助脫, 旣手執之, 還死。婦伺察之, 至曉, 心中更

1 陰曹受賄 → 저승사자가 뇌물을 받다
【陰曹(음조)】: 저승. 여기서는 「저승사자」를 가리킨다.
【受賄(수회)】: 뇌물을 받다.

2 襄陽李除, 中時氣死。其父守尸, 至於三更, 崛然起坐, 搏婦臂上金釧。甚遽。→ 양양(襄陽)의 이제(李除)가, 역병에 걸려 죽었다. 그의 아버지가 시신(尸身)을 지키고 있는데, 삼경(三更)에 이르러, (시신이) 벌떡 일어나 앉더니, 아내의 팔목에 찬 금팔찌를 붙잡았다. 매우 다급한 모습이었다.
【襄陽(양양)】: [지명] 군(郡) 이름. 지금의 호북성 양번시(襄樊市).
【李除(이제)】: [인명].
【中(중)】: (병에) 걸리다.
【時氣(시기)】: 역병, 전염병.
【守尸(수시)】: 시신(尸身)을 지키다.
【至於(지어)…】: …에 이르다. 〖於〗: [개사] …에.
【三更(삼경)】: 밤 11시~1시 사이. ※ 옛날에는 저녁 7시부터 아침 5시까지를 2시간씩 5등분하여 5경(更)이라 했다.
【崛然(굴연)】: 벌떡 일어서는 모양.
【起坐(기좌)】: (누운 자세에서) 일어나 앉다.
【搏(박)】: 잡다, 붙잡다.
【臂(비)】: 팔.

煖, 漸漸得蘇。[3] 旣活, 云 :「爲吏將去, 比伴甚多, 見有行貨得免者, 乃許吏金釧。[4] 吏令還, 故歸取以與吏。吏得釧, 便放令還。見吏取釧去。」[5] 後數日, 不知猶在婦衣內。婦不敢復著, 依事咒埋。[6]

……………

【金釧(금천)】: 금팔찌.
【甚遽(심거)】: 매우 다급하다. 〖遽〗: 절박하다, 다급하다.

3 婦因助脫, 旣手執之, 還死。婦伺察之, 至曉, 心中更煖, 漸漸得蘇。→ (그리하여) 아내가 그를 도와 (팔찌를) 풀어주자, 손으로 그것을 잡은 후, 다시 죽어버렸다. 아내가 몰래 살펴보니, 새벽에 이르러, 심장이 다시 따뜻해지며, 점차 되살아났다.
【因(인)】: 그리하여, 곧.
【助脫(조탈)】: 도와서 풀어주다.
【旣(기)】: …하고 나서, …한 후.
【還死(환사)】: 죽음으로 돌아가다. 즉 「다시 죽다」의 뜻.
【伺察(사찰)】: 몰래 살펴보다.
【曉(효)】: 새벽, 동틀 무렵.
【心中(심중)】: 가슴, 심장.
【更煖(갱난)】: 다시 따뜻해지다.
【得蘇(득소)】: 소생하다, 되살아나다.

4 旣活, 云 :「爲吏將去, 比伴甚多, 見有行貨得免者, 乃許吏金釧。→ (그가) 살아난 후, (아내에게) 말했다 :「저승사자에게 잡혀갈 때, 함께 잡혀가는 사람이 매우 많았는데, 어떤 사람이 뇌물을 주고 방면되는 것을 보았소. 그리하여 (나도) 저승사자에게 팔찌를 주겠다고 약속했소.
【爲(위)】: [피동용법] …에게, …에 의해.
【吏(리)】: 관리. 여기서는 「저승사자」를 가리킨다.
【將去(장거)】: 잡혀가다.
【比伴(비반)】: 동행자. 여기서는 「함께 잡혀가는 사람」을 가리킨다.
【行貨(행화)】: 뇌물을 주다. 〖貨〗: 화폐, 금전 등의 뇌물.
【得免(득면)】: 방면되다.
【乃(내)】: 이에, 그리하여.
【許(허)】: 허락하다. 즉 「주기로 약속하다」의 뜻.

5 吏令還, 故歸取以與吏。吏得釧, 便放令還。見吏取釧去。」→ 저승사자는 나로 하여금 집에 돌아가서 금팔찌를 가져오도록 했소. 그래서 돌아와 그것을 가져다 저승사자에게 주었소. 저승사자는 팔찌를 얻자, 곧 나를 풀어주고 돌아가도록 했소. (나는) 저승사자가 팔찌를 가지고 가는 것을 확실히 보았소.」
【令還(영환)】: 돌아가도록 하다. 즉 「나로 하여금 집에 돌아가서 가져오도록 하다」의 뜻. 〖令〗: …로 하여금 …하게 하다, …에게 …하라고 시키다.
【與(여)】: 주다.

번역문

저승사자가 뇌물을 받다

양양(襄陽)의 이제(李除)가 역병에 걸려 죽었다. 그의 아버지가 시신(尸身)을 지키고 있는데, 삼경(三更)에 이르러 (시신이) 벌떡 일어나 앉더니 아내의 팔목에 찬 금팔찌를 붙잡았다. 매우 다급한 모습이었다. (그리하여) 아내가 그를 도와 팔찌를 풀어주자 손으로 그것을 잡은 후 다시 죽어버렸다. 아내가 몰래 살펴보니, 새벽에 이르러 심장이 다시 따뜻해지며 점차 되살아났다.

(그가) 살아난 후 (아내에게) 말했다.

「저승사자에게 잡혀갈 때 함께 잡혀가는 사람이 매우 많았는데 어떤 사람이 뇌물을 주고 방면되는 것을 보았소. 그리하여 나도 저승사자에게 팔찌를 주겠다고 약속했소. 저승사자는 나로 하여금 집에 돌아가서 금팔찌를 가져오도록 했소. 그래서 돌아와 그것을 가져다 저승사자에게 주었소. 저승사자는 팔찌를 얻자 곧 나를 풀어주고 돌아가도록 했소. (나는) 저승사자가 팔찌를 가지고 가는 것을 확실히 보았소.」

며칠이 지난 후에도 (그는) 팔찌가 여전히 아내의 옷 속에 있는 것을 알

....

【便(편)】: 곧, 바로.
【放(방)】: 풀어주다, 놓아주다.

6 後數日, 不知猶在婦衣內。婦不敢復著, 依事咒埋。→ 며칠이 지난 후에도, (그는) 팔찌가 여전히 아내의 옷 속에 있는 것을 알지 못했다. 아내도 감히 다시 그 팔찌를 차지 못하고, 남편의 말에 따라 주문을 외며 땅에 묻었다.
【猶(유)】: 아직도, 여전히.
【著(착)】: 차다, 착용하다.
【依事(의사)】: 일을 근거로. 즉 「남편의 말에 따라」의 뜻.
【咒(주)】: [동사용법] 주문을 외다.
【埋(매)】: 땅에 묻다.

지 못했다. 아내도 감히 다시 그 팔찌를 차지 못하고 남편의 말에 따라 주문을 외며 땅에 묻었다.

해설

이제(李除)가 저승사자에게 자기 아내의 팔찌를 뇌물로 주고 환생하여 돌아왔다는 것은 비록 하나의 황당한 이야기에 불과하지만, 그러나 이는 오늘날의 우리에게도 시사(示唆)하는 바가 크다. 속담에 「돈만 있으면 귀신도 부릴 수 있다」라고 하는 말이 있듯이, 중국의 속담에도 「有錢能使鬼推磨(유전능사귀추마 : 돈이 있으면 귀신에게 맷돌질을 하게 할 수도 있다)」라는 말이 있다. 세상에 돈만 있으면 못할 일이 없다는 황금만능 사상을 비유한 것이다. 황금만능 사상은 관리들이 백성의 생사를 좌지우지할 수 있는 관치사회의 구조적 모순에서 발생한다. 만일 국가가 통치력을 잃게 되면 탐관오리가 생겨나고 뇌물이 성행함으로써 부패를 가속화하여 급기야 망국의 길을 걷게 된다.

이 우언은 저승사자가 뇌물을 받고 죽은 사람을 환생시켜주는 이야기를 빌려, 현실 사회에 횡행하는 탐관오리의 비행을 풍자한 것이다.

《이원(異苑)》 우언

유경숙(劉敬叔 : ? - 약 468)은 팽성(彭城)[지금의 강소성 서주(徐州)] 사람으로, 자가 경숙(敬叔)이다. 동진(東晋) 안제(安帝) 의희(義熙) 연간에 남평국랑중령(南平國郎中令)을 지내다가 유의(劉毅)에게 죄를 지어 면직되고, 남조(南朝) 송(宋) 초기에 정서장사(征西長史) · 급사황문시랑(給事黃門侍郞)을 지냈다.

저서로 《이원(異苑)》 10권이 전하는데, 이는 지괴소설집(志怪小說集)으로 기이한 이야기들을 모아 엮은 것이다.

038 앵무구화(鸚鵡救火)

《異苑·卷三》

원문 및 주석

鸚鵡救火[1]

有鸚鵡飛集他山, 山中禽獸輒相貴重。鸚鵡自念雖樂, 不可久也, 便去。[2] 後數月, 山中大火。鸚鵡遙見, 便入水濡羽, 飛而灑之。[3] 天神

---

1 鸚鵡救火 → 앵무새가 불을 끄다
【救火(구화)】: 불을 끄다.

2 有鸚鵡飛集他山, 山中禽獸輒相貴重。鸚鵡自念雖樂, 不可久也, 便去。→ 어느 앵무새가 다른 산으로 날아가 서식했는데, 그 산의 날짐승과 들짐승들이 항상 소중하게 대해주었다. 앵무새는 비록 (이곳에서 지내는 것이) 즐겁다고 생각은 했지만, 오래 머물 수 없어, 곧 떠나버렸다.
【飛集(비집)】: 날아가 서식하다.
【輒(첩)】: 항상, 언제나.
【相貴重(상귀중)】: 소중하게 대하다.
【自念(자념)】: 스스로 생각하다.
【便(편)】: 곧, 바로.
【去(거)】: 떠나다.

3 後數月, 山中大火。鸚鵡遙見, 便入水濡羽, 飛而灑之。→ 몇 달이 지나, 그 산에 큰 불이 났다. 앵무새가 멀리서 이를 보고, 즉시 물속에 들어가 날개를 적셔 가지고, 날아와서 불이 난 곳에 뿌렸다.
【遙見(요견)】: 멀리서 보다.
【濡(유)】: (물을) 적시다.
【灑(쇄)】: (물을) 뿌리다.

言：「汝雖有志意，何足云也?」[4] 對曰：「雖知不能救，然嘗僑居是山，禽獸行善，皆爲兄弟，不忍見耳。」[5] 天神嘉感，卽爲滅火。[6]

번역문

앵무새가 불을 끄다

어느 앵무새가 다른 산으로 날아가 서식했는데, 그 산의 날짐승과 들짐승들이 항상 소중하게 대해주었다. 앵무새는 비록 (이곳에서 지내는 것이) 즐겁다고 생각은 했지만, 오래 머물 수 없어 곧 떠나버렸다. 몇 달이 지나 그 산에 큰 불이 났다. 앵무새가 멀리서 보고 즉시 물속에 들어가 날개를 적셔 가지고 날아와서 불이 난 곳에 뿌렸다.

---

4 天神言：「汝雖有志意，何足云也?」→ 천신(天神)이 물었다：「네가 비록 뜻은 있지만, 어찌 족히 불을 끌 수 있겠느냐?」
【汝(여)】：너, 당신.
【志意(지의)】：뜻, 의지.
【何足(하족)】：어찌 족하겠는가? 즉 「어찌 족히 불을 끌 수 있겠는가?」의 뜻.
【云也(운야)】：[어조사].

5 對曰：「雖知不能救，然嘗僑居是山，禽獸行善，皆爲兄弟，不忍見耳。」→ (앵무새가) 대답했다：「비록 불을 끌 수 없다는 것을 알고는 있지만, 그러나 내가 일찍이 이 산에 살았던 적이 있는데, 날짐승과 들짐승들이 자비를 베풀어, 모두 형제와 같았습니다. 그래서 차마 보고만 있을 수가 없습니다.」
【然(연)】：그러나.
【嘗(상)】：일찍이.
【僑居(교거)】：타향에 살다, 외지에 거주하다.
【是(시)】：此(차), 이.
【行善(행선)】：선행을 베풀다.
【不忍(불인)】：차마 …하지 못하다.

6 天神嘉感，卽爲滅火。→ 천신이 칭찬과 아울러 감동을 받아, 즉시 앵무새를 대신해 불을 꺼주었다.
【嘉感(가감)】：칭찬과 아울러 감동을 받다.
【爲(위)】：…을 대신하여, …위해.

천신(天神)이 물었다.

「네가 비록 뜻은 있지만 어찌 족히 불을 끌 수 있겠느냐?」

앵무새가 대답했다.

「비록 불을 끌 수 없다는 것을 알고는 있지만, 그러나 내가 일찍이 이 산에 살았던 적이 있는데, 날짐승과 들짐승들이 자비를 베풀어 모두 형제와 같았습니다. 그래서 차마 보고만 있을 수가 없습니다.」

천신이 칭찬과 아울러 감동을 받아, 즉시 앵무새를 대신해 불을 꺼주었다.

해설

앵무새는 전에 자기가 살았던 산에서 화재가 발생하여 그곳의 날짐승과 들짐승들이 위험에 처하자, 지난날 자기에게 자비를 베풀었던 그들의 호의에 보답하기 위해 자신이 역부족이라는 것을 분명히 알면서도 사력을 다해 그들을 구하려는 모습을 보임으로써 마침내 천신(天神)을 감동시켰다.

이 우언은 평상시 진심을 가지고 남에게 잘 대해 주어야 자신이 곤경에 처했을 때 남의 도움을 받을 수 있다는 대인관계의 기본 도리를 설명한 것이다.

※ 참고 : 이 고사는 유의경(劉義慶)의 《선험기(宣驗記)》에도 보이나, 시대적으로 《이원(異苑)》이 앞서기 때문에 본서에서는 《이원》을 채택했다.

039 산계무경(山雞舞鏡)

《異苑·卷三》

원문 및 주석

山雞舞鏡[1]

山雞愛其毛羽, 映水則舞。魏武時, 南方獻之, 帝欲其鳴舞而無由。[2] 公子蒼舒令置大鏡其前, 雞鑒形而舞不知止。[3]

1 山雞舞鏡 → 꿩이 거울을 보며 춤을 추다
【山雞(산계)】: 꿩.
【舞鏡(무경)】: 거울을 보며 춤을 추다.

2 山雞愛其毛羽, 映水則舞。魏武時, 南方獻之, 帝欲其鳴舞而無由。→ 꿩은 자신의 깃털을 좋아하여, 자기 그림자가 물에 비치면 곧 춤을 춘다. 위무제(魏武帝) 시절, 남쪽 지방에서 꿩을 바쳤는데, 무제가 꿩으로 하여금 울고 춤을 추게 하려 해도 방법이 없었다.
【毛羽(모우)】: 깃털.
【映水(영수)】: (그림자가) 물에 비치다.
【魏武(위무)】: 위무제(魏武帝) 조조(曹操). 삼국시대의 저명한 정치가 · 문인 · 군사 전략가. 한말(漢末) 혼란한 시기에 중국 북방을 통일하고 승상이 되어 위왕(魏王)에 봉해졌다. 사후에 아들 조비(曹丕)가 제위(帝位)에 올라 아버지 조조를 위무제로 추존했다.
【獻(헌)】: 바치다.
【欲(욕)】: …하고자 하다, …하려 하다.
【無由(무유)】: 방법이 없다.

3 公子蒼舒令置大鏡其前, 雞鑒形而舞不知止。→ 이때 공자(公子) 창서(蒼舒)가 사람을 시켜 큰 거울을 꿩 앞에 갖다 놓자, 꿩이 거울에 비친 자기 모습을 보고 춤을 추며 멈출 줄을 몰랐다.
【公子(공자)】: 제후의 아들. ※ 왕의 아들을 「왕자」라 하고, 제후의 아들을 「공자」라 한다.
【蒼舒(창서)】: [인명] 위무제(魏武帝)의 아들 이름.

번역문

꿩이 거울을 보며 춤을 추다

꿩은 자신의 깃털을 좋아하여 자기 그림자가 물에 비치면 곧 춤을 춘다. 위무제(魏武帝) 시절 남쪽 지방에서 꿩을 바쳤는데, 무제가 꿩으로 하여금 울고 춤을 추게 하려 해도 방법이 없었다. 이때 공자(公子) 창서(蒼舒)가 사람을 시켜 큰 거울을 꿩 앞에 갖다 놓자, 꿩이 거울에 비친 자기 모습을 보고 춤을 추며 멈출 줄을 몰랐다.

해설

아름답기를 좋아하는 마음은 누구나 다 지니고 있다. 그러나 지나치게 독선적이거나 자아도취(自我陶醉)되어 교언영색(巧言令色)의 유혹에 대한 경계심을 잃어서는 안 된다.

이 우언은 자신의 아름다움을 지나치게 과시하려다 우롱을 당한 꿩의 사례를 통해, 사람들이 자신을 아끼고 사랑해야 하지만 자중할 줄도 알아야 한다는 도리를 설명한 것이다.

【令(령)】: …로 하여금 …하게 하다, …에게 …하도록 시키다.
【置(치)】: 놓다, 두다.
【鑒形(감형)】: 몸을 거울에 비추어 보다.
【止(지)】: 멈추다, 정지하다.

《후한서後漢書》 우언

범엽(范曄 : 398-445)은 남조(南朝) 송(宋)의 문인이자 사학가(史學家)로, 자는 울종(蔚宗)이며 남양(南陽) 순양(順陽)[지금의 하남성 경내] 사람이다. 어려서부터 배우기를 좋아하여 경사(經史)에 능통했고 글을 잘 썼다. 팽성왕(彭城王) 유의강(劉義康)의 관군참군(冠軍參軍)을 지냈고, 동진(東晋)이 송(宋)으로 넘어간 후 우군참군(右軍參軍)·비서승(祕書丞)·선성태수(宣城太守) 등을 지냈으나, 문제(文帝) 원가(元嘉) 22년(446) 공희선(孔熙先) 등과 팽성왕 유의강을 옹립하려고 모의하다가 일이 누설되어 피살되었다.

《후한서(後漢書)》는 후한(後漢)의 정사(正史)로 중국 이십오사(二十五史) 중의 하나이며, 한(漢) 광무제(光武帝) 건무(建武) 원년(25)으로부터 헌제(獻帝) 건안(建安) 25년(220)까지의 역사를 기전체로 썼다. 본기(本紀) 10권, 열전(列傳) 80권, 지(志) 30권 등 120권으로 되어 있는데, 그중 지(志) 30권은 진(晉)의 사마표(司馬彪)가 지었다.

040 사은여공법(私恩與公法)

《後漢書 · 卷31 郭杜孔張廉王蘇羊賈陸列傳》

원문 및 주석

私恩與公法[1]

蘇章字孺文, 扶風平陵人也。…順帝時, 遷冀州刺史。故人爲清河太守, 章行部案其姦臧。[2] 乃請太守, 爲設酒肴, 陳平生之好甚歡。[3]

1 私恩與公法 → 사사로운 은혜와 국가의 법령
【公法(공법)】: 국가의 법령.

2 蘇章字孺文, 扶風平陵人也。…順帝時, 遷冀州刺史。故人爲清河太守, 章行部案其姦臧。→ 소장(蘇章)은 자가 유문(孺文)이며, 부풍(扶風) 평릉(平陵) 사람이다. … 동한(東漢) 순제(順帝) 때, 기주자사(冀州刺史)로 자리를 옮겨 부임했다. 당시 옛 친구가 청하태수(清河太守)를 지내고 있었는데, 소장이 행부(行部)하여 태수의 공과(功過)를 처리하고자 했다.
【蘇章(소장)】: [인명] 동한(東漢)의 관리.
【扶風平陵(부풍평릉)】: [지명] 지금의 섬서성 함양(咸陽) 서북쪽.
【順帝(순제)】: 동한(東漢)의 군주로 19년간(126-144) 재위했다.
【遷(천)】: (관직의) 자리를 옮기다.
【冀州(기주)】: [행정구역] 한무제(漢武帝) 때 설치한 13주(州)의 하나. 소재지는 지금의 하북성 고읍(高邑) 동남쪽.
【故人(고인)】: 옛 친구.
【清河(청하)】: 동한(東漢)의 군(郡) 이름. 지금의 하북성 청하(清河) 동남쪽.
【行部(행부)】: 행부(行部)하다. ※ 한(漢)나라 때의 제도로, 자사 · 태수가 매년 8월에 예하의 군현(郡縣)을 순시하여 관리의 치적을 감찰하는 일을 말한다.
【案(안)】: [동사용법] 사건을 처리하다.
【姦臧(간장)】: 간악함과 선량함. 즉 「공과(功過)」를 가리킨다.

3 乃請太守, 爲設酒肴, 陳平生之好甚歡。→ 그리하여 (소장이) 태수를 초대하여, 술과 안주를

太守喜曰：「人皆有一天，我獨有二天。」[4] 章曰：「今夕蘇孺文與故人飮者，私恩也；明日冀州刺史案事者，公法也。」遂擧正其罪。[5]

번역문

사사로운 은혜와 국가의 법령

소장(蘇章)은 자가 유문(孺文)이며 부풍(扶風) 평릉(平陵) 사람이다. … 동한(東漢) 순제(順帝) 때 기주자사(冀州刺史)로 자리를 옮겨 부임했다. 당시 옛 친구가 청하태수(淸河太守)를 지내고 있었는데 소장이 행부(行部)하여 태수의 공과(功過)를 처리하고자 했다. 그리하여 (소장이) 태수를 초대하여, 술과 안주를 차려 접대하고 평생 좋았던 관계를 이야기하며 매우 즐거워했다.

태수가 좋아하며 말했다.

차려 접대하고, 평생 좋았던 관계를 이야기하며 매우 즐거워했다.
【乃(내)】: 이에, 그리하여.
【肴(효)】: 안주.
【陳(진)】: 진술하다, 설명하다, 말하여 밝히다. 여기서는 「이야기하다」의 뜻.
【好(호)】: 좋은 관계.
【甚歡(심환)】: 매우 즐거워하다.

4 太守喜曰：「人皆有一天，我獨有二天。」 → 태수가 좋아하며 말했다：「다른 사람들은 모두 하나의 하늘을 가지고 있는데, 나만 유독 두 개의 하늘을 가지고 있습니다.」

5 章曰：「今夕蘇孺文與故人飮者，私恩也；明日冀州刺史案事者，公法也。」遂擧正其罪。→ (이에) 소장이 말했다：「오늘 저녁 소유문(蘇孺文)이 옛 친구와 술을 마시는 것은, 사사로운 은혜이고; 내일 기주자사(冀州刺史)가 사건을 처리하는 것은, 국가의 법령이오.」 그리하여 그의 잘못을 지적하여 바로잡았다.
【案事(안사)】: 사건을 심의하다.
【遂(수)】: 그리하여.
【擧正(거정)】: 잘못을 지적하여 바로잡다.
【罪(죄)】: 잘못.

「다른 사람들은 모두 하나의 하늘을 가지고 있는데, 나만 유독 두 개의 하늘을 가지고 있습니다.」

(이에) 소장이 말했다.

「오늘 저녁 소유문(蘇孺文)이 옛 친구와 술을 마시는 것은 사사로운 은혜이고, 내일 기주자사(冀州刺史)가 사건을 처리하는 것은 국가의 법령이오.」

그리하여 그의 잘못을 지적하여 바로잡았다.

해설

소장(蘇章)이 기주자사(冀州刺史)로 부임하여 비리를 저지른 관할 지역의 청하태수(淸河太守)가 자기의 오랜 친구라는 것을 알고, 곧 태수를 초대하여 주연을 베풀었다. 이 자리에서 두 사람은 각기 다른 생각을 했다. 청하태수는 친구인 기주자사가 자기에게 주연을 베푼 것을 마치 자기의 비리를 눈감아 주는 면죄부로 여겨 희색이 만면했고, 기주자사는 공(公)과 사(私)를 엄격히 구분하는 모습을 보였다.

이 우언은 당시 부패한 관료 사회의 비리를 폭로하는 동시에 개인의 친소(親疏) 관계에 연연하지 않고 공과 사를 엄격히 구분하는 공인(公人)의 자세를 찬양한 것이다.

041 양속현어(羊續懸魚)

《後漢書 · 卷31 郭杜孔張廉王蘇羊賈陸列傳》

원문 및 주석

羊續懸魚[1]

時權豪之家多尙奢麗, 續深疾之, 常敝衣薄食, 車馬羸敗。[2] 府丞嘗獻其生魚, 續受而懸於庭; 丞後又進之, 續乃出前所懸者以杜其意。[3]

1 羊續懸魚 → 양속(羊續)이 생선을 걸어 두다
【羊續(양속)】: [인명] 후한(後漢) 시대 태산(泰山) 평양(平陽)[지금의 산동성 태안(泰安)] 사람으로, 여강(廬江) · 남양(南陽) 두 군(郡)의 태수(太守)를 지냈으며, 청렴하기로 이름이 났다.
【懸(현)】: 걸다, 매달다.

2 時權豪之家多尙奢麗, 續深疾之, 常敝衣薄食, 車馬羸敗。→ 당시의 권문세가들이 대부분 사치를 숭상하여, 양속(羊續)은 그들을 매우 싫어했다. 그는 항상 해진 옷을 입고 거친 음식을 먹었으며, 타고 다니는 말과 수레는 수척하고 낡았다.
【時(시)】: 당시.
【權豪之家(권호지가)】: 권문세가, 권세가 있는 호족.
【多(다)】: 대부분, 대체로.
【尙(상)】: 숭상하다.
【奢麗(사려)】: 사치.
【深疾(심질)】: 몹시 미워하다. 【深】: 매우, 몹시. 【疾】: 미워하다, 싫어하다.
【常(상)】: 항상.
【敝衣薄食(폐의박식)】: 해진 옷을 입고 거친 음식을 먹다.
【羸(리)】: 여위다, 수척하다, 허약하다.
【敗(패)】: 부서지다, 파손되다, 낡다.

3 府丞嘗獻其生魚, 續受而懸於庭; 丞後又進之, 續乃出前所懸者以杜其意。→ 부승(府丞)이 일

번역문

양속(羊續)이 생선을 걸어 두다

당시의 권문세가들이 대부분 사치를 숭상하여 양속(羊續)은 그들을 매우 싫어했다. 그는 항상 해진 옷을 입고 거친 음식을 먹었으며, 타고 다니는 말과 수레는 수척하고 낡았다. 부승(府丞)이 일찍이 그에게 생선을 바친 적이 있는데, 양속은 그것을 받아 정원에 걸어 놓았다. 부승이 후에 또 생선을 보내오자, 양속이 곧 전에 걸어놓았던 생선을 가지고 나와 보여 주어 부승의 그러한 뜻을 단념하게 했다.

해설

청렴하기로 이름난 양속(羊續)이 동한(東漢) 영제(靈帝) 중평(中平) 3년(186) 남양태수(南陽太守)로 부임하자, 수하인 부승(府丞)이 생선을 바쳤다. 양속이 단호히 거절하였으나 부승이 한사코 권하는 바람에 그것을 받아 먹지 않고 정원에 걸어두었다가 부승이 또다시 생선을 보내왔을 때, 걸어

찍이 그에게 생선을 바친 적이 있는데, 양속은 그것을 받아 정원에 걸어 놓았다. 부승이 후에 또 생선을 보내오자, 양속이 곧 전에 걸어놓았던 생선을 가지고 나와 보여 주어 부승의 그러한 뜻을 단념하게 했다.

【府丞(부승)】: [관직] 태수(太守) 수하의 보좌역.
【嘗(상)】: 일찍이.
【獻(헌)】: 바치다.
【生魚(생어)】: 생선.
【庭(정)】: 뜰, 정원.
【進(진)】: 진상하다, 보내오다.
【乃(내)】: 곧, 이에, 그리하여.
【前所懸者(전소현자)】: 전에 걸어 놓았던 것.
【杜(두)】: 막다, 근절하다. 여기서는 「단념하게 하다」의 뜻.
【其意(기의)】: 부승(府丞)의 뜻. 〖其〗: [대명사] 그, 즉 「부승」.

두었던 마른 생선을 가져와 보여줌으로써 부승의 생각을 단념하도록 했다.

이 우언은 관직 생활을 하면서 절대로 뇌물을 받지 않고 법을 지키며 공무를 중히 여기는 청렴결백한 관리의 올곧은 품행을 찬양한 것이다.

042 요동백두저(遼東白頭猪)

《後漢書·卷33 朱馮虞鄭周列傳》

원문 및 주석

遼東白頭猪[1]

往時遼東有豕, 生子白頭。異而獻之。行至河東, 見羣豕皆白, 懷慙而還。[2]

1 遼東白頭猪 → 요동(遼東)의 흰머리 돼지
【遼東(요동)】: 옛 군(郡) 이름. 지금의 요녕성 동부.

2 往時遼東有豕, 生子白頭。異而獻之。行至河東, 見羣豕皆白, 懷慙而還。→ 과거에 요동(遼東)의 돼지 한 마리가 새끼를 낳았는데 머리가 하얀색이었다. (주인이) 기이하게 생각하여 그것을 (왕에게) 바치려고 했다. 바치러 가는 길에 하동(河東)에 이르러, 돼지들이 모두 머리가 하얀 것을 보고, 부끄러워하며 되돌아왔다.
【往時(왕시)】: 이전, 과거, 종전.
【豕(시)】: 돼지.
【生子(생자)】: 새끼를 낳다.
【異(이)】: 기이하게 생각하다.
【獻(헌)】: 바치다.
【河東(하동)】: [지명] 지금의 산서성 서남부.
【懷慙(회참)】: 부끄러운 생각을 품다, 부끄러워하다.
【還(환)】: 돌아오다, 되돌아오다.

번역문

요동(遼東)의 흰머리 돼지

과거에 요동(遼東)의 돼지 한 마리가 새끼를 낳았는데 머리가 하얀색이었다. (주인이) 기이하게 생각하여 그것을 (왕에게) 바치려고 했다. 바치러 가는 길에 하동(河東)에 이르러 돼지들이 모두 머리가 하얀 것을 보고 부끄러워하며 되돌아왔다.

해설

머리 색깔이 하얀 돼지는 요동(遼東)의 특산물이 아니라 본래 어느 지방에서나 다 보편적으로 볼 수 있는 것인데, 유독 요동의 돼지 주인만 몰랐던 것이다.

이 우언은 우물 안의 개구리처럼 견문이 좁아 세상물정에 어두운 사람을 빗대어 풍자한 것이다.

043 양상군자(梁上君子)

《後漢書·卷62 荀韓鍾陳列傳》

원문 및 주석

梁上君子[1]

陳寔字仲弓, 潁川許人也。…時歲荒民儉, 有盜夜入其室, 止於梁上。[2] 寔陰見, 乃起自整拂, 呼命子孫, 正色訓之曰:「夫人不可不自勉。[3] 不善之人未必本惡, 習以性成, 遂至於此。梁上君子者是

1 梁上君子 → 들보 위에 있는 군자(君子)

【梁上君子(양상군자)】: 들보 위에 있는 군자(君子), 즉「도둑」을 점잖게 이르는 말. 【梁】: 들보, 대들보.

2 陳寔字仲弓, 潁川許人也。…時歲荒民儉, 有盜夜入其室, 止於梁上。→ 진식(陳寔)은 자가 중궁(仲弓)이며 영천(潁川) 허(許) 사람이다. …당시 작황이 매우 좋지 않아 백성들의 생활이 곤궁에 처했는데, 어느 도둑이 밤중에 진식의 집에 들어가, 들보 위에 머물고 있었다.

【陳寔(진식)】: [인명].

【潁川許(영천허)】: [지명] 영천군(潁川郡) 허현(許縣). 지금의 하남성 허창현(許昌縣) 서남쪽.

【時(시)】: 당시.

【歲荒(세황)】: 작황이 좋지 않다. 【歲】: 작황. 【荒】: 흉작이다, 매우 좋지 않다.

【儉(검)】: 곤궁하다.

【其(기)】: [대명사] 그. 여기서는「진식(陳寔)」을 가리킨다.

【止於(지어)…】: …에 머물다. 【於】: [개사] …에, …에서.

3 寔陰見, 乃起自整拂, 呼命子孫, 正色訓之曰:「夫人不可不自勉。→ 진식이 어둠 속에서 이를 발견하고, 곧 침상에서 일어나 스스로 옷을 정돈한 후, 아들과 손자들을 불러 모아, 정색을 하며 훈계했다:「무릇 사람은 스스로 힘쓰지 않으면 안 된다.

【陰見(음견)】: 어둠 속에서 발견하다.

矣!」[4] 盜大驚, 自投於地, 稽顙歸罪。[5]

번역문

들보 위에 있는 군자(君子)

진식(陳寔)은 자가 중궁(仲弓)이며, 영천(穎川) 허(許) 사람이다. …당시 작황이 매우 좋지 않아 백성들의 생활이 곤궁에 처했는데, 어느 도둑이 밤중에 진식(陳寔)의 집에 들어가 들보 위에 머물고 있었다. 진식이 어둠 속에서 이를 발견하고 곧 침상에서 일어나 스스로 옷을 정돈한 후, 아들과 손

【乃(내)】: 곧, 바로.
【整拂(정불)】: 정리하고 먼지를 떨다. 즉 「옷을 정돈하다」의 뜻.
【呼命(호명)】: 불러 모으다.
【子孫(자손)】: 아들과 손자.
【訓(훈)】: 훈계하다.
【夫(부)】: [발어사] 대저, 무릇.
【不可不(불가불)】: …하지 않으면 안 된다.
【自勉(자면)】: 스스로 힘쓰다.

4 不善之人未必本惡, 習以性成, 遂至於此。梁上君子者是矣!」→ 착하지 않은 사람이 반드시 처음부터 악한 것은 아니고, 습관이 되다 보면 본성처럼 변하여, 마침내 이러한 지경에 이른다. 양상군자(梁上君子)가 바로 그렇다.」
【未必(미필)】: 반드시 …한 것은 아니다.
【本惡(본악)】: 본래 악하다, 처음부터 악하다.
【習(습)】: 습관.
【性成(성성)】: 본성처럼 변하다, 성품으로 굳어지다.
【遂(수)】: 마침내.
【至於(지어)】: …에 이르다. 【於】: [개사] …에.
【是(시)】: 바로 그렇다.

5 盜大驚, 自投於地, 稽顙歸罪。→ 도둑이 매우 놀라, 스스로 바닥에 뛰어내려, 이마가 땅에 닿도록 절을 하며 죄를 인정했다.
【投(투)】: 跳(도), 뛰어내리다.
【稽顙(계상)】: 이마가 땅에 닿도록 절하다.
【歸罪(귀죄)】: 죄를 시인하다.

자들을 불러 모아 정색을 하며 훈계했다.

「무릇 사람은 스스로 힘쓰지 않으면 안 된다. 착하지 않은 사람이 반드시 처음부터 악한 것은 아니고 습관이 되다 보면 본성처럼 변하여 마침내 이러한 지경에 이른다. 양상군자(梁上君子)가 바로 그렇다.」

도둑이 매우 놀라 스스로 바닥에 뛰어내려 이마가 땅에 닿도록 절을 하며 죄를 시인했다.

해설

진식(陳寔)은 밤중에 자기 집에 들어와 들보 위에 숨어 있는 도둑을 발견한 후, 도둑을 잡기 전에 먼저 아들과 손자를 불러 훈계하는 묘책(妙策)을 써서 도둑을 감복시키는 동시에 자식과 손자를 교육하는 일거양득의 효과를 거두었다.

이 우언은 사람의 본성이 선(善)하다는 관점에서 출발하여 습관 여하에 따라 선해질 수도 있고 악해질 수도 있다는 이른바 「습관의 중요성」을 강조한 것이다.

044 타증불고(墮甑不顧)

《後漢書 · 卷68 郭符許列傳》

원문 및 주석

墮甑不顧[1]

孟敏字叔達, 鉅鹿楊氏人也, 客居太原。荷甑墯地, 不顧而去。[2] 林宗見而問其意, 對曰 :「甑已破矣, 視之何益?」[3]

....

1 墮甑不顧 → 시루를 떨어뜨리고 돌아보지 않다
【墮(타)】: 떨어뜨리다.
【甑(증)】: 시루.
【顧(고)】: 돌아보다.

2 孟敏字叔達, 鉅鹿楊氏人也, 客居太原。荷甑墯地, 不顧而去。→ 맹민(孟敏)은 자가 숙달(叔達)이며, 거록군(鉅鹿郡) 양씨현(楊氏縣) 사람으로, 고향을 떠나 객지인 태원(太原)에서 살았다. (어느 날) 시루를 지고 가다가 땅에 떨어뜨리자, 뒤를 돌아보지 않고 그냥 가버렸다.
【孟敏(맹민)】: [인명].
【鉅鹿楊氏(거록양씨)】: [지명] 거록군(鉅鹿郡) 양씨현(楊氏縣). 지금의 하북성 영진현(寧晋縣) 경내.
【客居(객거)】: 고향을 떠나 객지에서 살다.
【太原(태원)】: [지명] 지금의 산서성 태원시(太原市).
【荷(하)】: 메다, 지다.

3 林宗見而問其意, 對曰 :「甑已破矣, 視之何益?」→ 임종이 보고 그 까닭을 물으니, 그가 대답했다 :「시루가 이미 깨져버렸는데, 그것을 봐야 무슨 도움이 되겠소?」
【林宗(임종)】: [인명] 곽태(郭泰). 동한(東漢) 시대의 명사(名士)로, 자는 임종(林宗).
【意(의)】: 이유, 까닭.
【之(지)】: [대명사] 그것, 즉「시루」.
【何益(하익)】: 무슨 도움이 되겠는가? 무슨 보탬이 되겠는가?

번역문

시루를 떨어뜨리고 돌아보지 않다

맹민(孟敏)은 자가 숙달(叔達)이며 거록군(鉅鹿郡) 양씨현(楊氏縣) 사람으로 고향을 떠나 객지인 태원(太原)에서 살았다. (어느 날) 시루를 지고 가다가 땅에 떨어뜨리자 뒤를 돌아보지 않고 그냥 가버렸다. 임종(林宗)이 보고 그 까닭을 물으니 그가 대답했다.

「시루가 이미 깨져버렸는데 그것을 봐야 무슨 도움이 되겠소?」

해설

사람이면 누구나 실수를 하고 잘못을 저지를 수 있다. 그러나 중요한 것은 실수를 한 이후에 어떻게 대응하느냐에 있다. 만일 실수에 대해 지나치게 자책하거나 후회하여 앞일에 장애가 된다면 결코 바람직한 일이 아니다.

이 우언은 이미 저지른 한 번의 실수에 대해 집착하지 말고, 그러한 경험을 통해 재발을 방지하는 교훈으로 삼아야 한다는 이치를 설명한 것이다.

045 대미필기(大未必奇)

《後漢書 · 卷70 鄭孔荀列傳》

원문 및 주석

大未必奇[1]

融幼有異才, 年十歲, 隨父詣京師。[2] 時河南尹李膺以簡重自居, 不妄接士賓客, 勅外自非當世名人及與通家, 皆不得白。[3] 融欲觀其人, 故造膺門, 語門者曰 :「我是李君通家子弟。」[4] 門者言之, 膺請

1 大未必奇 → 성인이 되어서도 반드시 출중한 것은 아니다
【大(대)】: 장성하다, 성인이 되다.
【未必(미필)】: 반드시 …한 것은 아니다.
【奇(기)】: 출중하다.

2 融幼有異才, 年十歲, 隨父詣京師。→ 공융(孔融)은 어려서 남다른 재능을 지니고 있었는데, 열 살 때, 아버지를 따라 경성(京城)에 갔다.
【融(융)】: [인명] 공융(孔融). 동한(東漢) 곡부(曲阜) 사람으로, 공자(孔子)의 20세손이며 건안칠자(建安七子)의 한사람이다.
【異才(이재)】: 남다른 재능.
【隨(수)】: …을 좇아, …을 따라.
【詣(예)】: 가다, 도착하다.
【京師(경사)】: 경성(京城), 수도.

3 時河南尹李膺以簡重自居, 不妄接士賓客, 勅外自非當世名人及與通家, 皆不得白。→ 이때 하남윤(河南尹) 이응(李膺)은 근엄하다고 자처하며, 함부로 빈객을 받지 않고, 외부 손님의 경우 당시 사회의 명인과 대대로 오랜 교분이 있는 집안이 아니면, 모두 품고(稟告)하지 못하도록 칙명을 내렸다.
【河南(하남)】: 군(郡) 이름. 지금의 하남성 낙양(洛陽) 일대.

融, 問曰 : 「高明祖父嘗與僕有恩舊乎?」[5] 融曰 : 「然。先君孔子與君先人李老君同德比義, 而相師友, 則融與君累世通家。」衆坐莫不歎息。[6] 太中大夫陳煒後至, 坐中以告煒, 煒曰 : 「夫人小而聰了,

……………

【尹(윤)】: [관직] (옛날 부(府) · 경조(京兆) 등의) 행정 장관.
【李膺(이응)】: [인명] 영천(潁川) 양성(襄城)[지금의 하남성 양성(襄城)] 사람으로 자는 원찰(元札)이며, 청주자사(青州刺史) · 하남윤(河南尹) 등을 지냈다.
【簡重(간중)】: 근엄하고 무게가 있다, 장엄하고 경박하지 않다.
【自居(자거)】: 자처하다, 행세하다.
【不妄(불망)】: 함부로 …하지 않다.
【接(접)】: 받다, 접견하다.
【士賓客(사빈객)】: 사인(士人)과 빈객.
【勑(칙)】: 勅(칙), 칙명을 내리다.
【通家(통가)】: 대대로 오랜 교분이 있는 집안.
【不得(부득)】: …할 수 없다, …하지 못하다.
【白(백)】: 품고하다, 알리다, 보고하다, 여쭈다.

4 融欲觀其人, 故造膺門, 語門者曰 : 「我是李君通家子弟。」→ 공융은 이응이 어떤 사람인가를 보려고, 일부러 이응의 대문 앞에 가서, 문지기에게 말했다 : 「나는 이 선생과 오랜 교분이 있는 집안의 자제요.」
【欲(욕)】: …하고자 하다, …하려고 하다.
【故(고)】: 일부러.
【造(조)】: 찾아 가다, …에 당도하다.
【門者(문자)】: 문지기.
【君(군)】: [존칭] 선생.

5 門者言之, 膺請融, 問曰 : 「高明祖父嘗與僕有恩舊乎?」→ 문지기가 말을 전하자, 이응이 공융을 들어오도록 청하고, 공융에게 물었다 : 「귀하의 조부께서 일찍이 나와 오랜 교분이 있으신가?」
【高明(고명)】: [상대방에 대한 존칭] 귀하.
【嘗(상)】: 일찍이.
【僕(복)】: [상대방에게 자신을 낮춘 말] 나, 저, 소인.
【恩舊(은구)】: 오랜 교분.

6 融曰 : 「然。先君孔子與君先人李老君同德比義, 而相師友, 則融與君累世通家。」衆坐莫不歎息。→ 공융이 대답했다 : 「그렇습니다. (저의) 선조이신 공자(孔子)와 선생의 선조이신 노자(老子)께서는 덕행과 도의를 함께하시고, 서로 스승이자 친구 사이였으니, 저와 선생은 여러 대에 걸쳐 오랜 교분이 있는 집안입니다.」(이 말을 듣고) 좌중의 여러 사람들이 모두 탄식을 자아냈다.
【先君(선군)】: 선조.

大未必奇。」[7] 融應聲曰：「觀君所言，將不早惠乎?」[8]

번역문

성인이 되어서도 반드시 출중한 것은 아니다

공융(孔融)은 어려서 남다른 재능을 지니고 있었는데 열 살 때 아버지를 따라 경성(京城)에 갔다. 이때 하남윤(河南尹) 이응(李膺)은 근엄하다고 자처하며 함부로 빈객을 받지 않고, 외부 손님의 경우 당시 사회의 명인과 대대로 오랜 교분이 있는 집안이 아니면 모두 품고(稟告)하지 못하도록 칙명을

【先人(선인)】: 선조.

【李老君(이로군)】: 노자(老子). 성은 이(李), 이름은 이(耳), 자는 담(聃)이다. 그래서 노담(老聃)이라고도 했고, 노자(老子)는 존칭이다. 초(楚)나라 고현(苦縣)[지금의 하남성 녹현(鹿縣)] 사람으로 도가(道家)의 창시자이다.

【同德比義(동덕비의)】: 함께 도의를 숭상하다.

【師友(사우)】: 스승과 친구.

【累世(누세)】: 여러 대.

【衆坐(중좌)】: 좌중의 여러 사람들. 【坐】: 座(좌), 자리, 좌중.

【莫不(막불)】: …하지 않는 사람이 없다, 모두 …하다.

7 太中大夫陳煒後至, 坐中以告煒, 煒曰：「夫人小而聰了, 大未必奇。」→ 태중대부(太中大夫) 진위(陳煒)가 나중에 도착하여, 좌중 사람이 진위에게 이를 알려주자, 진위가 말했다：「무릇 사람이 어려서 총명했다 하여, 장성해서도 반드시 출중한 것은 아닙니다.」

【太中大夫(태중대부)】: [관직] 천자의 고위 참모 고문관.

【陳煒(진위)】: [인명] 동한 환제(桓帝) 때 태중대부를 지냈으며, 이응·공융과 교유했다.

【後至(후지)】: 늦게 도착하다.

【夫(부)】: [발어사] 대저, 무릇.

8 融應聲曰：「觀君所言, 將不早惠乎?」→ (이에) 공융이 응답하여 말했다：「선생께서 말하는 것을 보니, (선생은) 틀림없이 어려서 매우 총명했을 것입니다.」

【應聲(응성)】: 응답하다.

【將(장)】: 틀림없이, 반드시.

【不(불)…乎(호)】: [고정 격식] …이 아니겠는가? …일 것이다.

【早(조)】: 조기(早期), 즉 「어린 시절」.

【惠(혜)】: 慧(혜), 총명하다.

내렸다. 공융은 이응이 어떤 사람인가를 보려고 일부러 이응의 대문 앞에 가서 문지기에게 말했다.

「나는 이 선생과 오랜 교분이 있는 집안의 자제요.」

문지기가 말을 전하자, 이응이 공융을 들어오도록 청하고 공융에게 물었다.

「귀하의 조부께서 일찍이 나와 오랜 교분이 있으신가?」

공융이 대답했다.

「그렇습니다. (저의) 선조이신 공자(孔子)와 선생의 선조이신 노자(老子)께서는 덕행과 도의를 함께하시고 서로 스승이자 친구 사이였으니 저와 선생은 여러 대에 걸쳐 오랜 교분이 있는 집안입니다.」

(이 말을 듣고) 좌중의 여러 사람들이 모두 탄식을 자아냈다. 태중대부(太中大夫) 진위(陳煒)가 나중에 도착하여 좌중 사람이 진위에게 이를 알려 주자 진위가 말했다.

「무릇 사람이 어려서 총명했다 하여, 장성해서도 반드시 출중한 것은 아닙니다.」

(이에) 공융이 응답하여 말했다.

「선생께서 말하는 것을 보니, (선생은) 틀림없이 어려서 매우 총명했을 것입니다.」

해설

어려서 총명한 아이는 필요한 교육 과정을 거쳐 양성되면 출중한 인재로 성장할 수 있다. 그러나 제아무리 천부적인 소질을 타고났다 해도 후천적으로 학습에 주의를 기울이지 않으면 결코 인재로 양성될 수가 없다. 왕안석(王安石)의 《상중영(傷仲永)》은 바로 이러한 경우를 설명한 것이다.

고사 중의 진위(陳煒)는 빈객들이 모여 열 살 배기 공융(孔融)을 칭찬하고 있을 때 비집고 들어가 찬물을 끼얹는 살풍경을 조성했지만, 사실 그의 말은 다분히 각성과 경각심을 불러일으킬 수 있어 아이에 대해 덮어놓고 칭찬하는 것보다 오히려 더 유익하다. 반면에 공융의 빈정대는 모습은 설사 기지(機智)를 드러내기는 했지만 사실은 오히려 잔재주를 부린 것에 불과할 뿐이다.

이 우언은 천부적인 소질을 타고났다 해도 후천적으로 학습에 주의를 기울이지 않으면 평범한 아이로 돌아가 무용지물이 된다는 교훈을 제시한 것이다.

046 상당연이(想當然耳)

《後漢書 · 卷70 鄭孔荀列傳》

원문 및 주석

想當然耳[1]

初, 曹操攻屠鄴城, 袁氏婦子多見侵略, 而操子丕私納袁熙妻甄氏。[2] 融乃與操書, 稱「武王伐紂, 以妲己賜周公。」操不悟, 後問出

1 想當然耳 → 당연히 그럴 것이라고 생각하다
【耳(이)】: [어조사].

2 初, 曹操攻屠鄴城, 袁氏婦子多見侵略, 而操子丕私納袁熙妻甄氏。→ 처음, 조조(曹操)가 업성(鄴城)을 공략했을 때, 원소(袁紹) 일가의 부녀자들과 아이들 대부분이 침탈을 당했는데, 조조의 아들 조비(曹丕)가 원희(袁熙)의 아내 견씨(甄氏)를 몰래 첩으로 들였다.
【曹操(조조)】: [인명] 자는 맹덕(孟德)이며 패국(沛國) 초현(譙縣)[지금의 안휘성 호주시(亳州市)] 사람이다. 동한(東漢) 말 황건적(黃巾賊)의 난을 평정하여 공을 세우고, 동탁(董卓)을 제거하여 실권을 장악한 후 승상(丞相)이 되어 위왕(魏王)으로 봉해졌다. 후에 유비(劉備)의 촉(蜀) · 손권(孫權)의 오(吳)와 더불어 삼국의 국면을 형성하다가 아들인 조비(曹丕)가 삼국을 통일하여 위나라 황제에 오른 뒤 무제(武帝)로 추존되었다.
【攻屠(공도)】: 공략하다.
【鄴城(업성)】: [성읍(城邑) 이름] 지금의 하북성 임장(臨漳) 서남쪽. 서한 때 위군(魏郡)의 소재지였고, 동한 말 기주(冀州) · 상주(相州)의 소재지가 되었다가 조조가 위왕이 되면서 이곳에 도읍을 정했다.
【袁氏(원씨)】: 여기서는 「원소(元紹)」를 가리킨다. 원소는 동한 말 여양(汝陽) 사람으로, 일찍이 동탁(董卓)을 토벌하기도 했으나 조조에게 패한 후 오래지 않아 병사했다.
【多見侵略(다견침략)】: 대부분 침탈을 당하다. ※ 見+동사=피동형
【操子丕(조자비)】: 조조의 아들 조비.
【私納(사납)】: 몰래 들이다. 여기서는 「몰래 첩으로 들이다」의 뜻.

何經典。[3] 對曰：「以今度之, 想當然耳。」[4]

번역문

당연히 그럴 것이라고 생각하다

처음 조조(曹操)가 업성(鄴城)을 공략했을 때, 원소(袁紹) 일가의 부녀자들과 아이들 대부분이 침탈을 당했는데, 조조의 아들 조비(曹丕)가 원희(袁熙)의 아내 견씨(甄氏)를 몰래 첩으로 들였다. 그리하여 공융(孔融)이 조조에게 서신을 보내 「무왕(武王)이 주(紂)를 토벌하고 달기(妲己)를 주공(周公)에게 하사했습니다.」라고 말했다. 조조가 이 말의 뜻을 이해하지 못하고,

---

【袁熙(원희)】: [인명] 원소의 둘째 아들.

3 融乃與操書, 稱「武王伐紂, 以妲己賜周公。」操不悟, 後問出何經典。→ 그리하여 공융(孔融)이 조조에게 서신을 보내, 「무왕(武王)이 주(紂)를 토벌하고, 달기(妲己)를 주공(周公)에게 하사했습니다.」라고 말했다. 조조가 이 말의 뜻을 이해하지 못하고, 얼마 후 어느 경전(經典)에서 나온 말이냐고 물었다.

※ 이는 조조(曹操)가 업성(鄴城)을 공략하여 조조의 아들 조비(曹丕)가 원희(袁熙)의 아내 견씨(甄氏)를 첩으로 들인 것을 비유한 말이다.

【融(융)】: [인명] 공융(孔融). 동한(東漢) 곡부(曲阜) 사람으로 공자(孔子)의 20세손이며, 건안칠자(建安七子)의 한 사람.

【乃(내)】: 이에, 그리하여.

【書(서)】: 서신, 편지.

【稱(칭)】: 말하다.

【武王(무왕)】: 주(周)나라의 건립자.

【紂(주)】: 은(殷)의 마지막 임금. 폭군으로 이름이 났다.

【妲己(달기)】: 은(殷)나라 주왕(紂王)의 비(妃).

【賜(사)】: 하사하다.

【周公(주공)】: 주대(周代)의 정치가. 문왕(文王)의 아들이며, 무왕(武王)의 동생으로 어린 성왕(成王)을 도와 주나라의 기초를 튼튼히 했다.

4 對曰：「以今度之, 想當然耳。」→ (이에) 공융이 대답했다 : 「지금의 일을 가지고 헤아려 볼 때, 당연히 그럴 것이라고 생각합니다.」

【度(탁)】: 헤아리다.

얼마 후 어느 경전(經典)에서 나온 말이냐고 물었다.

(이에) 공융이 대답했다.

「지금의 일을 가지고 헤아려 볼 때, 당연히 그럴 것이라고 생각합니다.」

해설

「상당연이(想當然耳)」란 「당연히 그럴 것이라고 생각한다.」라는 뜻으로, 전혀 사실적 근거가 없는데 개인의 주관적인 상상과 추측을 근거로 경솔하게 판단하는 것을 가리키는 말이다. 만일 실사구시(實事求是)의 과학적 · 객관적 정신과 부합하지 않을 경우, 이러한 방법으로 사람을 섬기거나 일을 처리하면 반드시 낭패를 면치 못한다.

이 우언은 본래 확실한 근거 없이 데면데면 일을 처리하는 무책임한 행위를 비난한 것이다. 그러나 이 고사에서 공융(孔融)이 조조(曹操)에게 달기(妲己)에 관한 전고(典故)를 이야기한 것은, 결코 허구나 날조가 아니라 조조가 아들에게 견씨(甄氏)를 첩으로 들이도록 허락한 것을 비꼬아 말한 것으로, 일종의 유모와 풍자일 뿐 후세 사람들이 해석하는 의미와 다르다.

047 악양자처(樂羊子妻)

《後漢書 · 卷84 列女傳》

원문 및 주석

樂羊子妻[1]

河南樂羊子之妻者, 不知何氏之女也。羊子嘗行路, 得遺金一餠, 還以與妻。[2] 妻曰 :「妾聞志士不飮盜泉之水, 廉者不受嗟來之食, 況拾遺求利, 以汚其行乎!」[3] 羊子大慙, 乃捐金於野, 而遠尋師學。

1 樂羊子妻 → 악양자(樂羊子)의 아내
【樂羊子(악양자)】: [인명].

2 河南樂羊子之妻者, 不知何氏之女也。羊子嘗行路, 得遺金一餠, 還以與妻。→ 하남(河南) 악양자(樂羊子)의 아내는, 어느 집의 여식인지 모른다. 일찍이 양자가 길을 가다가, 남이 분실한 금덩어리를 주워 가지고, 집으로 돌아와 아내에게 주었다.
【河南(하남)】: 군(郡) 이름. 지금의 하남성 낙양(洛陽) 일대.
【嘗(상)】: 일찍이.
【遺金(유금)】: 남이 분실한 금.
【一餠(일병)】: 한 덩어리.
【還(환)】: (집으로) 돌아오다.
【與(여)】: 주다.

3 妻曰 :「妾聞志士不飮盜泉之水, 廉者不受嗟來之食, 況拾遺求利, 以汚其行乎!」→ 아내가 말했다 :「제가 듣건대 큰 뜻을 품은 선비는 도천(盜泉)의 물을 마시지 않고, 청렴한 사람은 모욕감을 느끼게 베푸는 음식을 먹지 않는다고 하는데, 하물며 남이 잃어버린 물건을 주워가지고 이득을 도모하여, 자신의 품행을 더럽히다니요!」
【妾(첩)】: [아내가 자신을 낮추어 한 말] 저.
【志士(지사)】: 큰 뜻을 품은 선비.

一年來歸, 妻跪問其故。[4] 羊子曰 : 「久行懷思, 無它異也。」[5] 妻乃引刀趨機而言曰 : 「此織生自蠶繭, 成於機杼, 一絲而累, 以至於寸, 累寸不已, 遂成丈匹。[6] 今若斷斯織也, 則捐失成功, 稽廢時月。[7] 夫

……………

【盜泉(도천)】: 산동성에 있는 우물 이름. ※공자(孔子)가 일찍이 이곳을 지나갈 때 매우 목이 말랐으나 그 우물의 이름이 싫어서 물을 마시지 않았다고 한다.

【廉者(염자)】: 청렴한 사람.

【嗟來之食(차래지식)】: 「嗟, 來食(어이! 와서 먹어.)」라는 어투로 모욕감을 느끼게 베푸는 음식. 〖嗟〗: [부르는 소리] 어이, 야, 여보세요. ※이 말은《예기(禮記) · 단궁하(檀弓下)》에 보인다.

【況(황)】: 하물며.

【拾遺求利(습유구리)】: 남이 잃은 물건을 주워 자신의 이익을 도모하다. 〖拾〗: 줍다, 습득하다. 〖遺〗: 분실하다, 잃어버리다.

【汚(오)】: 더럽히다.

4 羊子大慙, 乃捐金於野, 而遠尋師學。一年來歸, 妻跪問其故。→ 양자가 매우 부끄럽게 여겨, 곧 그 금을 들에 내다버리고, 멀리 스승을 찾아 배우고자 떠났다. (그런데) 양자가 일 년 만에 집에 돌아오자, 아내가 무릎을 꿇고 그 까닭을 물었다.

【慙(참)】: 慚(참), 부끄러워하다, 부끄럽게 여기다.

【乃(내)】: 곧, 바로.

【捐(연)】: 버리다.

【遠尋師學(원심사학)】: 멀리 스승을 찾아 배우고자 떠나다.

【來歸(내귀)】: 집으로 돌아오다.

【跪問(궤문)】: 무릎을 꿇고 묻다.

【故(고)】: 이유, 까닭, 원인.

5 羊子曰 : 「久行懷思, 無它異也。」→ 양자가 말했다 : 「오래도록 집을 떠나 그리웠을 뿐, 다른 일은 없소.」

【久行懷思(구행회사)】: 오래도록 집을 떠나 그리워하다. 〖懷思〗: 그리워하다, 생각나다.

【它異(타이)】: 다른 일.

6 妻乃引刀趨機而言曰 : 「此織生自蠶繭, 成於機杼, 一絲而累, 以至於寸, 累寸不已, 遂成丈匹。→ 아내가 곧 칼을 들고 베틀 앞으로 가서 말했다 : 「이 직물은 누에고치로부터 나와, 베틀과 북에서 완성됩니다. 한 가닥 한 가닥의 실이 쌓여, 한 치에 이르고, 한 치 한 치가 부단히 누적되어, 마침내 한 장(丈) 한 필(匹)을 이룹니다.

【乃(내)】: 곧, 즉시.

【引刀趨機(인도추기)】: 칼을 들고 베틀 앞으로 가다. 〖趨〗: (어떤 방향으로) 가다. 〖機〗: 베틀.

【織(직)】: [명사] 직물.

子積學, 當日知其所亡, 以就懿德。若中道而歸, 何異斷斯織乎?」[8]
羊子感其言, 復還終業, 遂七年不反。[9]

……………

【生自(생자)…】: …로부터 나오다.
【蠶繭(잠견)】: 누에고치.
【成於(성어)…】: …에서 완성되다. 〖於〗: [개사] …에서.
【杼(저)】: (베틀의) 북.
【累(루)】: 쌓이다, 누적되다.
【至於(지어)】: …에 이르다.
【寸(촌)】: [길이 단위] 치.
【不已(불이)】: 그치지 않다. 부단히.
【遂(수)】: 마침내.
【丈(장)】: [길이 단위] 10척(尺).

7 今若斷斯織也, 則捐失成功, 稽廢時月。→ 지금 만일 이 직물을 잘라버린다면, 성공의 기회를 포기하고, 시간을 허비하는 것입니다.
【若(약)】: 만일, 만약.
【捐失(연실)】: 포기하여 잃다.
【稽廢(계폐)】: 지체하고 폐기하다. 여기서는 「허비하다」의 뜻.
【時月(시월)】: 세월, 시간.

8 夫子積學, 當日知其所亡, 以就懿德。若中道而歸, 何異斷斯織乎?」→ 당신이 배움을 쌓으려면, 마땅히 날마다 부족한 지식을 쌓아, 미덕(美德)을 이루어야 합니다. 만일 중도에 포기하고 돌아온다면, 어찌 이 직물을 자르는 것과 다를 바가 있겠습니까?」
【夫子(부자)】: [남편에 대한 존칭] 당신.
【當(당)】: 마땅히, 당연히.
【所亡(소무)】: 부족한 바. 즉 「부족한 지식」. 〖亡〗: 無(무).
【就(취)】: 성취하다, 이루다.
【懿德(의덕)】: 미덕, 아름다운 덕망.
【何異(하이)…乎(호)】: 어찌 …과 다르겠는가?
【斯(사)】: 此(차), 이.

9 羊子感其言, 復還終業, 遂七年不反。→ 양자가 그 말에 감동되어, 다시 돌아가 학업을 마칠 때까지, 칠 년 동안 끝내 돌아오지 않았다.
【復(부)】: 다시.
【遂(수)】: 끝내.
【反(반)】: 返(반), 돌아오다.

번역문

악양자(樂羊子)의 아내

하남(河南) 악양자(樂羊子)의 아내는 어느 집의 여식인지 모른다. 일찍이 양자가 길을 가다가 남이 분실한 금덩어리를 주워 가지고 집으로 돌아와 아내에게 주었다.

아내가 말했다.

「제가 듣건대, 큰 뜻을 품은 선비는 도천(盜泉)의 물을 마시지 않고 청렴한 사람은 모욕감을 느끼게 베푸는 음식을 먹지 않는다고 하는데, 하물며 남이 잃어버린 물건을 주워가지고 이득을 도모하여 자신의 품행을 더럽히다니요!」

양자가 매우 부끄럽게 여겨 곧 그 금을 들에 내다버리고 멀리 스승을 찾아 배우고자 떠났다. (그런데) 양자가 일 년 만에 집에 돌아오자, 아내가 무릎을 꿇고 그 까닭을 물었다.

양자가 말했다.

「오래도록 집을 떠나 그리웠을 뿐, 다른 일은 없소.」

아내가 칼을 들고 베틀 앞으로 가서 말했다.

「이 직물은 누에고치로부터 나와 베틀과 북에서 완성됩니다. 한 가닥 한 가닥의 실이 쌓여 한 치에 이르고, 한 치 한 치가 부단히 누적되어 마침내 한 장(丈) 한 필(匹)을 이룹니다. 지금 만일 이 직물을 잘라버린다면 성공의 기회를 포기하고 시간을 허비하는 것입니다. 당신이 배움을 쌓으려면 마땅히 날마다 부족한 지식을 쌓아 미덕을 이루어야 합니다. 만일 중도에 포기하고 돌아온다면 어찌 이 직물을 자르는 것과 다를 바가 있겠습니까?」

양자가 그 말에 감동되어 다시 돌아가 학업을 마칠 때까지 칠 년 동안 끝내 돌아오지 않았다.

해설

이 고사는 맹자(孟子)가 학업을 중단하고 돌아왔을 때, 맹자 어머니가 짜던 베를 잘라 중도에 학문을 그만둔 아들을 훈계했다는 「맹모단기지교(孟母斷機之敎)」 고사와 매우 흡사하다. 다만 등장인물이 맹자와 어머니의 관계에서 악양자(樂羊子)와 아내의 관계로 바뀌었을 뿐이다.

이 우언은 불로소득(不勞所得)을 탐하지 말고 전심전력(全心全力)으로 꾸준히 노력해야 자기의 생활 품격과 도덕 수양을 제고할 수 있다는 교훈을 제시한 것이다.

《유명록幽明錄》 우언

유의경(劉義慶 : 403-444)은 남조(南朝) 송(宋)의 문인으로, 팽성(彭城)[지금의 강소성 서주(徐州)] 사람이다. 송나라의 왕족으로 어려서 송무제(宋武帝)에게 사랑을 받아 남군공(南郡公)에 습봉되어 예주자사(豫州刺史)가 되었고, 영초 원년(420)에는 임천왕(臨川王)에 습봉되어 시중(侍中)에 올랐으며, 그 후 산기상시(散騎常侍) 비서감(秘書監) 탁지상서(度支尙書) 상서좌복야(尙書左僕射) 형주자사(荊州刺史) 등 여러 관직을 지냈다. 유의경은 사람됨이 겸허하고 소박하며 향락을 탐하지 않아 방탕한 일이 없었으며, 문사들을 후대하여 사방에서 모여들었다.

그는 저술이 매우 풍부하여 《유명록(幽明錄)》 30권 · 《선험기(宣驗記)》 30권 · 《세설(世說)》 8권 · 《소설(小說)》 10권 · 《서주선현전(徐州先賢傳)》 10권 · 《전서(典敍)》 및 문집 10권 등이 있다.

《유명록》은 남조(南朝) 송대(宋代)의 지괴소설집(志怪小說集)으로 원서는 일실되어 전하지 않고, 노신(魯迅)이 《예문류취(藝文類聚)》 《초학기(初學記)》 《북당서초(北堂書鈔)》 《태평어람(太平御覽)》 《환우기(寰宇記)》 등에 보이는 일부 일문을 모아 《고소설구침(古小說鉤沉)》에 수록하여 그 면모를 대략 엿볼 수 있다.

048 엽응(獵鷹)

《幽明錄》

원문 및 주석

獵鷹[1]

楚文王少時好獵, 有一人獻一鷹。文王見之, 爪距神爽, 殊絶常鷹, 故爲獵於雲夢。[2] 置網雲布, 煙燒張天, 毛羣羽族, 爭噬競搏。此鷹軒頸瞪目, 無搏噬之志。[3] 王曰:「吾鷹所獲以百數, 汝鷹曾無奮

1 獵鷹 → 사냥매
【獵(렵)】: 사냥하다, 수렵하다.
【鷹(응)】: 매.

2 楚文王少時好獵, 有一人獻一鷹。文王見之, 爪距神爽, 殊絶常鷹, 故爲獵於雲夢。→ 초(楚)나라 문왕(文王)이 젊었을 때 사냥을 좋아하여, 어떤 사람이 사냥매 한 마리를 바쳤다. 문왕이 그 매를 보니, 발톱이 날카롭고, 보통의 매와 아주 달랐다. 그래서 (매를 데리고) 운몽(雲夢)으로 사냥을 나갔다.
【楚文王(초문왕)】: 춘추시대 초나라의 군주. 〖楚〗: 지금의 호남성 · 호북성과 강서성 · 절강성 및 하남성 남부에 걸쳐 있던 주대(周代)의 제후국.
【好獵(호렵)】: 수렵을 좋아하다. 〖好〗: [동사] 좋아하다.
【獻(헌)】: 바치다, 헌상하다.
【爪距(조거)】: 발톱. 〖距〗: 며느리발톱. ※ 날짐승의 발톱 뒤쪽에 발가락처럼 돌출한 부분.
【神爽(신상)】: 날카롭다, 예리하다. ※ 맹금이나 준마의 자태가 웅건한 모양을 형용하는 말.
【殊絶(수절)】: 특이하다, 아주 다르다.
【常鷹(상응)】: 보통 새매.
【雲夢(운몽)】: 초(楚)나라의 큰 호수 이름.

3 置網雲布, 煙燒張天, 毛羣羽族, 爭噬競搏。此鷹軒頸瞪目, 無搏噬之志。→ 그물을 많이 설치하고, 또 불을 질러 연무가 하늘에 가득 퍼지자, 사냥개와 매들이, 서로 다투어 (사냥감을)

意, 將欺余耶?」[4] 獻者曰:「若效於雉兔, 臣豈敢獻?」[5] 俄而, 雲際有一物凝翔, 鮮白不辨其形。鷹便竦翮而升, 矗若飛電。[6] 須臾, 羽墮

……………

물고 잡고 했다. (그런데) 이 매는 목을 길게 빼고 노려보며, 사냥하려는 의지가 없었다.

【置網雲布(치망운포)】: 그물을 매우 많이 설치하다. 〖置〗: 설치하다. 〖雲布〗: 구름이 깔려 있듯이 매우 많음을 형용한 말.

【煙燒張天(연소장천)】: 불을 질러 불빛과 연무가 하늘에 가득하다.

【毛羣羽族(모군우족)】: 들짐승과 날짐승. 여기서는 「사냥개와 매」를 가리킨다.

【爭噬競搏(쟁서경박)】: 서로 다투어 (사냥감을) 물고 잡고 하다. 〖噬〗: 물다. 〖搏〗: 잡다, 붙잡다.

【軒頸瞪目(헌경징목)】: 목을 길게 빼고 노려보다. 〖軒〗: 높이 쳐들다. 즉 「목을 길게 빼다」의 뜻.

【搏噬之志(박서지지)】: 잡고 물려고 하는 의지. 즉 「사냥하려는 의지」.

4 王曰:「吾鷹所獲以百數, 汝鷹曾無奮意, 將欺余耶?」→ 문왕이 (매를 바친 사람에게) 물었다:「나의 매들은 사냥하여 잡은 것이 매우 많은데, 당신이 바친 매는 전혀 사냥하려는 의욕이 없소. 나를 속이려 했는가?」

【百數(백수)】: 백을 헤아리다. 여기서는 「매우 많음」을 뜻한다.

【曾無(증무)】: 일찍이 …한 적이 없다. 즉 「전혀 …이 없다, 아예 …이 없다」의 뜻.

【奮意(분의)】: 분발하려는 생각, 즉 「사냥하려는 의욕」을 가리킨다.

【將(장)】: …하려 하다.

【欺(기)】: 속이다.

5 獻者曰:「若效於雉兔, 臣豈敢獻?」→ 매를 바친 사람이 말했다:「만약 꿩이나 토끼를 잡는 일에 힘을 쓴다면, 제가 어찌 감히 바치겠습니까?」

【若(약)】: 만일, 만약.

【效(효)】: 힘쓰다, 진력하다.

【臣(신)】: [백성이나 신하의 임금에 대한 자칭] 신, 저.

【豈(기)】: 어찌.

6 俄而, 雲際有一物凝翔, 鮮白不辨其形。鷹便竦翮而升, 矗若飛電。→ 잠시 후, 구름 가에 어떤 물체가 활공(滑空)하는 것이 보였다. 색깔은 새하얗고 형체는 분명하지 않았다. (이때) 그 매가 곧 날개를 펼쳐 하늘로 날아올랐다. 치솟는 모습이 마치 번개와도 같았다.

【俄而(아이)】: 조금 있다가, 잠시 후.

【際(제)】: 가, 가장자리.

【凝翔(응상)】: 활공하다, 날개를 움직이지 않고 날다.

【鮮白(선백)】: 새하얗다.

【不辨(불변)】: 분별이 되지 않다, 분명하지 않다.

【便(편)】: 곧, 바로.

【竦翮而升(송핵이승)】: 깃촉을 세차게 흔들어 하늘로 날아오르다. 즉 「날개를 펼쳐 하늘로

如雪，血下如雨，有大鳥墮地，度其兩翅，廣數十里，衆莫能識。[7] 時有博物君子曰：「此大鵬雛也。」文王乃厚賞之。[8]

번역문

사냥매

초(楚)나라 문왕(文王)이 젊었을 때 사냥을 좋아하여 어떤 사람이 사냥매 한 마리를 바쳤다. 문왕이 그 매를 보니 발톱이 날카롭고 보통의 매와 아주 달랐다. 그래서 (매를 데리고) 운몽(雲夢)으로 사냥을 나갔다. 그물을 많

날아오르다」의 뜻. 〖竦〗 : 세차게 흔들다. 〖翮〗 : 깃촉. 여기서는 「날개」를 가리킨다.
【矗(촉)】 : 솟구치다, 치솟다.
【若(약)】 : 마치 …같다.
【飛電(비전)】 : 번개.

7 須臾，羽墮如雪，血下如雨，有大鳥墮地，度其兩翅，廣數十里，衆莫能識。→ 잠깐 사이에, (공중에서) 깃털이 눈처럼 떨어지고, 피가 비처럼 내리더니, 큰 새가 땅에 떨어졌다. 양 날개를 헤아려 보니, 넓이가 수십 리에 달했다. 사람들 모두 그것이 무슨 새인지 도무지 알 수가 없었다.
【須臾(수유)】 : 순간, 잠깐 사이.
【羽墮如雪(우타여설)】 : (공중에서) 깃털이 눈처럼 떨어지다. 〖墮〗 : 떨어지다.
【度(탁)】 : 재다, 헤아리다.
【翅(시)】 : 날개.
【莫能(막능)】 : …할 수가 없다.
【識(식)】 : 알다, 인식하다.

8 時有博物君子曰：「此大鵬雛也。」文王乃厚賞之。→ 이때 사물에 대해 박식한 사람이 말했다 : 「이것은 대붕(大鵬)의 어린 새끼입니다.」 그리하여 문왕이 매를 바친 사람에게 후한 상을 내렸다.
【博物君子(박물군자)】 : 사물에 대해 박식한 사람.
【雛(추)】 : 어린 새끼.
【乃(내)】 : 이에, 그리하여.
【之(지)】 : [대명사] 그, 즉 「문왕에게 매를 바친 사람」.

이 설치하고 또 불을 질러 연무가 하늘에 가득 퍼지자 사냥개와 매들이 서로 다투어 (사냥감을) 물고 잡고 했다. (그런데) 이 매는 목을 길게 빼고 노려보며 사냥하려는 의지가 없었다.

문왕이 (매를 바친 사람에게) 물었다.

「나의 매들은 사냥하여 잡은 것이 매우 많은데, 당신이 바친 매는 전혀 사냥하려는 의욕이 없소. 나를 속이려 했는가?」

매를 바친 사람이 말했다.

「만약 꿩이나 토끼를 잡는 일에 힘을 쓴다면 제가 어찌 감히 바치겠습니까?」

잠시 후 구름 가에 어떤 물체가 활공(滑空)하는 것이 보였다. 색깔은 새하얗고 형체는 분명하지 않았다. (이때) 그 매가 곧 날개를 펼쳐 하늘로 날아올랐다. 치솟는 모습이 마치 번개와도 같았다. 잠깐 사이에, (공중에서) 깃털이 눈처럼 떨어지고 피가 비처럼 내리더니 큰 새가 땅에 떨어졌다. 양 날개를 헤아려 보니 넓이가 수십 리에 달했다. 사람들 모두 그것이 무슨 새인지 도무지 알 수가 없었다. 이때 사물에 대해 박식한 사람이 말했다.

「이것은 대붕(大鵬)의 어린 새끼입니다.」

그리하여 문왕이 매를 바친 사람에게 후한 상을 내렸다.

해설

초(楚)나라 문왕(文王)은 어떤 사람이 자기에게 선물한 매가 다른 매들과 함께 사냥에 나서지 않는 것을 보고 선물한 사람이 자기를 속인 줄로 의심했지만 그것은 기우에 불과했다.

닭을 잡을 때 굳이 소 잡는 칼을 사용할 필요가 없듯이, 모든 물건은 나름대로 알맞은 쓰임새가 있다. 문왕이 선물로 받은 사냥매가 바로 그렇다.

이 우언은 사냥매의 경우를 통해, 통치자가 인재를 기용할 때 알맞은 인재를 알맞은 자리에 써야 한다는 「적재적소(適材適所)」의 원칙을 설명한 것이다.

049 초호묘축(焦湖廟祝)

《幽明錄》

원문 및 주석

焦湖廟祝[1]

焦湖廟祝有柏枕, 三十餘年, 枕後一小坼孔。縣民湯林行賈, 經廟祈福。[2] 祝曰:「君婚姻未? 可就枕坼邊。」令林入坼內, 見朱門、瓊宮、瑤臺, 勝於世。[3] 見趙太尉, 爲林婚。育子六人, 四男二女。[4] 選

1 焦湖廟祝 → 초호묘(焦湖廟)의 향촉(香燭) 관리인
【焦湖(초호)】: [호수 이름] 지금의 안휘성에 있는 소호(巢湖).
【廟祝(묘축)】: 사당(祠堂)이나 불사(佛寺)의 향촉(香燭)을 관리하는 사람. 〖廟〗: 사당, 사찰, 절.

2 焦湖廟祝有柏枕, 三十餘年, 枕後一小坼孔。縣民湯林行賈, 經廟祈福。→ 초호묘(焦湖廟)의 향촉(香燭) 관리인은 측백나무 베개를 삼십여 년 동안 가지고 있는데, 베개의 뒤쪽에 작은 구멍 하나가 있다. 현(縣) 사람 탕림(湯林)은 행상(行商)을 하는데, 사당을 지나는 길에 (잠시 들러) 복을 빌었다.
【柏枕(백침)】: 측백나무 베개.
【坼孔(탁공)】: 터진 구멍. 〖坼〗: 터지다, 갈라지다.
【湯林(탕림)】: [인명].
【行賈(행고)】: 행상(行商)을 하다, 외지에 가서 장사하다.
【經(경)】: 지나가다, 경유하다.
【祈福(기복)】: 복을 빌다.

3 祝曰:「君婚姻未? 可就枕坼邊。」令林入坼內, 見朱門、瓊宮、瑤臺, 勝於世。→ 향촉 관리인이 그에게 말했다:「당신 결혼했소? 베개 구멍 옆으로 가까이 가보시오.」(탕림이 다가가자 향촉 관리인이) 탕림으로 하여금 구멍 안으로 들어가게 했다. 그 안에는 붉은 칠을 한 대

林秘書郎，俄遷黃門郎。林在枕中，永無思歸之懷，遂遭違忤之事。[5]
祝令林出外間，遂見向枕，謂枕內歷年載，而實俄忽之間矣。[6]

문 · 아름다운 궁전 · 화려한 누대가 보였고, 모두가 현실 세계보다 훨씬 좋았다.
【君(군)】: 그대, 당신.
【就(취)】: 접근하다, 다가가다, 가까이 가다.
【令(령)】: …로 하여금 …하게 하다.
【朱門(주문)】: 붉은 칠을 한 대문. ※지위가 높은 벼슬아치의 집을 가리킨다.
【瓊宮(경궁)】: 아름다운 궁전.
【瑤臺(요대)】: 화려한 누대.
【勝於(승어)…】: …보다 좋다, …보다 우월하다. 〖於〗: [개사] …보다, …에 비해.

4 見趙太尉，爲林婚。育子六人，四男二女。→ (탕림이) 조태위(趙太尉)를 알현하자, (조태위가) 탕림을 위해 혼례를 주선했다. 자녀 여섯을 낳아 길렀는데, 아들 넷에 딸이 둘이었다.
【太尉(태위)】: [관직] 무관(武官)의 가장 높은 자리로, 문관의 재상과 비슷한 직위.
【婚(혼)】: [사동용법] 혼인을 시키다, 장가를 보내다.
【育(육)】: 낳아 기르다.

5 選林秘書郎，俄遷黃門郎。林在枕中，永無思歸之懷，遂遭違忤之事。→ (조태위가) 탕림을 비서랑(秘書郎)에 선임하여, 얼마 있다가 황문랑(黃門郎)으로 승진했다. 탕림은 베개 안에 머물면서, 영원히 집에 돌아가고 싶은 생각이 없었다. 그러나 결국 마음에 거슬리는 일을 만났다.
【選(선)】: 선임하다, 선발하여 임용하다.
【秘書郎(비서랑)】: [관직] 옛날 문서와 서적을 관장하던 비서성(秘書省)의 관리.
【俄(아)】: 얼마 후, 곧, 금새.
【遷(천)】: 자리를 옮기다. 여기서는 「승진하다」의 뜻.
【黃門郎(황문랑)】: [관직] 왕명(王命)의 출납을 관장하던 문하성(門下省) 산하의 직책.
【思歸之懷(사귀지회)】: 집에 돌아가고 싶은 생각. 〖思歸〗: (집이나 고향으로) 돌아가고 싶어 하다. 〖懷〗: 마음, 생각.
【遂(수)】: 결국, 끝내, 마침내.
【遭(조)】: 만나다.
【違忤(위오)】: (마음에) 거슬리다.

6 祝令林出外間，遂見向枕，謂枕內歷年載，而實俄忽之間矣。→ (그리하여) 향촉 관리인이 탕림을 밖으로 나오게 했고, (탕림은 나오자마자) 곧 방금 전의 측백나무 베개를 보았다. 향촉 관리인이 말하길, 베개 안에서는 여러 해를 보냈지만 실제로는 한순간에 불과하다고 했다.
【令(령)】: …로 하여금 …하도록 하다.
【出外間(출외간)】: 밖으로 나오다.
【遂(수)】: 곧, 바로.
【向(향)】: 이전, 종전.

번역문

초호묘(焦湖廟)의 향촉(香燭) 관리인

초호묘(焦湖廟)의 향촉(香燭) 관리인은 측백나무 베개를 삼십여 년 동안 가지고 있는데, 베개의 뒤쪽에 작은 구멍 하나가 있다. 현(縣) 사람 탕림(湯林)은 행상(行商)을 하는데, 사당을 지나는 길에 (잠시 들러) 복을 빌었다.

향촉 관리인이 그에게 말했다.

「당신 결혼했소? 베개 구멍 옆으로 가까이 가보시오.」

(탕림이 다가가자 향촉 관리인이) 탕림으로 하여금 구멍 안으로 들어가게 했다. 그 안에는 붉은 칠을 한 대문 · 아름다운 궁전 · 화려한 누대가 보였고, 모두가 현실 세계보다 훨씬 좋았다. (탕림이) 조태위(趙太尉)를 알현하자, (조태위가) 탕림을 위해 혼례를 주선했다. 자녀 여섯을 낳아 길렀는데, 아들 넷에 딸이 둘이었다. (조태위가) 탕림을 비서랑(秘書郎)에 선임하여 얼마 있다가 황문랑(黃門郞)으로 승진했다. 탕림은 베개 안에 머물면서 영원히 집에 돌아가고 싶은 생각이 없었다. 그러나 결국 마음에 거슬리는 일을 만났다. (그리하여) 향촉 관리인이 탕림을 밖으로 나오게 했고, (탕림은 나오자마자) 곧 방금 전의 측백나무 베개를 보았다. 향촉 관리인이 말하길, 베개 안에서는 여러 해를 보냈지만 실제로는 한순간에 불과하다고 했다.

【謂(위)】: 말하다.
【歷(력)】: 지내다, 경과하다.
【年載(연재)】: 여러 해.
【俄忽之間(아홀지간)】: 한순간, 잠깐.

해설

양림(楊林)은 향촉 관리인의 말에 따라 측백나무 베개 속에 들어가 현실 세계를 초월하는 일체의 현상을 목격했다. 그곳에서 결혼하여 자녀를 낳아 기르고 높은 벼슬을 지내며 승승장구하자 고향으로 돌아가고 싶은 마음이 없어졌다. 이때 향촉 관리인이 탕림을 베개 밖으로 나오게 하여 주변을 살펴보니 종전의 측백나무 베개가 그대로 놓여 있고 변한 것이 아무것도 없었다. 탕림은 「베개 안에서 여러 해를 경과했지만 실제는 순간에 불과하다」라는 향촉 관리인의 말에 그저 어안이 벙벙할 뿐이었다.

이 우언은 측백나무 베개 고사를 통해, 인생은 짧고 부귀영화는 꿈처럼 허망하다는 것을 비유한 것이다.

※ 참고 : 이 고사는 《수신기(搜神記) · 일문(佚文)》에도 보이는데, 서로 문자상의 출입은 많지만 주인공 양림(楊林)을 중심으로 전개되는 줄거리는 기본적으로 일치한다. 이는 당(唐) 전기소설(傳奇小說) 침중기(枕中記)에서 주인공 노생(盧生)이 여옹(呂翁)의 베개를 베고 잠이 들어 꿈속에서 온갖 부귀영화를 다 누리리다가 잠에서 깨어보니 잠들기 전에 여옹이 끓이던 기장이 아직 다 익지도 않았다는 내용과도 매우 흡사하다. 아마도 《침중기》의 작자 심기재(沈旣濟)가 《수신기》 또는 《유명록(幽明錄)》의 영향을 받아 창작한 것으로 여겨진다.

《세설신어 世說新語》 우언

작자 유의경(劉義慶 : 403-444) : 《유명록(幽明錄)》 참조.

《세설신어(世說新語)》는 일사(軼事)를 기록한 지인소설(志人小說)의 대표작이다. 원명은 《세설(世說)》이며, 당대(唐代)에는 《세설신서(世說新書)》라 했고, 송대(宋代) 이후에 《세설신어》라 불렀다. 《남사(南史)》에는 10권, 《수서(隋書) · 경적지(經籍志)》에는 8권이라 했는데 현재 통행되고 있는 판본은 3권이다. 전서(全書)의 구성은 「덕행(德行)」으로부터 「구극(九隙)」까지 36편으로 짜여 있고, 내용은 동한(東漢) 말부터 동진(東晉) 말까지 약 2백 년 동안 실존했던 제왕 · 귀족을 비롯하여 문인 · 학자 · 현인 · 은자(隱者) · 승려 · 부녀자 등 628명의 언행과 일화를 기록한 것인데, 총 1,131조(條) 가운데 진대(晉代) 명사들의 청담(淸談)이 7할 이상을 차지하고 있다.

《세설신어》는 묘사 기법이 간결하고 뛰어난 언어 구사로 대상 인물의 형상을 핍진하게 그려냈으며, 소설의 격식과 체제를 독립된 소설 양식으로 정립함으로써 후세의 소설 발전에 지대한 영향을 주었다.

050 관녕할석(管寧割席)

《世說新語·德行第一》

원문 및 주석

管寧割席[1]

管寧、華歆共園中鋤菜, 見地有片金, 管揮鋤與瓦石不異, 華捉而擲去之。[2] 又嘗同席讀書, 有乘軒過門者, 寧讀書如故, 歆廢書出

1 管寧割席 → 관녕(管寧)이 자리를 절단하다

【管寧(관녕)】: [인명] 자는 유안(幼安)이며, 북해(北海) 주허(朱虛)[지금의 산동성 임구현(臨朐縣)] 사람으로 제(齊)나라 환공(桓公)의 재상을 지낸 관중(管仲)의 후손이다. 동한(東漢) 말 황건적의 난을 피해 요동(遼東)에 은거하다가 위문제(魏文帝) 조비(曹丕)가 즉위한 후 돌아와 여러 차례 부름을 받았으나 끝내 고사하고 벼슬길에 나가지 않았다. 《삼국지(三國志)》 권11에 그의 열전이 있다.

【割席(할석)】: 자리를 절단하다. 〖割〗: (칼·낫 따위로) 자르다, 절단하다. 〖席〗: 蓆(석), 갈대나 풀 등으로 엮어 짠 자리.

2 管寧、華歆共園中鋤菜, 見地有片金, 管揮鋤與瓦石不異, 華捉而擲去之。→ 관녕(管寧)과 화흠(華歆)이 함께 정원에서 김을 매다가, 땅에 황금 조각이 있는 것을 발견했다. 관녕은 계속 호미질을 하며 그것을 기와 조각이나 돌멩이와 다름없이 여겼고, 화흠은 그것을 주웠다가 다시 버렸다.

【華歆(화흠)】: [인명] 자는 자어(子魚)이며, 평원(平原) 고당(高唐)[지금의 산동성 고당현(高唐縣)] 사람으로 동한(東漢) 환제(桓帝) 때 상서령(尙書令)을 지냈고, 위(魏)로 들어와 벼슬이 태위(太尉)까지 올랐다. 《삼국지(三國志)》 권16에 그의 열전이 있다.

【共(공)】: 함께.

【鋤菜(서채)】: 채소에 김을 매다. 〖鋤〗: [동사] 김매다.

【片金(편금)】: 황금 조각.

【揮鋤(휘서)】: 호미를 휘두르다. 여기서는 「호미질을 하다」의 뜻. 〖揮〗: 휘두르다, 흔들다.

看。[3] 寧割席分坐曰 :「子非吾友也。」[4]

번역문

관녕(管寧)이 자리를 절단하다

관녕(管寧)과 화흠(華歆)이 함께 정원에서 김을 매다가, 땅에 황금 조각이 있는 것을 발견했다. 관녕은 계속 호미질을 하며 그것을 기와 조각이나 돌멩이와 다름없이 여겼고, 화흠은 그것을 주웠다가 다시 버렸다. 또 일찍이 (두 사람이) 동석(同席)하여 함께 공부를 하는데, 수레를 타고 문 앞을 지나가는 사람이 있었다. 관녕은 여전히 책을 읽었고, 화흠은 독서를 멈추고 밖으로 나가 구경을 했다. 관녕이 자리를 절단하여 좌석을 나누고 말했다.

「그대는 나의 친구가 아니다.」

....

【鋤】: [명사] 호미.
【與瓦石不異(여와석불이)】: 기와 조각이나 돌멩이와 다름없이 여기다.
【捉(착)】: 줍다, 잡다.
【擲去(척거)】: 내버리다.

3 又嘗同席讀書, 有乘軒過門者, 寧讀書如故, 歆廢書出看。→ 또 일찍이 (두 사람이) 동석(同席)하여 함께 공부를 하는데, 수레를 타고 문 앞을 지나가는 사람이 있었다. 관녕은 여전히 책을 읽었고, 화흠은 독서를 멈추고 밖으로 나가 구경을 했다.
【嘗(상)】: 일찍이.
【乘軒(승헌)】: 수레를 타다. 【乘】: 타다. 【軒】: 수레. ※앞의 지붕이 비교적 높고 휘장이 있는 수레로, 대부 이상의 고관이 탔다.
【如故(여고)】: 여전히, 전과 다름없이.
【廢書(폐서)】: 공부를 멈추다, 독서를 그만두다.

4 寧割席分坐曰 :「子非吾友也。」→ 관녕이 자리를 절단하여 좌석을 나누고 말했다. 「그대는 나의 친구가 아니다.」

해설

관녕(管寧)은 줄곧 요동(遼東) 지방에 은거하며 위문제(魏文帝)의 출사(出仕) 요청을 고사했고, 화흠(華歆)은 줄곧 조정에서 명성을 다투며, 조비(曹丕)가 한헌제(漢獻帝)에게 선위(禪位)하도록 압박하는 일을 도우며 위(魏)의 사도(司徒)를 지냈다. 이처럼 관녕과 화흠은 처세 태도나 도덕관념이 서로 확연히 다르다.

유유상종(類類相從)이란 말이 있듯이 친구를 사귈 때는 공동의 사상을 바탕으로 하는 것이 매우 중요하다. 그러나 관녕처럼 자리를 절단하며 절교하는 태도 역시 지나치게 배타적으로 자신을 치켜세우는 감이 없지 않다.

이 우언은 자신을 엄히 단속하고 기꺼이 남을 도울 수 있어야 비로소 도덕 수양을 갖춘 군자라고 불릴 수 있음을 지적한 것이다.

051 급불상기(急不相棄)

《世說新語·德行第一》

원문 및 주석

急不相棄[1]

華歆、王朗俱乘船避難, 有一人欲依附, 歆輒難之。[2] 朗曰:「幸尙寬, 何爲不可?」後賊追至, 王欲捨所攜人。[3] 歆曰:「本所以疑, 正爲

---

1 急不相棄 → 위급한 상황에 처해서도 버리지 않다
【相棄(상기)】: 버리다, 저버리다.

2 華歆、王朗俱乘船避難, 有一人欲依附, 歆輒難之。→ 화흠(華歆)과 왕랑(王朗)이 함께 배를 타고 피난하는데, 어떤 사람이 동승하고자 요구하여, 화흠이 즉시 그의 요구를 거절했다.
【華歆(화흠)】: [인명] 북해(北海) 주허(朱虛) [지금의 산동성 임구현(臨朐縣)] 사람으로, 자는 유안(幼安)이다. 동한(東漢) 말기에 난(亂)을 만나 요동에 은거하다가 위문제(魏文帝) 조비(曹丕)가 즉위한 후 군(郡)으로 돌아왔으나, 여러 차례 부름을 받고도 벼슬에 나가지 않았다.
【王朗(왕랑)】: [인명] 동해(東海) 담(郯)[지금의 산동성 담성현(郯城縣)] 사람으로, 자는 경흥(景興)이며, 위(魏)나라에서 사공(司空)·난릉후(蘭陵侯)를 지냈다. 《삼국지(三國志)·위서(魏書)》에 그의 전기(傳記)가 있다.
【俱(구)】: 함께.
【欲(욕)】: …하고자 하다, …하려 하다, …을 바라다.
【依附(의부)】: 빌붙다, 의지하다, 의탁하다. 여기서는 「배에 동승하길 요구하다」의 뜻.
【輒(첩)】: 곧, 바로, 즉시.
【難(난)】: 난처하게 여기다, 곤란하게 생각하다. 즉 「거절하다」의 뜻.
【之(지)】: [대명사] 그것, 즉 「어떤 사람의 요구」

3 朗曰:「幸尙寬, 何爲不可?」後賊追至, 王欲捨所攜人。→ 왕랑이 말했다:「다행히 아직은 넓어 여유가 있는데, 어째서 안 된다는 것인가?」(그를 배에 태우고 나서) 후에 도적들이 뒤쫓아 오자, (이때는 오히려) 왕랑이 데리고 온 사람을 포기하려고 했다.

此耳。旣已納其自託, 寧可以急相棄邪?」[4] 遂攜拯如初。世以此定華、王之優劣。[5]

번역문

위급한 상황에 처해서도 버리지 않다

화흠(華歆)과 왕랑(王朗)이 함께 배를 타고 피난하는데, 어떤 사람이 동승하고자 요구하여 화흠이 즉시 그의 요구를 거절했다.

....

【幸(행)】: 다행히.
【尙(아직)】: 아직.
【寬(관)】: 넓다, 여유가 있다.
【何爲(하위)】: 왜, 어찌, 어째서.
【追至(추지)】: 뒤쫓아 오다.
【捨(사)】: 버리다, 포기하다.
【所攜人(소휴인)】: (배를 태워) 데리고 온 사람.

4 歆曰:「本所以疑, 正爲此耳。旣已納其自託, 寧可以急相棄邪?」→ (이에) 화흠이 말했다: 「본래 (내가) 주저했던 까닭은, 바로 이러한 상황을 고려했기 때문이네. 기왕에 그 사람의 부탁을 받아들였는데, 어찌 상황이 위급하다고 (사람을) 버릴 수가 있는가?」
【本所以疑(본소이의)】: 본래 주저했던 까닭. 〖本〗: 본래, 원래, 당초. 〖所以〗: 이유, 까닭, 원인. 〖疑〗: 주저하다, 망설이다.
【爲此(위차)】: 이 때문에, 이런 까닭에. 즉 「이러한 상황을 고려했기 때문에」의 뜻.
【旣已(기이)】: 이미, 기왕에, 어차피.
【納(납)】: 받아들이다.
【寧(영)】: 어찌.
【可以(가이)】: …할 수 있다.
【相棄(상기)】: 버리다.

5 遂攜拯如初。世以此定華、王之優劣。→ 그리하여 처음처럼 (그를) 데려가 구제했다. 세상 사람들은 이 사건을 근거로 화음과 왕랑의 우열(優劣)을 판정했다.
【遂(수)】: 이에, 그리하여.
【攜拯(휴증)】: 데려가 구제하다.
【如初(여초)】: 처음처럼, 처음에 하던 대로.
【以(이)】: …을 근거로.
【定(정)】: 판정하다.

왕랑이 말했다.

「다행히 아직은 넓어 여유가 있는데, 어째서 안 된다는 것인가?」

(그를 배에 태우고 나서) 후에 도적들이 뒤쫓아 오자, (이때는 오히려) 왕랑이 데리고 온 사람을 포기하려고 했다.

(이에) 화흠이 말했다.

「본래 (내가) 주저했던 까닭은 바로 이러한 상황을 고려했기 때문이네. 기왕에 그 사람의 부탁을 받아들였는데, 어찌 상황이 위급하다고 (사람을) 버릴 수가 있는가?」

그리하여 처음처럼 (그를) 데려가 구제했다. 세상 사람들은 이 사건을 근거로 화음과 왕량의 우열(優劣)을 판정했다.

해설

화흠(華歆)과 왕랑(王朗)이 함께 배를 타고 피난하면서 어떤 사람이 동승하길 요구했을 때, 화흠은 거절했으나 왕랑은 그의 요구를 받아들여 동승하기로 했다. 그러나 얼마 후 도적들이 추격해 오자 이때는 왕랑이 오히려 그의 동승을 거절했다. 이에 화음이 왕랑의 부당함을 지적하고 그를 태워 구제해 주었고, 사람들은 이를 근거로 화흠과 왕랑 두 사람의 인품을 평가했다.

이 우언은 「말은 신용이 있어야 하고, 행동은 과감해야 하며, 이미 약속한 일은 반드시 성의를 다해야 한다.(言必信, 行必果, 已諾必誠。)」라는 도리를 설명한 것이다.

052 지공호학(支公好鶴)

《世說新語 · 言語第二》

원문 및 주석

支公好鶴[1]

支公好鶴, 住剡東岇山, 有人遺其雙鶴; 少時, 翅長欲飛, 支意惜之, 乃鎩其翮。[2] 鶴軒翥不能復起, 乃舒翼反頭, 視之, 如有懊喪

1 支公好鶴 → 지공(支公)이 학(鶴)을 좋아하다
【支公(지공)】: 진(晉)나라 때의 승려로 성은 관(關), 이름은 둔(遁), 자는 도림(道林)이며, 세상에서는 지공(支公) 또는 임공(林公)이라 불렀다.
【好(호)】: [동사] 좋아하다.

2 支公好鶴, 住剡東山岇山, 有人遺其雙鶴; 少時, 翅長欲飛, 支意惜之, 乃鎩其翮。 → 지공(支公)이 학을 좋아하여, 섬현(剡縣)의 동쪽 앙산(岇山)에 살았는데, 어떤 사람이 그에게 한 쌍의 (어린) 학을 선물했다. 얼마 지나지 않아, 날개가 자라자 날아가려고 했다. 지공은 마음속으로 그것을 아까워하여, 곧 학의 날개깃을 잘라 버렸다.
【剡(섬)】: [현(縣) 이름] 지금의 절강성 경내.
【岇山(앙산)】: [산 이름] 지금의 절강성 승현(嵊縣) 동쪽에 있다.
【遺(유)】: 보내주다, 선물하다.
【少時(소시)】: 얼마 있다가, 오래지 않아.
【翅(시)】: 날개.
【長(장)】: 자라다, 성장하다.
【欲(욕)】: …하고자 하다, …하려고 하다.
【意惜(의석)】: 마음속으로 아깝게 여기다.
【乃(내)】: 곧.
【鎩(쇄)】: 훼손하다, 손상하다. 즉 「자르다」의 뜻.
【翮(핵)】: 깃촉. 여기서는 「날개깃」을 가리킨다.

意。[3] 林曰:「旣有陵霄之姿, 何肯爲人作耳目近玩?」 養令翮成, 置使飛去。[4]

번역문

지공(支公)이 학(鶴)을 좋아하다

지공(支公)이 학(鶴)을 좋아하여 섬현(剡縣)의 동쪽 앙산(峁山)에 살았는데, 어떤 사람이 그에게 한 쌍의 (어린) 학을 선물했다. 오래지 않아 날개가 자라자 날아가려고 했다. 지공은 마음속으로 그것을 아까워하여 곧 학

3 鶴軒翥不能復起, 乃舒翼反頭, 視之, 如有懊喪意。→ 학은 날갯짓을 하며 날아보려고 했으나 다시 날아오를 수가 없었다. 그리하여 날개를 펴고 머리를 돌려, 자기의 잘린 날개를 보며, 마치 실의에 빠져 풀이 죽은 듯했다.
【軒翥(헌저)】: (날갯짓하며) 날아오르려고 하는 모양.
【乃(내)】: 이에, 그리하여.
【舒翼(서익)】: 날개를 펴다.
【反頭(반두)】: 머리를 돌리다.
【視之(시지)】: 잘린 날개를 보다. 〖之〗: [대명사] 그것, 즉 「자기의 잘린 날개」.
【如(여)】: 마치 …듯하다.
【懊喪(오상)】: 실의에 빠져 풀이 죽다.

4 林曰:「旣有陵霄之姿, 何肯爲人作耳目近玩?」 養令翮成, 置使飛去。→ 지공이 말했다:「하늘 위로 오를 자질이 있는데, 어찌 사람들을 위해 관상용으로 삼으려 하는가?」 그리고는 (다시) 학을 잘 길러 날개를 다 자라게 한 다음, 놓아 주어 날아가도록 했다.
【林(림)】: 道林(도림), 지공(支公)의 자.
【旣(기)】: 이미, 기왕.
【陵霄(능소)】: 하늘 위로 오르다.
【姿(자)】: 자질, 바탕.
【何肯(하긍)】: 어찌 …하려 하겠는가?
【耳目近玩(이목근완)】: 귀와 눈에 가까이 두고 즐기는 물건. 즉 「관상용」.
【養令翮成(양령핵성)】: 잘 길러 날개를 다 자라게 하다. 〖令〗: …하게 하다. 〖成〗: 이루다, 완성하다. 즉 「다 자라다」의 뜻.
【置(치)】: 놓아주다.
【使(사)】: …하게 하다, …하도록 하다.

의 날개깃을 잘라 버렸다. 학은 날갯짓을 하며 날아보려고 했으나 다시 날아오를 수가 없었다. 그리하여 날개를 펴고 머리를 돌려 자기의 잘린 날개를 보며, 마치 실의에 빠져 풀이 죽은 듯했다.

지공이 말했다.

「하늘 위로 오를 자질이 있는데, 어찌 사람들을 위해 관상용으로 삼으려 하는가?」

그리고는 (다시) 학을 잘 길러 날개를 다 자라게 한 다음 놓아 주어 날아가도록 했다.

해설

학(鶴)을 좋아한다 하여 날개깃을 잘라 관상용 노리개로 만드는 것은 진정으로 학을 사랑하는 것이 아니다. 진정으로 사랑하는 마음은 학을 대자연으로 돌려보내 학으로 하여금 마음껏 날개를 펴고 높이 나는 모습을 펼쳐보이도록 하는 것이다.

이러한 현상은 우리의 사회생활에서도 흔히 있는 일이다. 권력을 지닌 통치자들이 말로는 인재를 존중하는 척하지만, 그들은 인재들을 오로지 자기의 이익을 위해 이용함으로써 인재들의 탁월한 능력을 공익을 위해 발휘할 수 없도록 한다.

이 우언은 지공(支公)이 잘못을 깨닫고 학을 잘 길러 날려 보낸 고사를 통해, 통치자들이 자기의 사리사욕을 버리고 인재로 하여금 공익을 위해 능력을 발휘할 수 있도록 해야 한다는 도리를 설명한 것이다.

053 위개문몽(衛玠問夢)

《世說新語 · 文學第四》

원문 및 주석

衛玠問夢[1]

衛玠總角時, 問樂令夢, 樂云是想。[2] 衛曰 :「形神所不接而夢, 豈是想邪?」[3] 樂云 :「因也。未嘗夢乘車入鼠穴, 擣韲噉鐵杵, 皆無想無因故也。」[4] 衛思因經月不得, 遂成病。樂聞, 故命駕爲剖析之, 衛

1 衛玠問夢 → 위개(衛玠)가 꿈에 대해 묻다
【衛玠(위개)】: [인명] 자는 숙보(叔寶).

2 衛玠總角時, 問樂令夢, 樂云是想。→ 위개(衛玠)가 소년 시절, 악광(樂廣)에게 꿈을 꾸는 원인에 대해 묻자, 악광이 말하길 생각으로 말미암은 것이라 했다.
【總角(총각)】: 성년이 되기 이전의 사내아이가 머리를 땋아 묶는 일. 즉 「소년 시절」을 말한다. ※ 예전에 유교(儒敎)에서는 남자가 스무 살이 되면 어른이 된다는 의미로 상투를 틀고 갓을 쓰게 하는 의례를 행했는데, 총각은 성년이 되기 이전을 가리킨다.
【樂令(악령)】: [인명] 악광(樂廣). 진(晉) 육양(淯陽) 사람으로, 자는 언보(彥輔)이다. 원대한 식견이 있고 담론에 능했으며, 태자사인(太子舍人)과 상서령(尙書令)을 지냈다. 《진서(晉書)》에 그의 열전이 있다.

3 衛曰 :「形神所不接而夢, 豈是想邪?」→ 위개가 물었다 :「육체와 정신이 서로 떨어져야 꿈을 꾸는데, 어찌 생각으로 말미암은 것이겠습니까?」
【形神所不接(형신소부접)】: 몸과 정신이 서로 접하지 않다, 정신과 육체가 서로 떨어지다.
〖形神〗: 육체와 정신. 〖接〗: 접하다, 닿다, 붙다.
【豈(기)】: 어찌.

4 樂云 :「因也。未嘗夢乘車入鼠穴, 擣韲噉鐵杵, 皆無想無因故也。」→ 악광이 말했다 :「원인이 있다. 사람이 수레를 타고 쥐구멍에 들어가고, 채친 나물을 빻고 쇠 절굿공이를 먹는 꿈

病卽小差。[5]

번역문

위개(衛玠)가 꿈에 대해 묻다

위개(衛玠)가 소년 시절 악광(樂廣)에게 꿈을 꾸는 원인에 대해 묻자, 악광이 말하길 생각으로 말미암은 것이라 했다.

위개가 물었다.

「육체와 정신이 서로 떨어져야 꿈을 꾸는데, 어찌 생각으로 말미암은

....

을 꾼 적이 없는 것은, 모두 (낮에) 생각한 바가 없어 (밤에 꿈을 꾸는) 원인이 없기 때문이다.」

【因也(인야)】: 원인이 있다. 즉, 낮에 생각한 바가 있어야 밤에 꿈을 꾼다는 뜻.

【未嘗(미상)】: …한 적이 없다.

【擣(도)】: 찧다, 빻다.

【齏(제)】: 채친 나물.

【噉(담)】: 啖(담), 먹다.

【鐵杵(철저)】: 쇠 절굿공이.

【皆(개)…故(고)】: 모두 …때문이다.

【無想無因(무상무인)】: (낮에) 생각한 바가 없어 (밤에 꿈을 꾸는) 원인이 없다.

5 衛思因經月不得, 遂成病。樂聞, 故命駕爲剖析之, 衛病卽小差。→ 위개는 까닭을 생각하다가 한 달이 지나도 해답을 얻지 못해, 마침내 병이 들고 말았다. 악광(樂廣)이 이 말을 듣고, 특별히 수레를 타고 가서 그에게 그 이치를 명확히 해석해 주자, 위개의 병이 바로 호전되었다.

【因(인)】: …로 인해.

【經月不得(경월부득)】: 한 달이 지나도록 해답을 얻지 못하다. 〖經〗: 지나다, 경과하다. 〖不得〗: 얻지 못하다. 여기서는 「해답을 얻지 못하다」의 뜻.

【遂(수)】: 마침내.

【樂(악)】: 악광(樂廣).

【故(고)】: 특별히.

【命駕(명가)】: 수레를 타고 가다.

【剖析(부석)】: 명확히 해석하다.

【小差(소차)】: 차도가 있다, 호전되다.

것이겠습니까?」

악광이 말했다.

「원인이 있다. 사람이 수레를 타고 쥐구멍에 들어가고, 채친 나물을 빻고 쇠 절굿공이를 먹는 꿈을 꾼 적이 없는 것은, 모두 (낮에) 생각한 바가 없어 (밤에 꿈을 꾸는) 원인이 없기 때문이다.」

위개는 까닭을 생각하다가 한 달이 지나도 해답을 얻지 못해 마침내 병이 들고 말았다. 악광(樂廣)이 이 말을 듣고 특별히 수레를 타고 가서 그에게 그 이치를 명확히 해석해 주자 위개의 병이 바로 호전되었다.

해설

프로이트(Freud)의 정신 분석학에 의하면, 꿈이란 원망(願望)의 충족을 바라는 잠재의식이 상징화 · 시각화(視覺化)하고 변장(變裝) · 왜곡되어 의식화된 것이라 했다.

위개(衛玠)는 당시 유행하던 현학(玄學)과 불교 사상의 영향을 받아 「육체와 정신이 서로 떨어져 있어야 꿈을 꾼다」라고 하자, 악광(樂廣)이 그를 계도(啓導)하길 「낮에 생각한 바가 있어야 밤에 꿈을 꾸게 된다」라 하며 꿈은 육체를 떠날 수 없다고 했다.

이 우언은 악광이 위개를 계도한 것을 통해, 당시 유행하던 현학과 불교의 왜곡된 관점을 배척하고 유물주의(唯物主義) 관점의 우월성을 강조한 것이다.

054 칠보작시(七步作詩)

《世說新語 · 文學第四》

원문 및 주석

七步作詩[1]

文帝嘗令東阿王七步作詩, 不成者行大法。[2] 應聲便爲詩曰 :「煮豆持作羹, 漉菽以爲汁; 其在釜下燃, 豆在釜中泣。本自同根生, 相

1 七步作詩 → 일곱 걸음을 걷는 동안 시를 짓다

2 文帝嘗令東阿王七步作詩, 不成者行大法。→ 위문제(魏文帝) 조비(曹丕)가 일찍이 (동생인) 동아왕(東阿王) 조식(曹植)에게 일곱 걸음을 걷는 동안 시를 짓도록 명하고, 만일 완성하지 못할 경우 사형을 집행하려 했다.

【文帝(문제)】: 삼국시대 위문제(魏文帝) 조비(曹丕). 자는 자환(子桓). 조조(曹操)의 장남으로 동한(東漢)의 헌제(獻帝)를 폐하고 낙양(洛陽)에 도읍하여 국호를 위(魏)라 했다.

【嘗(상)】: 일찍이.

【令(령)】: …로 하여금 …하게 하다, …에게 …하도록 명하다.

【東阿王(동아왕)】: 조식(曹植). 조조(曹操)의 셋째 아들이자 조비(曹丕)의 친동생으로, 자는 자건(子建)이다. 일찍이 진왕(陳王)에 봉해지고, 죽은 뒤에 시호를 사(思)라 하여 세간에서는 진사왕(陳思王)이라 불렀다. 《위지(魏志)》의 기록에 의하면, 조식은 어려서부터 문재(文才)가 매우 뛰어났고, 성품이 소박하여 위세를 부리지 않고 거마복식(車馬服飾) 또한 화려함을 추구하지 않았다. 그리하여 조조가 그를 매우 총애하며 몇 번을 태자로 책봉하려 했다. 조비는 이를 못마땅하게 여겨 항상 조식을 시기하고 해하려 했다. 조비는 즉위한 후 조식을 견성후(鄄城侯)로 봉하고 다시 옹구(雍丘)로 옮겼다가 얼마 후 또다시 동아왕(東阿王)으로 봉했다.

【不成者(불성자)】: 완성하지 못할 경우, 짓지 못하면.

【行大法(행대법)】: 사형을 집행하다, 사형에 처하다. 〖大法〗: 사형.

煎何太急!」[3] 帝深有慙色。[4]

번역문

일곱 걸음을 걷는 동안 시를 짓다

위문제(魏文帝) 조비(曹丕)가 일찍이 (동생인) 동아왕(東阿王) 조식(曹植)에게 일곱 걸음을 걷는 동안 시를 짓도록 명하고, 만일 완성하지 못할 경우 사형을 집행하려 했다. (조식은) 말이 떨어지자마자 즉시 시를 지어 읊었다.

「콩을 삶아 콩국을 만들고, 콩비지를 걸러 즙을 내는데, 콩깍지가 가마

3 應聲便爲詩曰:「煮豆持作羹, 漉菽以爲汁; 萁在釜下燃, 豆在釜中泣。本自同根生, 相煎何太急!」→ (조식은) 말이 떨어지자마자 즉시 시를 지어 읊었다:「콩을 삶아 콩국을 만들고, 콩비지를 걸러 즙을 내는데, 콩깍지가 가마솥 밑에서 타면, 콩은 가마솥 안에서 눈물을 흘린다. 본래 같은 뿌리에서 태어났는데, 졸이기를 어찌 그리 급히 서두르는가?」

【應聲(응성)】: 말이 나오자마자 바로, 말이 떨어지자마자 즉시.
【便(편)】: 곧, 즉시.
【爲詩(위시)】: 시를 읊다, 시를 짓다.
【煮(자)】: 삶다.
【持(지)】: 以(이), 이를 가지고.
【羹(갱)】: 국, 탕.
【漉(록)】: 걸러내다, 여과하다.
【菽(숙)】: 콩비지.
【爲汁(위즙)…】: 즙을 내다, 즙을 만들다.
【萁(기)】: 콩깍지.
【釜(부)】: 가마솥.
【燃(연)】: (불을) 때다.
【自(자)】: …에서, …로부터. ※판본에 따라서는「自」를「是(시)」라 했다.
【煎(전)】: 달이다, 졸이다.
【何(하)】: 어찌.
【太急(태급)】: 매우 급히 서둘다.

4 帝深有慙色。→ 문제는 매우 부끄러운 기색을 보였다.

【深(심)】: 매우, 심히.
【慙色(참색)】: 부끄러운 기색.

솥 밑에서 타면, 콩은 가마솥 안에서 눈물을 흘린다. 본래 같은 뿌리에서 태어났는데, 졸이기를 어찌 그리 급히 서두르는가?」

문제는 매우 부끄러운 기색을 보였다.

해설

조조(曹操)가 평소 문학의 재능이 뛰어난 셋째 아들 조식(曹植)을 총애하여 세자에 책봉하려 했던 것에 원한을 품고 있던 장자 조비(曹丕)는, 자신이 왕위를 계승하자 앙갚음을 하기 위해 조식을 불러 일곱 걸음 이내에 시를 짓도록 명하고, 만일 지어내지 못할 경우 사형에 청하려고 마음먹었다. 조식은 조비의 말이 끝나자마자 걸음을 옮기면서, 자신과 조비를 한 뿌리에서 태어난 콩과 콩깍지에 비유하여 자신을 들볶는 조비에 대해 원망하는 시를 완성했다.

이 우언은 콩깍지를 때서 콩을 삶는 상황을 형제간의 박해와 갈등에 비유하여 조비의 비정함을 폭로한 것이다.

055 도방고리(道旁苦李)

《世說新語 · 雅量第六》

원문 및 주석

道旁苦李[1]

王戎七歲, 嘗與諸小兒遊, 看道邊李樹多子折枝。諸兒競走取之, 唯戎不動。[2] 人問之, 答曰 :「樹在道邊而多子, 此必苦李。」取之, 信然。[3]

1 道旁苦李 → 길가에 있는 쓴맛의 자두
【旁(방)】 : 가, 옆.
【苦(고)】 : (맛이) 쓰다.
【李(리)】 : [열매] 자두.

2 王戎七歲, 嘗與諸小兒遊, 看道邊李樹多子折枝。諸兒競走取之, 唯戎不動。→ 왕융(王戎)이 일곱 살 때, 일찍이 여러 아이들과 놀다가, 길가의 자두나무에 열매가 많이 달리고 가지가 꺾여 있는 것을 보았다. 여러 아이들이 다투어 달려가 그것을 따는데, 오직 왕융만은 꼼짝도 하지 않았다.
【王戎(왕융)】 : [인명] 서진(西晉) 시대의 문인으로 자는 준중(濬仲)이며, 죽림칠현(竹林七賢)의 한 사람이다.
【嘗(상)】 : 일찍이.
【遊(유)】 : 놀다.
【多子(다자)】 : 열매가 많이 달리다.
【折枝(절지)】 : [피동용법] 가지가 꺾이다.
【競走(경주)】 : 다투어 달려가다.
【取之(취지)】 : 그 열매를 따다. 【之】 : [대명사] 그것, 즉 「자두 열매」.
【唯(유)】 : 오직.

3 人問之, 答曰 :「樹在道邊而多子, 此必苦李。」取之, 信然。→ 주변 사람이 그 까닭을 묻자, 왕

번역문

길가에 있는 쓴맛의 자두

왕융(王戎)이 일곱 살 때 일찍이 여러 아이들과 놀다가 길가의 자두나무에 열매가 많이 달리고 가지가 꺾여 있는 것을 보았다. 여러 아이들이 다투어 달려가 그것을 따는데, 오직 왕융만은 꼼짝도 하지 않았다. 주변 사람이 그 까닭을 묻자 왕융이 대답했다.

「나무가 길가에 있고 열매가 많다면, 이는 틀림없이 맛이 쓴 자두입니다.」

그것을 따서 맛을 보니 정말 그러했다.

해설

사람들이 다니는 길가의 과일나무에 먹을 수 있는 과일이 많이 달려 있다면 사람들이 그것을 그대로 놓아둘 리가 없다. 왕융(王戎)은 일곱 살의 어린 나이로 같은 또래 아이들에 비해 똑똑하여 이러한 이치를 알았다고 하지만, 성인이라면 당연히 알 수 있는 일이다. 그러나 우리의 일상생활에서 보면 성인이라 해도 작은 잇속을 차리려다가 속임을 당하는 경우가 매우 많다.

이 우언은 머리를 조금만 굴려도 당하지 않을 일을 사려 없이 행동하다가 속아 넘어가는 어리석은 행동을 경계한 것이다.

....

융이 대답했다 :「나무가 길가에 있고 열매가 많다면, 이는 틀림없이 맛이 쓴 자두입니다.」 그것을 따서 맛을 보니, 정말 그러했다.

【信然(신연)】: 과연 그렇다, 정말 그렇다. 〖信〗: 정말, 실로, 확실히.

056 상두착도인(牀頭捉刀人)

《世說新語 · 容止第一四》

원문 및 주석

牀頭捉刀人[1]

魏武將見匈奴使, 自以形陋不足雄遠國, 使崔季珪代, 帝自捉刀立牀頭。[2] 既畢, 令間諜問曰:「魏王何如?」[3] 匈奴使答曰:「魏王雅

1 牀頭捉刀人 → 평상(平床) 옆에 칼을 잡고 서있는 사람

【牀頭(상두)】: 평상(平床) 옆. 【牀】: 床(상), 평상.

【捉(착)】: 잡다.

2 魏武將見匈奴使, 自以形陋不足雄遠國, 使崔季珪代, 帝自捉刀立牀頭。→ 위무제(魏武帝) 조조(曹操)가 흉노의 사절을 접견하려는데, 스스로 용모가 추해 멀리 있는 나라에게 위엄을 보이기에 부족하다고 여겨, 최계규(崔季珪)로 하여금 대신토록 하고, 무제 자신은 칼을 잡고 평상(平牀) 옆에 서있었다.

【魏武(위무)】: 위무제(魏武帝) 조조(曹操). 자는 맹덕(孟德)이며 패국(沛國) 초현(譙縣)[지금의 안휘성 호주시(亳州市)] 사람이다. 후한 말 황건적(黃巾賊)의 난을 평정하여 공을 세우고, 동탁(董卓)을 제거하여 실권을 장악한 후 승상(丞相)이 되어 위왕(魏王)으로 봉해졌다. 후에 유비(劉備)의 촉(蜀) · 손권(孫權)의 오(吳)와 더불어 삼국의 국면을 형성하다가, 아들인 조비(曹丕)가 삼국을 통일하여 위나라 황제에 오른 뒤 무황제(武皇帝)로 추존되었다. 위무제는 무황제의 별칭이다.

【將(장)】: (장차) …하려 하다.

【匈奴(흉노)】: 북방 오랑캐의 하나. 진한(秦漢) 시대에 가장 극성하여 지금의 몽고 일대를 근거지로 삼았는데, 후에 남북으로 갈려 북흉노는 한(漢) 두헌(竇憲)에게 패하여 멀리 서쪽 지역으로 달아났고, 남흉노는 한(漢)나라에 귀순하여 지금의 산서성 북부 지역에 섞여 살았으며, 위(魏)나라 때 다섯 부족으로 갈라졌다.

【使(사)】: 사신, 사절.

望非常，然牀頭捉刀人，此乃英雄也!」魏武聞之，追殺此使。[4]

번역문

평상(平床) 옆에 칼을 잡고 서있는 사람

위무제(魏武帝) 조조(曹操)가 흉노의 사절을 접견하려는데, 스스로 용모가 추해 멀리 있는 나라에게 위엄을 보이기에 부족하다고 여겨, 최계규(崔季珪)로 하여금 대신토록 하고 무제 자신은 칼을 잡고 평상 옆에 서있었다. 접견을 마치고 나서, (조조가) 첩자를 시켜 (흉노의) 사절에게 「위왕은 어

【自以(자이)】: 스스로 …이라 여기다. 〖以〗: 以爲(이위), …라고 생각하다, …라고 여기다.
【形陋(형루)】: 용모가 추하다, 외모가 못생기다.
【雄(웅)】: 위엄을 드러내 보이다.
【遠國(원국)】: 멀리 있는 나라. 여기서는 「흉노족이 세운 나라」를 가리킨다.
【使(사)】: …로 하여금 …하게 하다, …에게 …하도록 시키다.
【崔季珪(최계규)】: [인명] 최염(崔琰). 자는 계규(季珪)이며, 청하(淸河) 동무성(東武城)[지금의 산동성 무성현(武城縣)] 사람이다. 조조(曹操)를 섬기면서 상서(尙書)·중위(中尉) 등의 벼슬을 지냈으나, 후에 조조에게 살해되었다.
【牀頭(상두)】: 평상(平牀) 옆.

3 旣畢，令間諜問曰:「魏王何如?」→ 접견을 마치고 나서, (조조가) 첩자를 시켜 (흉노의) 사절에게 「위왕은 어떤가?」라고 물어보도록 했다.
【旣畢(기필)】: (접견을) 끝내고 나서, 마친 후에.
【令(령)】: …로 하여금 …하도록 하다, …을 시켜 …하도록 하다.
【間諜(간첩)】: 첩자. 적의 상황을 정탐하는 사람.
【何如(여하)】: 어떤가?

4 匈奴使答曰:「魏王雅望非常，然牀頭捉刀人，此乃英雄也!」魏武聞之，追殺此使。→ 흉노의 사절이 대답했다:「위왕은 매우 훌륭한 인망을 지녔지만, 그러나 평상 옆에서 칼을 잡고 서 있는 사람이, 바로 진정한 영웅이오.」 위무제는 이 말을 듣고, 흉노 사절을 쫓아가 살해했다.
【雅望非常(아망비상)】: 인망이 매우 훌륭하다. 〖雅望〗: 훌륭한 인망(人望). 〖非常〗: 보통이 아니다, 즉 「매우 훌륭하다」의 뜻.
【然(연)】: 그러나.
【乃(내)】: 바로 …이다.
【追殺(추살)】: 쫓아가 살해하다.

떤가?」라고 물어보도록 했다.

흉노의 사절이 대답했다.

「위왕은 매우 훌륭한 인망을 지녔지만, 그러나 평상 옆에서 칼을 잡고 서있는 사람이 바로 진정한 영웅이오.」

위무제는 이 말을 듣고 흉노 사절을 쫓아가 살해했다.

해설

조조(曹操)는 흉노의 사신을 접견하면서 위(魏)나라 군주의 위엄 있는 모습을 보여주기 위해 자신보다 용모가 낫다고 여기는 최계규(崔季珪)를 군주로 내세우고 자기는 시위(侍衛) 역할을 했으나 결국 흉노 사신에 의해 간파되었다.

이 우언은 사람을 식별할 줄 아는 흉노(匈奴) 사신의 탁월한 혜안(慧眼)을 빌려 조조의 비범한 영웅 형상을 부각시킨 것이다. 그러나 중국 속담에 「사람은 겉모습만으로 판단할 수 없고, 바닷물은 말로 될 수 없다.(人不可貌相, 海不可斗量。)」라는 말이 있듯이, 외모와 기질만으로 사람을 판단하는 것은 근거가 매우 부족하고, 마땅히 일관된 행동거지를 통해 내재된 실질을 통찰해야 비로소 과학적인 방법이라고 말할 수 있다.

057 효악출유(效岳出遊)

《世說新語 · 容止》

원문 및 주석

效岳出遊[1]

潘岳妙有姿容, 好神情。[2] 少時, 挾彈出洛陽道, 婦人遇者, 莫不連手共縈之。[3] 左太沖絶醜, 亦復效岳遊遨, 於是群嫗齊共亂唾之, 委

1 效岳出遊 → 반악(潘岳)을 흉내 내어 놀러 나가다
【效(효)】: 흉내 내다, 모방하다, 본뜨다.
【岳(악)】: [인명] 반악(潘岳). 주 **2** 【潘岳】 참조.
【出遊(출유)】: 놀러 나가다.

2 潘岳妙有姿容, 好神情。→ 반악(潘岳)은 준수한 용모와 좋은 인상을 지니고 있었다.
【潘岳(반악)】: [인명] 진(晋) 중모(中牟) 사람으로, 자는 안인(安仁)이다. 용모가 준수하고 글재주가 뛰어났다.
【妙有姿容(묘유자용)】: 용모가 준수하다. 〖妙〗: 아름답다. 〖姿容〗: 자태, 용모.
【神情(신정)】: 안색, 얼굴 표정, 인상.

3 少時, 挾彈出洛陽道, 婦人遇者, 莫不連手共縈之。→ (그가) 젊었을 때, 탄궁을 들고 낙양(洛陽)의 길거리에 나갔는데, 여인들이 그를 만나자, 서로 손에 손을 잡고 함께 반악을 빙 둘러쌌다.
【少時(소시)】: 젊었을 때.
【挾(협)】: 끼다. 여기서는 「들다, 잡다, 가지다」의 뜻.
【彈(탄)】: 탄궁(彈弓).
【洛陽(낙양)】: [지명] 지금의 하남성 낙양시.
【莫不(막불)】: …하지 않음이 없다, 모두 …하다.
【連手(연수)】: 손을 연결하다, 즉 「손에 손을 잡다」의 뜻.
【共(공)】: 함께.

頓而返。[4]

번역문

반악(潘岳)을 흉내 내어 놀러 나가다

반악(潘岳)은 준수한 용모와 좋은 인상을 지니고 있었다. (그가) 젊었을 때 탄궁을 들고 낙양(洛陽)의 길거리에 나갔는데, 여인들이 그를 만나자 서로 손에 손을 잡고 함께 반악을 빙 둘러쌓다. 좌사(左思)는 매우 못생겼는데, 그 역시 반악을 흉내 내어 놀러 나갔다. 그리하여 늙은 여자들이 모두 함께 그를 향해 마구 침을 뱉어, 그만 기진맥진하여 집으로 돌아왔다.

해설

반악(潘岳)은 이름난 미남자로 행동거지가 고아하고 마음씨가 소탈한데다 문재(文才)가 뛰어나 시문(詩文)을 잘 지었다. 그리하여 뭇 여인네들로부

【縈(영)】: 둘러싸다.
【之(지)】: [대명사] 그, 즉 「반악」.

4 左太沖絕醜, 亦復效岳遊遨, 於是群嫗齊共亂唾之, 委頓而返。→ 좌사(左思)는 매우 못생겼는데, 그 역시 반악을 흉내 내어 놀러 나갔다. 그리하여 늙은 여자들이 모두 함께 그를 향해 마구 침을 뱉어, 그만 기진맥진하여 집으로 돌아왔다.
【左太沖(좌태충)】: 좌사(左思). 자는 태충(太沖).
【絕醜(절추)】: 매우 못생기다. 【絕】: 극히, 매우, 몹시. 【醜】: 추하다, 못생기다.
【亦復(역부)】: [복합허사] 역시, 또한.
【遊遨(유오)】: 놀러 나가다.
【於是(어시)】: 이에, 그리하여.
【嫗(구)】: 노파, 늙은 여자.
【齊共(제공)】: 모두 함께.
【亂唾(난타)】: 마구 침을 뱉다.
【委頓(위돈)】: 지치다, 피곤하다, 기진맥진하다.
【返(반)】: 돌아오다.

터 매우 인기가 높았다. 반면에 좌사(左思)는 비록 외모가 못생겼지만《삼도부(三都賦)》를 지어 낙양(洛陽)의 종이 값을 올려놓았을 정도로 당시의 유명한 작가였다. 때문에 자신이 유명한 작가라는 자긍심을 가지고 반악의 흉내를 내보려 했으나 오히려 모진 수모를 당하고 말았다.

사람들은 흔히 외재적인 미추(美醜)를 가지고 자기가 좋아하고 싫어하는 것을 결정하여 내재적인 면과 능력을 소홀히 취급하는 경우가 많다. 이는 사람의 진가(眞價)를 평가하는 올바른 기준이 아니다.

이 우언은 사람을 평가하는 데 있어서 단순히 외재적인 면을 중시하여 내재적인 면이 매몰되는 왜곡된 현상을 풍자한 것이다.

058 주처입지(周處立志)

《世說新語 · 自新第一五》

원문 및 주석

周處立志[1]

周處年少時, 兇彊俠氣, 爲鄕里所患。[2] 又義興水中有蛟, 山中有邅跡虎, 並皆暴犯百姓, 義興人謂爲三橫, 而處尤劇。[3] 或說處殺虎

---

1 周處立志 → 주처(周處)가 뜻을 세우다
【周處(주처)】: [인명] 의흥(義興) 양선(陽羨)[지금의 강소성 의흥현(義興縣) 남쪽] 사람으로, 자는 자은(子隱)이며, 삼국시대 오(吳)나라의 명장 주방(周魴)의 아들이다. 진(晉)에 들어와 어사중승(御史中丞)을 지냈으나 진혜제(晉惠帝) 원강(元康) 원년(296)에 저족(氐族)의 반란을 평정하러 나섰다가 전사하였다. 《진서(晉書)》에 그의 열전이 있다.
【立志(입지)】: 뜻을 세우다.

2 周處年少時, 兇彊俠氣, 爲鄕里所患。→ 주처(周處)는 젊었을 때, 흉폭하고 협사의 기질이 있어, 향리 사람들에게 재앙으로 여겨졌다.
【兇彊俠氣(흉강협기)】: 흉폭하고 협사의 기질이 있다.
【爲(위)…所(소)…】: [피동용법] …에 의해 …가 되다, …에게 …로 여겨지다.
【患(환)】: 우환, 재앙, 화근.

3 又義興水中有蛟, 山中有邅跡虎, 並皆暴犯百姓, 義興人謂爲三橫, 而處尤劇。→ 또 의흥(義興)의 강에는 교룡이 있고, 산에는 종적이 일정하지 않아 포착하기 어려운 호랑이가 있어, 모두 함께 백성들에게 해를 끼쳤다. 의흥 사람들은 이를 일러 삼재(三災)라 했는데, 그중에서도 주처가 특히 심했다.
【義興(의흥)】: 군(郡) 이름. 지금의 강소성 의흥현(義興縣).
【蛟(교)】: 교룡. 여기서는 「악어 또는 이무기」를 가리킨다.
【邅跡虎(전적호)】: 종적이 일정하지 않아 포착하기 어려운 호랑이. 【邅】: 방향을 바꾸다, 배회하다.

斬蛟, 實冀三橫唯餘其一。[4] 而處旣刺殺虎, 又入水擊蛟。蛟或浮或沒, 行數十里, 處與之俱。[5] 經三日三夜, 鄕里皆謂已死, 更相慶。[6] 處竟殺蛟而出, 聞里人相慶, 始知爲人情所患, 有自改意。[7] 乃入吳尋

【並皆(병개)】: 함께 모두.
【暴犯(폭범)】: 침해하다.
【謂爲(위위)…】: …라고 말하다, …라 하다.
【三橫(삼횡)】: 삼재(三災), 세 가지 재해.
【尤(우)】: 특히, 더욱더.
【劇(극)】: 심하다.

4 或說處殺虎斬蛟, 實冀三橫唯餘其一。→ (그리하여) 어떤 사람이 주처에게 호랑이와 교룡을 죽이라고 권했는데, 실은 삼재 중에 오직 하나만 남기를 바란 것이었다.
【或(혹)】: 어떤 사람.
【說(세)】: 설득하다, 권하다.
【殺虎斬蛟(살호참교)】: 호랑이를 죽이고 교룡을 베다, 호랑이와 교룡을 죽이다.
【冀(기)】: 바라다, 희망하다.

5 而處旣刺殺虎, 又入水擊蛟。蛟或浮或沒, 行數十里, 處與之俱。→ 주처는 (산으로 올라가) 호랑이를 찔러 죽이고 나서, 또 강물 속으로 들어가 교룡을 공격했다. 교룡은 떠올랐다 가라앉았다 하며, 몇 십리를 헤엄쳐 갔고, 주처는 교룡과 함께 있었다.
【旣(기)…又(우)…】: …하고 나서 또 …도 하다.
【刺殺(자살)】: 찔러 죽이다.
【或浮或沒(혹부혹몰)】: 떠올랐다 가라앉았다 하다.
【沒(몰)】: 침몰하다, 가라앉다.
【俱(구)】: 함께하다.

6 經三日三夜, 鄕里皆謂已死, 更相慶。→ 삼 일 밤낮이 지나자, 향리 사람들은 모두 (주처가) 이미 죽었다고 여겨, 거듭 서로 축하하며 환호했다.
【經(경)】: 지나다, 경과하다.
【謂(위)】: …라고 여기다, …라고 생각하다.
【更相慶(경상경)】: 거듭 서로 축하하다. 〖更〗: 거듭, 다시, 재차, 되풀이하여.

7 處竟殺蛟而出, 聞里人相慶, 始知爲人情所患, 有自改意。→ 주처는 마침내 교룡을 죽이고 물 위로 나왔다. (이때 주처는) 향리 사람들이 (주처가 죽었다고 여겨) 서로 축하하는 말을 듣고, 비로소 자신이 향리 사람들에게 재앙으로 간주되었다는 것을 알았다. (주처는) 스스로 잘못을 고치려고 생각했다.
【竟(경)】: 마침내, 끝내.
【始(시)】: 비로소.
【自改(자개)】: 스스로 잘못을 고치다.

二陸, 平原不在, 正見清河, 具以情告, 並云 :「欲自修改, 而年已蹉跎, 終無所成。」[8] 清河曰 :「古人貴朝聞夕死, 況君前途尙可。且人患志之不立, 亦何憂令名不彰邪?」[9] 處遂自改勵, 終爲忠臣孝子。[10]

8 乃入吳尋二陸, 平原不在, 正見清河, 具以情告, 並云 :「欲自修改, 而年已蹉跎, 終無所成。」→ 그리하여 곧 오군(吳郡)에 들어가 육기(陸機)와 육운(陸雲) 형제를 찾았으나, 육기가 집에 없어, 다만 육운을 만나, (향리 사람들이 자기를 원망하는) 정황을 모두 고했다. 그리고 육운에게 말했다 :「저는 스스로 잘못을 고치고자 했으나, 나이가 들어 시기를 놓치는 바람에, 끝내 아무것도 이룬 것이 없습니다.」

【乃(내)】: 이에, 그리하여.
【吳(오)】: 오군(吳郡). 지금의 강소성 소주시(蘇州市).
【尋(심)】: 찾다, 탐문하다.
【二陸(이륙)】: 육기(陸機)와 육운(陸雲) 형제.
【平原(평원)】: 육기. ※ 육기가 평원내사(平原內史)를 지냈기 때문에 부른 호칭.
【正(정)】: 다만.
【清河(청하)】: 육운. ※ 육운이 청하내사(清河內史)를 지냈기 때문에 부른 호칭.
【具(구)】: 俱(구), 모두, 다.
【情告(정고)】: (의흥 사람들이 자기를 원망하는) 정황을 알리다.
【欲(욕)】: …하고자 하다, …하려고 하다.
【修改(수개)】: (잘못을) 고치다.
【年已蹉跎(연이차타)】: 나이가 들어 시기를 놓치다.
【終(종)】: 결국, 필경, 끝내.

9 清河曰 :「古人貴朝聞夕死, 況君前途尙可。且人患志之不立, 亦何憂令名不彰邪?」→ 육운이 말했다 :「옛사람들은 아침에 도(道)를 들으면 저녁에 죽어도 좋다는 격언을 중시했습니다. 하물며 선생의 앞길은 아직 창창합니다. 그리고 사람들은 뜻을 세우지 못하는 것을 걱정하는데, 또 어찌 아름다운 명성이 드러나지 않는 것을 걱정합니까?」

【貴(귀)】: [동사용법] 귀히 여기다, 중시하다.
【朝聞夕死(조문석사)】: 아침에 성현의 도리를 들어 깨달으면, 저녁에 죽어도 여한이 없다.
※《논어(論語) · 이인(里仁)》에 공자(孔子)가「朝聞道, 夕死可矣。(아침에 도를 들으면, 저녁에 죽어도 좋다.)」라고 한 말이 있다.
【況(황)】: 하물며.
【尙可(상가)】: 아직 괜찮다. 즉「아직 창창하다」의 뜻. 〖尙〗: 아직.
【且(차)】: 그리고, 또한.
【患(환)】: 걱정하다, 우려하다.
【亦何(역하)】: 또 어찌.
【令名(영명)】: 아름다운 명성.

번역문

주처(周處)가 뜻을 세우다

주처(周處)는 젊었을 때 흉폭하고 협사의 기질이 있어 향리 사람들에게 재앙으로 여겨졌다. 또 의흥(義興)의 강에는 교룡이 있고, 산에는 종적이 일정하지 않아 포착하기 어려운 호랑이가 있어, 모두 함께 백성들에게 해를 끼쳤다. 의흥 사람들은 이를 일러 삼재(三災)라 했는데, 그중에서도 주처가 특히 심했다. (그리하여) 어떤 사람이 주처에게 호랑이와 교룡을 죽이라고 권했는데, 실은 삼재 중에 오직 하나만 남기를 바란 것이었다. 주처는 (산으로 올라가) 호랑이를 찔러 죽이고 나서, 또 강물 속으로 들어가 교룡을 공격했다. 교룡은 떠올랐다 가라앉았다 하며 몇십 리를 헤엄쳐 갔고 주처는 교룡과 함께 있었다. 삼 일 밤낮이 지나자 향리 사람들은 모두 (주처가) 이미 죽었다고 여겨 거듭 서로 축하하며 환호했다. 주처는 마침내 교룡을 죽이고 물 위로 나왔다. (이때 주처는) 향리 사람들이 (주처가 죽었다고 여겨) 서로 축하하는 말을 듣고, 비로소 자신이 향리 사람들에게 재앙으로 간주되었다는 것을 알았다. (주처는) 스스로 잘못을 고치려고 생각했다. 그리하여 곧 오군(吳郡)에 들어가 육기(陸機)와 육운(陸雲) 형제를 찾았으나 육기가 집에 없어, 다만 육운을 만나 (향리 사람들이 자기를 원망하는) 정황을 모두 고했다. 그리고 육운에게 말했다.

「저는 스스로 잘못을 고치고자 했으나 나이가 들어 시기를 놓지는 바람

【彰(창)】: 드러나다.

10 處遂自改勵, 終爲忠臣孝子。→ 그리하여 주처는 스스로 잘못을 고치고 분발하여, 마침내 충신과 효자가 되었다.
【遂(수)】: 그리하여.
【改勵(개려)】: 잘못을 고치고 분발하다.
【終爲(종위)…】: 마침내 …가(이) 되다.

에 끝내 아무것도 이룬 것이 없습니다.」

육운이 말했다.

「옛사람들은 아침에 도(道)를 들으면 저녁에 죽어도 좋다는 격언을 중시했습니다. 하물며 선생의 앞길은 아직 창창합니다. 그리고 사람들은 뜻을 세우지 못하는 것을 걱정하는데, 또 어찌 아름다운 명성이 드러나지 않는 것을 걱정합니까?」

그리하여 주처는 스스로 잘못을 고치고 분발하여 마침내 충신과 효자가 되었다.

해설

향리 사람들이 삼재(三災)의 하나라고 여길 정도로 포악했던 주처(周處)가 개과천선한 것은 그야말로 놀라운 기적이라고 할만하다.

사람이 능히 잘못을 알고 고칠 수 있다면, 이는 무엇보다도 고귀한 것이다. 옛 격언에도 「어느 누가 허물이 없을 수 있는가? 허물이 있어 능히 고칠 수 있다면, 이보다 더 좋은 것은 없다.(《좌전(左傳)·선공2년(宣公二年)》)」라고 한 말이 있다.

이 우언은 「방탕아가 회개하는 것은 황금을 주고도 바꾸지 않는다.(浪子回頭金不換。)」라고 하는 이른바 인간성 회복의 고귀한 가치를 설명한 것이다.

059 망매지갈(望梅止渴)

《世說新語 · 假譎第二七》

원문 및 주석

望梅止渴[1]

魏武行役失道, 三軍皆渴, 乃曰 :「前有大梅林, 饒子, 甘酸, 可以解渴。」[2] 士卒聞之, 口皆出水, 乘此得及前源。[3]

....

1 望梅止渴 → 매실을 기대하여 갈증을 멎게 하다
【望(망)】: 바라다, 기대하다.
【止渴(지갈)】: 갈증을 멎게 하다. 【渴】: 목이 마르다, 갈증을 느끼다.

2 魏武行役失道, 三軍皆渴, 乃曰 :「前有大梅林, 饒子, 甘酸, 可以解渴。」→ 조조(曹操)가 행군을 하다가 길을 잃어, 군사들이 모두 갈증으로 시달렸다. 이에 조조가 병사들에게 말했다 :「앞에 큰 매실나무 숲이 있다. 열매가 매우 많이 열렸는데, 맛이 달고, 시큼하여, 갈증을 풀 수 있다.」
【魏武(위무)】: 조조(曹操). 자는 맹덕(孟德)이며 패국(沛國) 초현(譙縣)[지금의 안휘성 호주시(亳州市)] 사람이다. 후한 말 황건적(黃巾賊)의 난을 평정하여 공을 세우고, 동탁(董卓)을 제거하여 실권을 장악한 후 승상(丞相)이 되어 위왕(魏王)으로 봉해졌다. 후에 유비(劉備)의 촉(蜀) · 손권(孫權)의 오(吳)와 더불어 삼국의 국면을 형성하다가, 아들인 조비(曹丕)가 삼국을 통일하여 위나라 황제에 오른 뒤 무황제(武皇帝)로 추존되었다. 위무제(魏武帝)는 무황제의 별칭이다.
【行役(행역)】: 행군(行軍)하다.
【三軍(삼군)】: 모든 군대, 전군.
【乃(내)】: 이에, 그리하여.
【饒子(요자)】: 과일이 많이 열리다.
【甘酸(감산)】: 달고 시다.
【可以(가이)…】: …할 수 있다.

번역문

매실을 기대하여 갈증을 멎게 하다

조조(曹操)가 행군을 하다가 길을 잃어 군사들이 모두 갈증으로 시달렸다. 이에 조조가 병사들에게 말했다.

「앞에 큰 매실나무 숲이 있다. 열매가 매우 많이 열렸는데, 맛이 달고 시큼하여 갈증을 풀 수 있다.」

병사들은 이 말을 듣자 모두 입에서 침이 흘러나왔고, 이 기회를 이용하여 앞의 수원(水源)에 도달할 수 있었다.

해설

매실은 신맛이 강하여 생리적으로 반사작용을 일으켜 타액의 분비를 촉진함으로써 잠시 갈증의 해소에 도움을 줄 수가 있다. 그러나 그러한 상태가 영원히 지속되기를 기대할 수는 없다.

이 우언은 실현할 수 없는 소망을 공상(空想)·상상(想像)·환상(幻想)에 의지하여 일시적으로 위안을 얻는 심리 상태를 비유한 것이다.

【解渴(해갈)】: 갈증을 풀다, 목마름을 해소하다.

3 士卒聞之, 口皆出水, 乘此得及前源。→ 병사들은 이 말을 듣자, 모두 입에서 침이 흘러나왔고, 이 기회를 이용하여 앞의 수원(水源)에 도달할 수 있었다.

【士卒(사졸)】: 병사, 병졸.
【出水(출수)】: 침이 나오다.
【乘(승)】: …을 틈타다, …을 이용하다.
【得(득)】: 能(능), …할 수 있다.
【及(급)】: 이르다, 도달하다.
【源(원)】: 수원(水源).

060 왕람전성급(王藍田性急)

《世說新語 · 忿狷第三十一》

원문 및 주석

王藍田性急[1]

王藍田性急, 嘗食雞子, 以筯刺之, 不得, 便大怒, 擧以擲地;[2] 雞子於地圓轉未止, 仍下地以屐齒蹍之, 又不得, 瞋甚;[3] 復於地取內

1 王藍田性急 → 왕람전(王藍田)의 급한 성격

【王藍田(왕람전)】: [인명] 왕술(王述). 자는 남전(藍田)이며, 왕승(王承)의 아들이다. 왕승(王承)은 태원(太原) 진양(晉陽)[지금의 안휘성 동류현(東流縣)] 사람으로, 성격이 온화하고 욕심이 없으며 청렴하게 정사(政事)를 돌보아 당시에 매우 이름을 날렸다.

2 王藍田性急, 嘗食雞子, 以筯刺之, 不得, 便大怒, 擧以擲地; → 왕람전(王藍田)은 성질이 급하여, 전에 계란을 먹는데, 젓가락으로 찔러 꿰려다가, 뜻대로 되지 않자, 매우 화를 내며, (계란을) 집어 들어 땅에 내던졌다.

【嘗(상)】: 일찍이, 이전에.

【食(식)】: [동사] 먹다.

【雞子(계자)】: 계란, 달걀.

【以(이)】: 앞의 「以」는 개사로 「…을 사용하여, …을 가지고, …으로」의 뜻이고, 뒤의 「以」는 연사로 「而(이)」와 같다.

【筯(저)】: 젓가락.

【刺(자)】: 찌르다.

【不得(부득)】: 잘 되지 않다, 여의치 않다, 뜻대로 되지 않다.

【便(편)】: 곧, 바로, 즉시.

【擧(거)】: (손으로) 들다.

【擲地(척지)】: 땅에 내던지다.

3 雞子於地圓轉未止, 仍下地以屐齒蹍之, 又不得, 瞋甚; → 계란이 땅에서 굴러가며 멈추지

口中，齧破卽吐之。[4]

번역문

왕람전(王藍田)의 급한 성격

왕람전(王藍田)은 성질이 급하여, 전에 계란을 먹는데 젓가락으로 찔러 꿰려다가 뜻대로 되지 않자, 매우 화를 내며 (계란을) 집어 들어 땅에 내던졌다. 계란이 땅에서 굴러가며 멈추지 않자, 다시 땅으로 내려가 나막신 굽으로 그것을 밟고, 그래도 또 뜻대로 되지 않자 매우 화를 냈다. (그리하여) 다시 땅에서 (그것을) 집어 입속에 넣고 물어서 깨뜨린 다음 바로 뱉어 버렸다.

않자, 다시 땅으로 내려가 나막신 굽으로 그것을 밟고, 그래도 또 뜻대로 되지 않자, 매우 화를 냈다.
【於(어)】: [개사] …에서.
【圓轉(원전)】: 구르다, 굴러가다.
【未止(미지)】: 멈추지 않다.
【仍(잉)】: 다시, 거듭, 재차.
【下地(하지)】: 땅으로 내려가다.
【以(이)】: [연사] 而(이).
【屐齒(극치)】: 나막신 굽. 나막신 밑에 튀어나온 부분.
【蹍(전)】: (발로) 밟다.
【之(지)】: [대명사] 그것, 즉 「계란」.
【瞋甚(진심)】: 매우 화를 내다. 〖瞋〗: 화내다, 분노하다. 〖甚〗: 매우, 몹시.

4 復於地取內口中，齧破卽吐之。→ (그리고) 다시 땅에서 (그것을) 집어 입속에 넣고, 물어서 깨뜨린 다음 바로 뱉어버렸다.
【復(부)】: 다시, 재차.
【取(취)】: 취하다. 여기서는 「(손으로) 집다」의 뜻.
【內(납)】: 納(납), 넣다.
【齧破(설파)】: 물어서 깨뜨리다.
【吐(토)】: 뱉다, 뱉어버리다.

해설

왕람전(王藍田)이 계란을 먹으려고 젓가락으로 찔러 집으려다 뜻대로 되지 않자 계란을 손으로 집어 땅에 내던지고, 또 굴러가며 멈추지 않는다 하여 발로 밟고, 밟아도 빠져 나가자 심지어 그것을 입에 넣고 깨문 다음 뱉어버렸다.

명대(明代)의 우언 작가 강녕과(江寧科)는 《설도소설(雪濤小說)》에서 이 고사를 평하여 「무릇 사람의 성격이 급하면 가장 일을 그르치고, 일을 그르칠 뿐만 아니라 먼저 자신을 해친다.」라고 했다.

이 우언은 「급히 먹는 밥이 체한다」는 말처럼, 일을 너무 서두르면 이루지 못하고 오히려 그르칠 수 있음을 경계한 것이다.

#《송서宋書》우언

심약(沈約 : 441 - 513)은 남조(南朝) 양(梁)의 시문(詩文) 작가로, 자는 휴문(休文)이며 오홍(吳興) 무강(武康)[지금의 절강성 오홍(吳興)] 사람이다. 아버지가 회남태수(淮南太守)를 지내다가 남조 송(宋) 문제(文帝) 원가(元嘉) 말년에 황족의 권력쟁탈 와중에 피살되어 집안이 매우 어려웠으나, 배우기를 좋아하여 밤낮을 가리지 않고 독서에 열중했다.

송(宋)에서 상서탁지랑(尙書度支郎) 등을 지내고, 제(齊)로 들어와 정로기실(征虜記室)을 지냈으며, 문혜태자(文惠太子)가 동궁(東宮)에 들어온 후 보병교위(步兵校尉)가 되어 사부도서(四部圖書)를 교열했다. 당시 경릉왕(竟陵王) 소자량(蕭子良)이 문사들을 초빙했는데, 심약이 그 대열에 참여하여 「경릉팔우(竟陵八友)」의 하나가 되었다. 그 후 제(齊) 명제(明帝) 때 보국장군(輔國將軍)·국자제주(國子祭酒) 등을 지내고, 소연(蕭衍)이 양(梁)을 건립하면서 이부상서(吏部尙書) 상서복야(尙書僕射)를 거쳐 건창현후(建昌縣侯)에 봉해진 후, 광록대부(光祿大夫)·상서령(尙書令)·중서령(中書令)·태자소부(太子少傅) 등을 지냈다. 시호를 은(隱)이라 하여 사람들은 그를 심은후(沈隱侯)라 불렀다.

저서로 《진서(晉書)》 100권·《송서(宋書)》 100권·《제기(齊紀)》 20권·《고조기(高祖紀)》 14권·《이언(邇言)》 10권·《시례(諡例)》 10권·《송문장지(宋文章志)》 30권 등이 있으나, 모두 망실되고 다만 《송서》가 지금까지 전한다.

《송서》는 송(宋)의 무제(武帝)로부터 순제(順帝)까지의 역사를 기술한 기전체의 정사(正史)로, 중국 이십오사(二十五史) 중의 하나이다.

061 기가지벽(嗜痂之癖)

《宋書 · 列傳第二 · 劉穆之傳》

원문 및 주석

嗜痂之癖[1]

邕所至嗜食瘡痂, 以爲味似鰒魚。[2] 嘗詣孟靈休, 靈休先患灸瘡, 瘡痂落牀上, 因取食之。[3] 靈休大驚。答曰 :「性之所嗜。」靈休瘡痂

1 嗜痂之癖 → 부스럼 딱지를 좋아하는 괴이한 버릇
【嗜(기)】: 좋아하다.
【痂(가)】: 부스럼 딱지.
【癖(벽)】: 무엇을 지나치게 즐기는 버릇. 고질.

2 邕所至嗜食瘡痂, 以爲味似鰒魚。→ 유옹(劉邕)이 가장 좋아하는 것은 부스럼 딱지를 먹는 것인데, 그는 부스럼 딱지의 맛이 전복과 비슷하다고 여겼다.
【邕(옹)】: [인명] 유옹(劉邕). 유송(劉宋)의 개국공신 유목지(劉穆之)의 손자.
【所至嗜(소지기)】: 가장 좋아하는 것.
【食(식)】: [동사] 먹다.
【瘡痂(창가)】: 부스럼 딱지. 〖瘡〗: 부스럼, 종기. 〖痂〗: (부스럼) 딱지.
【以爲(이위)】: …라 여기다, …라고 생각하다.
【似(사)】: 비슷하다, 흡사하다.
【鰒魚(복어)】: [어패류] 전복(全鰒).

3 嘗詣孟靈休, 靈休先患灸瘡, 瘡痂落牀上, 因取食之。→ (유옹이) 일찍이 맹령휴(孟靈休)를 방문한 적이 있었다. 맹령휴는 전부터 구창(灸瘡)을 앓아, 부스럼 딱지가 침상 위에 떨어져 있었는데, (유옹이) 곧 그것을 주워 먹었다.
【嘗(상)】: 일찍이.
【詣(예)】: 찾아뵙다, 방문하다.
【孟靈休(맹령휴)】: [인명].

未落者, 悉褫取以飴邕。[4] 邕既去, 靈休與何勗書曰 : 「劉邕向顧見噉, 遂擧體流血。」[5]

번역문

부스럼 딱지를 좋아하는 괴이한 버릇

유옹(劉邕)이 가장 좋아하는 것은 부스럼 딱지를 먹는 것인데, 그는 부스럼 딱지의 맛이 전복과 비슷하다고 여겼다. (유옹이) 일찍이 맹령휴(孟靈休)를 방문한 적이 있었다. 맹령휴는 전부터 구창(灸瘡)을 앓아 부스럼 딱

【患(환)】 : (병을) 앓다, (병에) 걸리다.
【灸瘡(구창)】 : 부스럼의 일종.
【牀(상)】 : 침상, 평상.
【因(인)】 : 곧, 바로.
【取食(취식)】 : 취해서 먹다. 즉 「주워 먹다」의 뜻.
【之(지)】 : [대명사] 그것, 즉 「부스럼 딱지」.

4 靈休大驚。答曰 : 「性之所嗜。」靈休瘡痂未落者, 悉褫取以飴邕。→ 맹령휴가 크게 놀라자, 유옹이 말했다 : 「제가 좋아하는 것일 뿐입니다.」 그리하여 맹령휴가 자기 몸에 아직 떨어지지 않고 붙어 있는 부스럼 딱지를, 모두 떼어 가지고 유옹에게 먹였다.
【悉(실)】 : 다, 모두.
【褫取(치취)】 : 떼어내다, 뜯어내다.
【飴(이)】 : 먹이다.

5 邕既去, 靈休與何勗書曰 : 「劉邕向顧見噉, 遂擧體流血。」→ 유옹이 떠난 후, 맹령휴는 하욱(何勗)에게 보낸 서신에서 (이렇게) 말했다 : 「유옹이 얼마 전에 (나를) 찾아와 (그에게 부스럼 딱지를 떼어서) 먹이다가, 결국 (나의) 온몸에서 피가 흘렀다네.」
【既(기)】 : …하고 나서, …한 후.
【與(여)…書(서)】 : …에게 보내는 서신.
【何勗(하욱)】 : [인명] 맹령휴의 친구.
【向(형)】 : 전, 이전, 종전.
【顧(고)】 : 방문하다, 찾아오다.
【見噉(견담)】 : 먹이다. 【噉】 : 啖(담). ※ 見 + 동사 = 피동형.
【遂(수)】 : 마침내, 끝내, 결국.
【擧體(거체)】 : 온몸.

지가 침상 위에 떨어져 있었는데, (유옹이) 곧 그것을 주워 먹었다. 맹령휴가 크게 놀라자 유옹이 말했다.

「제가 좋아하는 것일 뿐입니다.」

그리하여 맹령휴가 자기 몸에 아직 떨어지지 않고 붙어 있는 부스럼 딱지를 모두 떼어 가지고 유옹에게 먹였다. 유옹이 떠난 후, 맹령휴는 하욱(何勗)에게 보낸 서신에서 (이렇게) 말했다.

「유옹이 얼마 전에 (나를) 찾아와 (그에게 부스럼 딱지를 떼어서) 먹이다가, 결국 (나의) 온몸에서 피가 흘렀다네.」

해설

추악한 사물을 좋아하는 사람의 마음속에 완고한 습관과 편견이 형성되면, 세상의 모든 가(假)·악(惡)·추(醜)가 일제히 이와 정반대의 진(眞)·선(善)·미(美)로 변모한다. 그들은 부패하여 더럽고 우매하고 낙후한 사물들에 대해 매우 흥미를 느껴, 이를 가장 실(實)하다고 간주한다. 그러나 진·선·미는 나름의 표준이 있어, 결코 왜곡된 시각으로 인해 변하지 않아 피고름이 묻어 있는 부스럼 딱지를 맛좋은 전복으로 간주하는 현상은 벌어지지 않는다.

이 우언은 괴벽한 취향의 성격을 비유한 것으로, 「기가지벽(嗜痂之癖)」의 어원은 바로 이 고사에서 비롯되었다.

062 광천(狂泉)

《宋書 · 列傳第49 · 袁粲傳》

원문 및 주석

狂泉[1]

昔有一國, 國中一水, 號曰「狂泉。」國人飮此水, 無不狂。[2] 唯國君穿井而汲, 獨得無恙。國人旣並狂, 反謂國主之不狂爲狂。[3] 於是聚謀, 共執國主, 療其狂疾, 火艾針藥, 莫不畢具。[4] 國主不任其苦,

1 狂泉 → 마시면 미치는 샘물
【狂(광)】: 미치다.

2 昔有一國, 國中一水, 號曰「狂泉。」國人飮此水, 無不狂。→ 옛날 어느 나라에 우물 하나가 있었는데, 이름을 「광천(狂泉)」이라 했다. 사람들이 이 물을 마시면, 미치지 않는 사람이 없었다.
【號曰(호왈)】: 이름을 …라 하다. 〖號〗: 이름, 명칭.

3 唯國君穿井而汲, 獨得無恙。國人旣並狂, 反謂國主之不狂爲狂。→ 오직 임금만 (따로) 우물을 파서 길어 먹었기 때문에, 혼자서 미치지 않을 수 있었다. 나라 사람들이 이미 모두 미쳐버리자, 오히려 임금이 미치지 않은 것을 미친 것으로 여겼다.
【唯(유)】: 오직, 다만.
【穿井而汲(천정이급)】: 우물을 파서 길어 먹다. 〖穿井〗: 우물을 파다. 〖汲〗: 물을 긷다.
【得(득)】: 能(능), …할 수 있다.
【無恙(무양)】: 병에 걸리지 않다. 즉 「미치지 않다」의 뜻.
【旣(기)】: 이미.
【並(병)】: 모두, 함께.
【反(반)】: 오히려, 반대로.
【謂(위)】: …라고 여기다, …라고 간주하다.

4 於是聚謀, 共執國主, 療其狂疾, 火艾針藥, 莫不畢具。→ 그리하여 모두 모여 상의한 후, 함

於是到泉所酌水飮之, 飮畢便狂。[5] 君臣大小, 其狂若一, 衆乃歡然。[6]

번역문

마시면 미치는 샘물

옛날 어느 나라에 우물 하나가 있었는데 이름하여 「광천(狂泉)」이라 했다. 사람들이 이 물을 마시면 미치지 않는 사람이 없었다. 오직 임금만 (따로) 우물을 파서 길어 먹었기 때문에 혼자서 미치지 않을 수 있었다. 나라

께 임금을 붙잡아, 미친병을 치료하는데, 부항이며 쑥뜸이며 침이며 약이며, 모든 치료 방법을 다 썼다.
【於是(어시)】: 이에, 그리하여.
【聚謀(취모)】: 모여서 상의하다.
【共(공)】: 함께.
【執(집)】: 붙잡다.
【療(료)】: 치료하다.
【狂疾(광질)】: 미친 병.
【火艾針藥(화애침약)】: 부항을 붙이고 쑥으로 뜸을 뜨고 침을 맞고 약을 복용하다.
【莫不畢具(막불필구)】: 여러 가지 방법을 쓰지 않은 것이 없다, 모든 방법을 다 쓰다. 〖莫不〗: …하지 않은 것이 없다, 모두 …하다. 〖畢具〗: 모두 갖추다. 즉 「여러 가지 방법을 다 쓰다」의 뜻.

5 國主不任其苦, 於是到泉所酌水飮之, 飮畢便狂。→ 임금은 그 고통을 감당하지 못했다. 그리하여 광천에 가서 물을 퍼 마셨고, 물을 다 마시자 바로 미쳐버렸다.
【任(임)】: 감내하다, 견디다, 감당하다.
【於是(어시)】: 이에, 그리하여.
【泉所(천소)】: 우물이 있는 곳, 즉 「광천」.
【酌水(작수)】: 물을 따라 마시다.
【飮畢(음필)】: 다 마시다.
【便(편)】: 곧, 바로.

6 君臣大小, 其狂若一, 衆乃歡然。→ 임금과 신하들이, 하나같이 미쳐버리자, 모든 사람들이 비로소 환호했다.
【若一(약일)】: 한결같다, 하나같다, 똑같다.
【乃(내)】: 비로소.
【歡然(환연)】: 환호하는 모양, 기뻐하는 모양.

사람들이 이미 모두 미쳐버리자 오히려 임금이 미치지 않은 것을 미친 것으로 여겼다. 그리하여 모두 모여 상의한 후 함께 임금을 붙잡아 미친 병을 치료하는데, 부항이며 쑥뜸이며 침이며 약이며 모든 치료 방법을 다 썼다. 임금은 그 고통을 감당하지 못했다. 그리하여 광천에 가서 물을 퍼 마셨고, 물을 다 마시자 바로 미쳐버렸다. 임금과 신하들이 하나같이 미쳐버리자 모든 사람들이 비로소 환호했다.

해설

온 나라가 모두 미쳤다는 것은 보기에 황당하고 우스운 일 같지만 실로 매우 심각한 일이다. 사회에 잘못된 풍조가 붐(boom)을 일으켜 밀려들면, 마치 「광천(狂泉)」처럼 많은 사람들에게 해를 끼쳐 온 나라가 미치광이가 되는 처참한 국면을 조성한다. 그리하여 진리는 짓밟히고 시비가 왜곡되어 진리를 견지하는 정상적인 사람들이 오히려 미치광이로 몰려 갖은 고통을 당한다.

이러한 상황에서 분명히 잘못된 일임을 깨달은 임금이 고통을 견디지 못해 나라 사람들에게 굴종(屈從)하여 함께 물을 마시고 미쳐버렸다는 것은, 나라를 다스리는 통치자로서 난국을 극복하겠다는 의지를 포기하고 자신의 안일을 추구하여 속세를 따라 영합한 무능한 통치자의 형상을 보여준 것이다.

이 우언은 악화(惡貨)가 양화(良貨)를 구축하듯이 비정상적인 사고가 정상적인 사고를 망가뜨리는 그릇된 사조를 경계하고, 아울러 난국을 타개할 수 있는 통치자의 자질과 능력의 중요성을 지적한 것이다.

《홍명집(弘明集)》 우언

승우(僧佑 : 445-518)는 남조(南朝) 제(齊) · 양(梁) 시기의 승려로, 성은 유씨(兪氏)이며 팽성(彭城) 하비(下邳)[지금의 강소성 휴녕현(睢寧縣) 서북쪽] 사람이다. 그의 저서로 《홍명집(弘明集)》 14권이 있는데, 이 책은 동한(東漢)에서 양(梁)까지 불교를 선양한 논저(論著)를 모아 엮은 것이다.

《홍명집》의 제1편인 《이혹론(理惑論)》은 동한(東漢) 영제(靈帝) 때 사람인 모융(牟融)이 지었다 하여 일명 《모자(牟子)》 라고도 하는데, 우언 2편은 모두 《이혹론》에 수록되어 있다.

063 문린(問麟)

《弘明集·卷第一·理惑論》

원문 및 주석

問麟[1]

昔人未見麟, 問嘗見者 :「麟何類乎?」 見者曰 :「麟如麟也。」[2] 問者曰 :「若吾嘗見麟, 則不問子矣, 而云麟如麟, 寧可解哉?」[3] 見者曰 :「麟, 麏身牛尾, 鹿蹄馬背。」問者霍解。[4]

1 問麟 → 기린(麒麟)에 대해 묻다
【麟(린)】: 기린(麒麟). 옛날 전설에 나오는 동물로, 형상은 사슴의 모양에 소의 꼬리와 이리의 이마와 말발굽을 하고 배에 오색(五色)의 무늬가 있으며 온몸에 비늘 모양의 딱딱한 겁질이 있다. 성질이 유순하여 생물(生物)을 먹지 않을 뿐 아니라 살아 있는 풀조차 밟지 않아 옛사람들은 이를 인수(仁獸)라 하고 길상(吉祥)의 상징으로 여겼다.

2 昔人未見麟, 問嘗見者 :「麟何類乎?」 見者曰 :「麟如麟也。」 → 옛날에 기린(麒麟)을 본 적이 없는 사람이, 일찍이 기린을 본 적이 있는 사람에게 물었다 :「기린은 무엇을 닮았습니까?」 기린을 본 적이 있는 사람이 대답했다 :「기린은 기린과 같이 생겼습니다.」
【嘗(상)】: 일찍이 (…한 적이 있다).
【何類(하류)】: 무엇을 닮았는가? 어떻게 생겼는가? 【類】: 닮다, 유사하다.
【如(여)】: …같다.

3 問者曰 :「若吾嘗見麟, 則不問子矣, 而云麟如麟, 寧可解哉?」 → 물어 본 사람이 말했다 :「만일 내가 일찍이 기린을 본 적이 있었다면, 당신에게 묻지도 않았소. 그런데 기린이 기린과 같이 생겼다고 말하면, 어찌 이해할 수가 있겠소?」
【若(약)】: 만일, 만약.
【子(자)】: 그대, 당신.
【云(운)】: 이르다, 말하다.

번역문

기린(麒麟)에 대해 묻다

옛날에 기린(麒麟)을 본 적이 없는 사람이 일찍이 기린을 본 적이 있는 사람에게 물었다.

「기린은 무엇을 닮았습니까?」

기린을 본 적이 있는 사람이 대답했다.

「기린은 기린과 같이 생겼습니다.」

물어 본 사람이 말했다.

「만일 내가 일찍이 기린을 본 적이 있었다면 당신에게 묻지도 않았소. 그런데 기린이 기린과 같이 생겼다고 말하면 어찌 이해할 수가 있겠소?」

기린을 본 적이 있는 사람이 말했다.

「기린은 몸은 노루를 닮고, 꼬리는 소를 닮고, 발굽은 사슴을 닮고, 등은 말을 닮았습니다.」

(그러자) 물어 본 사람이 금방 이해를 했다.

해설

기린(麒麟)을 본 적이 없는 사람이 기린의 형상을 묻는데 기린을 닮았다

【寧(녕)】: 어찌.
【解(해)】: 이해하다.

4 見者曰:「麟, 麏身牛尾, 鹿蹄馬背。」問者霍解。→ 기린을 본 적이 있는 사람이 말했다:「기린은, 몸은 노루를 닮고 꼬리는 소를 닮고, 발굽은 사슴을 닮고 등은 말을 닮았습니다.」(그러자) 물어 본 사람이 금방 이해를 했다.
【麏(균)】: 노루.
【蹄(제)】: 발굽.
【霍(곽)】: 금방, 즉시, 매우 빨리.

고 대답한다면 그것은 대답을 하지 않은 것이나 다름없다.

이 우언은 남의 질문에 답할 경우 마땅히 남이 이해할 수 있도록 구체적이어야 한다는 도리를 설명한 것이다.

064 대우탄금(對牛彈琴)

《弘明集 · 卷第七 · 牟子理惑論》

원문 및 주석

對牛彈琴[1]

公明儀爲牛彈《淸角》之操, 伏食如故。非牛不聞, 不合其耳矣。[2] 轉爲蚉寅之聲, 孤犢之鳴, 卽掉尾奮耳, 蹀躞而聽。[3]

1 對牛彈琴 → 소를 마주 대하고 거문고를 타다
【對(대)】: 마주 대하다.
【彈(탄)】: 타다.
【琴(금)】: 거문고.

2 公明儀爲牛彈《淸角》之操, 伏食如故。非牛不聞, 不合其耳矣。→ 공명의(公明儀)가 소에게 《청각(淸角)》이라는 거문고의 곡조를 타서 들려주자, (소는) 여전히 엎드린 채 (꼴을) 먹고 있었다. 소가 듣지 못한 것이 아니라, 소의 귀에 적합하지 않았기 때문이다.
【公明儀(공명의)】: [인명] 생애사적 미상.
【爲(위)】: …에게, …을 향해.
【《淸角(청각)》】: 고아(古雅)한 곡조 이름.
【操(조)】: 거문고의 곡조.
【伏食如故(복식여고)】: 엎드린 채로 (꼴을) 먹다. 〖伏食〗: 엎드린 채로 먹다. 〖如故〗: 여전히.
【不合(불합)】: 부합하지 않다, 적합하지 않다.

3 轉爲蚉寅之聲, 孤犢之鳴, 卽掉尾奮耳, 蹀躞而聽。→ (공명의가 거문고 소리를) 모기 · 등에의 (윙윙거리는) 소리와, 어미를 잃은 어린 송아지의 울음소리로 전환하자, 즉시 꼬리를 흔들고 귀를 쫑긋이 세우더니, 잰걸음으로 이리저리 움직이며 (귀를 기울여) 들었다.
【轉爲(전위)…】: …로 전환하다, …로 돌리다.
【蚉(문)】: [곤충] 모기.

번역문

소를 마주 대하고 거문고를 타다

공명의(公明儀)가 소에게 《청각(淸角)》이라는 거문고의 곡조를 타서 들려주자 (소는) 여전히 엎드린 채 (꼴을) 먹고 있었다. 소가 듣지 못한 것이 아니라 소의 귀에 적합하지 않았기 때문이다. (공명의가 거문고 소리를) 모기·등에의 (윙윙거리는) 소리와 어미를 잃은 어린 송아지의 울음소리로 전환하자, (소가) 즉시 꼬리를 흔들고 귀를 쫑긋이 세우더니 잰걸음으로 이리저리 움직이며 (귀를 기울여) 들었다.

해설

거문고로 《청각(淸角)》이라는 고상한 곡조를 타서 소에게 들려주자 아무런 반응이 없다가 모기·등에 소리와 어린 송아지 소리로 바꾸어 들려주자 즉시 반응이 왔다.

이 우언은 본래 우이독경(牛耳讀經 : 소귀에 경 읽기)이라는 말처럼, 알아듣지 못하는 사람에게 도리를 말해봤자 아무 소용이 없음을 비유한 것이다. 그러나 공명의(公明儀)의 경우처럼 소가 《청각(淸角)》에는 관심이 없었지만 모기·등에나 어린 송아지 소리에 귀를 기울였던 점을 감안하면, 「대우탄금(對牛彈琴)」의 우의(寓意)는 대상의 능력이나 수준을 고려하지 않은 사람의 무책임한 행위를 풍자한 것이기도 하다.

【虻(맹)】: [곤충] 등에.
【孤犢(고독)】: 어미를 잃은 어린 송아지.
【掉尾(도미)】: 꼬리를 흔들다.
【奮耳(분이)】: 귀를 쫑긋이 세우다.
【蹀躞(접섭)】: 잰걸음으로 걷는 모양.

《속제해기 續齊諧記》 우언

오균(吳均 : 469-520)은 남조(南朝) 양(梁)의 문인이자 사학가(史學家)로, 자는 숙상(叔庠)이며 오흥(吳興) 고장(故鄣)[지금의 절강성 안길(安吉)] 사람이다. 집안이 가난했으나 배우기를 좋아하고 재주가 뛰어나 양무제(梁武帝) 천감(天監) 초기 유운(柳惲)이 오흥자사(吳興刺史)를 지낼 때 오균을 주부(主簿)로 임명하고 매일 불러 함께 시를 지었다. 그 후 천감 6년(507)에는 건안왕(建安王) 소위(蕭偉)가 양주군(揚州郡) 자사로 부임하면서 그를 기실(記室)로 임명하여 문서를 관리했다. 그는 사학(史學)에도 정통하여 양무제가 《통사(通史)》를 저술하도록 명했으나 완성을 보지 못하고 중도에 세상을 떠났다.

오균의 저술로는 《후한서주(後漢書注)》 90권 · 《묘기(廟記)》 10권 · 《십이주기(十二州記)》 16권 · 《전당선현전(錢塘先賢傳)》 5권 · 《속문석(續文釋)》 5권과 《속제해기(續齊諧記)》 등이 있다.

《속제해기》는 남조(南朝) 양(梁)의 지괴소설집(志怪小說集)으로 남조 송(宋) 동양무의(東陽无疑)의 《제해기(齊諧記)》를 이어 지은 것인데, 내용은 다른 지괴소설과 마찬가지로 기괴하고 황당한 이야기들로 엮어져 있다.

065 자형수(紫荊樹)

《續齊諧記》

원문 및 주석

紫荊樹[1]

京兆田眞兄弟三人, 共議分財。[2] 生貲皆平均, 惟堂前一株紫荊樹, 花葉美茂, 共議欲破三片, 明日就截之, 其樹卽枯死, 狀如火然。[3] 眞往見之, 大驚, 謂諸弟曰:「樹本同株, 聞將分斫, 所以顦悴,

1 紫荊樹 → 박태기나무

2 京兆田眞兄弟三人, 共議分財。→ 경조(京兆)의 전진(田眞) 삼 형제가, 함께 재산을 나누기로 상의했다.
【京兆(경조)】: [지명] 지금의 섬서성 장안(長安) 서북쪽.
【田眞兄弟三人(전진형제삼인)】: 전진(田眞) · 전경(田慶) · 전광(田廣) 삼 형제.
【共(공)】: 함께.
【議(의)】: 상의하다.

3 生貲皆平均, 惟堂前一株紫荊樹, 花葉美茂, 共議欲破三片, 明日就截之, 其樹卽枯死, 狀如火然。→ 재물은 모두 고르게 나누고, 다만 뜰 앞에 있는 한 그루의 박태기나무는, 꽃과 잎이 아름답고 무성했는데, 함께 상의하여 세 토막으로 가르기로 했다. 다음날 가서 그것을 자르려 하니, 그 나무는 즉시 말라 죽어, 모양이 마치 불로 태운 것 같았다.
【生貲(생자)】: 재물. 【貲】: 資(자).
【惟(유)】: 다만.
【欲(욕)】: …하고자 하다, …하려고 하다.
【破(파)】: 쪼개다, 가르다.
【明日(명일)】: 다음날, 이튿날.
【截(절)】: 자르다, 절단하다.
【火然(화연)】: 불로 태운 듯한 모양.

是人不如木也。」[4] 因悲不自勝, 不復解樹, 樹應聲榮茂。兄弟相感, 合財寶, 遂爲孝門。[5]

번역문

박태기나무

경조(京兆)의 전진(田眞) 삼 형제가 함께 재산을 나누기로 상의했다. 재물은 모두 고르게 나누고, 다만 뜰 앞에 있는 한 그루의 박태기나무는 꽃과 잎이 아름답고 무성했는데, 함께 상의하여 세 토막으로 가르기로 했다. 다음날 가서 그것을 자르려 하니 그 나무는 즉시 말라 죽어 모양이 마치 불로

4 眞往見之, 大驚, 謂諸弟曰 : 「樹本同株, 聞將分斫, 所以顦悴, 是人不如木也。」 → 전진이 가서 그것을 보고, 크게 놀라, 아우들에게 말했다 : 「나무는 본래 한 그루인데, 잘라서 갈라놓으려 한다는 말을 듣고, 이로 인해 초췌하게 말라죽었다. 이는 사람이 나무보다도 못한 것이다.」
【同株(동주)】 : 같은 그루, 한 그루.
【分斫(분작)】 : 베어서 나누다. 〖斫〗 : 베다, 자르다.
【所以(소이)】 : 그래서, 이로 인해.
【顦悴(초췌)】 : 초췌하다.
【是(시)】 : 이, 이것.
【不如(불여)…】 : …보다 못하다.

5 因悲不自勝, 不復解樹, 樹應聲榮茂。兄弟相感, 合財寶, 遂爲孝門。→ 그리하여 모두가 매우 슬퍼하며, 다시 나무를 자르지 않기로 하자, 나무는 이 말과 동시에 다시 무성해졌다. 형제들은 이에 감동되어, 나누었던 재산을 다시 합치고, 마침내 효(孝)를 중시하는 가문(家門)이 되었다.
【因(인)】 : 이로 인해, 그리하여.
【悲不自勝(비부자승)】 : 슬픔을 스스로 이기지 못하다. 즉 「매우 슬퍼하다」의 뜻.
【解樹(해수)】 : 나무를 해체하다. 즉 「나무를 자르다」의 뜻.
【應聲(응성)】 : 소리와 동시에, 소리가 나자마자. 즉 「자르지 않기로 했다는 말과 동시에」의 뜻.
【榮茂(영무)】 : 무성해지다
【遂(수)】 : 마침내.
【孝門(효문)】 : 효(孝)를 중시하는 가문.

태운 것 같았다. 전진이 가서 그것을 보고 크게 놀라 아우들에게 말했다.

「나무는 본래 한 그루인데 잘라서 갈라놓으려 한다는 말을 듣고, 이로 인해 초췌하게 말라죽었다. 이는 사람이 나무보다도 못한 것이다.」

그리하여 모두가 매우 슬퍼하며 다시 나무를 자르지 않기로 하자, 나무는 이 말과 동시에 다시 무성해졌다. 형제들은 이에 감동되어 나누었던 재산을 다시 합치고 마침내 효(孝)를 중시하는 가문(家門)이 되었다.

해설

박태기나무가 형제들의 재산 분할을 위해 잘린다는 말을 듣고 상심한 끝에 불에 타 죽은 나무처럼 변해버렸다가 잘릴 운명에서 벗어나게 되었다는 말을 듣고 다시 활짝 되살아났다. 한 그루의 나무도 분할되는 아픔을 아는데, 하물며 사람이 모른다면 어찌 만물의 영장이라 할 수 있겠는가?

이 우언은 박태기나무 고사를 통해, 인륜의 도리로서 혈연관계인 형제의 우애를 강조한 것이다.

《은운소설殷芸小說》 우언

은운(殷芸 : 471-529)은 남조(南朝) 양(梁)의 문학가로, 자는 관소(灌蔬)이며 진군(陳郡) 장평(長平)[지금의 하남성 서화(西華)] 사람이다. 제(齊) 영명(永明) 연간에 의도왕행참군(宜都王行參軍)을 지냈고, 양(梁) 천감(天監) 연간에 서중랑주부(西中郎主簿)·임천왕기실(臨川王記室)·통직산기시랑(通直散騎侍郎)을 지내다가, 후에 국자학박사(國子學博士)·소명태자시독(昭明太子侍讀)·사도좌장사(司徒左長史) 등을 지냈다. 당시 소명태자는 문학을 좋아하여 은운·육수(陸倕)·왕균(王筠)·도흡(到洽)·유효작(劉孝綽) 등과 자주 어울렸다.

《은운소설(殷芸小說)》은 일사(軼事)를 기록한 지인소설집(志人小說集)으로 약칭 《소설(小說)》이라고도 한다. 《수서(隋書)·경적지(經籍志)》에 10권이라 했으나, 원서는 이미 망실되었고, 여가석(余嘉錫)의 《은운소설집증(殷芸小說輯證)》에 154조(條)를 모아 수록한 외에, 주릉가(周楞伽)의 《은운소설집주(輯注)》[상해고적출판사(上海古籍出版社), 1984]에 163조(條)를 모아 상세한 교감과 주석을 달았다.

066 미상견려(未嘗見驢)

《殷芸小說》

원문 및 주석

未嘗見驢[1]

孝武未嘗見驢, 謝太傅問曰 : 「陛下想其形, 當何所似?」 孝武掩口笑云 : 「正當似猪。」[2]

1 未嘗見驢 → 당나귀를 본 적이 없다
【未嘗(미상)】: (일찍이) …한 적이 없다.
【驢(려)】: 당나귀.

2 孝武未嘗見驢, 謝太傅問曰 : 「陛下想其形, 當何所似?」 孝武掩口笑云 : 「正當似猪。」 → 진(晉)나라 효무제(孝武帝)가 당나귀를 본 적이 없는데, 사태부(謝太傅)가 물었다 : 「폐하께서는 당나귀의 모습이, 마땅히 무엇을 닮았다고 생각하십니까?」 효무제가 입을 가리고 웃으며 말했다 : 「당연히 돼지를 닮았겠지.」
【孝武(효무)】: 진(晉)나라의 군주 효무제(孝武帝).
【謝太傅(사태부)】: 사안(謝安). 진군(陳郡) 양하(陽夏)[지금의 하남성 태강현(太康縣)] 사람으로, 자는 안석(安石)이며 동진(東晉)의 정치가 · 문학가이다. 효무제 때 재상을 지내 죽은 후 태부(太傅)를 증여받았다.
【形(형)】: 모습, 형상.
【當(당)】: 마땅히.
【似(사)】: 닮다, 흡사하다.
【掩口(엄구)】: 입을 가리다.
【正當(정당)】: 당연히.

번역문

당나귀를 본 적이 없다

진(晉)나라 효무제(孝武帝)가 당나귀를 본 적이 없는데, 사태부(謝太傅)가 물었다.

「폐하께서는 당나귀의 모습이 마땅히 무엇을 닮았다고 생각하십니까?」

효무제가 입을 가리고 웃으며 말했다.

「당연히 돼지를 닮았겠지.」

해설

당나귀를 본 적이 없는 진(晉) 효무제(孝武帝)가 아는 체 독단(獨斷)하다가 일대 오류를 범했다. 청담(淸談) 중에 당나귀를 돼지와 닮았다고 한다면 한바탕 웃고 말 일이지만, 중요한 작업을 하다가 독단하여 오류를 범한다면 실로 낭패가 아닐 수 없다. 《논어(論語)·위정(爲政)》에서 「아는 것을 안다고 하고, 모르는 것을 모른다고 하는 것이 바로 아는 것이다.(知之爲知之, 不知爲不知, 是知也。)」라고 한 공자(孔子)의 말을 상기할 필요가 있다.

이 우언은 알지 못하면서 아는 체 독단하여 일을 그르치는 행위를 경계한 것이다.

067 희무옹파(喜舞瓮破)

《殷芸小說》

원문 및 주석

喜舞瓮破[1]

有貧人止能辦隻瓮之資, 夜宿瓮中, 心計曰 :「此瓮賣之若干, 其息已倍矣。[2] 我得倍息, 遂可販二瓮, 自二瓮而爲四, 所得倍息, 其利無窮。」遂喜而舞, 不覺瓮破。[3]

1 喜舞瓮破 → 좋아서 춤을 추다가 독을 깨뜨리다
【瓮(옹)】: 독, 항아리.

2 有貧人止能辦隻瓮之資, 夜宿瓮中, 心計曰 :「此瓮賣之若干, 其息已倍矣。→ 어느 가난한 사람이 겨우 독 하나 살 수 있는 돈을 가지고 있었는데, (독 하나를 사가지고) 밤에 독 속에 들어가 잠을 자면서, 마음속으로 생각했다 :「이 독을 얼마 얼마간 받고 팔면, 그 이익이 곧 두 배가 된다.
【止(지)】: 다만.
【辦(판)】: 사다, 구입하다.
【隻瓮(척옹)】: 하나의 독, 단지 독 하나.
【資(자)】: 돈, 자본, 밑천, 비용.
【計(계)】: 헤아리다, 계산하다.
【若干(약간)】: 얼마간. ※자기가 생각하는 액수를 가리킨다.
【已(이)】: 바로, 곧, 얼마 안가서.

3 我得倍息, 遂可販二瓮, 自二瓮而爲四, 所得倍息, 其利無窮。」遂喜而舞, 不覺瓮破。→ 내가 두 배의 이익을 얻으면, 곧 두 개의 항아리를 살 수 있고, 두 개의 항아리에서 네 개가 된다. (계속 이렇게) 갑절의 이익을 얻게 되면, 그 이익이 무궁무진할 것이다.」 그리하여 좋아서 춤을 추다가, 자기도 모르게 항아리를 깨뜨려버렸다.

번역문

좋아서 춤을 추다가 독을 깨뜨리다

어느 가난한 사람이 겨우 독 하나 살 수 있는 돈을 가지고 있었는데, (독 하나를 사가지고) 밤에 독 속에 들어가 잠을 자면서 마음속으로 생각했다.

「이 독을 얼마간 받고 팔면, 그 이익이 곧 두 배가 된다. 내가 두 배의 이익을 얻으면 곧 두 개의 항아리를 살 수 있고 두 개의 항아리에서 네 개가 된다. (계속 이렇게) 갑절의 이익을 얻게 되면 그 이익이 무궁무진할 것이다.」

그리하여 좋아서 춤을 추다가 자기도 모르게 항아리를 깨뜨려버렸다.

해설

겨우 독 하나를 살 수 있는 정도의 가난한 사람이, 혼자서 돈을 불리는 환상에 빠져 마치 곧 실현될 것처럼 좋아하다가 독을 깨는 우(愚)를 범했다.

이 우언은 스스로 노력해서 성취하려는 의지가 없이 근본적으로 실현될 수 없는 망상에 빠져 허둥대는 비정상적인 사람의 황당한 행위를 풍자한 것이다.

....

【倍息(배식)】: 갑절의 이익, 두 배의 이익. 〖息〗: 이자, 이식, 이익.
【遂(수)】: 이 문구 앞의 「遂」는 「곧, 바로」의 뜻이고, 뒤의 「遂」는 「이에, 그리하여」의 뜻.
【販(판)】: 사들이다, 구입하다.
【自(자)】: …에서, …로부터.
【喜而舞(희이무)】: 좋아서 춤을 추다.
【不覺(불각)】: 자기도 모르는 사이에, 자기도 모르게.
【破(파)】: 깨지다, 파손되다.

068 욕겸삼자(欲兼三者)

《殷芸小說》

원문 및 주석

欲兼三者[1]

有客相從, 各言所志：或願爲揚州刺史, 或願多貲財, 或願騎鶴上升。[2] 其一人曰：「腰纏十萬貫, 騎鶴上揚州。」欲兼三者。[3]

1 欲兼三者 → 세 가지를 모두 겸하려 하다
【欲(욕)】: …하려고 하다, …하고자 하다.

2 有客相從, 各言所志：或願爲揚州刺史, 或願多貲財, 或願騎鶴上升。→ 손님들이 함께 모여, 각자 자기의 소원을 말했다 : 어떤 사람은 양주자사(揚州刺史)가 되기를 원하고, 어떤 사람은 많은 재물을 원하고, 어떤 사람은 학을 타고 하늘로 올라가기를 원했다.
【相從(상종)】: 함께 모이다.
【所志(소지)】: 뜻하는 바, 즉 「소망, 소원」.
【或(혹)】: 어떤 사람.
【願爲(원위)…】: …이(가) 되기를 원하다.
【揚州(양주)】: [옛 행정단위] 옛 13주의 하나로, 지금의 강소성 · 안휘성 · 강서성 · 절강성 · 복건성 지역.
【刺史(자사)】: [관직] 주(州)의 장관.
【貲財(자재)】: 재물.
【騎鶴上升(기학상승)】: 학을 타고 하늘로 올라가다. 〖騎〗: 타다, 올라타다.

3 其一人曰：「腰纏十萬貫, 騎鶴上揚州。」欲兼三者。→ 그들 중 남은 한 사람이 말하길 : 「(나는) 허리에 10만 관을 둘둘 감고, 학을 타고 양주에 가서 자사기 되길 원한다.」라고 하며, 세 가지를 모두 겸하고자 했다.
【腰(요)】: 허리.
【纏(전)】: 차다, 두르다, 둘둘 감다.

번역문

세 가지를 모두 겸하려 하다

손님들이 함께 모여 각자 자기의 소원을 말했다. 어떤 사람은 양주자사(揚州刺史)가 되기를 원하고, 어떤 사람은 많은 재물을 원하고, 어떤 사람은 학을 타고 하늘로 올라가기를 원했다. 그들 중 남은 한 사람이 말하길 「(나는) 허리에 10만 관을 둘둘 감고, 학을 타고 양주에 가서 자사가 되길 원한다.」라고 하며 세 가지를 모두 겸하고자 했다.

해설

높은 관직에 오르는 것, 재물을 많이 모으는 것, 득도(得道)하여 신선이 되는 것 중 어느 한 가지를 탐해도 이미 지나친 욕망이라고 한다면, 세 가지를 모두 겸하겠다고 하는 것은 그야말로 탐욕의 극치가 아닐 수 없다.

사람은 누구나 소망을 가지고 있으며 소망을 이루기 위해 분투노력한다. 그러나 그러한 노력에도 불구하고 소망이 마음먹은 대로 쉽게 이루어지는 것은 아니다. 우리는 흔히 「원대한 이상과 포부를 지녀야 한다」고 말한다. 원대한 포부를 지니는 것과 자기의 소망을 말하는 것은 개인의 권리이다. 그러나 이에는 상응하는 노력이 전재되어야 하며, 그렇지 않으면 다만 망상에 불과할 뿐이다.

이 우언은 소망을 말한다는 명분 아래 전혀 실현 가능성이 없는 몽상(夢想)을 마치 현실처럼 간주하여 탐욕을 드러내는 어리석은 행위를 풍자한 것이다.

【貫(관)】: 화폐 꾸러미. ※ 옛날 엽전 1천 개를 꿴 꾸러미를 1관(貫)이라 했다.
【上揚州(상양주)】: 양주에 가다. 즉 「양주에 가서 자사가 되다」의 뜻.

《고승전高僧傳》 우언

혜교(慧皎 : 497-544)는 남조(南朝) 양(梁)나라 상우(上虞)[지금의 절강성 상우현(上虞縣) 서쪽] 출신의 승려로, 회계(會稽)[지금의 절강성 소흥(紹興)] 가상사(嘉祥寺)에 거주했다. 불교의 경전을 깊이 연구하여 봄과 여름에는 불도(佛道)를 널리 펴고, 가을과 겨울에는 저술에 전념했다. 저서로 《열반경소(涅槃經疏)》《범망경소(梵網經疏)》《고승전(高僧傳)》 등이 있다.

《고승전》은 한(漢) 명제(明帝) 영평(永平) 10년(67)부터 양무제(梁武帝) 천감(天監) 18년(519)까지의 고승(高僧) 257인에 관한 전기(傳記)로, 한(漢) 위진남북조(魏晉南北朝) 시기 문인 승려들의 문학생활을 상세히 기록하고 있어 중국 불교사와 문학사의 연구에 귀중한 자료를 보존하고 있다. 원서는 본래 14권이라 했으나 근래에 간행된 판본은 15권이다.

069 세약미진(細若微塵)

《高僧傳 · 卷二 · 鳩摩羅什》

원문 및 주석

細若微塵[1]

昔狂人, 令績師績線, 極令細好。績師加意, 細若微塵, 狂人猶恨其麤。[2] 績師大怒, 乃指空示曰 :「此是細縷!」 狂人曰 :「何以不見?」[3] 師曰 :「此縷極細, 我工之良匠猶且不見, 況他人耶!」[4] 狂人大喜, 以付織師。師亦效焉, 皆蒙上賞, 而實無物。[5]

---

1 細若微塵 → 가늘기가 마치 미세한 먼지와 같다
【若(약)】: 마치 …같다.
【微塵(미진)】: 미세한 먼지.

2 昔狂人, 令績師績線, 極令細好。績師加意, 細若微塵, 狂人猶恨其麤。→ 예전에 어떤 미치광이가, 방직공에게 실을 뽑게 하고, 매우 가늘게 뽑도록 요구했다. 이에 방직공이 특별히 신경을 써서, 가늘기가 마치 미세한 먼지와 같게 했으나, 미치광이는 여전히 그것을 굵다고 원망했다.
【令(령)】: …로 하여금 …하게 하다, …에게 …하도록 시키다.
【績師(적사)】: 방직공.
【績線(적선)】: 실을 뽑다. 〖績〗: (물레 따위에서 실을) 뽑다, 잣다. 〖線〗: 실.
【極令細好(극령세호)】: 매우 가늘게 뽑도록 요구하다.
【加意(가의)】: 더욱 주의를 기울이다, 특별히 신경을 쓰다.
【猶(유)】: 여전히.
【恨(한)】: 원망하다, 불만을 표하다.
【麤(추)】: 거칠다, 굵다.

3 績師大怒, 乃指空示曰 :「此是細縷!」 狂人曰 :「何以不見?」 → 방직공이 매우 화가 나서, 곧

번역문

가늘기가 마치 미세한 먼지와 같다

예전에 어떤 미치광이가 방직공에게 실을 뽑게 하고 매우 가늘게 뽑도록 요구했다. 이에 방직공이 특별히 신경을 써서, 가늘기가 마치 미세한 먼지와 같게 했으나, 미치광이는 여전히 그것을 굵다고 원망했다. 방직공이 매우 화가 나서 곧 허공을 가리켜 보이며 말했다.

「이것은 아주 가느다란 실이오!」

그러자 미치광이가 말했다.

「어째서 보이질 않소?」

방직공이 말했다.

「이 실은 극히 가늘어서 우리 방직공 중 뛰어난 장인조차 잘 보지 못하는데, 하물며 다른 사람이야 어찌 볼 수 있겠소?」

허공을 가리켜 보이며 말했다 : 「이것은 아주 가느다란 실이오!」 그러자 미치광이가 말했다 : 「어째서 보이질 않소?」

【乃(내)】 : 곧, 바로.

【指(지)】 : 가리키다.

【縷(루)】 : 실.

【何以(하이)】 : 왜, 어째서.

4 師曰 : 「此縷極細, 我工之良匠猶且不見, 況他人耶!」 → 방직공이 말했다 : 「이 실은 극히 가늘어서, 우리 방직공 중 뛰어난 장인조차 잘 보지 못하는데, 하물며 다른 사람이야 어찌 볼 수 있겠소?」

【良匠(양장)】 : 뛰어난 장인.

【猶且(유차)…況(황)】 : …조차도 …한데 하물며.

5 狂人大喜, 以付織師。 師亦効焉, 皆蒙上賞, 而實無物。 → (그러자) 미치광이가 매우 기뻐하며, (다른) 방직공들에게도 그렇게 하라고 했다. 이에 다른 방직공들도 그대로 따라하여, 모두 후한 상을 받았다. 그러나 실제로는 아무 물건도 존재하지 않았다.

【付(부)】 : 교부하다, 부여하다. 즉 「그렇게 하도록 하다」의 뜻.

【効(효)】 : 본받다, 모방하다, 따라하다.

【蒙(몽)】 : 받다.

【上賞(상상)】 : 후한 상.

(그러자) 미치광이가 매우 기뻐하며 다른 방직공들에게도 그렇게 하라고 했다. 이에 다른 방직공들도 그대로 따라하여 모두 후한 상을 받았다. 그러나 실제로는 아무 물건도 존재하지 않았다.

해설

방직공이 뽑아낸 실은 이미 가늘기가 미세한 먼지와 같아 더 이상 가늘 수가 없었음에도 미치광이는 가늘다고 불만을 표했다. 그리하여 방직공이 실체가 없는 허공을 가리키며 미치광이를 속이자, 미치광이는 오히려 그것을 진실로 받아들였다.

이 우언은 만일 금전이나 권세를 이용하여 남에게 해낼 수 없는 일을 해내도록 강박한다면, 강박을 받은 사람은 어쩔 수 없이 속임수를 강구하여 요구자가 심리적으로 만족을 느낄 수 있도록 대응하게 된다는 이치를 설명한 것이다.

《금루자金樓子》 우언

소역(蕭繹 : 508-555)은 남난릉(南蘭陵)[지금의 강소성 상주(常州) 서북쪽] 사람으로, 자는 세성(世誠), 자호(自號)를 금루자(金樓子)라 했다. 남조(南朝) 양무제(梁武帝) 소연(蕭衍)의 일곱째 아들로 양무제 초기 상동왕(湘東王)에 봉해진 후, 회계태수(會稽太守)·시중(侍中)·형주자사(荊州刺史)·강주자사(江州刺史) 등을 지냈는데, 후경(侯景)이 난을 일으키자 서위(西魏)·북위(北魏)의 힘을 빌려 후경을 제압하고 강릉(江陵)에서 황제에 즉위하여 양원제(梁元帝)라 했다. 그러나 얼마 안가서 소찰(蕭詧)이 서위(西魏)와 결탁하여 양(梁)을 공격했고, 소역은 재위 삼 년 만에 서위(西魏)의 군사에게 잡혀 피살되었다.

소역의 저서로는 《효덕전(孝德傳)》《내전박요(內典博要)》 등 20여 종이 있었으나 명대(明代)에 대부분 없어지고, 현재 《양원제집(梁元帝集)》과 《금루자(金樓子)》가 전한다.

《금루자》는 의리(義理)를 천명한 잡저(雜著)로, 본래 10권이었으나 지금 전하는 것은 6권뿐이다.

070 환공위문(桓公喂蚊)

《金樓子·立言上》

원문 및 주석

桓公喂蚊[1]

齊桓公臥于栢寢, 謂仲父曰:「吾國富民殷, 無餘憂矣。[2] 一物失所, 寡人猶爲之悒悒。今白鳥營營, 飢而未飽, 寡人憂之。」[3] 因開翠

1 桓公喂蚊 → 환공(桓公)이 모기를 먹이다
【桓公(환공)】: 여기서는 제환공(齊桓公)을 가리친다. 주 2 참조.
【喂(위)】: 먹이다.
【蚊(문)】: 모기.

2 齊桓公臥于栢寢, 謂仲父曰:「吾國富民殷, 無餘憂矣。→ 제환공(齊桓公)이 백침대(栢寢臺)에 누워, 관중(管仲)에게 말했다:「우리는 나라가 부강하고 백성들이 부유하여, 남은 걱정거리가 없습니다.
【齊桓公(제환공)】: 춘추시대 제(齊)나라의 군주로 이름은 소백(小白)이며, 43년간(B.C. 685-B.C. 643) 재위했다. 진문공(晋文公)·진목공(秦穆公)·송양공(宋襄公)·초장왕(楚莊王)과 더불어 춘추오패(春秋五覇)의 하나. 〖齊〗: 지금의 산동성 북부와 하북성 남부에 걸쳐 있던 주대(周代)의 제후국.
【栢寢(백침)】: 대(臺) 이름. ※대는 흙이나 돌로 높이 쌓아 사방을 바라볼 수 있게 만든 곳. 〖栢〗: 柏(백)의 속자.
【仲父(중부)】: 관중(管仲). 춘추시대 제환공(齊桓公)의 재상으로, 성은 관(管), 자는 중(仲), 이름은 이오(夷吾). 제환공을 보필하여 환공으로 하여금 제후의 맹주가 되게 했다. 환공은 그를 존중하여「중부(仲父)」라 불렀다.
【殷(은)】: 풍성하다, 풍부하다. 즉「부유하다」의 뜻.
【餘憂(여우)】: 남은 걱정거리.

3 一物失所, 寡人猶爲之悒悒。今白鳥營營, 飢而未飽, 寡人憂之。」→ (다만) 한 가지 일을 잘못

紗之幬進蚊子焉。[4] 其蚊有知禮者, 不食公之肉而退; 其蚊有知足者, 嘬公而退;[5] 其蚊有不知足者, 遂長噓短吸而食之, 及其飽也, 腹腸爲之破潰。[6] 公曰 : 「嗟乎! 民生亦猶是。」[7] 乃宣下<u>齊</u>國, 修止足之

処리하여, 과인은 아직도 이 때문에 마음이 편치 않습니다. (다름이 아니라) 지금 모기가 앵앵거리며, 굶주린 채 배불리 먹지 못하고 있는데, 과인은 바로 그것을 걱정하고 있습니다.」
【一物失所(일물실소)】: 한 가지 일을 잘못 처리하다. 〖失所〗: 잘못 처리하다.
【寡人(과인)】: 과덕지인(寡德之人)이란 의미로, 임금이 자신을 낮추어 부르는 호칭.
【猶(유)】: 아직도, 여전히.
【爲之(위지)】: 이로 인해, 이 때문에.
【悒悒(읍읍)】: 걱정하다, 근심하다.
【白鳥(백조)】: 모기.
【營營(영영)】: [의성어] 앵앵거리다.
【飢(기)】: 굶주리다.
【飽(포)】: 배부르다.

4 因開翠紗之幬進蚊子焉。→ 그리하여 비취색 휘장을 열고 모기를 (장막 안으로) 들어오게 했다.
【因(인)】: 그래서, 그리하여.
【開(개)】: 열다.
【翠紗之幬(취사지주)】: 비취색 휘장.

5 其蚊有知禮者, 不食公之肉而退; 其蚊有知足者, 嘬公而退; → 그 모기들 중 예의를 아는 놈은, 환공의 살을 물지 않고 물러갔고; 그 모기들 중 만족할 줄을 아는 놈은, 환공을 한 번 물고 물러갔는데;
【知足(지족)】: 만족할 줄 알다.
【嘬(취)】: 觜(취), 물다.

6 其蚊有不知足者, 遂長噓短吸而食之, 及其飽也, 腹腸爲之破潰。→ 그 모기들 중 만족할 줄을 모르는 놈은, 끝내 먹고 싶은 대로 실컷 먹다가, 포식상태에 이르러, 이로 인해 배가 터져버렸다.
【遂(수)】: 끝내, 마침내, 결국.
【長噓短吸(장허단흡)】: 입김을 길게 불고 짧게 흡입하는 방식으로 피를 빨다. 즉 「먹고 싶은 대로 실컷 먹다」의 뜻.
【及(급)】: …에 이르다, …에 도달하다.
【腹腸(복장)】: 배와 창자. 여기서는 「배」를 가리킨다.
【爲之(위지)】: 이로 인해, 이 때문에.
【破潰(파궤)】: 터지다.

7 公曰 : 「嗟乎! 民生亦猶是。」→ 제환공이 말했다 : 「아! 백성들 역시 이와 같다.」

鑒, 節民玉食, 節民錦衣, 齊國大化。[8]

번역문

환공(桓公)이 모기를 먹이다

제환공(齊桓公)이 백침대(栢寢臺)에 누워 관중(管仲)에게 말했다.

「우리는 나라가 부강하고 백성들이 부유하여 남은 걱정거리가 없습니다. (다만) 한 가지 일을 잘못 처리하여 과인은 아직도 이 때문에 마음이 편치 않습니다. (다름이 아니라) 지금 모기가 앵앵거리며 굶주린 채 배불리 먹지 못하고 있는데, 과인은 바로 그것을 걱정하고 있습니다.」

그리하여 비취색 휘장을 열고 모기를 (장막 안으로) 들어오게 했다. 그 모기들 중 예의를 아는 놈은 환공의 살을 물지 않고 물러갔고, 그 모기들 중 만족할 줄을 아는 놈은 환공을 한 번 물고 물러갔는데, 그 모기들 중 만족할 줄을 모르는 놈은 끝내 먹고 싶은 대로 실컷 먹다가 포식상태에 이르

【嗟乎(차호)】: [감탄사] 아!
【民生(민생)】: 백성, 민중.
【猶是(유시)】: 이와 같다. 〖猶〗: (마치) …와 같다.

8 乃宣下齊國, 修止足之鑒, 節民玉食, 節民錦衣, 齊國大化。→ 그래서 제(齊)나라에 명령을 선포하고, 풍족함에서 비롯되는 낭비를 억지하는 준칙을 제정하여, 백성들이 지나치게 호의호식하는 것을 절제하니, 제나라는 근검절약의 풍조가 크게 조성되었다.
【乃(내)】: 이에, 그래서, 그리하여.
【宣下(선하)】: 명령을 선포하다.
【修(수)】: 제정하다.
【止足之鑒(지족지감)】: 풍족함에서 비롯되는 낭비를 억지하는 준칙. 〖鑒〗: 귀감, 본보기, 거울. 여기서는 「준칙」을 가리킨다.
【節民玉食, 節民錦衣(절민옥식, 절민금의)】: 백성들이 지나치게 호의호식하는 것을 절제하다. 〖節〗: 절제하다. 〖玉食〗: 진귀하고 맛있는 음식. 여기서는 「진탕 먹고 마시는 것」을 가리킨다. 〖錦衣〗: 비단 옷. 여기서는 「화려한 복장」을 가리킨다.
【大化(대화)】: 크게 변화하다. 즉 「근검절약의 풍조가 크게 조성되다」의 뜻.

러, 이로 인해 배가 터져버렸다.

환공이 말했다.

「아! 백성들 역시 이와 같다.」

그래서 제(齊)나라에 명령을 선포하고, 풍족함에서 비롯되는 낭비를 금지하는 준칙을 제정하여 백성들이 지나치게 호의호식하는 것을 절제하니, 제나라는 근검절약의 풍조가 크게 조성되었다.

해설

제환공(齊桓公)은 굶주린 모기의 허기를 채워주기 위해 장막의 휘장을 열어 자기의 피를 빨게 하다가, 모기의 세 가지 성향이 백성들과 공통점을 지니고 있다는 이치를 터득하고, 곧 낭비를 금지하는 법령을 제정하여 제(齊)나라 백성들의 근검절약 정신을 고취시켰다.

이 우언은 설사 나라가 부강하여 백성들의 의식주 생활이 풍족하다 해도, 지나친 사치와 낭비를 금하고 근검절약해야 한다는 도리를 강조한 것이다.

071 가월구익(假越救溺)

《金樓子 · 立言下》

원문 및 주석

假越救溺[1]

昔有假人於越而救溺子, 越人雖善游, 子必不生矣。[2]

번역문

월(越)나라 사람을 청하여 물에 빠진 사람을 구하려 하다

옛날에 어떤 사람이 (멀리 떨어진) 월(越)나라에서 사람을 청하여 물에 빠진 자기 아들을 구하려 했다. 월나라 사람이 비록 헤엄을 잘 친다 해도 그 아들은 틀림없이 살아나지 못할 것이다.

1 假越救溺 → 월(越)나라 사람을 청하여 물에 빠진 사람을 구하려 하다
【假(가)】: 빌리다, 차용하다. 여기서는 「청하다, 청해오다」의 뜻.
【越(월)】: [국명] 지금의 절강성 일대에 있던 춘추시대의 제후국.
【溺(익)】: 물에 빠지다. 여기서는 「물에 빠진 사람」을 가리킨다.

2 昔有假人於越而救溺子, 越人雖善游, 子必不生矣。 → 옛날에 어떤 사람이 (멀리 떨어진) 월(越)나라에서 사람을 청하여 물에 빠진 자기 아들을 구출하려 했다. 월나라 사람이 비록 헤엄을 잘 친다 해도, 그 아들은 틀림없이 살아나지 못할 것이다.
【溺子(익자)】: 물에 빠진 아들.
【善游(선유)】: 헤엄을 잘 치다, 수영을 잘하다.

해설

미신과 시대에 뒤떨어진 낡은 사고는 재난을 당한 사람에게 복음을 가져다주지 못한다. 사람이 위험한 지경에 처했을 때 중요한 것은 때와 형세를 잘 살펴 임기응변을 잘 해야 짧은 시간에 재난을 해결할 수 있다.

이 우언은 「遠水不救近火(원수불구근화 : 먼 곳의 물로는 가까이 있는 불을 끄지 못한다)」라는 속담처럼, 먼 곳에 있는 것은 절박할 때 도움을 주지 못한다는 이치를 설명한 것이다.

072 헌향옹부(獻香齆婦)

《金樓子·雜記上》

원문 및 주석

獻香齆婦[1]

昔玉池國有民, 婿面大醜, 婦國色, 鼻齆。壻乃求媚此婦, 終不肯回。[2] 遂買西域無價名香而熏之, 還入其室。[3] 婦旣齆矣, 豈分香臭

1 獻香齆婦 → 코가 막힌 아내에게 향료를 바치다
【獻(헌)】: 바치다.
【齆(옹)】: 코가 막히다.

2 昔玉池國有民, 婿面大醜, 婦國色, 鼻齆。婿乃求媚此婦, 終不肯回。→ 옛날 옥지국(玉池國)의 백성 중에, 남편은 매우 못생기고, 아내는 나라에서 으뜸가는 미인이었으나, 코가 막혀 냄새를 맡지 못하는 부부가 있었다. 이에 남편이 자기 아내의 환심을 사려고 여러모로 애를 썼으나, (아내가) 끝내 집으로 돌아가려 하지 않았다.
【玉池國(옥지국)】: 고대 국가. ※「(실존하지 않은) 가탁한 국가」라고 풀이하기도 한다.
【婿(서)】: 남편.
【醜(추)】: 추하다, 못생기다.
【國色(국색)】: 용모가 매우 아름다운 여자.
【乃(내)】: 이에, 그래서, 그리하여.
【求媚(구미)】: 환심을 사고자 애를 쓰다.
【終(종)】: 끝내.
【不肯(불긍)】: …하려 들지 않다, …하려 하지 않다.

3 遂買西域無價名香而熏之, 還入其室。→ 그리하여 남편은 값이 매우 비싼 서역(西域)의 유명한 향료를 사서 (방안에) 냄새를 스며들게 한 후, (아내를) 데리고 돌아와 방으로 들어갔다.
【遂(수)】: 이에, 그리하여.
【西域(서역)】: 한(漢) 이후 중앙아시아 각국을 「서역」이라 불렀다.

哉? 世有不適物而變通求進, 盡皆此類也。[4]

번역문

코가 막힌 아내에게 향료를 바치다

옛날 옥지국(玉池國)의 백성 중에 남편은 용모가 매우 못생기고, 아내는 나라에서 으뜸가는 미인이었으나 코가 막혀 냄새를 맡지 못하는 부부가 있었다. 이에 남편이 자기 아내의 환심을 사려고 여러모로 애를 썼으나 (아내가) 끝내 집으로 돌아가려 하지 않았다. 그리하여 남편은 값이 매우 비싼 서역(西域)의 유명한 향료를 사서 (방안에) 냄새를 스며들게 한 후, 아내를 데리고 돌아와 방으로 들어갔다. (그러나) 아내의 코가 이미 막혀 있으니 어찌 향내와 구린내를 구별하겠는가? 세상에는 객관적 사물의 실제 상황에 대해 적합한 방법을 채택하지 않고 문제를 해결하려는 사람들이

....

【無價名香(무가명향)】: 값이 매우 비싼 유명한 향료.
【熏(훈)】: 향기를 쏘이다, 냄새를 스며들게 하다.
【還(환)】: 데리고 돌아오다.

4 婦旣齆矣, 豈分香臭哉? 世有不適物而變通求進, 盡皆此類也。→ (그러나) 아내의 코가 이미 막혀 있으니, 어찌 향내와 구린내를 구별하겠는가? 세상에는 객관적 사물의 실제 상황에 대해 적합한 방법을 채택하지 않고 문제를 해결하려는 사람들이 있는데, 이들은 모두가 다 옥지국의 못생긴 남편과 같은 부류들이다.
【旣(기)】: 이미.
【豈(기)】: 어찌.
【分(분)】: 분별하다, 구별하다.
【香臭(향취)】: 향내와 구린내.
【不適物而變通求進(부적물이변통구진)】: 객관적 사물의 실제상황에 대해 적합한 방법을 채택하지 않고 변통방법으로 문제를 해결하려 하다. 〖不適物〗: 부적합한 사물. 〖變通求進〗: 변통방법으로 개진(改進)을 도모하다. 즉「변통방법으로 문제를 해결하려 하다」의 뜻.
【盡皆(진개)】: 모두 다.
【此類(차류)】: 이러한 부류. 즉「옥지국의 못생긴 남편과 같은 부류」.

있는데, 이들은 모두가 다 옥지국의 못생긴 남편과 같은 부류들이다.

해설

코가 막혀 냄새를 맡지 못하는 아내에게 아무리 좋은 향료를 선물한다 해도 그것은 무용지물일 뿐이다. 따라서 사람에게 물건을 선물하려면 반드시 상대방의 필요에 따라 선택해야 한다.

이 우언은 일을 하는데 있어서 대상을 고려하지 않고 실제 상황에 부합하지 않게 행동하는 어리석은 사람을 풍자한 것이다.

073 부자걸양(富者乞羊)

《金樓子 · 雜記下》

원문 및 주석

富者乞羊[1]

楚之富者, 牧羊九十九而願百。[2] 嘗訪邑里故人, 其隣人貧有一羊者, 富拜之曰 : 「吾羊九十九, 今君之一, 盈成我百, 則牧數足矣。」[3]

1 富者乞羊 → 부자가 양을 구걸하다
【乞(걸)】: 구걸하다, 빌다, 애걸하다.

2 楚之富者, 牧羊九十九而願百。→ 초(楚)나라의 부자가, 양 아흔아홉 마리를 방목하면서 백 마리를 채우고 싶어 했다.
【楚(초)】: [국명] 지금의 호남성 · 호북성과 강서성 · 절강성 및 하남성 남부에 걸쳐 있던 주대(周代)의 제후국.
【牧(목)】: 방목하다.
【願百(원백)】: 백 마리를 채우고 싶어 하다.

3 嘗訪邑里故人, 其隣人貧有一羊者, 富拜之曰 : 「吾羊九十九, 今君之一, 盈成我百, 則牧數足矣。」→ (그가) 일찍이 마을의 친한 친구를 찾아간 적이 있는데, 그의 이웃집 사람이 가난하여 양 한 마리를 기르고 있었다. 부자가 그 이웃집 사람을 찾아가 말했다 : 「나의 양 아흔아홉 마리에다, 지금 당신의 양 한 마리를, 나에게 주어 백 마리를 채운다면, 내가 기르는 양의 수가 충분할 것이오.」
【嘗(상)】: 일찍이.
【訪(방)】: 찾아가다, 방문하다.
【邑里(읍리)】: 마을.
【故人(고인)】: 친한 친구.
【拜(배)】: 방문하다.
【盈成(영성)】: 채워 만들다, 채워 이루다.
【牧數足(목수족)】: 기르는 양의 수가 충족되다.

번역문

부자가 양을 구걸하다

초(楚)나라의 부자가 양 아흔아홉 마리를 방목하면서 백 마리를 채우고 싶어 했다. (그가) 일찍이 마을의 친한 친구를 찾아간 적이 있는데, 그의 이웃집 사람이 가난하여 양 한 마리를 기르고 있었다. 부자가 그 이웃집 사람을 찾아가 말했다.

「나의 양 아흔아홉 마리에다, 지금 당신의 양 한 마리를 나에게 주어 백 마리를 채운다면, (내가) 기르는 양의 수가 충분할 것이오.」

해설

아흔아홉 마리의 양을 가지고 있는 사람과 한 마리의 양을 가지고 있는 사람은 비교할 수 없을 만큼 엄청난 차이가 있다. 그럼에도 불구하고 가난한 사람에게 한 마리를 얻어 백 마리를 채우려고 한다. 이러한 사람은 세상을 다 갖는다 해도 결코 만족을 느끼지 못한다.

이 우언은 탐욕이 끝이 없고 부자가 되기 위해 인정을 포기한 사람의 몰염치한 행위를 풍자한 것이다.

《위서魏書》 우언

위수(魏收 : 505 - 572)는 북조(北朝) 북제(北齊)의 문학가이자 사학가로, 자는 백기(伯起)이며 거록(鉅鹿)[지금의 하북성 평향(平鄕) 일대] 사람이다. 그는 어려서부터 문재(文才)가 뛰어나 15세에 능히 문장을 지어 재능을 드러냈으며, 26세 때는 《봉선서(封禪書)》를 기초한 것을 계기로 북위(北魏) 절민제(節閔帝)의 눈에 들어 산기시랑(散騎侍郞)을 제수 받아 기거주(起居注)를 주관하고 국사(國史)를 편찬하기도 했다.

위수는 동위(東魏)에서 비서감(秘書監)과 정주대중정(定州大中正)을 지낸 후, 북제(北齊)로 들어와 중서령(中書令) 겸 저작랑(著作郞)에 임명되었는데, 이때 나라의 조서(詔書)는 대부분 위수가 작성했다. 그 후 그는 북제(北齊) 문선제(文宣帝) 천보(天保) 연간에 등언해(鄧彦海)와 최호(崔浩)가 편찬한 「위사(魏史)」를 기초로 《위서(魏書)》 130권을 완성했는데, 《위서》는 북위(北魏) 성제(成帝)로부터 동위(東魏) 효정제(孝靜帝)까지의 역사를 기록한 기전체의 사서로 중국의 정사(正史)인 이십오사(二十五史) 중의 하나이다.

074 절전교자(折箭教子)

《魏書 卷101 · 列傳第89 吐谷渾傳》

원문 및 주석

折箭教子[1]

阿豺有子二十人。…謂曰：「汝等各奉吾一隻箭，折之地下。」[2] 俄而命母弟慕利延曰：「汝取一隻箭折之。」慕利延折之。[3] 又曰：「汝

1 折箭教子 → 화살을 꺾어 자식을 가르치다
【折(절)】: 꺾다, 부러뜨리다.
【箭(전)】: 화살.

2 阿豺有子二十人。…謂曰：「汝等各奉吾一隻箭，折之地下。」→ 아표(阿豺)는 스무 명의 아들이 있다. … 아표가 이들에게 말했다 : 「너희들 각자 나에게 화살 한 개씩 가져와, 그것을 꺾어 땅에 내려놓아라.」
【阿豺(아시)】: [인명] 위진남북조 남조(南朝) 송(宋)나라 때 서북방의 소수민족 토곡혼(吐谷渾)의 우두머리.
【汝等(여등)】: 너희들. 〖汝〗: 너. 〖等〗: [복수형] …들.
【奉(봉)】: 捧(봉), 바치다, 들이다, 받들어 올리다. 여기서는 「가져오다」의 뜻.
【隻(척)】: [양사] 개(個).

3 俄而命母弟慕利延曰：「汝取一隻箭折之。」慕利延折之。→ 잠시 후 동생 모리연(慕利延)에게 명했다 : 「너 화살 하나를 가져와 그것을 꺾어보아라.」 모리연이 화살을 꺾었다.
【俄而(아이)】: 잠시 후, 조금 있다가.
【母弟(모제)】: 동복동생, 친동생.
【慕利延(모리연)】: [인명].
【取(취)】: 취하다. 즉 「가지다」의 뜻.
【之(지)】: [대명사] 그것, 즉 「화살」.

取十九隻箭折之。」延不能折。[4] 阿豺曰 :「汝曹知否? 單者易折, 衆則難摧。戮力一心, 然後社稷可固。」言終而死。[5]

번역문

화살을 꺾어 자식을 가르치다

아표(阿豺)는 스무 명의 아들이 있다. … 아표가 이들에게 말했다.

「너희들 각자 나에게 화살 한 개씩 가져와서 그것을 꺾어 땅에 내려놓아라.」

잠시 후 동생 모리연(慕利延)에게 명했다.

「너 화살 하나를 가져와 그것을 꺾어보아라.」

모리연이 화살을 꺾었다.

아표가 또 (모리연에게) 말했다.

---

4 又曰 :「汝取十九隻箭折之。」延不能折。→ 아표가 또 (모리연에게) 말했다 :「네가 화살 열아홉 개를 가져와 그것을 꺾어보아라.」 모리연이 꺾을 수가 없었다.

5 阿豺曰 :「汝曹知否? 單者易折, 衆則難摧。戮力一心, 然後社稷可固。」言終而死。→ 아표가 (모두에게) 말했다 :「너희들은 알았느냐? 하나의 화살은 꺾기가 쉽지만, 많은 화살은 꺾기가 어렵다. 힘을 합치고 한마음이 되어야, 연후에 나라가 튼튼해질 수 있다.」 (아표는) 말을 마치고 숨을 거두었다.

【汝曹(여조)】: 너희들. 〖曹〗: [복수형] …들.

【單者(단자)】: 홑, 하나. 여기서는 「한 개의 화살」을 가리킨다.

【易折(이절)】: 꺾기가 쉽다.

【衆(중)】: 많다. 여기서는 「많은 화살」을 가리킨다.

【難摧(난최)】: 꺾기가 어렵다. 〖摧〗: 꺾다, 부러뜨리다.

【戮力一心(육역일심)】: 힘을 합치고 한마음이 되다. 〖戮力〗: 힘을 합치다, 협력하다.

【社稷(사직)】: 국가. ※본래 「社」는 토지신이고, 「稷」은 곡신(穀神)을 가리키는데, 옛날에는 임금이 나라를 세우면 동시에 사직신묘(社稷神廟)를 세워 제사를 지냈기 때문에, 사직은 곧 국가를 지칭하게 되었다.

【固(고)】: 공고하다, 튼튼하다.

【終(종)】: [동사] 마치다, 끝내다.

「네가 화살 열아홉 개를 가져와 그것을 꺾어보아라.」

모리연이 꺾을 수가 없었다.

아표가 (모두에게) 말했다.

「너희들은 알았느냐? 하나의 화살은 꺾기가 쉽지만, 많은 화살은 꺾기가 어렵다. 힘을 합치고 한마음이 되어야 연후에 나라가 튼튼해질 수 있다.」

(아표는) 말을 마치고 숨을 거두었다.

해설

아표(阿豺)는 한 개의 화살은 쉽게 꺾여도 열아홉 개를 합치면 꺾이지 않는다는 실험을 통해, 자기 자식들로 하여금 모두가 단결하여 힘을 합쳐야 나라의 기반이 공고해질 수 있다는 이치를 깨닫게 했다.

이 우언은 단결해야 힘이 생기고 힘이 있어야 승리할 수 있다는 이치를 설명한 것이다.

《유자劉子》 우언

유주(劉晝 : 514-565)는 북조(北朝)시대 북제(北齊)의 문학가로, 자는 공소(孔昭)이며 발해(渤海) 부성(阜城)[지금의 하북성 교하(交河)] 사람이다. 어려서부터 배우기를 좋아하여 유가(儒家)인 이보정(李寶鼎)에게 「삼례(三禮)」를 배우고, 마경덕(馬敬德)에게 《복씨춘추(服氏春秋)》를 배웠다. 그는 《육합부(六合賦)》와 《고사불우전(高士不遇傳)》을 지었으나 일찍이 실전되어 전하지 않는다.

《유자(劉子)》는 치국(治國) 수신(修身)의 요지와 전국시대 유가(儒家)·도가(道家)·음양가(陰陽家)·법가(法家)·명가(名家)·묵가(墨家)·종횡가(縱橫家)·잡가(雜家)·농가(農家) 등 구가(九家)의 학설에 관해 논한 책으로, 철학·경제·정치·군사·문예 등의 모든 영역을 섭렵하고 있다. 작자에 대해서는 《구당서(舊唐書)》와 《신당서(新唐書)》에 유협(劉勰)이라 하고, 송(宋) 조공무(晁公武)의 《군재독서지(郡齋讀書志)》에 유주(劉晝)라 하여 설이 일치하지 않았으나, 오늘날 대부분의 주석서는 유주를 《유자》의 작자로 보고 있다.

075 혁추패혁(弈秋敗弈)

《劉子·專務》

원문 및 주석

弈秋敗弈[1]

奕秋, 通國之善奕也。[2] 當奕之思, 有吹笙過者, 乍而聽之, 則弈敗矣。[3] 非弈道暴深, 情有蹔暗, 笙猾之也。[4]

1 弈秋敗弈 → 혁추(弈秋)가 바둑을 지다
【弈秋(혁추)】: [인명] 옛날 바둑의 고수 이름.
【敗弈(패혁)】: 바둑을 지다, 바둑을 패하다.

2 奕秋, 通國之善奕也。→ 혁추는, 전국에서 이름난 바둑의 고수이다.
【通國(통국)】: 전국, 온 나라.
【善弈(선혁)】: 바둑의 고수, 바둑을 잘 두는 사람.

3 當奕之思, 有吹笙過者, 乍而聽之, 則弈敗矣。→ 그가 정신을 집중하여 바둑을 두고 있을 때, 어떤 사람이 생황(笙簧)을 불며 지나가자, 갑자기 그 소리를 듣고, 이 판의 바둑을 졌다.
【當(당)】: …할 때.
【奕之思(혁지사)】: 정신을 집중하여 바둑을 두다.
【吹笙(취생)】: 생황을 불다. 〖笙〗: [악기] 생황. ※아악(雅樂)에 쓰는 관악기의 하나.
【過(과)】: 지나가다.
【乍而聽之(사이청지)】: 갑자기 생황 부는 소리를 듣다. 〖乍〗: 갑자기, 돌연, 별안간.

4 非弈道暴深, 情有蹔暗, 笙猾之也。→ (이는) 오묘한 수를 만난 것이 아니라, 생황의 소리가 그를 교란시켜 생각이 잠시 흐려진 것이다.
【弈道暴深(혁도폭심)】: 바둑의 수가 오묘해지다. 즉 「오묘한 수를 만나다」의 뜻. 〖弈道〗: 바둑의 수. 〖暴深〗: 심오하다, 오묘하다.
【情有蹔暗(정유잠암)】: 생각이 잠시 혼미해지다. 〖情〗: 감정, 생각, 사고. 〖蹔〗: 暫(잠), 잠시. 〖暗〗: 흐려지다, 혼미해지다.
【猾(활)】: 어지럽히다, 교란시키다.

번역문

혁추(弈秋)가 바둑을 지다

혁추(弈秋)는 전국에서 이름난 바둑의 고수이다. 그가 정신을 집중하여 바둑을 두고 있을 때 어떤 사람이 생황(笙簧)을 불며 지나가자, 갑자기 그 소리를 듣고 이 판의 바둑을 졌다. (이는) 오묘한 수를 만난 것이 아니라 생황의 소리가 그를 교란시켜 생각이 잠시 흐려진 것이다.

해설

나라를 통틀어 바둑을 잘 두기로 이름난 혁추(弈秋)가 정신을 집중하여 바둑을 두다가 갑자기 들려온 생황 소리에 빠져 그 판을 지고 말았다.

이 우언은 무슨 일을 막론하고 정신을 한 곳에 집중하지 않으면 아무리 탁월한 능력을 지녔다 해도 실패할 수 있다는 이치를 설명한 것이다.

076 예수실산(隸首失算)

《劉子 · 專務》

원문 및 주석

隸首失算[1]

隸首, 天下之善筭也。當筭之際, 有鳴鴻過者, 彎弧擬之, 將發未發之間, 問以三五, 則不知也。[2] 非三五難筭, 意有暴昧, 鴻亂之也。[3]

1 隸首失算 → 예수(隸首)가 셈을 틀리다
【隸首(예수)】: [인명] 옛날 셈에 능통했던 사람 이름.
【失算(실산)】: 오산하다, 셈을 틀리다.

2 隸首, 天下之善筭也。當筭之際, 有鳴鴻過者, 彎弧擬之, 將發未發之間, 問以三五, 則不知也。 → 예수(隸首)는, 천하에서 셈을 잘하기로 이름난 사람이다. 그가 셈을 할 때, 기러기가 울며 지나가, 활을 당겨 쏘려고 하는데, 이때, 3×5를 물으면, (답을) 알지 못한다.
【善筭(선산)】: 셈에 능하다, 셈을 잘하다. 〖筭〗: 算(산).
【當(당)…之際(지제)】: …할 때.
【鴻(홍)】: 기러기.
【彎弧擬之(만호의지)】: 활을 당겨 쏘려고 하다. 〖彎弧〗: 활을 당기다. 〖擬〗: 준비하다, 계획하다.
【將(장)…之間(지간)】: 막 …하려 할 때. 〖際〗: 때, 즈음, 무렵, 시기.
【三五(삼오)】: 3×5.

3 非三五難筭, 意有暴昧, 鴻亂之也。 → (이는) 3×5가 셈하기 어려운 것이 아니라, 기러기가 그를 교란시켜, 생각이 갑자기 흐려진 것이다.
【難筭(난산)】: 셈하기가 어렵다.
【意(의)】: 생각.
【暴(폭)】: 갑자기, 돌연.
【昧(매)】: (사리에) 어둡다, 우매하다, 흐려지다.
【亂(란)】: 교란시키다, 혼란하게 하다.

번역문

예수(隸首)가 셈을 틀리다

예수(隸首)는 천하에서 셈을 잘하기로 이름난 사람이다. 그가 셈을 할 때 기러기가 울며 지나가 활을 당겨 쏘려고 하는데, 이때 3×5를 물으면 (답을) 알지 못한다. (이는) 3×5가 셈하기 어려운 것이 아니라 기러기가 그를 교란시켜 생각이 갑자기 흐려진 것이다.

해설

천하에서 셈을 잘 하기로 이름난 예수(隸首)라 해도, 셈을 하다가 다른 데 정신을 팔면 삼척동자가 할 수 있는 3×5를 모를 수 있다.

이 우언은 정신을 한 곳에 집중하지 않으면 아무리 탁월한 능력을 지녔다 해도 실패할 수 있다는 이치를 설명한 것이다.

077 잠정(岑鼎)

《劉子 · 履信》

원문 및 주석

岑鼎[1]

昔齊攻魯, 求其岑鼎。魯侯僞獻他鼎而請盟焉。[2] 齊侯不信, 曰 : 「使柳季云是, 則請受之。」[3] 魯使柳季, 柳季曰 : 「君以鼎免國, 信者, 亦臣之國。今欲破臣之國, 全君之國, 臣所難也。」乃獻岑鼎。[4]

1 岑鼎 → 잠정(岑鼎)

【岑鼎(잠정)】: 노(魯)나라의 정(鼎) 이름. 〖鼎〗: 옛날 나라의 보물로 여기던 발이 셋이고 귀가 둘 달린 솥. 전설에 의하면 본래 정(鼎)은 하(夏)나라 우(禹)임금이 9주(州)에서 바친 동(銅)을 가지고 모두 아홉 개를 주조한 후, 하(夏) · 상(商) · 주(周) 삼대에 걸쳐 전국 구주(九州)를 상징하는 보물로 전해왔다. 따라서 고대의 통치자들은 정(鼎)을 나라를 세우는 중요한 기구인 동시에 정권의 상징으로 여겼다.

2 昔齊攻魯, 求其岑鼎。魯侯僞獻他鼎而請盟焉。→ 예전에 제(齊)나라가 노(魯)나라를 공격하여, 노나라의 잠정(岑鼎)을 요구했다. 노나라의 군주는 가짜 잠정을 바치고 맹약을 요청했다.

【齊(제)】: [국명] 지금의 산동성 북부와 하북성 남부에 걸쳐 있던 주대(周代)의 제후국.

【魯(노)】: [국명] 지금의 산동성 일대에 있던 주대(周代)의 제후국.

【求(구)】: 요구하다.

【僞獻他鼎(위헌타정)】: 거짓으로 다른 정을 바치다. 즉 「가짜 잠정을 바치다」의 뜻. 〖僞〗: 거짓, 가장. 〖獻〗: 바치다.

【請盟(청맹)】: 맹약을 요청하다.

3 齊侯不信, 曰 : 「使柳季云是, 則請受之。」→ 제나라 군주가 이를 믿지 않고, 말했다 : 「만일 (노나라의 고명한 선비) 유계(柳季)가 진품이라고 말하면, 받겠습니다.」

번역문

잠정(岑鼎)

예전에 제(齊)나라가 노(魯)나라를 공격하여 노나라의 잠정(岑鼎)을 요구했다. 노나라의 군주는 가짜 잠정을 바치고 맹약을 요청했다. 제나라 군주가 이를 믿지 않고 말했다.

「만일 (노나라의 고명한 선비) 유계(柳季)가 진품이라고 말하면 받겠습니다.」

노나라 군주가 유계를 파견하려 하자 유계가 말했다.

「임금님은 가짜 잠정을 가지고 나라의 위기를 면하시겠지만, 신용은 또한 제 입신(立身)의 근본입니다. 지금 제 입신의 근본을 훼손하여 임금님의 나라를 보전하고자 한다면, 저는 수락할 수 없습니다. 그리하여 (노나라 군주는 하는 수 없이) 진짜 잠정을 바쳤다.

....

【使(사)】: 만일, 만약.
【柳季(유계)】: [인명] 노나라의 고명한 선비.
【云是(운시)】: 그렇다고 말하다. 즉 「진품이라고 말하다」의 뜻. 〖云〗: 말하다.
【請(청)】: 본래 상대방에게 동의를 구할 때 사용하는 겸어(謙語)이나, 여기서는 자기 뜻대로 하면서 형식적으로 상대방의 동의를 구하는 것처럼 사용한 말이다.

4 魯使柳季, 柳季曰:「君以鼎免國, 信者, 亦臣之國。今欲破臣之國, 全君之國, 臣所難也。」乃獻岑鼎。→ 노나라 군주가 유계를 파견하려 하자, 유계가 말했다:「임금님은 가짜 잠정을 가지고 나라의 위기를 면하시겠지만, 신용은, 또한 제 입신(立身)의 근본입니다. 지금 제 입신의 근본을 훼손하여, 임금님의 나라를 보전하고자 한다면, 저는 수락할 수 없습니다. 그리하여 (노나라 군주는 하는 수 없이) 진짜 잠정을 바쳤다.
【使(사)】: 보내다, 파견하다.
【以鼎免國(이정면국)】: 정(鼎)을 가지고 나라의 위기를 면하다.
【臣之國(신지국)】: 제 입신(立身)의 근본. 〖臣〗: [군주에 대한 신하나 백성의 자칭] 신, 저. 〖國〗: 입신(立身)의 근본.
【欲(욕)】: …하고자 하다, …하려고 하다, …하길 바라다.
【破(파)】: 깨다, 훼손하다, 망가뜨리다.
【難(난)】: 어렵다. 즉 「수락할 수 없다」의 뜻.
【乃(내)】: 그리하여.

해설

제(齊)나라가 노(魯)나라에 쳐들어가 노나라의 잠정(岑鼎)을 요구했다. 잠정은 예로부터 국가를 상징하는 귀중한 보물이다. 그리하여 노나라가 가짜 잠정을 만들어 바치려 하자, 제나라 군주가 노나라 군주의 말을 믿으려하지 않고, 노나라의 고명한 선비인 유계(柳季)의 말이라면 믿겠다고 했다. 그리하여 노나라 군주가 유계에게 거짓 증언을 해줄 것을 청하니, 유계는 자신의 신용이 훼손되는 것을 우려하여 거절했고, 노나라는 결국 진짜 잠정을 바쳤다.

이 우언은 기만술책이 나라를 위태롭게 할 수 있다는 것을 모르고 「눈 가리고 아웅」하는 식으로 대응하려는 노나라 군주의 소심한 자질을 비난하는 동시에, 군주의 엄한 요청을 두려워하지 않고 자신의 명예를 소중히 여기는 유계의 고매한 품격을 찬양한 것이다.

※ 참고 : 이 고사는 《한비자(韓非子) · 설림하(說林下)》의 「眞假寶鼎(진가보정)」과 거의 같은 내용이다. 다만 《한비자》에 등장하는 고명한 선비 악정자춘(樂正子春)이 《유자》에서는 유계(柳季)로 대신하고 있다. 아마도 《유자》가 《한비자》를 모방한 것으로 여겨진다.

078 관비견우(貫鼻牽牛)

《劉子 · 思順》

원문 및 주석

貫鼻牽牛[1]

今使孟說引牛之尾, 尾斷臏裂, 不行十步。[2] 若環桑之條以貫其鼻, 縻以尋綯, 被髮童子騎而策之, 風於廣澤, 恣情所趣。何者?[3] 十步之行, 非遠於廣澤, 被髮之童, 非勇於孟說, 然而近不及遠, 强不

1 貫鼻牽牛 → 소의 코를 꿰어 끌다
【貫(관)】: 꿰다, 꿰뚫다.
【鼻(비)】: 코.
【牽(견)】: 끌다.

2 今使孟說引牛之尾, 尾斷臏裂, 不行十步。→ 지금 맹분(孟賁)으로 하여금 소의 꼬리를 잡아 당기게 하면, 꼬리가 끊어지고 종지뼈가 파열되어, 열 걸음도 가지 못한다.
【使(사)】: …로 하여금 …하게 하다, …에게 …하도록 하다.
【孟說(맹열)】: [인명] 맹분(孟賁). ※ 전국시대의 제(齊)나라의 역사(力士) 이름.
【引(인)】: 끌다, 끌어 당기다.
【臏(빈)】: 종지뼈.
【裂(열)】: 파열되다, 쪼개지다, 갈라지다.

3 若環桑之條以貫其鼻, 縻以尋綯, 被髮童子騎而策之, 風於廣澤, 恣情所趣。何者? → 만일 뽕나무를 묶는 밧줄로 소의 코를 꿰어, 여덟 자의 밧줄로 묶고, 산발한 아이가 소의 등에 올라타 채찍질을 하여, 넓은 연못에 풀어 놓으면, 멋대로 빨리 달린다. 어째서 그런가?
【若(약)】: 만일, 만약.
【環桑之條(환상지조)】: 뽕나무를 묶는 밧줄.
【縻以尋綯(미이심도)】: 여덟 자 길이의 밧줄로 매다. 〖縻〗: (밧줄로) 묶다, 매다. 〖尋〗: [길

如弱者, 逆之與順也。[4]

번역문

소의 코를 꿰어 끌다

지금 맹분(孟賁)으로 하여금 소의 꼬리를 잡아당기게 하면 꼬리가 끊어지고 종지뼈가 파열되어 열 걸음도 가지 못한다. 만일 뽕나무를 묶는 밧줄로 소의 코를 꿰어 여덟 자의 밧줄로 묶고, 산발한 아이가 소의 등에 올라타 채찍질을 하여 넓은 연못에 풀어 놓으면 멋대로 빨리 달린다. 어째서 그런가? 열 걸음의 보행은 넓은 연못보다 (거리가) 멀지 않고, 산발한 아이는 맹분보다 용감하지 않다. 그런데 열 걸음의 가까운 거리를 가면서 넓은 연못의 먼 거리를 달리는 것에 미치지 못하고, 강자인 맹분이 약자인 아이

이 단위] 8척(尺), 여덟 자. 〖緉〗: 새끼, 노끈, 밧줄.

【被髮(피발)】: 머리를 풀어 헤치다, 산발하다. ※ 옛날 풍속에 성년이 되면 결발(結髮)을 하고, 아이들은 산발을 했다.

【騎(기)】: (말을) 타다.

【策(책)】: 채찍질하다.

【風於廣澤(풍어광택)】: 넓은 연못에 놓아두다. 〖風〗: 放(방), 놓아두다.

【恣情所趨(자정소추)】: 마음껏 빨리 달리다. 〖恣情〗: 멋대로, 마음대로. 〖趨〗: 빨리 달리다.

4 十步之行, 非遠於廣澤, 被髮之童, 非勇於孟說, 然而近不及遠, 强不如弱者, 逆之與順也。→ 열 걸음의 보행은, 넓은 연못보다 (거리가) 멀지 않고, 산발한 아이는, 맹분보다 용감하지 않다. 그런데 열 걸음의 가까운 거리를 가면서 넓은 연못의 먼 거리를 달리는 것에 미치지 못하고, 강자인 맹분이 약자인 아이보다 빨리 가지 못하는 것은, 바로 역행(逆行)과 순행(順行)에서 비롯된 것이다.

【然而(연이)】: 그러나, 그런데.

【近不及遠(근불급원)】: 가까운 곳이 먼 곳에 미치지 못하다. 즉 「열 걸음의 가까운 거리를 가면서 넓은 연못의 먼 거리를 달리는 것에 미치지 못하다」의 뜻.

【强不如弱(강불여약)】: 강자가 약자보다 못하다. 즉 「강자인 맹분이 약자인 아이보다 빨리 가지 못하다」의 뜻.

【逆之與順(역지여순)】: 역행(逆行)과 순행(順行).

보다 빨리 가지 못하는 것은, 바로 역행(逆行)과 순행(順行)에서 비롯된 것이다.

해설

맹분(孟賁)과 같은 장사가 소의 꼬리를 잡아당기면 비록 소가 힘이 세다 해도 자유스럽게 앞으로 나아갈 수가 없지만, 어린아이가 소의 등에 올라타 넓은 연못가에 풀어 두고 채찍질을 하면 소는 마음껏 빨리 달릴 수 있다. 이는 본문의 말미에서 말했듯이 역행(逆行)과 순행(順行)의 원리로 말미암은 것이다.

이 우언은 어떤 일을 막론하고 강제로 추구하면 역효과가 나고, 자연에 순응하면 적은 노력으로 많은 효과를 거둘 수 있다는 이치를 설명한 것이다.

079 공수각봉(公輸刻鳳)

《劉子 · 知人》

원문 및 주석

公輸刻鳳[1]

公輸之刻鳳也, 冠距未成, 翠羽未樹, 人見其身者, 謂之鴋鴟; 見其首者, 名曰鴮鸅。皆訾其醜而笑其拙。[2] 及鳳之成, 翠冠雲聳, 朱距電搖, 錦身霞散, 綺翮焱發。[3] 翽然一翥, 翻翔雲棟, 三日而不集。然後讚其奇而稱其巧。[4]

1 公輸刻鳳 → 공수반(公輸盤)이 봉황을 조각하다
【公輸(공수)】: [인명] 공수반(公輸盤). 춘추시대 노(魯)나라의 이름난 장인으로, 일명 노반(魯班)이라고도 한다.
【刻(각)】: 새기다, 조각하다.
【鳳(봉)】: 봉황. ※ 전설에 나오는 길상의 새로, 수컷을 봉(鳳), 암컷을 황(凰)이라 한다.

2 公輸之刻鳳也, 冠距未成, 翠羽未樹, 人見其身者, 謂之鴋鴟; 見其首者, 名曰鴮鸅。皆訾其醜而笑其拙。→ 공수반(公輸盤)이 봉황을 조각하면서, 아직 머리와 발을 완성하지 않고, 비취색 깃을 달지 않았을 때, 그 몸통 부분을 본 사람은, 새매라 했고; 그 머리 부분을 본 사람은, 사다새라 했다. (그리고) 모두가 그것을 추하다고 헐뜯고 졸렬하다고 비웃었다.
【冠距未成(관거미성)】: 머리와 다리를 완성하지 않다. 【冠距】: 벼슬과 발톱. 여기서는 「머리 부분과 발 부분」을 가리킨다.
【翠羽未樹(취우미수)】: 비취색의 깃을 아직 새기지 않다. 【樹】: 심다, 꽂다, 달다.
【鴋鴟(방치)】: 새매의 일종.
【鴮鸅(오택)】: 사다새.
【訾(자)】: 헐뜯다, 비방하다.
【醜(추)】: 추하다.

번역문

공수반(公輸盤)이 봉황을 조각하다

공수반(公輸盤)이 봉황을 조각하면서 아직 머리와 발을 완성하지 않고 비취색 깃을 달지 않았을 때, 그 몸통 부분을 본 사람은 새매라 했고, 그 머리 부분을 본 사람은 사다새라 했다. (그리고) 모두가 그것을 추하다고 헐뜯고 졸렬하다고 비웃었다. (그 후) 봉황이 완성되기에 이르자, 비취색 벼

【笑(소)】: 비웃다.
【拙(졸)】: 졸렬하다.

3 及鳳之成, 翠冠雲聳, 朱距電搖, 錦身霞散, 綺翮焱發。→ (그 후) 봉황이 완성되기에 이르자, 비취색 벼슬이 구름처럼 우뚝 솟고, 붉은 발톱이 번개처럼 번뜩이는가 하면, 수를 놓은 비단 같은 몸체는 노을처럼 사방에 빛을 뿌리고, 아름다운 깃촉은 불꽃을 뿜어내는 듯했다.

【及(급)】: …에 이르다.
【翠冠雲聳(취관운용)】: 비취색 벼슬이 구름처럼 우뚝 솟다. 〖翠冠〗: 비취색 벼슬. 〖雲聳〗: 구름처럼 우뚝 솟다.
【朱距電搖(주거전요)】: 붉은 발톱이 번개처럼 번뜩이다. 〖朱距〗: 붉은색 발톱. 〖電搖〗: 번개처럼 번뜩이다.
【錦身霞散(금신하산)】: 수를 놓은 비단 같은 몸이 노을처럼 사방에 빛을 뿌리다. 〖錦身〗: 수를 놓은 비단처럼 아름다운 몸. 〖霞散〗: 노을처럼 사방에 빛을 뿌리다.
【綺翮焱發(기핵염발)】: 아름다운 깃촉이 불꽃을 뿜어내다. 〖綺〗: 아름답다. 〖翮〗: 깃촉. 〖焱〗: 불꽃. 〖發〗: 발하다.

4 翽然一翥, 翻翔雲棟, 三日而不集。然後讚其奇而稱其巧。→ (순간) 휘익 하고 날아오르더니, 구름을 조각한 들보 위를 선회하며, 삼 일 동안을 내려오지 않았다. 그러고 나서야 (사람들은) 그 기이함을 찬양하고 그 교묘함을 칭찬했다.

【翽然一翥(홰연일저)】: 휘익 하고 날아오르다. 〖翽然〗: [의성어] 새가 날아오를 때 「휘익」 하고 날개에서 소리가 나는 모양. 〖翥〗: 높이 날다.
【翻翔雲棟(번상운동)】: 구름을 조각한 들보 위를 선회하다. 〖翻翔〗: 선회하며 날다. 〖雲棟〗: 구름을 조각한 들보.
【集(집)】: 내려오다, 멈추다.
【讚(찬)】: 찬양하다, 칭찬하다.
【奇(기)】: 기이하다.
【稱(칭)】: 칭찬하다.
【巧(교)】: 교묘하다.

슬이 구름처럼 우뚝 솟고, 붉은 발톱이 번개처럼 번뜩이는가 하면, 수를 놓은 비단 같은 몸체는 노을처럼 사방에 빛을 뿌리고, 아름다운 깃촉은 불꽃을 뿜어내는 듯했다. (순간) 휘익 하고 날아오르더니, 구름을 조각한 들보 위를 선회하며 삼 일 동안을 내려오지 않았다. 그러고 나서야 (사람들은) 그 기이함을 찬양하고 그 교묘함을 칭찬했다.

해설

사람들은 아직 완성하지 않은 봉황을 가지고 새매다 사다새다 운운하며 마음대로 추단하는가 하면 심지어 추하다 졸렬하다고 비방까지 하다가, 완성되고 나서 봉황이 하늘을 날자 비로소 찬탄을 금치 못했다.

이 우언은 사물을 관찰할 때 전체를 보지 않고 어느 한쪽만 보고 함부로 속단하여 비평하는 무지한 행위를 경계한 것이다.

080 민시식우(民始識禹)

《劉子·知人》

원문 및 주석

民始識禹[1]

堯遭洪水, 浩浩滔天, 蕩蕩懷山, 下民昏墊。[2] 禹爲匹夫, 未有功名, 堯深知之, 使治水焉。[3] 乃鑿龍門, 斬荊山, 導熊耳, 通鳥鼠。櫛

---

1 民始識禹 → 백성들이 비로소 우(禹)의 현명함을 알다
【始(시)】: 비로소.
【識(식)】: 알다, 인식하다.
【禹(우)】: 상고시대 하(夏)의 군주. 우임금.

2 堯遭洪水, 浩浩滔天, 蕩蕩懷山, 下民昏墊。→ 요(堯)임금 때 홍수를 만나, 가없이 넓은 물이 하늘 높이 차오르고, 광대한 물에 산들이 온통 잠겨, 백성들은 (수재로 인해) 극심한 혼란에 빠졌다.
【堯(요)】: 상고시대 당(唐)의 군주. 요임금.
【遭(조)】: 만나다.
【浩浩(호호)】: 한없이 넓고 큰 모양.
【滔天(도천)】: 하늘까지 차고 넘치다.
【蕩蕩(탕탕)】: 광대한 모양.
【懷山(회산)】: 산을 품다. 즉 「산이 물에 잠기다」의 뜻.
【下民(하민)】: 백성.
【昏墊(혼점)】: 극심한 혼란에 빠지다.

3 禹爲匹夫, 未有功名, 堯深知之, 使治水焉。→ (당시에) 우(禹)는 평범한 백성으로, 아직 공명(功名)을 이루기 전이었으나, 요(堯)임금은 그를 깊이 알아, 그에게 물을 다스리도록 했다.
【匹夫(필부)】: 보통 사람, 평범한 백성.
【使(사)】: …에게 …하도록 하다, …로 하여금 하게 하다.

奔風，沐驟雨，面目黧皯，手足胼胝。[4] 冠絓不暇取，經門不及過。使百川東注於海，生民免爲魚鱉之患。[5] 於是衆人咸歌咏，始知其

4 乃鑿龍門，斬荊山，導熊耳，通鳥鼠。櫛奔風，沐驟雨，面目黧皯，手足胼胝。→ 그리하여 우는 용문산(龍門山)을 파고, 형산(荊山)을 갈라, (물길을) 웅이산(熊耳山)으로 유도하고, 조서산(鳥鼠山)으로 통하게 했다. 광풍으로 머리를 빗고, 폭우로 목욕을 하며, 얼굴은 새까맣게 타고, 손과 발에는 심한 굳은살이 박혔다.

【乃(내)】: 이에, 그리하여.

【鑿(착)】: 파다, 굴착하다.

【龍門(용문)】: [산 이름] 지금의 산서성 하진현(河津縣) 서북부와 섬서성 한성현(韓城縣) 동북에서 황하(黃河)를 가르고 있다. 전설에 의하면, 우임금이 용문산을 파서 황하의 물을 흐르게 했다고 한다.

【斬(참)】: 劈(벽), 가르다, 자르다.

【荊山(형산)】: [산 이름] 지금의 호북성 남장현(南漳縣) 서쪽에 위치.

【導(도)】: 유도하다.

【熊耳(웅이)】: [산 이름] 지금의 하남성 노씨현(盧氏縣) 남쪽에 위치.

【通(통)】: 소통시키다, 통하게 하다.

【鳥鼠(조서)】: [산 이름] 지금의 감숙성 위원현(渭源縣)에 있으며, 위수(渭水)가 여기에서 발원한다.

【櫛奔風(즐분풍)】: 광풍으로 머리를 빗다. 즉 「광풍을 무릅쓰다」의 뜻. 〖櫛〗: 빗. 여기서는 동사용법으로 「머리를 빗다」의 뜻.

【奔風(분풍)】: 광풍(狂風).

【沐驟雨(목취우)】: 폭우로 목욕을 하다. 〖沐〗: 목욕하다. 〖驟雨〗: 폭우.

【面目(면목)】: 용모, 몰골. 여기서는 「얼굴」을 가리킨다.

【黧皯(여간)】: 얼굴이 까맣게 타다.

【胼胝(변지)】: 굳은살이 박히다, 못이 박히다.

5 冠絓不暇取，經門不及過。使百川東注於海，生民免爲魚鱉之患。→ 갓끈이 풀어져도 고쳐 맬 틈이 없고, 자기 집의 문 앞을 지나면서도 잠시 들를 여유가 없었다. (마침내) 모든 하천을 동쪽으로 흘러 바다에 들어가게 하고, 백성들이 (홍수로 인해 수몰되어) 물고기와 자라의 밥이 되는 걱정을 면하게 했다.

【冠絓不暇取(관괘불가취)】: 갓끈이 풀어져도 맬 틈이 없다. 〖冠絓〗: 갓끈. ※판본에 따라서는 「絓」를 「掛(괘)」라 했다. 〖暇〗: 틈, 여유. 〖取〗: 취하다. 여기서는 「매다, 묶다」의 뜻.

【經門不及過(경문불급과)】: 자기 집의 문 앞을 지나면서도 잠시 들를 여유가 없다.

【使(사)】: …로 하여금 …하게 하다.

【百川(백천)】: 많은 물줄기.

【注(주)】: 흘러 들어가다.

【生民(생민)】: 백성.

【免爲魚鱉之患(면위어별지환)】: 물고기와 자라의 밥이 되는 걱정을 면하다.

賢。[6]

번역문

백성들이 비로소 우(禹)의 현명함을 알다

요(堯)임금 때 홍수를 만나, 가없이 넓은 물이 하늘 높이 차오르고, 광대한 물에 산들이 온통 잠겨 백성들은 (수재로 인해) 극심한 혼란에 빠졌다. (당시에) 우(禹)는 평범한 백성으로 아직 공명(功名)을 이루기 전이었으나, 요(堯)임금은 그를 깊이 알아 그에게 물을 다스리도록 했다. 그리하여 우는 용문산(龍門山)을 파고 형산(荊山)을 갈라 (물길을) 웅이산(熊耳山)으로 유도하고 조서산(鳥鼠山)으로 통하게 했다. 광풍(狂風)으로 머리를 빗고 폭우로 목욕을 하며, 얼굴은 새까맣게 타고 손과 발에는 심한 굳은살이 박혔다. 갓끈이 풀어져도 고쳐 맬 틈이 없고 자기 집의 문 앞을 지나면서도 잠시 들를 여유가 없었다. (마침내) 모든 하천을 동쪽으로 흘러 바다에 들어가게 하고, 백성들이 (홍수로 인해 수몰되어) 물고기와 자라의 밥이 되는 걱정을 면하게 했다. 그리하여 백성들 모두가 우를 찬양했고, 비로소 우의 현명함을 알았다.

---

6 於是衆人咸歌咏, 始知其賢。→ 그리하여 백성들 모두가 우를 찬양했고, 비로소 우의 현명함을 알았다.
【於是(어시)】: 이에, 그리하여.
【咸(함)】: 모두.
【歌咏(가영)】: 찬양하다, 찬미하다.
【始(시)】: 비로소.

해설

사람을 겪어보지 않고 안다는 것은 참으로 어려운 일이다. 요(堯)임금은 우(禹)가 평민으로 아무런 공(功)을 이루지 않은 상황에서 그를 알아보고 치수(治水) 사업을 맡겼다. 우는 갓끈이 풀어져도 고쳐 맬 틈이 없고, 자기 집 앞을 수없이 지나면서도 한 번도 들어가지 않을 정도로 일에 매진함으로써 추호도 요임금의 기대에 어긋남이 없었다.

이 우언은 인재를 알아보는 요임금의 혜안과 책임을 완수하기 위해 열과 성을 다하는 우의 성실성을 통해 지도자가 마땅히 지녀야 할 품성과 자질을 지적한 것이다.

081 환공지사(桓公知士)

《劉子 · 妄瑕》

원문 및 주석

桓公知士[1]

齊桓深知甯戚, 將任之以政, 群臣爭讒之曰 : 「甯戚衛人, 去齊不遠, 君可使人問之。若果眞賢, 用之未晚也。」[2] 公曰 : 「不然。患其有

1 桓公知士 → 환공(桓公)이 인재(人才)를 알아보다
【桓公(환공)】: 제환공(齊桓公). ※춘추시대 제(齊)나라의 군주로, 이름은 소백(小白)이며 43년간(B.C. 685-B.C. 643) 재위했다. 진문공(晉文公) · 진목공(秦穆公) · 송양공(宋襄公) · 초장왕(楚莊王)과 더불어 춘추오패(春秋五霸)의 하나. 제(齊)나라는 지금의 산동성 북부와 하북성 남부에 걸쳐 있던 주대(周代)의 제후국.
【士(사)】: 선비. 여기서는 「인재」를 가리킨다.

2 齊桓深知甯戚, 將任之以政, 群臣爭讒之曰 : 「甯戚衛人, 去齊不遠, 君可使人問之。若果眞賢, 用之未晚也。」 → 제환공(齊桓公)이 영척(甯戚)을 깊이 알아, 장차 그에게 국정(國政)을 맡기려 하자, 여러 신하들이 다투어 영척을 헐뜯으며 말했다 : 「영척은 위(衛)나라 사람이고, (위나라는) 제나라와 멀리 떨어져 있지 않으니, 임금님께서 사람을 보내 그를 조사해 볼 수 있습니다. 만일 그가 정말 현명하다면, (그때 가서) 그를 중용해도 늦지 않습니다.」
【齊桓(제환)】: 제환공.
【甯戚(영척)】: [인명] 위(衛)나라 사람.
【將(장)】: 장차 …하려고 하다.
【任之以政(임지이정)】: 그에게 국정을 맡기다. 〖任〗: 맡기다. 〖之〗: [대명사] 그, 즉 「영척」. 〖政〗: 국정(國政), 정사(政事).
【爭讒(쟁참)】: 다투어 헐뜯다. 〖讒〗: 헐뜯다, 참소하다, 중상하다.
【衛(위)】: [국명] 지금의 하북성 남부와 하남성 북부 일대에 있던 주대(周代)의 제후국.
【去(거)】: 떠나다.

小惡者, 以人之小惡忘其大美, 此世所以失天下之士也。」[3] 乃夜擧火而爵之, 以爲卿相, 九合諸侯, 一匡天下, 桓公可謂善求士矣。[4]

번역문

환공(桓公)이 인재(人才)를 알아보다

제환공(齊桓公)이 영척(甯戚)을 깊이 알아, 장차 그에게 국정을 맡기려 하

【使(사)】: 파견하다, 보내다.
【問(문)】: 묻다. 즉 「조사하다」의 뜻.
【若(약)】: 만일, 만약.
【果眞(과진)】: 과연, 정말.
【用(용)】: 중용하다, 기용하다.
【未晩(미만)】: 아직 늦지 않다.

3 公曰:「不然。患其有小惡者, 以人之小惡忘其大美, 此世所以失天下之士也。」→ (이에) 제환공이 말했다:「그렇지 않소. 그에게 작은 결점이 있는 것을 우려한다면, 사람의 작은 결점으로 인해 큰 장점을 망각하는 것이니, 이것이 곧 세상이 천하의 인재를 잃는 까닭이오.」
【患(환)】: 우려하다, 걱정하다.
【小惡(소악)】: 작은 결점.
【以(이)】: 因(인), …로 인해.
【忘(망)】: 잊다, 망각하다.
【大美(대미)】: 큰 장점.
【所以(소이)】: 까닭, 원인.

4 乃夜擧火而爵之, 以爲卿相, 九合諸侯, 一匡天下, 桓公可謂善求士矣。→ 그리하여 밤중에 불을 밝혀 그를 접대하고 그를 재상으로 삼아, 제후들을 규합하여, 천하를 바로잡았으니, 환공은 가히 인재를 구하는 데 뛰어나다고 말할 수 있다.
【乃(내)】: 이에, 그리하여.
【擧火而爵(거화이작)】: 밤중에 불을 밝혀 접대하다. 〖爵〗: 잔, 술잔. 여기서는 동사용법으로 「(술상을 차려) 접대하다」의 뜻.
【以爲(이위)】: 이를 …로 삼다.
【卿相(경상)】: 재상.
【九合(구합)】: 규합하다.
【一匡天下(일광천하)】: 천하를 바로잡다. 〖一匡〗: 다스려 바로잡다.
【可謂(가위)】: 가히 …라고 말할 수 있다, 가히 …라고 할만하다.
【善求士(선구사)】: 인재를 구하는 데 능하다. 〖善〗: 능하다, 뛰어나다.

자 여러 신하들이 다투어 영척을 헐뜯으며 말했다.

「영척은 위(衛)나라 사람이고 (위나라는) 제나라와 멀리 떨어져 있지 않으니 임금님께서 사람을 보내 그를 조사해 볼 수 있습니다. 만일 그가 정말 현명하다면 (그때 가서) 그를 중용해도 늦지 않습니다.」

(이에) 제환공이 말했다.

「그렇지 않소. 그에게 작은 결점이 있는 것을 우려한다면, 사람의 작은 결점으로 인해 큰 장점을 망각하는 것이니, 이것이 곧 세상이 천하의 인재를 잃는 까닭이오.」

그리하여 밤중에 불을 밝혀 그를 접대하고 그를 재상으로 삼아, 제후들을 규합하여, 천하를 바로잡았으니, 환공은 가히 인재를 구하는 데 뛰어나다고 말할 수 있다.

해설

제환공(齊桓公)이 여러 신하들의 반대에도 불구하고 영척(甯戚)을 재상으로 삼은 것은, 제환공이 보기에 영척의 단점이 적고 장점이 많았기 때문이다. 결국 제환공은 영척의 보필을 받아 제후들을 규합하고 천하를 바로잡아 제후의 맹주가 되었다. 세상에 조그만 결점도 없이 완벽한 사람이란 있을 수가 없다.

이 우언은 인재를 발탁할 때, 지엽적인 조그만 결점들보다는 큰 장점을 중시해야 한다는 이치를 설명한 것이다.

082 촉후영금우(蜀侯迎金牛)

《劉子 · 貪愛》

원문 및 주석

蜀侯迎金牛[1]

昔蜀侯性貪, 秦惠王聞而欲伐之。[2] 山澗峻嶮, 兵路不通, 乃琢石爲牛, 多與金, 日置牛後, 號牛糞金, 言以遺蜀侯。[3] 蜀侯貪之, 乃斬

1 蜀侯迎金牛 → 촉(蜀)나라 군주가 황금소를 맞이하다
【蜀(촉)】: [국명] 지금의 사천성 성도시(成都市) 일대에 있던 주대(周代)의 제후국.
【迎(영)】: 맞이하다, 영접하다.

2 昔蜀侯性貪, 秦惠王聞而欲伐之。→ 옛날 촉(蜀)나라 군주의 성품이 탐욕스러웠는데, 진(秦)나라 혜문왕(惠文王)이 이 말을 듣고 촉나라를 정벌하고자 했다.
【秦惠王(진혜왕)】: 진혜문왕(秦惠文王). 진(秦)나라의 군주로 28년간(B.C. 337 - B.C. 310) 재위했다.
【欲(욕)】: …하고자 하다, …하려고 하다.

3 山澗峻嶮, 兵路不通, 乃琢石爲牛, 多與金, 日置牛後, 號牛糞金, 言以遺蜀侯。→ (그런데) 산의 계곡이 험준하여, 군사가 나아갈 도로가 막혀 통하지 않았다. 그리하여 돌을 쪼아 소의 모양을 만든 다음, 많은 황금을 주어, 날마다 소 뒤에 갖다 놓게 하고, 소가 황금 똥을 쌌다고 떠벌리며, 그것을 촉나라 군주에게 선물할 것이라고 말했다.
【山澗(산간)】: 산의 계곡.
【峻嶮(준험)】: 험준하다. 〖嶮〗: 險(험).
【兵路(병로)】: 군사 도로.
【乃(내)】: 이에, 그리하여.
【琢石爲牛(탁석위우)】: 돌을 쪼아 소를 만들다. 〖琢〗: 쪼다.
【與(여)】: 주다.
【置(치)】: 놓다, 두다.

山塡谷, 使五丁力士以迎石牛。秦人帥師隨後而至, 滅國亡身, 爲天下所笑。[4] 以貪小利失其大利也。[5]

번역문

촉(蜀)나라 군주가 황금소를 맞이하다

옛날 촉(蜀)나라 군주의 성품이 탐욕스러웠는데, 진(秦)나라 혜문왕(惠文王)이 이 말을 듣고 촉나라를 정벌하고자 했다. (그런데) 산의 계곡이 험준하여 군사가 나아갈 도로가 막혀 통하지 않았다. 그리하여 돌을 쪼아 소의 모양을 만든 다음, 많은 황금을 주어 날마다 소 뒤에 갖다 놓게 하고 소가 황금 똥을 쌌다고 떠벌리며, 그것을 촉나라 군주에게 선물할 것이라고 말했다. 촉나라 군주는 그것을 탐하여 곧 산을 깎아 계곡을 메우고, 다섯 명

【號牛糞金(호우분금)】: 소가 황금 똥을 눈다고 떠벌리다. 【號】: 부르짖다, 떠벌리다. 【糞】: [동사용법] 똥을 누다.

【遺(유)】: 주다, 선물하다.

4 蜀侯貪之, 乃斬山塡谷, 使五丁力士以迎石牛。秦人帥師隨後而至, 滅國亡身, 爲天下所笑。→ 촉나라 군주는 그것을 탐하여, 곧 산을 깎아 계곡을 메우고, 다섯 명의 힘센 장사를 시켜 소를 맞아오도록 했다. (이때) 진나라가 군사를 통솔하여 뒤를 쫓아 촉나라에 이르니, (촉나라 군주는) 나라를 잃고 몸을 망쳐, 천하 사람들에게 웃음거리가 되었다.

【乃(내)】: 곧, 바로.

【斬山塡谷(참산전곡)】: 산을 깎아 계곡을 메우다. 【斬】: 베다, 자르다. 여기서는 「깎다」의 뜻. 【塡】: 메우다, 채우다.

【使(사)】: …로 하여금 …하게 하다, …에게 …하도록 시키다.

【五丁力士(오정역사)】: 다섯 명의 힘센 장사.

【帥師(솔사)】: 군사를 통솔하다. 【帥】: 통솔하다, 이끌다. 【師】: 군사.

【隨後而至(수후이지)】: 뒤를 쫓아 당도하다.

【爲(위)…所(소)…】: [피동형] …에게 …가 되다.

5 以貪小利失其大利也。→ 이는 작은 이익을 탐함으로 인해 큰 이익을 잃은 것이다.

【以(이)】: 因(인), …로 인해.

【貪小利失其大利(탐소리실기대리)】: 작은 이익을 탐하여 큰 이익을 잃다, 소탐대실하다.

의 힘센 장사를 시켜 소를 맞아오도록 했다. (이때) 진나라가 군사를 통솔하여 뒤를 좇아 촉나라에 이르니, (촉나라 군주는) 나라를 잃고 몸을 망쳐 천하 사람들에게 웃음거리가 되었다. 이는 작은 이익을 탐함으로 인해 큰 이익을 잃은 것이다.

해설

촉(蜀)나라 군주는 오직 황금소를 소유하겠다는 생각에 진(秦)나라가 무슨 이유로 자기에게 황금소를 주려 하는가에 대해서는 전혀 고려하지 않고 탐욕을 부리다가 결국 진나라의 계략에 말려 나라를 잃고 몸을 망치는 재앙을 자초했다.

이 우언은 작은 것을 탐하다가 큰 것을 잃은 이른바 「소탐대실(小貪大失)」의 어리석은 행위를 경계한 것이다.

083 이인평옥(二人評玉)

《劉子 · 正賞》

원문 및 주석

二人評玉[1]

昔二人評玉, 一人曰好, 一人曰醜, 久而不能辨, 各曰 : 「爾來入吾目中, 則好醜分矣!」[2] 夫玉有定形, 而察之不同, 非苟相反, 瞳睛殊也。[3]

1 二人評玉 → 두 사람이 옥을 평가하다

2 昔二人評玉, 一人曰好, 一人曰醜, 久而不能辨, 各曰 : 「爾來入吾目中, 則好醜分矣!」 → 예전에 두 사람이 옥을 평가하는데, 한 사람은 좋다고 말하고, 다른 한 사람은 나쁘다고 하며, 오래도록 시비를 가릴 수가 없었다. 그들은 각각 저마다 말했다 : 「당신이 내 눈에 들어와 보면, 곧 우열(優劣)이 가려질 것이오.」
【醜(추)】: 나쁘다.
【辨(변)】: 시비를 가리다.
【爾(이)】: 너, 당신.
【好醜(호추)】: 좋고 나쁨, 우열(優劣).

3 夫玉有定形, 而察之不同, 非苟相反, 瞳睛殊也。 → 무릇 옥은 형태가 고정되어 있는데, 관찰 결과가 서로 다른 것은, 터무니없이 상반된 주장을 하는 것이 아니라, 보는 관점이 서로 다르기 때문이다.
【夫(부)】: [발어사] 무릇, 대저.
【定形(정형)】: 형태가 고정되다.
【察之不同(찰지부동)】: 살핌이 같지 않다. 즉 「관찰 결과가 다르다」의 뜻.
【非苟相反(비구상반)】: 터무니없이 상반된 주장을 하는 것이 아니다. 〖苟〗: 터무니없이, 함부로.

번역문

두 사람이 옥을 평가하다

예전에 두 사람이 옥을 평가하는데 한 사람은 좋다고 말하고, 다른 한 사람은 나쁘다고 하며 오래도록 시비를 가릴 수가 없었다. 그들은 각각 저마다 말했다.

「당신이 내 눈에 들어와 보면 곧 우열(優劣)이 가려질 것이오.」

무릇 옥은 형태가 고정되어 있는데 관찰 결과가 서로 다른 것은, 터무니없이 상반된 주장을 하는 것이 아니라 보는 관점이 서로 다르기 때문이다.

해설

모든 사물은 객관적으로 존재하며 사람의 주관적인 의지에 따라 변하지 않는다. 따라서 동일한 사물에 대해 다르거나 상반된 관점이 야기되는 까닭은 사람마다 각기 보는 관점이 다르기 때문이다.

이 우언은 사물을 관찰함에 있어서 자신의 기준에 맞지 않는다 하여 상대방을 비난하거나 매도하지 말고, 나와 상대방의 관점이 서로 다르다는 것을 인정하고 존중해야 한다는 이치를 설명한 것이다.

※ 참고 : 본서 《만기론(萬機論)》 우언에 「이인평왕(二人評王)」 고사가 있는데, 왕숙민(王叔民)은 《유자》의 주석에서 「《유림》 8이 《어람》 366을 근거로 인용한 장자의 《만기론》은, 『王』을 모두 『玉』이라 하여, 이 글과 부합한다.(《喩林》 八據 《御覧》 三六六所引蔣子 《萬機論》, 『王』 皆作 『玉』, 與此文合。)」라고 했다.

【瞳睛殊(동정수)】: 문제를 보는 관점이나 방법이 다르다. 〖瞳睛〗: 눈. 즉 「보는 눈, 관점」을 가리킨다. 〖殊〗: 다르다, 틀리다.

《안씨가훈 顔氏家訓》 우언

안지추(顔之推 : 531 - 590)는 북조(北朝)시대 북제(北齊)의 산문작가로, 자는 개(介)이며 낭야(琅琊) 임기(臨沂)[지금의 산동성] 사람이다. 양원제(梁元帝)에게 발탁되어 산기시랑(散騎侍郞)을 지내다가 북제로 도주하여 중서사인(中書舍人) · 월주공조참군(越州功曹參軍) · 심대조문림관(尋待詔文林館) · 제사도록사참군(除司徒錄事參軍) 등을 지냈고, 그 후 북제가 망하자 주(周)로 들어와 어사상사(御史上士)를 지냈다. 저서로 문집 30권이 있었으나 일실되고, 현재 《안씨가훈(顔氏家訓)》 20권이 전한다.

《안씨가훈》은 잡저류(雜著類)의 산문 작품집으로, 주요 내용은 입신치가(立身治家)의 방법을 기술하고 세속(世俗)의 오류를 바로잡아 사람들을 훈계한 것이나 섭렵한 범위가 매우 넓어 불교의 유행 · 도교의 홍성 · 북방 토속어의 전파 · 문자 음운(音韻)의 해석 등 여러 분야를 포함하고 있다. 따라서 위진남북조의 역사와 문학사의 연구에 매우 중요한 참고 자료가 되고 있다.

084 박사매려(博士買驢)

《顔氏家訓 · 勉學》

원문 및 주석

博士買驢[1]

博士買驢, 書券三紙, 未有驢字。[2]

번역문

박사(博士)가 당나귀를 사다

박사(博士)가 당나귀를 사고 계약서를 세 장이나 썼으나 아직 당나귀라는 글자가 보이지 않았다.

1 博士買驢 → 박사(博士)가 당나귀를 사다
【博士(박사)】: 지식이 풍부한 사람. ※ 옛날에는 전적(典籍)을 관장하던 관직 이름이었으나, 후에는 지식이 해박한 사람을 지칭하는 보통명사로 사용되었다.
【驢(려)】: 당나귀.

2 博士買驢, 書券三紙, 未有驢字。→ 박사가 당나귀를 사고, 계약서를 세 장이나 썼으나, 아직 당나귀라는 글자가 보이지 않았다.
【書(서)】: [동사] (글씨를) 쓰다.
【券(권)】: 계약서.

해설

이 우언은 지식은 많지만 이를 적절히 활용하는 융통성이 결여되어, 상황에 따라 필요한 핵심을 포착하지 못하는 융통성 없는 사람을 풍자한 것이다.

085 파두효자(巴豆孝子)

《顔氏家訓 · 名實》

원문 및 주석

巴豆孝子[1]

近有大貴, 以孝著聲, 前後居喪, 哀毁踰制, 亦足以高於人矣。[2] 而嘗於苫塊之中, 以巴豆塗臉, 遂使成瘡, 表哭泣之過。[3]

1 巴豆孝子 → 파두효자(巴豆孝子)
【巴豆(파두)】: [식물] 파촉(巴蜀) 지방에서 나는 식물로 마치 콩처럼 생겼다 하여 붙인 이름이다. 한의학에서 열매를 약재로 쓰는데 독성이 있어 신중하게 사용해야 한다. 여기서는 「파두유(巴豆油)」를 가리킨다.

2 近有大貴, 以孝著聲, 前後居喪, 哀毁踰制, 亦足以高於人矣。→ 근래에 크게 출세한 사람이 있는데, 효행으로 명성이 자자했다. 연거푸 부모상을 당해, 너무 슬퍼하여 몸이 많이 상하고 장례의식 또한 일반 관행을 초월하였으니, 이미 다른 사람들보다 훨씬 더 효도했다고 할 수 있다.
【大貴(대귀)】: 크게 출세하다.
【以孝著聲(이효저성)】: 효행으로 이름이 나다. ※판본에 따라서는 「以孝著聲」을 「孝悌著聲(효제저성)」이라 했다. 〖著聲〗: 명성이 자자하다, 매우 이름이 나다.
【前後居喪(전후거상)】: 전후로 부모의 상을 당하다. 즉 「연거푸 부모상을 당하다」의 뜻.
【哀毁(애훼)】: 너무 슬퍼하여 몸이 상하다.
【踰制(유제)】: 관행을 초월하다. 〖踰〗: 넘다, 초월하다. 〖制〗: 확립된 제도, 일반 관행.
【亦(역)】: 이미.
【足以(족이)】: 족히 …라 할만하다, …하기에 충분하다.
【高於人(고어인)】: 다른 사람보다 월등하다. 즉 「다른 사람들보다 훨씬 더 효도하다」의 뜻.

3 而嘗於苫塊之中, 以巴豆塗臉, 遂使成瘡, 表哭泣之過。→ 그런데 그는 일찍이 상을 치르는 동안 흙덩이를 베고 거적 위에서 잠을 자며, (일부러) 파두유(巴豆油)를 얼굴에 칠해, 바로

번역문

파두효자(巴豆孝子)

근래에 크게 출세한 사람이 있는데 효행으로 명성이 자자했다. 연거푸 부모상을 당해 너무 슬퍼하여 몸이 많이 상하고 장례의식 또한 일반 관행을 초월하였으니, 이미 다른 사람들보다 훨씬 더 효도했다고 할 수 있다. 그런데 그는 일찍이 상을 치르는 동안 흙덩이를 베고 거적 위에서 잠을 자며, (일부러) 파두유(巴豆油)를 얼굴에 칠해, 바로 (얼굴에) 흠집을 나게 하여 몹시 슬퍼 통곡한 듯한 모습을 드러내 보였다.

해설

위진남북조(魏晉南北朝) 시기의 지위가 높고 명성이 있는 관리들은 흔히 군자·현인·효자의 자태로 가장하여 자기의 덕망을 드러내고자 했다. 따라서 통치 계급이 표창하는 충신·효자라는 자들은 실제로 거짓 위인들이 많았다.

이 우언은 「파두효자(巴豆孝子)」의 형상을 통해, 수단방법을 가리지 않고 명예를 추구하는 거짓 군자의 비행을 풍자한 것이다.

....

(얼굴에) 흠집을 나게 하여, 몹시 슬퍼 통곡한 듯한 모습을 드러내 보였다.

【嘗(상)】: 일찍이.

【苫塊(점괴)】: 옛날 장례 제도에서, 효자는 상을 치르는 동안 거적 위에서 흙덩이를 베게 삼아 잠을 자는데, 이를 일러 「침점침괴(寢苫枕塊)」라 했다.

【塗臉(도검)】: 얼굴에 바르다. 〖塗〗: 칠하다, 바르다.

【遂(수)】: 곧, 바로.

【使成瘡(사성창)】: 흠집을 나게 하다. 〖使〗: …하게 하다. 〖成瘡〗: 흠집을 만들다, 흠집을 내다.

【表(표)】: 드러내 보이다, 표시하다.

【哭泣之過(곡읍지과)】: 몹시 슬퍼 통곡하다.

086 시시(試詩)

《顔氏家訓 · 名實》

원문 및 주석

試詩[1]

有一士族, 讀書不過二、三百卷, 天才鈍拙, 而家世殷厚, 雅自矜持, 多以酒犢珍玩交諸名士, 甘其餌者, 遞共吹噓。[2] 朝廷以爲文華,

1 試詩 → 작시(作詩)를 시험하다

2 有一士族, 讀書不過二、三百卷, 天才鈍拙, 而家世殷厚, 雅自矜持, 多以酒犢珍玩交諸名士, 甘其餌者, 遞共吹噓。→ 어느 호족(豪族) 자제(子弟)는, 읽은 책이 이삼백 권에 불과하고, 타고난 자질도 우둔했으나, 집안이 대대로 부유하여, 허구한 날 주지육림(酒池肉林)과 진귀한 노리개로 명사들과 교제함으로써, 그의 호의를 받은 사람들은, 번갈아가며 함께 그를 추켜세웠다.

【士族(사족)】: 호족(豪族), 세족(世族). 여러 대를 계속하여 정치 · 경제적 특권을 누려오는 집안.

【天才(천재)】: 타고난 자질.

【鈍拙(둔졸)】: 우둔하다.

【世(세)】: 대대로.

【殷厚(은후)】: 부유, 풍요.

【雅(아)】: 평소, 평상시.

【矜持(긍지)】: 긍지를 갖다. 여기서는 「잘난 체하다」의 뜻.

【多(다)】: 많은 날, 허구한 날.

【酒犢珍玩(주독진완)】: 술과 고기와 진귀한 노리개.

【交(교)】: 교제하다.

【甘其餌者(감기이자)】: 그의 음식을 맛있게 먹은 사람, 즉 「그의 호의(好意)를 받은 사람」. 〖甘〗: 달다. 여기서는 동사용법으로 「맛있게 먹다」의 뜻. 〖其〗: [대명사] 그, 즉 「호족 자

亦嘗出境聘。東萊王韓晉明篤好文學，疑彼製作多非機杼。[3] 遂設讌言，面相討試。竟日歡諧，辭人滿席，屬音賦韻，命筆爲詩，彼造次即成，了非向韻。[4] 衆客各自沉吟，遂無覺者。韓退歎曰：「果如所

제」.〖餌〗: 음식.

【遞共吹噓(체공취허)】: 번갈아가며 함께 추켜세우다.〖遞〗: 번갈아가며, 교대로, 차례대로.〖共〗: 함께.〖吹噓〗: 치켜세우다, 추어올리다.

3 朝廷以爲文華，亦嘗出境聘。東萊王韓晉明篤好文學，疑彼製作多非機杼。→ (이에) 조정(朝廷)의 관리들은 그의 문재(文才)가 뛰어나다고 여겼고, 또한 항상 그의 집에 가서 그를 초청했다. 동래왕(東萊王) 한진명(韓晉明)은 문학을 매우 좋아했는데, 그의 작품 대부분이 스스로 구상하여 창작한 것이 아니라고 의심했다.

【以爲(이위)】: …라고 생각하다, …라 여기다.

【文華(문화)】: [동사용법] 문재가 뛰어나다.

【嘗(상)】: 常(상), 자주, 항상.

【出境(출경)】: (그의) 처소에 나가다. 즉「(그의) 집에 가다」의 뜻.〖境〗: 처소. 여기서는「집」을 가리킨다.

【聘(빙)】: 초청하다, 초빙하다.

【東萊(동래)】: [국명] 지금의 산동성 황현(黃縣) 동남쪽에 있던 나라.

【韓晉明(한진명)】: [인명] 북제(北齊) 안덕군왕(安德郡王) 한궤(韓軌)의 아들로, 자기 아버지의 작위를 계승한 후에 동래왕에 봉해졌다.

【篤好(독호)】: 매우 좋아하다.

【製作(제작)】: 창작, 작품.

【多(다)】: 거의, 대부분.

【機杼(기저)】: 베틀의 북. 여기서는「스스로 구상하여 창작한 것」을 비유한 말.

4 遂設讌言，面相討試。竟日歡諧，辭人滿席，屬音賦韻，命筆爲詩，彼造次即成，了非向韻。→ 그래서 주연을 베풀어, 직접 마주하여 시험해 보기로 했다. (그날은) 온종일 즐겁고 화기애애했으며, 시문에 능한 사람들이 자리를 가득 메웠다. 모두 즉석에서 서로 화창하며, 붓을 휘둘러 시를 지었다. 호족 자제도 창졸간에 한 수를 지었으나, 전혀 이전에 지은 시의 풍격이 아니었다.

【遂(수)】: 그래서, 이에, 그리하여.

【設讌言(설연언)】: 주연을 베풀다.〖讌言〗: 주연에서 마시며 이야기를 나누는 것.「讌」: 宴(연).

【面相討試(면상토시)】: 직접 마주하여 시험하다.

【竟日(경일)】: 온종일, 하루 종일.

【歡諧(환해)】: 즐겁고 화기애애하다.

【辭人(사인)】: 시문(詩文)에 능한 사람.

【屬音賦韻(촉음부운)】: 앞 사람의 시를 이어 짓고 다음 사람에게 운을 주다. 즉「서로 화창

量!」[5]

번역문

작시(作詩)를 시험하다

어느 호족(豪族) 자제(子弟)는 읽은 책이 이삼백 권에 불과하고 타고난 자질도 우둔했으나, 집안이 대대로 부유하여 허구한 날 주지육림(酒池肉林)과 진귀한 노리개로 명사들과 교제함으로써, 그의 호의를 받은 사람들은 번갈아가며 함께 그를 추켜세웠다. (이에) 조정(朝廷)의 관리들은 그의 문재(文才)가 뛰어나다고 여겼고, 또한 항상 그의 집에 가서 그를 초청했다. 동래왕(東萊王) 한진명(韓晉明)은 문학을 매우 좋아했는데, 그의 작품 대부분이 스스로 구상하여 창작한 것이 아니라고 의심했다. 그리하여 주연을 베풀고 직접 마주하여 시험해 보기로 했다. (그날은) 온종일 즐겁고 화기

하다」의 뜻. 【屬音】: 다른 사람의 시를 잇다. 「屬」: 잇다, 연결하다. 【賦韻】: 시를 지을 때 미리 상대방에게 운(韻)을 주다.
【命筆爲詩(명필위시)】: 붓을 휘둘러 시를 짓다.
【彼(피)】: [대명사] 그, 그 사람, 즉 「호족 자제」.
【造次(조차)】: 창졸간에, 급거.
【卽成(즉성)】: 바로 이루다. 즉 「바로 시 한 수를 짓다」의 뜻.
【了非(요비)】: 전혀 …이 아니다. 【了】: 전혀, 완전히.
【向韻(향운)】: 이전의 풍격, 즉 「그가 이전에 지은 시의 풍격」. 【向】: 이전, 종전. 【韻】: 시의 풍격.

5 衆客各自沉吟, 遂無覺者。韓退歎曰 : 「果如所量!」 → 다른 빈객들은 각자 깊이 생각하느라, 끝내 (그러한 사실을) 깨달은 사람이 없었다. 한진명이 (연회석상에서) 물러나와 감탄하며 말했다 : 「(그의 수준은) 과연 내가 짐작했던 바와 같구나!」
【沉吟(침음)】: 깊이 생각하다, 심사숙고하다.
【遂(수)】: 종내, 끝내, 시종.
【覺(각)】: 깨닫다, 알아차리다.
【果如所量(과여소량)】: 과연 생각한 바와 같다. 즉 「그 호족의 수준이 예상했던 바와 같이 형편없다」라는 뜻. 【量】: 헤아리다, 짐작하다, 추측하다, 예상하다.

애애했으며, 시문에 능한 사람들이 자리를 가득 메웠다. 모두 즉석에서 서로 화창하며 붓을 휘둘러 시를 지었다. 호족 자제도 창졸간에 한 수를 지었으나 전혀 이전에 지은 시의 풍격이 아니었다. 다른 빈객들은 각자 깊이 생각하느라 끝내 (그러한 사실을) 깨달은 사람이 없었다. 한진명이 (연회 석상에서) 물러나와 감탄하며 말했다.

「(그의 수준은) 과연 내가 짐작했던 바와 같구나!」

해설

어느 호족(豪族)의 자제(子弟)는 전혀 학문적 재능이 없으면서도 조상으로부터 물려받은 재부(財富)를 배경으로 남들에게 호의를 베풀며, 남들이 자기를 추켜세워 재능이 출중한 명사(名士)가 되고자 했다. 그러나 학문이란 추호도 거짓이 있을 수 없다. 어찌 영원히 마각(馬脚)이 드러나지 않을 수 있겠는가?

이 우언은 학문이란 재산이 아무리 많다 해도 스스로 각고 노력하지 않으면 결코 돈으로 사서 대신할 수 없다는 이치를 설명한 것이다.

《녹이전錄異傳》 우언

《녹이전(錄異傳)》은 《녹이기(錄異記)》라고도 한다. 작자가 누구인지 알 수 없고, 원서 또한 일찍이 망실되어 권수(卷數)도 알 수 없으며, 역대의 예문지(藝文志) 경적지(經籍志)를 비롯하여 각종 서목(書目)에도 기록이 보이지 않는다. 다만 그 유문(遺文)이 《북당서초(北堂書鈔)》《예문류취(藝文類聚)》《초학기(初學記)》《태평광기(太平廣記)》《태평어람(太平御覽)》 등의 당송(唐宋)시대 유서(類書) 중에 산견되는데, 노신(魯迅)이 그 일문(佚文)을 모아 《고소설구침(古小說鉤沉)》에 27조(條)를 수록했다. 내용은 귀신지괴(鬼神志怪)나 기문이사(奇聞異事)에 관한 것들이 대부분이고, 내용 중에 최후의 연대로 동진(東晉)의 연호인 융안(隆安)이 나오는 것으로 보아, 이 작품의 창작 시기는 대체로 육조(六朝) 시기일 것으로 추측하고 있다.

087 무두역가(無頭亦佳)

《錄異傳》

원문 및 주석

無頭亦佳[1]

漢武帝時, 蒼梧賈雍爲豫章太守, 有神術。[2] 出界討賊, 爲賊所殺, 失頭。雍上馬還營。營中咸走來視雍。[3] 雍胸中語曰 : 「戰不利, 爲賊

1 無頭亦佳。→ 머리가 없는 것도 좋다
【佳(가)】: 좋다.

2 漢武帝時, 蒼梧賈雍爲豫章太守, 有神術。→ 한(漢)나라 무제(武帝) 때, 창오군(蒼梧郡)의 가옹(賈雍)은 예장(豫章) 태수(太守)를 지냈는데, 신기한 술법을 지니고 있었다.
【漢武帝(한무제)】: 서한(西漢)의 6대 황제로, 이름은 유철(劉徹)이며 52년간(B.C. 140-B.C. 89) 재위했다.
【蒼梧(창오)】: 군(郡) 이름. 지금의 광서성 오주시(梧州市).
【賈雍(가옹)】: [인명].
【豫章(예장)】: 군(郡) 이름. 지금의 강서성 남창시(南昌市).
【太守(태수)】: 군(郡)의 우두머리.
【神術(신술)】: 신기한 술법.

3 出界討賊, 爲賊所殺, 失頭。雍上馬還營, 營中咸走來視雍。→ (어느 날) 경계를 넘어가 도적을 토벌하다가, 도적에게 살해되어, 머리를 잃었다. 가옹은 (머리가 없는 몸으로) 말에 올라 진영(陣營)으로 돌아왔다. 진영의 군사들이 모두 다가와 가옹을 바라보았다.
【出界(출계)】: 경계를 넘어가다.
【討賊(토적)】: 도적을 토벌하다.
【爲(위)…所(소)…】: [피동형] …에게 …되다.
【還營(환영)】: 진영으로 돌아오다. 【還】: 돌아오다. 【營】: 병영, 진영.
【咸(함)】: 모두.

所傷。諸君視有頭爲佳, 無頭佳乎?」吏泣曰 :「有頭佳。」[4] 雍曰 :「不然。無頭亦佳。」言畢遂死。[5]

번역문

머리가 없는 것도 좋다

한(漢)나라 무제(武帝) 때 창오군(蒼梧郡)의 가옹(賈雍)은 예장(豫章) 태수(太守)를 지냈는데 신기한 술법을 지니고 있었다. (어느 날) 경계를 넘어가 도적을 토벌하다가 도적에게 살해되어 머리를 잃었다. 가옹은 (머리가 없는 몸으로) 말에 올라 진영(陣營)으로 돌아왔다. 진영의 군사들이 모두 다가와 가옹을 바라보았다.

가옹이 가슴으로 말했다.

「전세가 불리하여 도적에게 부상을 당했다. 여러분들이 보기에 머리가 있는 것이 좋은가 (아니면) 머리가 없는 것이 좋은가?」

병졸들이 울며 말했다.

「머리가 있는 것이 좋습니다.」

【走來(주래)】: 다가오다.

4 雍胸中語曰 :「戰不利, 爲賊所傷。諸君視有頭爲佳, 無頭佳乎?」吏泣曰 :「有頭佳。」→ 가옹이 가슴으로 말했다 :「전세가 불리하여, 도적에게 부상을 당했다. 여러분들이 보기에 머리가 있는 것이 좋은가 (아니면) 머리가 없는 것이 좋은가?」병졸들이 울며 말했다 :「머리가 있는 것이 좋습니다.」
【吏(이)】: 관리. 여기서는「병졸」을 가리킨다.
【佳(가)】: 좋다.

5 雍曰 :「不然。無頭亦佳。」言畢遂死。→ 가옹이 말했다 :「그렇지 않아. 머리가 없는 것도 좋다.」말을 마치자 곧 죽어버렸다.
【畢(필)】: 마치다, 끝내다.
【遂(수)】: 곧, 바로.

가옹이 말했다.

「그렇지 않아. 머리가 없는 것도 좋다.」

말을 마치자 곧 죽어버렸다.

해설

가옹(賈雍)이 도적들에게 머리를 잘리고도 말을 타고 자기 진영으로 돌아왔다는 것은 현실적으로 있을 수 없는 황당한 허구이다.

이 우언은 작자가 머리를 잘리고도 기개가 꺾이지 않는 영웅에 대한 묘사를 통해, 희생을 불사하는 용기가 생명보다 더욱 중요하며, 몸과 머리는 서로 떨어져 있을 수 있어도 정신은 영원히 존재해야 한다는 도리를 밝힌 것이다.

《계안록(啓顔錄)》 우언

후백(侯伯)은 수(隋)나라 초기의 문학가로, 자는 군소(君素)이며 위군(魏郡) 임장(臨漳)[지금의 하북성 임장현(臨漳縣) 서남쪽] 사람이다. 수재(秀才)에 천거되어 유림랑(儒林郎)을 제수 받고 국사(國史)를 편수하는 일에 참여했다. 해학(諧謔)과 변론에 능하고 영민(靈敏)하기로 이름이 났으며, 저서로 《계안록(啓顔錄)》《정이기(旌異記)》가 있다.

《계안록》은 한단순(邯鄲淳) 《소림(笑林)》의 뒤를 이어 나온 소화집(笑話集)으로 《구당서(舊唐書) · 경적지(經籍志)》와 《신당서(新唐書) · 예문지(藝文志)》에 모두 후백이 지었다고 했으나, 오늘날 학자들의 견해는 후백이 지은 후 후인들이 계속 증보한 것으로 보고 있다.

088 치인옹모(癡人甕帽)

《啓顔錄 · 昏忘》(敦煌卷子本)

원문 및 주석

癡人甕帽[1]

梁時有人, 闔家俱癡, 遣其子向市買帽, 謂曰 :「吾聞帽擬盛頭, 汝爲吾買帽, 必須得容頭者。」[2] 其子至市覓帽, 市人以皀絁帽與之。[3]

1 癡人甕帽 → 천치의 옹기 모자
【癡人(치인)】: 바보, 천치, 어리석고 못난 사람.
【甕(옹)】: 옹기

2 梁時有人, 闔家俱癡, 遣其子向市買帽, 謂曰 :「吾聞帽擬盛頭, 汝爲吾買帽, 必須得容頭者。」→ 양(梁)나라 때 어떤 사람은, 온 집안이 모두 천치였는데, (어느 날) 자기 아들에게 저자에 가서 모자를 사오라고 보내며, 말했다 :「내가 듣건대 모자는 머리를 담으려는 것이라 하니, 네가 나를 위해 사는 모자는, 반드시 내 머리를 수용(受容)할 수 있는 것이어야 한다.」
【梁(양)】: [국명] 여기서는 남북조시대의 양나라를 가리킨다.
【闔家(합가)】: 온 집안.
【俱(구)】: 모두.
【遣(견)】: 보내다, 파견하다.
【擬(의)】: …하려 하다.
【盛頭(성두)】: 머리를 담다. 〖盛〗: (물건을) 담다.
【得(득)】: 能(능), …할 수 있다.
【容頭(용두)】: 머리를 수용하다. 〖容〗: 수용하다, 받아들이다, 담다.

3 其子至市覓帽, 市人以皀絁帽與之。→ 그의 아들이 저자에 가서 모자를 찾으니, 저자 사람이 검정색 깁 모자를 그에게 주었다.
【覓(멱)】: 찾다.
【以(이)】: …을.

見其疊着未開, 謂無容頭之理, 不顧而去。歷諸行鋪, 竟日求之不獲。[4] 最後, 至瓦器行, 見大口甕子, 以其腹中宛宛, 正是好容頭處, 便言是帽, 取而歸。[5] 其父得以成頭, 沒面至項, 不復見物, 每着之而行, 亦覺研其鼻痛, 兼擁其氣悶。[6] 然謂帽祇合如此, 常忍痛戴

....

【皀絁帽(조시모)】: 검정색 깁 모자. 〖皀〗: 검정색. 〖絁〗: 깁. 거칠게 짠 비단.
【與(여)】: 주다. 여기서는 「추천하다」의 뜻.
【之(지)】: [대명사] 그, 즉 「아들」.

4 見其疊着未開, 謂無容頭之理, 不顧而去。歷諸行鋪, 竟日求之不獲。→ 아들은 모자가 접은 상태로 펴있지 않은 것을 보더니, 머리를 담을 수 없다고 여겨, 돌아보지도 않고 가버렸다. 여러 상점을 두루 돌아다니며, 온종일 그런 모자를 구했으나 (끝내) 구하지 못했다.
【疊着未開(첩착미개)】: 접은 채로 펴지 않다.
【謂(위)】: …라고 생각하다, …라고 여기다.
【無容頭之理(무용두지리)】: 머리를 수용할 도리가 없다. 즉 「머리를 담아낼 수 없다」의 뜻.
【顧(고)】: 돌아보다.
【歷諸行鋪(역제행포)】: 여러 상점을 두루 돌아다니다. 〖歷〗: 편력하다, 두루 돌아다니다. 〖行鋪〗: 상점.
【竟日(경일)】: 온종일, 하루 종일.

5 最後, 至瓦器行, 見大口甕子, 以其腹中宛宛, 正是好容頭處, 便言是帽, 取而歸。→ 마지막으로, 옹기점에 가서, 입이 큰 옹기를 보자, 그 옹기의 배가 커서, 바로 머리를 수용하기에 적합하다고 여겨, 곧 이를 모자로 확신하고, 그것을 사가지고 집으로 돌아왔다.
【瓦器行(와기행)】: 기와나 옹기 등을 파는 상점. 옹기점.
【以(이)】: 以爲(이위), …라고 여기다, …라고 생각하다.
【宛宛(완완)】: 굽은 모양, 구불구불한 모양.

6 其父得以成頭, 沒面至項, 不復見物, 每着之而行, 亦覺研其鼻痛, 兼擁其氣悶。→ 그의 아버지가 그것으로 머리를 담아 보니, 얼굴을 덮고 목까지 내려와, 다시 물건을 볼 수가 없었다. 매번 그것을 착용하고 길을 걸으려니, 코를 스쳐 아픔을 느끼고, 또한 공기의 통로를 막아 답답함을 느낄 뿐이었다.
【成(성)】: 盛(성), (그릇에) 담다.
【沒面至項(몰면지항)】: 얼굴을 완전히 덮고 목까지 이르다.
【不復(불부)】: 다시 …하지 않다, 더는 …하지 못하다.
【着(착)】: 착용하다, 쓰다.
【亦(역)】: 다만 …뿐.
【研(연)】: 갈다, 문지르다. 즉 「스치다」의 뜻.
【兼(겸)】: 동시에, 아울러.
【擁其氣悶(옹기기민)】: 공기의 통로를 막아 답답하다. 〖擁〗: 막다, 가리다. 〖悶〗: 답답하다.

之。[7] 乃至鼻上生瘡, 項上成胝, 亦不肯脫。後每着帽, 常坐而不敢行。[8]

번역문

천치의 옹기 모자

양(梁)나라 때 어떤 사람은 온 집안이 모두 천치였는데, (어느 날) 자기 아들에게 저자에 가서 모자를 사오라고 보내며 말했다.

「내가 듣건대 모자는 머리를 담으려는 것이라 하니, 네가 나를 위해 사는 모자는 반드시 내 머리를 수용(受容)할 수 있는 것이어야 한다.」

그의 아들이 저자에 가서 모자를 찾으니 저자 사람이 검정색 깁 모자를 그에게 주었다. 아들은 모자가 접은 상태로 펴있지 않은 것을 보더니, 머리를 담을 수 없다고 여겨 돌아보지도 않고 가버렸다. 여러 상점을 두루 돌

---

7 然謂帽衹合如此, 常忍痛戴之。→ 그러나 모자는 본래 이렇다고 여겨, 항상 고통을 참으면서 그것을 쓰고 다녔다.
【然(연)】: 그러나.
【謂(위)】: …라고 여기다, …라고 생각하다.
【衹合(지합)】: 본래 …라고 여기다.
【如此(여차)】: 이와 같다, 이렇다.
【忍痛(인통)】: 고통을 참다.
【戴(대)】: (머리 · 얼굴 · 손 등에) 쓰다, 착용하다

8 乃至鼻上生瘡, 項上成胝, 亦不肯脫。後每着帽, 常坐而不敢行。→ 그리하여 코에 부스럼이 생기고, 목에 굳은살이 박이는 상태에 이르렀으나, 그래도 벗으려 하지 않았다. 나중에는 매번 모자를 착용할 때마다, 항상 자리에 주저앉아 감히 걸을 엄두를 내지 못했다.
【乃(내)】: 이에, 그리하여.
【生瘡(생창)】: 부스럼이 나다, 종기가 생기다.
【成胝(성지)】: 굳은살이 박히다. 〖胝〗: 못, 굳은살.
【亦(역)】: 역시, 또한, 그래도.
【不肯(불긍)】: …하려 들지 않다, …하려 하지 않다.

아다니며 온종일 그런 모자를 구했으나 (끝내) 구하지 못했다. 마지막으로 옹기점에 가서 입이 큰 옹기를 보자, 그 옹기의 배가 커서 바로 머리를 수용하기에 적합하다고 여겨, 곧 이를 모자로 확신하고 그것을 사가지고 집으로 돌아왔다. 그의 아버지가 그것으로 머리를 담아 보니 얼굴을 덮고 목까지 내려와 다시 물건을 볼 수가 없었다. 매번 그것을 착용하고 길을 걸으려니, 코를 스쳐 아픔을 느끼고 또한 공기의 통로를 막아 답답함을 느낄 뿐이었다. 그러나 모자는 본래 이렇다고 여겨 항상 고통을 참으면서 그것을 쓰고 다녔다. 그리하여 코에 부스럼이 생기고 목에 굳은살이 박히는 상태에 이르렀으나 그래도 벗으려 하지 않았다. 나중에는 매번 모자를 착용할 때마다 항상 자리에 주저앉아 감히 걸을 엄두를 내지 못했다.

해설

옹기를 모자라고 여겨 사온 아들이나 또 그것을 모자라고 믿어 고통을 감내하며 쓰고 다니는 아버지 모두 그야말로 어리석음의 극치이다.

인간 사회의 여러 가지 번민(煩悶)과 비극은 본질적으로 모두 당사자 스스로 자초한 경우가 대부분이다. 만일 당초 결정하기 전에 다른 사람의 의견을 들어 적절히 대처했다면, 일의 대소를 불문하고 많은 번거로움을 피할 수 있었을 것이다.

이 우언은 전혀 변통할 줄 모르는 옹졸한 사람의 무지몽매한 행위를 풍자한 것이다.

089 거번두복(車翻豆覆)

《啓顔錄·昏忘》(敦煌卷子本)

원문 및 주석

車翻豆覆[1]

隋時, 有一癡人, 車載烏豆入京糶之, 至灞頭, 車翻, 覆豆於水, 便棄而歸, 欲喚家人入水取。[2] 去後, 灞店上人, 競取將去, 無復遺餘。比迴, 唯有科斗蟲數千, 相隨游泳。[3] 其人謂仍是本豆, 欲入水

1 車翻豆覆 → 수레가 뒤집혀 콩이 쏟아지다
【翻(번)】: 뒤집히다, 전복하다.
【覆(복)】: 엎어지다, 뒤집히다, 전복되다. 즉「쏟아지다」의 뜻.

2 隋時, 有一癡人, 車載烏豆入京糶之, 至灞頭, 車翻, 覆豆於水, 便棄而歸, 欲喚家人入水取。→ 수(隋)나라 때, 어느 천치가 있었는데, 수레에 검은콩을 싣고 경성(京城)으로 팔러 가다가, 파두(灞頭)에 이르러, 수레가 뒤집히는 바람에, 콩이 물속으로 쏟아지자, 곧 수레를 버리고 집으로 돌아와, 집안사람들을 불러 물속에 들어가 건지려고 했다.
【隋(수)】: [국명] 양견(楊堅)이 세운 나라.
【癡人(치인)】: 바보, 천치, 어리석고 못난 사람.
【載(재)】: 싣다, 적재하다.
【烏豆(오두)】: 검은콩.
【糶(조)】: (양식을) 팔다.
【灞頭(파두)】: [지명] 지금의 섬서성 서안시(西安市) 동쪽 파수(灞水) 강변 지역. 〖灞〗: [강 이름] 파수(灞水).
【欲(욕)】: …하려고 하다, …하고자 하다.
【喚(환)】: 부르다, 호출하다.

3 去後, 灞店上人, 競取將去, 無復遺餘。比迴, 唯有科斗蟲數千, 相隨游泳。→ (그가) 떠난 후,

取之, 科斗知人欲至, 一時驚散。[4] 怪歎良久, 曰 :「烏豆, 從你不識我, 而背我走去; 可畏我不識你, 而一時着尾子?」[5]

·················

파점(灞店) 사람들이, 다투어 콩을 건져 가서, 남은 것이 하나도 없었다. 그가 되돌아왔을 때는, 다만 올챙이 수천 마리가, 서로 좇아 헤엄치며 놀고 있었다.
【灞店(파점)】: [지명] 파수 강변의 작은 마을 이름.
【競取將去(경취장거)】: 다투어 건져가다. 〖將〗: 동사와 방향 보어 중간에 쓰여 동작의 지속성이나 개시를 나타낸다.
【無復遺餘(무부유여)】: 더는 남은 것이 없다. 즉 「남은 것이 하나도 없다」의 뜻. 〖無復〗: 더는 …가 없다. 〖遺餘〗: 나머지, 잔여.
【比迴(비회)】: 되돌아왔을 때.
【唯(유)】: 오직, 다만.
【科斗蟲(과두충)】: 올챙이.
【相隨(상수)】: 뒤를 좇다, 뒤를 따르다.

4 其人謂仍是本豆, 欲入水取之, 科斗知人欲至, 一時驚散。→ 그는 여전히 올챙이를 원래의 콩이라 여겨, 물속에 들어가 그것을 건지려 했다. 올챙이들은 사람이 오려 하는 것을 알고, 순식간에 놀라 흩어져버렸다.
【謂(위)】: …라고 여기다, …라고 생각하다.
【仍(잉)】: 여전히.
【本豆(본두)】: 본래의 콩, 원래의 콩.
【一時(일시)】: 즉시, 순식간에.
【驚散(경산)】: 놀라 흩어지다.

5 怪歎良久, 曰 :「烏豆, 從你不識我, 而背我走去; 可畏我不識你, 而一時着尾子?」→ (그는 이를) 괴이하게 여기며 한참동안 탄식하고 나서, 말했다 :「검은콩아, 비록 네가 나를 모르는 체, 나를 배신하고 달아났지만, 설마 내가 너를 알아보지 못하게 하려고, 잠시 꼬리를 덧붙인 것은 아니겠지?」
【怪歎(괴탄)】: 괴이하게 여기며 탄식하다.
【從(종)】: 縱(종), 설사 …라 해도, 비록 …라 해도.
【不識(불식)】: 알아보지 못하다, 몰라보다.
【背(배)】: 배신하다.
【可畏(가외)】: 설마 …은 아니겠지?
【着(착)】: 부착하다, 달다, 덧붙이다.

번역문

수레가 뒤집혀 콩이 쏟아지다

수(隋)나라 때 어느 천치가 있었는데, 수레에 검은콩을 싣고 경성(京城)으로 팔러 가다가 파두(灞頭)에 이르러 수레가 뒤집히는 바람에 콩이 물속으로 쏟아지자, 곧 수레를 버리고 집으로 돌아와 집안사람들을 불러 물속에 들어가 건지려고 했다. (그가) 떠난 후 파점(灞店) 사람들이 다투어 콩을 건져 가서 남은 것이 하나도 없었다.

그가 되돌아왔을 때는 다만 올챙이 수천 마리가 서로 좇아 헤엄치며 놀고 있었다. 그는 여전히 올챙이를 원래의 콩이라 여겨 물속에 들어가 그것을 건지려 했다. 올챙이들은 사람이 오려 하는 것을 알고 순식간에 놀라 흩어져버렸다. (그는 이를) 괴이하게 여기며 한참동안 탄식하고 나서 말했다.

「검은콩아, 비록 네가 나를 알지 못해 나를 배신하고 달아났다 해도, 설마 내가 너를 알아보지 못하게 하려고 잠시 꼬리를 덧붙인 것은 아니겠지?」

해설

환경이 변하면 반드시 변화한 환경에 대해 임기응변하고 응급조치를 취할 줄 알아야 한다. 고사의 주인공인 천치는 수레가 뒤집혀 콩이 쏟아졌을 때, 적절한 응급조치를 취하지 못해 콩을 모두 잃었을 뿐만 아니라 심지어 올챙이를 콩으로 오인하기까지 했다.

이 우언은 현실생활에서 상황의 변화에 대해 전혀 대처하지 못해 고스란히 손실을 자초하는 어리석은 사람의 황당한 행위를 풍자한 것이다.

090 납선여요로(拉船與搖櫓)

《啓顔錄·劉道眞》(太平廣記·卷253引)

원문 및 주석

拉船與搖櫓[1]

晉劉道眞遭亂，于河側爲人牽船，見一老嫗操櫓。[2] 道眞嘲之曰：「女子何不調機弄杼？因甚傍河操櫓？」[3] 女答曰：「丈夫何不跨馬揮

1 拉船與搖櫓 → 배를 끄는 일과 노를 젓는 일
【拉船(납선)】: 배를 끌다.
【搖櫓(요로)】: 노를 젓다.

2 晉劉道眞遭亂，于河側爲人牽船，見一老嫗操櫓。→ 진(晉)나라 사람 유도진(劉道眞)이 난리를 만나, 강가에서 남의 배를 끌어주는 일을 하는데, 한 노파가 노를 젓고 있는 것을 보았다.
【晉(진)】: [국명] 위진남북조 때, 위(魏)를 이어 사마염(司馬炎)이 세운 나라.
【劉道眞(유도진)】: [인명].
【遭亂(조란)】: 난리를 만나다.
【河側(하측)】: 강변, 강가.
【爲人牽船(위인견선)】: 남을 위해 배를 끌다, 즉 「남의 배를 끌어주는 일을 하다」의 뜻. 【牽】: 끌다.
【老嫗(노구)】: 노파.
【操櫓(조로)】: 노를 젓다. 【操】: 잡다, 조종하다.

3 道眞嘲之曰：「女子何不調機弄杼？因甚傍河操櫓？」→ 유도진이 그 노파를 비웃으며 말했다 : 「여자가 어찌 (집에서) 베를 짜지 않고, 무슨 연유로 강에서 노를 젓고 있소?」
【嘲(조)】: 비웃다, 조소하다.
【之(지)】: [대명사] 그, 즉 「노파」.
【何(하)】: 왜, 어째서.
【조기롱저(調機弄杼)】: 베틀과 북을 다루다. 즉 「베를 짜다, 베 짜는 일을 하다」의 뜻. 【機】:

鞭? 因甚傍河牽船?」… 道眞無語以對。[4]

번역문

배를 끄는 일과 노를 젓는 일

진(晉)나라 사람 유도진(劉道眞)이 난리를 만나 강가에서 남의 배를 끌어 주는 일을 하는데, 한 노파가 노를 젓고 있는 것을 보았다. 유도진이 그 노파를 비웃으며 말했다.

「여자가 어찌 (집에서) 베를 짜지 않고, 무슨 연유로 강에서 노를 젓고 있소?」

여자가 대답했다.

「대장부가 어찌 말을 타고 채찍을 휘두르며 전장에 나가지 않고, 무슨 연유로 강가에서 배를 끌고 있소?」

… 유도진은 대꾸할 말이 없었다.

해설

유도진(劉道眞)이 강가에서 배를 끄는 일을 하며, 어느 노파가 노를 젓는

기계. 여기서는 「베틀」을 가리킨다. 〖杼〗: 베틀의 북.

【因甚(인심)】: 무엇 때문에, 무슨 연유로.

【傍河(방하)】: 강에 기대다. 〖傍〗: 접근하다, 다가서다, 기대다.

4 女答曰:「丈夫何不跨馬揮鞭? 因甚傍河牽船?」… 道眞無語以對。」 → 여자가 대답했다:「대장부가 어찌 말을 타고 채찍을 휘두르며 전장에 나가지 않고, 무슨 연유로 강가에서 배를 끌고 있소?」… 유도진은 대꾸할 말이 없었다.

【跨馬揮鞭(과마휘편)】: 말을 타고 채찍을 휘두르며 전장에 나가다. 〖跨馬〗: 말에 올라타다. 〖揮〗: 휘두르다. 〖鞭〗: 채찍.

【無語以對(무어이대)】: 대꾸할 말이 없다.

것을 보고 「여자가 어찌 집에서 베 짜는 일을 하지 않고 강에서 노를 젓고 있느냐?」고 비웃었다. 이에 노파가 「대장부가 어찌 말을 타고 채찍을 휘두르며 전장(戰場)에 나가지 않고 남의 배를 끌고 있느냐?」고 묻자, 한 마디 대꾸도 하지 못했다.

이 우언은 남을 함부로 비웃다가 오히려 남에게 비웃음을 당하는 경솔한 행위를 경계한 것이다.

091 둔추이추(鈍槌利錐)

《啓顔錄·祖士言》(太平廣記·卷253·祖士言)

원문 및 주석

鈍槌利錐[1]

晉祖士言與鍾雅相嘲。鍾云:「我汝、穎之士利如錐, 卿燕、代之士鈍如槌。」[2] 祖曰:「以我鈍槌, 打爾利錐。」鍾曰:「自有神錐, 不可得打。」[3] 祖曰:「旣有神錐, 亦有神槌。」鍾遂屈。[4]

1 鈍槌利錐 → 무딘 망치와 날카로운 송곳
【鈍槌(둔퇴)】: 무딘 망치. 〖鈍〗: 무디다, 날카롭지 못하다. 〖槌〗: 망치.
【利錐(이추)】: 예리한 송곳. 〖利〗: 예리하다, 날카롭다. 〖錐〗: 송곳.

2 晉祖士言與鍾雅相嘲。鍾云:「我汝、穎之士利如錐, 卿燕、代之士鈍如槌。」→ 진(晉)나라 조사언(祖士言)과 종아(鍾雅)가 서로 비방했다. 종아가 말했다:「(중원(中原)의) 여주(汝州)·영주(穎州) 지방 사람인 나는 날카롭기가 마치 송곳과 같고, (북쪽의) 연(燕)·대(代) 지역 사람인 당신은 무디기가 마치 망치와 같소.」
【晉(진)】: [국명] 위진남북조 시대에 위(魏)를 이어 사마염(司馬炎)이 세운 나라.
【祖士言(조사언)】: [인명].
【鍾雅(종아)】: [인명].
【相嘲(상조)】: 서로 비웃다, 서로 조롱하다.
【汝(여)】: [지명] 여주(汝州). 지금의 하남성 임여현(臨汝縣) 일대.
【穎(영)】: [지명] 영주(穎州). 지금의 하남성 허창현(許昌縣) 일대.
【如(여)】: 마치 …같다.
【卿(경)】: [상대방에 대한 존칭] 당신.
【燕(연)】: [국명] 지금의 하북성 북쪽 지방.
【代(대)】: [국명] 지금의 하북성 동쪽 지방.

3 祖曰:「以我鈍槌, 打爾利錐。」鍾曰:「自有神錐, 不可得打。」→ 조사언이 말했다:「나의 무

번역문

무딘 망치와 날카로운 송곳

진(晉)나라 조사언(祖士言)과 종아(鍾雅)가 서로 비방했다.

종아가 말했다.

「(중원(中原)의) 여주(汝州)·영주(潁州) 지방 사람인 나는 날카롭기가 마치 송곳과 같고, (북쪽의) 연(燕)·대(代) 지역 사람인 당신은 무디기가 마치 망치와 같소.」

조사언이 말했다.

「나의 무딘 망치로 당신의 예리한 송곳을 타격할 수 있소.」

종아가 말했다.

「나는 본래 신통력을 지닌 송곳을 가지고 있어서, 타격하지 못할 것이오.」

조사언이 말했다.

「당신이 이미 신통력을 지닌 송곳을 가졌다면, 나 역시 신통력을 지닌 망치를 가지고 있소.」

결국 종아가 굴복하고 말았다.

....

딘 망치로, 당신의 예리한 송곳을 타격할 수 있소.」 종아가 말했다 : 「나는 본래 신통력을 지닌 송곳을 가지고 있어서, 타격하지 못할 것이오.」

【爾(이)】: 너, 당신.

【自有(자유)】: 본래 …을 가지고 있다.

【神錐(신추)】: 신통력을 지닌 송곳.

【不可得(불가득)】: 不能(불능), …할 수 없다.

4 祖曰 : 「旣有神錐, 亦有神槌。」 鍾遂屈。 → 조사언이 말했다 : 「당신이 이미 신통력을 지닌 송곳을 가졌다면, 나 역시 신통력을 지닌 망치를 가지고 있소.」 결국 종아가 굴복하고 말았다.

【遂(수)】: 마침내, 결국.

【屈(굴)】: 굴복하다.

해설

종아(鍾雅)는 자신을 예리한 송곳에 비유하고 조사언(祖士言)을 무딘 망치에 비유하며 상대방을 깔보다가 오히려 일격을 당하고 굴복했다.

이 우언은 망치를 우둔한 것에 비유하고 송곳을 총명한 것에 비유하여, 스스로 총명하다 믿고 오만을 떨다가 오히려 실패를 당하는 어리석은 사람을 풍자한 것이다.

092 괴자현지(槐子懸枝)

《啓顔錄 · 祖士言》(類說本)

원문 및 주석

槐子懸枝[1]

隋侯白機辯敏捷。嘗與楊素并馬，路旁有槐樹，憔悴欲死。[2] 素曰：「侯秀才理道過人，能令此樹活否?」曰：「取槐子懸樹枝卽活。」[3]

1 槐子懸枝 → 홰나무 씨를 가지에 걸다
【槐子(괴자)】: 홰나무의 씨앗. 〖槐〗: 홰나무, 회화나무. 〖子〗: 씨, 씨앗.
【懸(현)】: 걸다, 매달다.

2 隋侯白機辯敏捷。嘗與楊素并馬，路旁有槐樹，憔悴欲死。→ 수(隋)나라의 후백(侯白)은 기지(機智)가 넘치고 말재주가 뛰어나며 행동이 민첩했다. (그가) 일찍이 양소(楊素)와 나란히 말을 타고 가는데, 길가에 초췌하게 말라 죽으려는 홰나무가 있었다.
【隋(수)】: [국명] 양견(楊堅)이 세운 나라.
【侯白(후백)】: [인명].
【機辯(기변)】: 기지가 넘치고 말재주가 뛰어나다.
【嘗(상)】: 일찍이.
【楊素(양소)】: [인명].
【并馬(병마)】: 나란히 말을 타고 가다.
【憔悴(초췌)】: 초췌하다.
【欲死(욕사)】: 말라 죽으려 하다.

3 素曰：「侯秀才理道過人，能令此樹活否?」曰：「取槐子懸樹枝卽活。」→ 양소가 물었다：「후수재(侯秀才)는 논리(論理)가 보통 사람을 능가하는데, 이 나무를 살아나게 할 수 있습니까?」(후백이) 대답했다：「홰나무의 씨앗[子]을 가져와 나뭇가지에 걸면 곧 살아납니다.」
【秀才(수재)】: 서생(書生)의 통칭.
【理道(이도)】: 논리(論理).

素問其說, 答曰 : 「《論語》 云 : 『子在, 回何敢死?』」[4]

번역문

홰나무 씨를 가지에 걸다

수(隋)나라의 후백(侯白)은 기지(機智)가 넘치고 말재주가 뛰어나며 행동이 민첩했다. (그가) 일찍이 양소(楊素)와 나란히 말을 타고 가는데, 길가에 초췌하게 말라 죽으려는 홰나무가 있었다.

양소가 물었다.

「후수재(侯秀才)는 논리(論理)가 보통 사람을 능가하는데, 이 나무를 살아나게 할 수 있습니까?」

(후백이) 대답했다.

「홰나무의 씨앗[子]을 가져와 나뭇가지에 걸면 곧 살아납니다.」

양소가 그 이치를 물으니 (후백이) 대답했다.

【過人(과인)】: 보통 사람을 능가하다.

【令(령)】: …로 하여금 …하도록 하다, …를 …하게 하다.

4 素問其說, 答曰 : 「《論語》 云 : 『子在, 回何敢死?』」 → 양소가 그 이치를 물으니, (후백이) 대답했다 : 「《논어(論語)》에 말하길 : 『자(子 : 공자)가 있는데, 회(回)가 어찌 감히 죽겠습니까?』」라고 했습니다.

※ 이는 본래 《논어(論語) · 선진(先進)》에 「子畏於匡, 顏淵後. 子曰, 「吾以女爲死矣。」 曰, "子在, 回何敢死?" (공자가 광에서 두려워하고 있는데, 안연이 뒤늦게 오자, 공자가 말했다 : 「나는 너를 죽은 것으로 여겼다.」 이에 안연이 대답했다 : 「선생님[子]이 계신데, 제가 어찌 감히 죽겠습니까?」)」라고 한 것을, 작자가 槐子(괴자)의 「子」와 子在(자재)의 「子」를 같은 글자라 하여 희화화(戱畫化) 한 것이다.

【說(설)】: 이치.

【《論語(논어)》】: 유가(儒家)의 경전(經典).

【子(자)】: [존칭] 선생님. 여기서는 「공자(孔子)를 가리킨다.」

【回(회)】: [인명] 안회(顏回). 공자(孔子)의 제자.

【何敢(하감)】: 어찌 감히 …하겠는가?

「《논어(論語)》에 말하길 『자(子)가 있는데, 회(回)가 어찌 감히 죽겠습니까?』라고 했습니다.」

해설

후백(侯白)과 양소(楊素)가 나란히 말을 타고 가다가 말라 죽어가는 홰나무를 보고, 양소가 후백에게 살릴 방법이 없는가를 묻자, 후백이 홰나무의 씨앗을 가지에 걸어 놓으면 살릴 수 있다고 말하며, 그 근거로 《논어(論語)》의 문구를 제시했다.

이 우언은 후백의 황당무계한 논리를 통해, 글자의 확실한 뜻을 이해하지 못하면서 글자의 형체가 서로 같으면 뜻이 같다고 여기는 교조주의자(敎條主義者)의 융통성 없는 사고방식을 풍자한 것이다.

093 호여자위(虎與刺猬)

《啓顔錄 · 遭見賢尊》(廣滑稽本)

원문 및 주석

虎與刺猬[1]

有一大蟲, 欲向野中覔食, 見一刺猬仰臥, 謂是肉臠, 欲銜之, 忽被猬卷着鼻。[2] 驚走, 不知休息, 直至山中, 困乏, 不覺昏睡, 刺猬乃放鼻而走。[3] 大蟲忽起歡喜, 走至橡樹下。低頭見橡斗, 乃側身語云 :

1 虎與刺猬 → 호랑이와 고슴도치
【刺猬(자위)】: 고슴도치.

2 有一大蟲, 欲向野中覔食, 見一刺猬仰臥, 謂是肉臠, 欲銜之, 忽被猬卷着鼻。→ 호랑이 한 마리가, 먹을거리를 찾으려고 들을 향해 가다가, 고스도치 한 마리가, 얼굴을 위로 향해 누워 있는 것을 보았다. (호랑이가) 그것을 고깃점이라 여겨, 입에 물려고 하자, 고슴도치가 갑자기 몸을 말아 (호랑이의) 코에 달라붙었다.
【大蟲(대충)】: 호랑이.
【欲(욕)】: …하고자 하다, …하려고 하다.
【覔食(멱식)】: 먹을거리를 찾다. 〖覔〗: 찾다.
【仰臥(앙와)】: 얼굴을 위로 향해 눕다.
【謂(위)】: …라고 여기다, …라고 생각하다.
【肉臠(육련)】: 고깃점.
【銜(함)】: 입에 물다.
【忽(홀)】: 문득, 갑자기, 돌연.
【卷着鼻(권착비)】: 몸을 말아 코에 달라붙다. 〖卷〗: 捲(권), 말다. 〖着〗: 붙다, 달라붙다.

3 驚走, 不知休息, 直至山中, 困乏, 不覺昏睡, 刺猬乃放鼻而走。→ (호랑이가) 놀라 도망쳐서, 쉴 줄도 모르고, 곧장 산에 이르렀다. 피곤에 지쳐, 자기도 모르게 깊은 잠에 빠지니, 고슴

「旦來遭見賢尊, 願郞君且避道!」[4]

번역문

호랑이와 고슴도치

호랑이 한 마리가 먹을거리를 찾으려고 들을 향해 가다가 고슴도치 한 마리가 얼굴을 위로 향해 누워 있는 것을 보았다. (호랑이가) 그것을 고깃점이라 여겨 입에 물려고 하자, 고슴도치가 갑자기 몸을 말아 (호랑이의) 코에 달라붙었다. (호랑이가) 놀라 도망쳐서 쉴 줄도 모르고 곧장 산에 이르렀다. 피곤에 지쳐 자기도 모르게 깊은 잠에 빠지니, 고슴도치가 비로소 코를 놓고 달아났다. 호랑이는 문득 잠에서 일어나 좋아하며 상수리나무

도치가 비로소 코를 놓고 달아났다.
【驚走(경주)】: 놀라서 달아나다.
【直至(직지)…】: 곧장 …에 이르다.
【困乏(곤핍)】: 피곤에 지치다.
【不覺(불각)】: 자기도 모르게.
【乃(내)】: 비로소.

4 大蟲忽起歡喜, 走至橡樹下。低頭見橡斗, 乃側身語云:「旦來遭見賢尊, 願郞君且避道!」→ 호랑이는 문득 잠에서 일어나 좋아하며, 상수리나무 아래까지 걸어왔다. 고개를 숙여 (땅에 떨어진) 상수리를 보더니, 곧 몸을 한걸음 옆으로 물러서며 말했다:「오늘 아침에 이미 춘부장을 만나 뵈었소. 원컨대 귀공자께서 잠시 길을 비켜주기 바라오.」
【忽(홀)】: 문득, 돌연.
【橡斗(상두)】: 껍질이 달린 상수리.
【乃(내)】: 곧, 즉시.
【側身(측신)】: 몸을 한걸음 옆으로 물러서다.
【旦來(단래)】: 아침.
【遭見(조견)】: 만나다.
【賢尊(현존)】: [상대방의 부친에 대한 존칭] 춘부장, 대인, 어르신.
【郞君(낭군)】: [상대방에 대한 존칭] 귀공자.
【且(차)】: 잠시.
【避道(피도)】: 길을 비키다, 길을 양보하다.

아래까지 걸어왔다. 고개를 숙여 (땅에 떨어진) 상수리를 보더니, 곧 몸을 한걸음 옆으로 물러서며 말했다.

「오늘 아침에 이미 춘부장을 만나 뵈었소. 원컨대 귀공자께서 잠시 길을 비켜주기 바라오.」

해설

호랑이는 본래 흉악한 짐승인데 오히려 조그만 고슴도치에게 시달림을 당했다. 그리고 좌절을 당한 후 두려운 마음에 상수리 껍질을 보고 고슴도치로 착각하여 매우 공손한 태도를 보였다.

이 우언은 「자라 보고 놀란 가슴 솥뚜껑 보고 놀란다」는 심리 현상을 비유한 것으로, 어려운 일을 당한 후에는 속히 냉정을 되찾아 마음속의 두려움을 없애고 일에 대한 정확한 분석을 통해 재발 방지를 위한 교훈으로 삼아야 한다는 이치를 설명한 것이다.

〔부록〕

위진남북조(魏晋南北朝) 우언에 관하여

(1) 우언의 정의

중국의 문헌에서 우언(寓言)이란 말은 《장자(莊子)·우언(寓言)》에 최초로 보인다.

「우언(寓言)이 십 분의 구를 차지하고, 중언(重言)이 십 분의 칠을 차지하며, 치언(卮言)은 날마다 새롭게 출현하여 무궁무진한데, 모두 자연의 분계(分界)에 부합한다. 십 분의 구를 차지하는 우언은 외부 사람에게 기탁하여 논한 것이다. 친아버지는 자기의 자식을 위해 중매를 서지 않는다. 친아버지가 자기 아들을 칭찬하면 친아버지가 아닌 사람이 칭찬하는 것만 못하다.(寓言十九, 重言十七, 卮言日出, 和以天倪。寓言十九, 藉外論之。親父不爲其子媒。親父譽之, 不若非其父者也。)」[1]

진(晋) 곽상(郭象)은 《장자》의 이 말에 대해 「다른 사람에게 기탁하면 열 마디 중 아홉 마디는 신뢰를 받는다.」 「말이 자기로부터 나오면 세상 사람들 대부분이 받아들이지 않기 때문에, 그래서 외부 사람에게 기탁(寄託)하는 것이다.」[2] 라고 하여 우언을 「기탁하는 말」로 보았다.

1 《莊子》, 景印 文淵閣四庫全書, 臺北, 臺灣商務印書館, 1985.

2 (晋) 郭象注《莊子·寓言》: 「寄之他人, 則十言而九見信。」, 「言出於己, 俗多不受, 故借外耳。」(景印 文淵閣四庫全書, 臺北, 臺灣商務印書館, 1985.)

이와는 달리 오늘날 학자들의 견해는 우언의 조건을 비교적 구체적으로 제시하고 있다. 몇몇 학자들의 설을 예로 들겠다.

① 진포청(陳蒲淸)의 설 :

「우언은 반드시 두 가지의 기본 요소를 갖추어야 한다. 첫째는 고사의 줄거리이고, 둘째는 비유 · 기탁으로 말은 여기에 있고 뜻은 저기에 있다. 이 두 가지 표준을 근거로 하면 우언에 대해 비교적 명확한 범주를 설정할 수 있다. 오직 두 가지를 완전히 구비해야 비로소 우언으로 간주하여 지나치게 넓은 감을 피할 수 있고, 동시에 오직 두 가지를 구비해야 우언으로 간주하여 지나치게 좁은 감을 피할 수 있다. 이 두 가지를 근거로 하면 우언과 기타 문체를 기본적으로 구분할 수 있다. 첫 번째를 근거로 하면 우언을 일반적인 비유와 구분할 수 있고, 사물에 기탁하여 뜻을 말하는 영물시(詠物詩) · 금언시(禽言詩) 및 기타 이상을 기탁한 시문(詩文)과 구분할 수 있으며, 두 번째를 근거로 하면 우언을 보통의 고사와 구분할 수 있는데, 보통의 고사는 그 의미가 스토리 자체에서 드러나는 것으로 비유의 의미가 없다. ……우언과 일반 고사의 차이는 바로 비유 · 기탁의 유무에 달려있다.(寓言必須具備兩條基本要素 : 第一是有故事情節; 第二是有比喩寄託, 言在此而意在彼。根據這兩條標準便可以給寓言劃出一個比較明確的範疇。只有完全具備這兩個條件, 才能算作寓言, 以避免過寬; 同時, 只要具備了這兩個條件, 就可以算作寓言, 以避免過窄。根據這兩條可以把寓言和其他文體基本上區分開 : 根據第一條, 可以使寓言和一般比喩相區別, 跟托物言志的詠物詩、禽言詩以及其他寄托理想的詩文相區別; 根據第二條可以使寓言跟一般故事相區別, 一般的故事其意義是從情節本身中顯示出來的, 沒有比喩意義。……寓言和一般故事的差別, 就在于有沒有比喩寄託。)」[3]

진포청은 우언의 범위에 대해 고사의 줄거리와 비유 · 기탁이라는 두 가

3 陳蒲淸《中國古代寓言史》, 長沙, 湖南教育出版社, 1983, p2.

지 조건을 들어 비유 · 기탁의 유무를 가지고 우언과 일반 고사를 구분했다.

② 이부헌(李富軒) · 이연(李燕)의 설 :

「우언은 일반적으로 고사와 우의로 조성되어 주로 권계와 풍자에 쓰이고, 찬송(讚頌) · 서정(抒情)이나 이상(理想)의 전개 등에 쓰이는 경우가 적다. 우언의 정의에 대해서도 다만 몇 개 방면에서 종합적으로 이해할 수 있는데, 또한 마땅히 어느 정도의 모호성을 허용해야 하고 광의와 협의의 구분도 허용해야 하며, 일부 작품에 실제로 존재하는 양서성(兩棲性)을 인정하여 기계적으로 한두 가지의 표준을 가지고 모든 작품에 억지로 적용해서는 안 된다.(寓言一般有寓體[故事]和寓意造成, 主要用於勸誡諷諭, 而較少用於讚頌抒情和展現理想。對寓言的界說, 也只能從幾個方面綜合理解, 而且應該容許一定程度的摸糊性, 也應該允許有廣義和狹義之分, 應該承認一部分作品事實上存在的兩棲性而不宜機械地用一兩條標準硬套一切作品。)」[4]

이부헌 · 이연은 우언의 우의(寓意)와 범위에 대해 어떤 작품들이 비록 전형적인 우언처럼 풍유(諷諭) · 권계(勸誡)의 작용을 갖추지 못하였다 해도 우의와 기탁이 충분하다면 넓은 의미에서 우언으로 볼 수 있다고 보았다.

③ 임숙정(林淑貞)의 설 :

「우언은 문구상 우의가 있을 수 있는 것 외에도 기탁하여 비유하거나 서로 유사한 것을 비교하는 우의가 있을 수 있고, 또 모든 것을 다 포괄하여 그 안에 두 가지 우의를 동시에 함유하는 경우도 있을 수 있다.(寓言, 除了可以有字面寓意之外, 也可以有託喻或類比的寓意, 更可以兼容並蓄, 同時含攝二種寓意於其中。)」[5]

4 李富軒 · 李燕《中國古代寓言史》, 대북, 지일출판사, 1998, p4.

5 林淑貞《表意 · 示意 · 釋義--中國寓言詩析論》, 臺北, 里仁出版社, 2007, p40.

임숙정은 문구에 나타난 우의 외에도 기탁하여 비유하거나 서로 유사한 것을 비교하여 논하는 우의에 이르기까지 모든 것을 포함할 수 있다고 여겼다.

④《중국대백과전서(中國大百科全書)·중국문학(中國文學)》의 정의 :

「문학 체제의 일종으로 풍유(諷諭)를 함유하거나 혹은 교훈의 의미를 분명히 드러낸 고사이다. 그 구조는 대부분 짤막하며 고사 줄거리를 갖추고 있다. 주인공은 사람일 수도 있고, 동물일 수도 있고, 무생물일 수도 있다. 대체로 차유법(借喩法)을 사용하여 고사를 통해 이것을 빌려 저것을 비유하고 작은 것을 빌려 큰 것을 비유하여 교육적 의미가 강한 주제나 심각한 도리로 하여금 간단한 고사에서 구현되도록 한다. 우언의 취지는 허구적인 고사를 통해 모종의 생활 현상·심리와 행위에 관한 작가 또는 사람들의 비평이나 교훈을 표현하는데 있다.」(文學體裁的一種。是含有諷喩或明顯教訓意義的故事。它的結構大多簡短, 具有故事情節。主人公可以是人, 可以是動物, 也可以是無生物。多用借喩手法, 通過故事借此喩彼, 借小喩大, 使富有教育意義的主題或深刻的道理, 在簡單的故事中體現出來。寓言的主旨在於通過虛構的故事, 表現作家或人民關於某種生活現象·心理和行爲的批評或教訓。)[6]

《중국대백과전서》는 짤막한 구조와 허구적인 고사로 풍유(諷諭)와 교훈의 기능을 지녀야 한다는 것 외에도 주인공의 대상을 사람·동물·무생물로 규정하는 등 구체적인 조건을 제시함으로써 우언의 범주를 보다 좁은 의미로 해석했다. 이는 「체제가 짧고 허구인 고사로서 대부분 동물이나 무생물을 주인공으로 하고, 고사 내용이 도덕 교훈의 기능을 지닌다.」[7] 라고

6 《中國大百科全書·中國文學》, 北京, 中國大百科全書出版社, 1995.

7 The fable, in keeping with its simple form, is easily defined. It is a short fictitious work, either in prose or in verse, frequently (but not necessarily) using animals or

정의한 서양인들의 견해와 일맥상통한다.

이상 여러 견해들을 근거로 볼 때, 중국인들의 관점에서 우언의 의미는 줄거리를 갖춘 간략한 고사에 우의를 기탁하는 방법으로 모종의 도리를 표현하여 권계(勸誡)·풍유(諷喩)·교훈(敎訓) 작용을 하는 일종의 문학 형식이라고 정의할 수 있다.

(2) 위진남북조 우언의 개황

위진남북조(220-581)는 사회가 매우 혼란하던 시대이다. 이러한 상황은 한(漢)나라 말기부터 수(隋)나라가 전국을 통일할 때까지 수백 년 동안 지속되었다. 한나라 말기의 군벌 투쟁과 서진(西晉)시대 「팔왕(八王)의 난」, 중원(中原)으로 진입한 흉노(匈奴)·선비(鮮卑)·갈(羯)·씨(氐)·강(羌) 등 소수민족 통치자들의 살육 전쟁, 전란과 기아(饑餓) 및 온역(瘟疫) 등으로 인해 경제가 파탄 나고 인구가 급속히 감소했다.

위진남북조는 또한 사상이 비교적 활발하던 시대였다. 유학(儒學)을 숭상하던 한왕조(漢王朝)의 해체에 따라 사상을 지배해온 유학이 독존의 지위를 상실하고, 권력을 장악한 조조(曹操)는 예절 따위에 얽매이지 않고 형명(刑名)을 숭상하여 인의(仁義)보다는 치국용병(治國用兵)에 능한 인물을 기용했다. 따라서 사회는 유가(儒家)를 대체할 새로운 사상을 모색하게 되었고, 이러한 분위기에 호응하여 무위자연(無爲自然)을 도덕의 표준으로 삼

even inanimate objects as actors, and having the exposition of a moral principle as a primary function.(《AESOP'S FABLES》, Introduction and Notes by D.L. Ashliman; Translated by V.S. Vernon Jones, New York : Fine Creative Media, Inc, 2003, Introduction xxiii)

고 허무(虛無)를 우주(宇宙)의 근원으로 삼는 노장(老莊)사상이 흥하고, 청담(淸談)과 자유방임을 특징으로 하는 현학(玄學)이 성행하여 쾌락적이고 방관적인 개인주의 사고가 만연하는 등 사림(士林) 사회의 풍조가 일대 변화를 가져왔다.《세설신어(世說新語)·임탄(任誕)》에

> 유령(劉伶)은 항상 멋대로 술을 마시고 무엇에도 구애받지 않았으며, 어느 때는 집안에서 옷을 벗고 알몸으로 있어, 다른 사람이 보고 그를 비난했다. 그러나 유령은 오히려 말하길 :「나는 천지를 집으로 여기고, 방을 속옷으로 여기고 있소. 당신들은 무엇 때문에 나의 바지 속에 들어왔소?」라고 했다.[8]

라고 한 것이나,《진서(晉書)·완적전(阮籍傳)》에

> 완적의 형수가 일찍이 친정에 가는데, 완적이 가서 형수와 작별 인사를 했다. 어떤 사람이 (시동생과 형수 사이에 안부를 묻지 않는 예법을 어겼다고) 완적을 꾸짖자, 완적이 말하길 :『예법이 어찌 나 같은 사람을 위해 만들었겠는가?』라고 했다.[9]

라고 한 것은, 바로 명사·문인들의 행동이 유가 학설에 타격을 가하고 전통 도덕과 예교를 파기하는 반역 정신을 표현한 것이며, 또한 내심(內心)의 공허와 현실세계에 대한 소극적인 도피를 표현한 것이다. 이후에는 또 불교가 흥성하여 고통과 번뇌의 해탈을 추구하는 불교의 교리(敎理)가 빈곤하고 의지할 곳 없는 백성들과 정신적으로 공허한 통치계층으로 하여금 피안(彼岸)을 추구하도록 유혹하기도 했다. 그러나 한편으로는 활발한 불

8 劉伶恒縱酒放達, 或脫衣裸形在屋中, 人見譏之。伶曰 :「我以天地爲棟宇, 屋室爲幝衣。諸君何爲入我幝中?」

9 籍嫂嘗歸寧, 籍相見與別。或譏之, 籍曰 :『禮豈爲我輩設耶?』

경 번역 사업으로 인해 중국과 인도의 문화 교류를 촉진하는 동시에 중국의 문학(우언 포함)·예술 및 철학에 방면에 대해 새로운 활력을 불어넣었다.

중국은 한(漢) 이전에 문학(文學)·사학(史學)·철학(哲學)의 구분이 없었다. 서한으로부터 사학이 먼저 독립했으나 문학과 철학은 여전히 구분되지 않았고, 위진 시기에 이르러 문학과 철학이 점차 공덕을 찬양하고 실용을 강구하는 양한의 경학(經學)과 구분되면서 비로소 사변적(思辨的)·이성적(理性的)인 순수철학과 서정적·감성적인 순문예가 탄생했다.

유대걸(劉大杰)은 《중국문학발전사(中國文學發展史)》에서 이 시대를 「문학의 자각 시대」라 규정하면서 「이 시대 문학의 사상적 특징은 유학의 속박에서 벗어나 문학의 특징과 규율을 탐색하고 문학의 관념을 명확히 하여 문학의 가치와 사회적 지위를 제고했다」고 말했다. 이를 구체적으로 표현하면 세 가지 방면으로 나누어 설명할 수 있다.

1) 문학이론 저술의 흥성 :

이 시기의 대표적인 저술로는 조비(曹丕)의 《전론(典論)·논문(論文)》, 육기(陸機)의 《문부(文賦)》, 갈홍(葛洪)의 《포박자(抱朴子)》, 유협(劉勰)의 《문심조룡(文心雕龍)》, 종영(鍾嶸)의 《시품(詩品)》 등이 있다.

이중 《전론·논문》은 문학을 주의(奏議)·서론(書論)·명뢰(銘誄)·시부(詩賦)의 네 가지로 나누어 문학을 경(經)·사(史)·자(子)의 저술과 구분하여 문학 작품과 비문학 작품을 보다 명확히 구분했다. 그리고 《문심조룡》과 《시품》은 선진(先秦)으로부터 문학창작 규율을 계통적으로 탐색하고 총결함으로써 고대문학 이론의 거작이 되었다.

2) 시문(詩文)의 예술적 기교 중시 :

언어의 아름다움을 추구한 조식(曹植) 시가의 화려한 문사는 이 시대 문풍의 선도적 역할을 했고, 이후의 시문이 한 걸음 더 나아가 예술형식을 추구함으로써 마침내 대우(對偶)를 강구하는 변문(騈文)과 평측(平仄)을 강구하는 근체시(近體詩)를 탄생시켰다. 이 시대의 대표적인 작가로는 조식(曹植)·왕찬(王粲)·채염(蔡琰)·완적(阮籍)·육기(陸機)·좌사(左思)·사령운(謝靈運)·도잠(陶潛)·포조(鮑照)·유신(庾信) 등이 있다.

3) 소설의 탄생 :

위진남북조시대의 소설은 지괴소설(志怪小說)과 지인소설(志人小說) 두 부류로 나눌 수 있다. 《수신기(搜神記)》로 대표되는 지괴소설은 불교와 도교 및 방사(方士)들의 깊은 영향을 받기는 했으나, 그중 우수한 작품은 통치계층의 잔악한 행위를 폭로하는 동시에, 질고(疾苦)에 시달리며 안락한 생활을 염원하는 백성들의 불만과 소망을 동시에 반영했고, 《세설신어(世說新語)》로 대표되는 지인 소설은 당시 사대부들이 청담을 숭상한 사족(士族)들의 생활 면모를 광범하게 반영했다.

위진남북조 우언의 창작은 당시의 사회 풍조 및 문학 사조와 밀접한 관계를 가지고 있다. 예를 들어 완적(阮籍) 산문의 대표작이라 할 수 있는 《대인선생전(大人先生傳)》의 「슬처곤중(虱處褌中)」우언은, 당시 통치자에 아부하며 빌붙어 사는 사이비 군자들의 위선적 행위를 바지 속에 기생하는 이에 비유하여 신랄하게 풍자함으로써, 그들도 결코 시대가 조성한 난국에서 벗어나지 못한다는 것을 분명히 지적했다. 이는 《진서(晉書)·완적전(阮籍傳)》에 나타난 완적의 방탕한 인생 태도와 아울러 노장(老莊) 철학의 심각한 영향을 반영한 것이다.

위진남북조의 산문 가운데 우언이 비교적 많은 작품으로는《소림(笑林)》《부자(苻子)》《유자(劉子)》《금루자(金樓子)》《세설신어》《수신기》등이 있다. 그러나 위진남북조의 우언은 양적인 면에서 볼 때 선진(先秦)은 물론 양한(兩漢)에도 훨씬 미치지 못하고, 제재(題材)에 있어서도《유자(劉子)》의 우언처럼 선진(先秦) 작품을 답습한 것이 매우 많다. 따라서 위진남북조 우언의 창작은 총체적으로 괄목할 만한 성과를 거두지 못했다고 말할 수 있다. 다만《소림》과 같은 소화집(笑話集)의 출현으로 후세 풍자 우언과 해학 우언이 발전할 수 있는 기틀이 마련되었고, 또《백유경(百喩經)》과 같은 인도(印度) 우언의 유입으로 중국 우언의 창작에 새로운 바람을 불어 넣음으로써, 이후 당송(唐宋) 우언의 번영을 위해 나름대로 작용을 했다고 할 수 있다.

이로 미루어 볼 때, 위진남북조 시기의 우언은 이 시기의 시문과 마찬가지로 후대 문학의 번영을 위해 기초를 다진 과도적 성격을 지녔다고 할 수 있을 것이다.

※ [진포청(陳蒲淸)《중국고대우언사(中國古代寓言史)》위진남북조우언개황(魏晉南北朝寓言槪況) 참조]

참고문헌

1. 우언선집

中國歷代寓言選(上, 下), 周大璞 審訂, 湖北人民出版社, 1985. 7.

中國歷代寓言分類大觀, 尙和 主編, 上海, 文匯出版社, 1992. 1.

漢魏六朝勸戒寓言, 陳新璋 主編, 新世紀出版社, 1995. 2. 第1版

歷代寓言大觀, 薛菁 · 更生 主編, 北京, 華夏出版社, 2007. 7.

中國寓言[全集], 馬亞中 · 吳小平 主編, 北京, 新世界出版社, 2007. 12. 第1版

中國古代寓言精品賞析, 陳蒲淸, 長沙, 岳麓書社, 2008. 1. 第1版

歷代寓言選, 袁暉 主編, 北京, 中國青年出版社, 2012. 7. 第1版

新譯歷代寓言選, 黃瑞雲, 臺北, 三民書局, 2012. 10. 初版二刷

中國哲理寓言大全, 嚴北溟 · 嚴捷, 香港, 商務印書館, 2013. 10.

中國寓言讀本, 林叔貞 著, 臺北, 五南圖書出版社, 2015. 9.

2. 원문 교감 및 참고자료

● 소림(笑林) 우언

古小說搜殘, 孟之微 編, 臺北, 長歌出版社, 民國64年 10月(原名 : 魯迅, 古小說鉤沉)

中國笑話大觀, 王利器 · 王貞珉 選編, 北京, 北京出版社, 2001. 1.

漢魏六朝小說選注, 徐震堮 選注, 臺北, 洪氏出版社, 民國64年 4月

● 열이전(列異傳) 우언

古小說搜殘, 孟之微 編, 臺北, 長歌出版社, 民國64年 10月(原名 : 魯迅, 古小說鉤沉)

漢魏六朝小說選注, 徐震堮 選注, 臺北, 洪氏出版社, 民國64年 4月

● 만기론(萬機論) 우언

玉函山房輯佚書, (淸) 馬國翰(《續修四庫全書 · 子部 · 雜家類》 五, 上海古籍出版社)

● 완적집(阮籍集) 우언

新譯阮籍詩文集, 林家驪注譯, 臺北, 三民書局

竹林七賢詩文全集譯注, 長春, 吉林文史出版社, 1997年 1月, 第1版

魏晉南北朝文學作品譯注講析, 甫之·涂光社, 沈陽, 了寧人民出版社, 1987. 2.

● 삼국지(三國志) 우언

三國志, 臺北, 鼎文書局 25史本

三國志 裴松之注, 臺北, 宏業書局, 民國86年 10月 再版

新譯三國志, 吳樹平 注譯, 臺北, 三民書局

● 서경잡기(西京雜記) 우언

新譯西京雜記, 曹海東注譯, 臺北, 三民書局 2012. 6. 2版

漢魏六朝小說筆記選, 臺北, 臺灣商務印書館, 民國63年 6月

● 수신기(搜神記) 우언

搜神記, (晉)干寶, 臺北, 里仁書局, 民國71年 9月

新譯搜神記, 黃鈞注譯, 臺北, 三民書局

全本搜神記評譯, 張甦等, 上海, 學林出版社, 1994年 5月

魏晉南北朝文學作品譯注講析, 甫之·涂光社, 沈陽, 了寧人民出版社, 1987. 2.

● 부자(苻子) 우언

玉函山房輯佚書, (淸)馬國翰(《續修四庫全書·子部·雜家類》五, 上海古籍出版社)

● 수신후기(搜神後記) 우언

搜神後記研究, 王國良著, 臺北, 文史哲出版社, 民國67年 6月

中國小說史略, 魯迅, 香港, 太平洋圖書公司, 1973年 再版

● 이원(異苑) 우언

異苑, (南朝宋)劉敬叔, 學津討源(十二) 神異小說, 淸嘉慶張海鵬輯刊

漢魏六朝小說筆記選, 臺北, 臺灣商務印書館, 民國63年 6月

中國小說史略, 魯迅, 香港, 太平洋圖書公司, 1973年 再版

● 후한서(後漢書) 우언

後漢書, 臺北, 鼎文書局 25史本

新譯後漢書, 魏連科 注譯, 臺北, 三民書局

● 유명록(幽明錄) 우언

古小說搜殘, 孟之微 編, 臺北, 長歌出版社, 民國64年 10月(原名 : 魯迅, 古小說鉤沉)

漢魏六朝小說選注, 徐震堮 選注, 臺北, 洪氏出版社, 民國64年 4月

● 세설신어(世說新語) 우언

世說新語校箋, 楊勇著, 臺北, 明倫出版社, 民國61년 4月 3版

新譯世說新語, 劉正浩等注譯, 臺北, 三民書局

魏晉南北朝文學作品譯注講析, 甫之 · 涂光社, 沈陽, 了寧人民出版社, 1987. 2.

● 송서(宋書) 우언

宋書, 臺北, 鼎文書局 25史本榮曾注譯, 臺北, 三民書局

● 홍명집(弘明集) 우언

弘明集, (梁) 釋僧佑輯, 上海書店印行, 1989. 3.(四部叢刊初編本)

● 속제해기(續齊諧記) 우언

漢魏六朝小說筆記選, 臺北, 臺灣商務印書館, 民國63年 6月版社, 1998年 7月 1版

● 은운소설(殷芸小說) 우언

殷芸小說, (南朝梁)殷芸 編纂, 周楞伽 輯注, 上海, 上海古籍出版社, 1984.

古小說搜殘, 孟之微 編, 臺北, 長歌出版社, 民國64年 10月(原名 : 魯迅, 古小說鉤沉)

● 고승전(高僧傳) 우언

高僧傳, (梁) 釋惠皎 撰, 湯用彤 校注, 北京, 中華書局, 2004. 4.

新譯高僧傳, 朱恒夫等 注譯, 臺北, 三民書局, 2014年 5月 2版

- 금루자(金樓子) 우언

  金樓子, 中國子學名著集成編印基金會, 1978.

- 위서(魏書) 우언

  魏書, 臺北, 鼎文書局 25史本

- 유자(劉子) 우언

  劉子校釋, 傅亞庶撰, 北京, 中華書局, 2006年 3月

- 안씨가훈(顔氏家訓) 우언

  新譯顔氏家訓, 李振興等注譯, 臺北, 三民書局, 2011年 1월, 2版

- 녹이전(錄異傳) 우언

  古小說搜殘, 孟之微 編, 臺北, 長歌出版社, 民國64年 10月(原名 : 魯迅, 古小說鉤沉)

- 계안록(啓顔錄) 우언

  中國笑話大觀, 王利器 · 王貞珉 選編, 北京, 北京出版社, 2001. 1.

중국위진남북조우언
中國魏晉南北朝寓言

초판 인쇄 2017년 6월 26일
초판 발행 2017년 7월 5일

역 주 | 최봉원
발행자 | 김동구
디자인 | 이명숙 · 양철민
발행처 | 명문당(1923. 10. 1 창립)
주 소 | 서울시 종로구 윤보선길 61(안국동)
우체국 010579-01-000682
전 화 | 02)733-3039, 734-4798(영), 733-4748(편)
팩 스 | 02)734-9209
Homepage | www.myungmundang.net
E-mail | mmdbook1@hanmail.net
등 록 | 1977. 11. 19. 제1~148호

ISBN 979-11-88020-19-5 (03820)
20,000원